Anke Greifeneder studierte Jura in Konstanz, wo sie »weder Gerechtigkeit noch einen Ehemann fand«. Sie tauchte ab in die Medienwelt und arbeitete für MTV in London, München und Berlin; heute ist sie Programmdirektorin von Turner Broadcasting System. Sie lebt und liebt in München. »Heute, morgen und für immer« ist ihr fünfter Roman. Homepage: www.anke-greifeneder.de

Weitere Titel der Autorin:

Flurfunk
Klatschmohn
Flaschendrehen
Fremd Flirten

Anke Greifeneder

HEUTE, MORGEN UND FÜR IMMER

Roman

BASTEI LÜBBE
TASCHENBUCH

BASTEI LÜBBE TASCHENBUCH
Band 16 053

1. Auflage: Juli 2011

Bastei Lübbe Taschenbuch in der Bastei Lübbe GmbH & Co. KG

Originalausgabe

Dieses Werk wurde vermittelt durch die Literarische Agentur
Thomas Schlück GmbH, 30827 Garbsen

Textredaktion: Sylvia Gredig
Lektorat: Karin Schmidt
Titelillustration: © Guter Punkt unter Verwendung eines Motivs von OzZon/shutterstock
Umschlaggestaltung: Guter Punkt, München
Autorenfoto: Anke Greifeneder
Satz: Urban SatzKonzept, Düsseldorf
Gesetzt aus der Goudy
Druck und Verarbeitung: CPI – Ebner & Spiegel, Ulm
Printed in Germany
ISBN: 978-3-404-16053-2

Für meine Eltern, Elsbeth und Dietmar,
denen ich so vieles,
vor allem aber die Liebe zur Musik
verdanke …

Kapitel 1
Spieglein, Spieglein an der Wand …

»Was machen Sie denn da?«, fragte ich mit schläfriger Stimme die beflissene Kosmetikerin, die mich in ein großes Handtuch gewickelt hatte und aus dem Hintergrund mit Walgesängen beschallte.

»Ich habe Ihnen nur noch schnell die Augenbrauen gefärbt, damit Sie mehr Ausdruck bekommen«, säuselte sie leise. »Das ist so ein Steckenpferd von mir …«

Mir schwante Übles – und gegen den Duft des ätherischen Lavendelöls ankämpfend richtete ich mich, so gut es ging, auf und verlangte nach einem Spiegel.

Ich konnte den Schrei nicht unterdrücken. Wo eben noch zwei rotblond geschwungene Augenbrauen wuchsen, standen jetzt zwei fette schwarze Balken.

»Ich seh aus wie Theo Waigel, machen Sie das wieder weg, ich habe heute Abend ein Konzert!«

Jessica, so stand es auf dem mintgrünen Kittel zu lesen, wurde nervös. »Das geht nicht einfach wieder weg, das verblasst in zwei bis drei Wochen …«

Mein Blick sollte ihr Angst machen.

»Im Konzert ist es doch dunkel … das fällt bestimmt nicht auf …«, versuchte sie mich zu beruhigen.

Meine Beherrschung war dahin. »Meine Liebe, ICH gebe das Konzert, ich bin Pianistin!«

Das Handtuch umgeschwungen und in Frotteebadelatschen rannte ich aus der Kabine in den Eingangsbereich, um das Ausmaß der Katastrophe bei Tageslicht zu begutachten. »Vielleicht fällt das ja nur Ihnen selbst so sehr auf!« Die Beschwichtigungsversuche der Kosmetikerin verpufften, als ich geradewegs meiner älteren Schwester Helene und ihrem Sohn Max in die Arme lief, die gekommen waren, um mich abzuholen. Entsetzt verzog sich Helenes Gesicht.

»Krass, was hast du denn mit deinen Brauen gemacht?«, prustete mein zwölfjähriger Neffe getreu dem Motto »Teeniemund tut Wahrheit kund« los. »Das Publikum wird denken, Mr. Bean tritt auf ...«

Ha, ha! Sehr witzig! Mein zorniger Blick ließ ihn auf der Stelle verstummen. Helene, pragmatisch wie immer, verkniff sich das Lachen und inspizierte die Haarbalken aus der Nähe. Dann drehte sie sich in aller Seelenruhe zu Jessica, deren Gesichtsfarbe inzwischen dem Farbton ihres Kittels glich, und fragte unaufgeregt freundlich: »Jessica, Kindchen, was können wir tun? Meine Schwester tritt in wenigen Stunden vor sechshundert Menschen auf, die viel Geld für eine Eintrittskarte bezahlt haben. Sie möchten doch auch, dass die Leute sich auf die Musik und nicht auf diese geteerten Augenbrauen konzentrieren, nicht?«

Jessica nickte panisch. »Blondieren geht nicht, da werden sie orange, hm, wenn ich sie ausdünne vielleicht ... oder wir kleben falsche auf, dann müssen wir ihre allerdings abrasieren ...«

Bei »abrasieren« protestierte ich lautstark. Helene nahm meine Hand, tätschelte sie beruhigend und flüsterte Jessica zu: »Schätzchen, abrasiert wird nichts, finden Sie 'ne andere Lösung. Meine Schwester leidet vor jedem Konzert unter großem Lampenfieber, da kann sie schon eine Kleinigkeit aus dem Konzept bringen. Normalerweise hat sie irre viel Humor und würde über diese kleine Panne herzlich lachen!«

Ich hatte mich wohl verhört? Kleine Panne? Die beiden Büsche über meinen Augen, die bereits ein Eigenleben führten und denen ich im Begriff war einen Namen zu geben, waren keine kleine Panne, sondern eine Riesenkatastrophe! Bevor ich

Schnappatmung bekam, schob mich Helene in die Kabine zurück und suchte mit Jessica und den herbeigeeilten Kolleginnen nach einer Lösung. Ich sah in den Spiegel, meine roten langen Locken saßen perfekt, mein blasser Teint mit den Sommersprossen strahlte, meine hellgrauen Augen leuchteten, nur Ernie und Bert, meine neuen schwarzen Begleiter, zerstörten das Bild. So sah keine Sirene aus, die Tausende und Abertausende in ein Konzert lockte. Verzweifelt starrte ich mein Spiegelbild an. Eigentlich war ich nicht sonderlich eitel, eher der natürliche Typ, der ohne großen Aufwand gut aussieht, aber kurz vor Konzerten lagen meine Nerven wirklich blank. Es half auch nicht gerade, dass Jasper heute ins Konzert kommen wollte. Vor einigen Wochen hatten wir uns im Museum Brandhorst kennengelernt. Zu gut erinnerte ich mich, wie ich die verstörend wahrhaftig wirkende Skulptur einer gebärenden Frau mit neugeborenem Säugling auf dem Bauch betrachtete, als plötzlich eine Stimme neben mir sagte: »Nur keine Angst, in Wahrheit tut das nicht so weh! Wäre doch zu schade, wenn sich so attraktive Frauen im besten Alter durch so 'ne Plastik abschrecken ließen, Kinder zu bekommen!«

Mit gerunzelter Stirn drehte ich mich zur Seite, um zu sehen, von wem diese freche Bemerkung kam, und sah in ein Paar blitzender hellgrauer Augen, die sich verschmitzt über meine Aufmerksamkeit freuten. Mit einem jungenhaften Lachen stellte sich der Typ vor, den ich auf Anfang dreißig schätzte und den ich, was seinen Klamottenstil anging, einem kreativen Beruf zuordnete.

»Jasper, freut mich!« Mit einem sympathischen Grinsen hielt er mir erwartungsvoll die Hand hin. Kurz zögerte ich, aber Jaspers fröhliche Art überzeugte.

»Clara ... Und wie kommst du bitte auf die Idee, dass Kinderkriegen nicht wehtut?«

Jasper schien erfreut, dass ich mich auf ein Gespräch einließ.

»Das ist komplett gelogen und diente einzig und allein dazu, mit dir ins Gespräch zu kommen. Natürlich hätte ich es auch mit einem ganz üblen Anmachspruch versuchen können, aber das schien mir nicht passend.«

So, so. Ein Mann, der ins Museum ging, Anfang dreißig war, aber noch Anmachsprüche draufhatte. Eine interessante Mischung … »Wie würde denn so ein Anmachspruch klingen?«, fragte ich interessiert nach.

Jasper überlegte keine Sekunde. Gespielt pathetisch legte er mir eine Hand auf die Schulter und sah mir gekonnt schmachtend in die Augen. »Glaubst du an die Liebe auf den ersten Blick, oder soll ich noch mal reinkommen?«

Sehr witzig! Wider Willen musste ich lachen, was Jasper sehr freute. Gemeinsam gingen wir weiter durch die Ausstellung. Mir gefiel die Architektur des Brandhorst Museums fast besser als die Kunstwerke, die es zu sehen gab, aber Jasper kommentierte jedes noch so abstruse Bild unheimlich lustig und zudem auch passend. »Warum kannst du denn so gut Bilder interpretieren? Bist du Kunsthistoriker oder Galerist?« Ich tippte insgeheim auf Galerist.

Jasper verzog übertrieben das Gesicht. »Nee, weder noch. Der Galerist ist mein Dealer, und der Kunsthistoriker wird zu Lebzeiten leider nie über mich schreiben, denn ich bin Künstler und male selbst leidenschaftlich gerne.«

Na gut, so schlecht lag ich nun auch nicht, zumindest, dass er einen kreativen Beruf haben musste, war mir gleich in den Kopf gekommen. Wir bummelten gemeinsam von Raum zu Raum weiter, und je näher wir dem Ende der Ausstellung kamen, verlangsamten sich unsere Schritte … als ob wir es hinauszögern wollten. Aber Jasper schien die Zeit genutzt zu haben, einen Plan zu schmieden.

»So, Clara, wir wären hiermit am Ende unserer heutigen Führung angelangt. Als Künstler verzichte ich auf schnöde Bezahlung und lasse mich in Naturalien für mein Wissen bezahlen. Schau nicht so verstört, was denkst du denn, bitte? Ich meine natürlich in Form von Kaffee und Kuchen im Gartenpavillon um die Ecke.« In mir machten sich ein Kribbeln in der Magengegend und eine Leichtigkeit breit, die sich ungewohnt, aber gut anfühlten. Normalerweise würde ich eine Ausrede vorschieben: Keine Zeit, bereits verabredet ... Aber warum sollte ich nicht einmal gegen meine Prinzipien handeln? Mein Leben bestand zu Genüge aus Disziplin und Plänen, die genau eingehalten werden mussten – anders war mein Job auf Dauer nicht zu bewältigen. Für Spontaneität gab es wenig Raum, vielleicht war es gerade das, was Jasper für mich anziehend machte ... Kurz entschlossen und über mich selbst überrascht willigte ich in Jaspers Vorschlag ein und fühlte mich für meine Verhältnisse extrem verwegen.

Auf dem kurzen Weg zum Gartenpavillon nahm er mich ins Kreuzverhör und wollte alles Mögliche über mich wissen. Von der Schuhgröße bis zum Lieblingsessen, jedes noch so nebensächliche Detail schien ihn brennend zu interessieren.

»Das ist jetzt aber kein Rekrutierungsgespräch für den BND oder so?«, flehte ich lachend um eine Pause.

»Sorry, wenn mich jemand begeistert, bin ich sehr neugierig, sag einfach stopp, wenn's zu viel ist.«

Das war eine gute Vorlage.

»Stopp!«, rief ich theatralisch und musste noch mehr lachen. Dieser Jasper ließ einen wirklich schweben, Humor war einfach sexy, wobei sein Aussehen mit diesem gepflegten Dreitagebart und den leicht verwuschelten Haaren ebenfalls einen gewissen Charme hatte.

Nach unserem Besuch im Gartenpavillon nahm Jasper mich an die Hand, was sich überhaupt nicht fremd oder übergriffig anfühlte. »Hast du noch kurz Zeit? Ich möchte dir was zeigen!«

Falls Jasper ein gestörter Serientäter sein sollte, war er der beste seines Fachs, denn so vertrauensvoll, wie er nach nur einem gemeinsam verbrachten Nachmittag wirkte, würde selbst Miss Marple ohne Zögern ins Verließ steigen. »Meine Mama hat mir beigebracht, nicht mit fremden Männern mitzugehen!«

Jasper warf lachend den Kopf in den Nacken, kramte in seiner Jackentasche und zog einen leicht eingedrückten Marsriegel hervor. »Auch nicht, wenn der Fremde Schokolade dabeihat?«

Ich gab mich geschlagen und ging mit, nicht ohne Helene eine kurze SMS zu schicken, damit wenigstens eine wusste, wo ich war.

Wir gingen nur ein paar Minuten durch das bunte Univiertel, in dem zu jeder Tages- und Nachtzeit reges Leben herrschte. Kleine Restaurants neben liebevoll eingerichteten Geschäften, die alle keiner großen Kette angehörten, sondern individuell und besonders eingerichtet waren. Junge Designer in geschmackvoll renovierten Altbauten versuchten sich neben Antiquariaten, Studenten ebenso wie junge Familien waren hier zu Hause. In der Mitte der Türkenstraße schlenderte Jasper mit mir durch eine große Eingangstür in einen begrünten Innenhof. Vor einer verschnörkelten Tür aus massivem Holz mit der Nummer 8 blieben wir stehen. Während Jasper nach seinem Schlüssel kramte und die Tür aufschloss, schickte ich Helene eine Nachricht mit der Adresse, woraufhin diese mir hysterisch zurückschrieb: »Bist du jetzt völlig bekloppt oder lebensmüde? Wer ist der Typ?!?«

»Keine Sorge, alles ganz harmlos!«, tippte ich und stellte mein Handy nach dem Absenden auf lautlos, schließlich kannte ich Helene nur zu gut, sie würde ab jetzt Telefonterror betreiben, bis ich ranging.

Weniger harmlos war der Aufstieg durchs nicht mehr enden wollende Treppenhaus. So schön der Altbau war, gegen einen modernen Aufzug hätte ich nichts einzuwenden gehabt. Keuchend trabte ich Jasper hinterher, der um einiges fitter war als ich und federleicht die Treppen nach oben zum Dachgeschoss nahm.

Angeber!

»Lass dir Zeit, ich nutz den Vorsprung zum Aufräumen!«, spottete Jasper mit zwei Stockwerken Vorsprung durchs hallende Treppenhaus.

»Ich kann auch wieder umdrehen!«, rief ich beleidigt zurück, was dazu führte, dass Jasper blitzschnell zu mir runterspurtete und mich Schritt für Schritt begleitete. Endlich oben angekommen, schloss er auf und ließ mich eintreten. Mich erwarteten zum Glück keine abgehangenen Rinderhälften und selbst gebastelte Collagen von Stalkingopfern, nein, ich trat ein in sein Atelier und war ein zweites Mal atemlos. Die Gemälde, an denen er arbeitete, waren von einer leuchtenden Farbigkeit, die zu Jaspers Ausstrahlung passte. An einer großen Staffelei und einem Tisch mit sauber aufgereihten Pinseln vorbei ging ich langsam durch die Räume und betrachtete Jaspers Bilder, die teilweise an den Wänden lehnten, teilweise provisorisch an einem Nagel mit Bindschnur befestigt an der Wand hingen. Eine Treppe führte unters Dach, wo sich Jaspers Wohnung befand. Obwohl er mich gewähren ließ und ich neugierig war, verkniff ich mir erst einmal, sein privates Reich zu erkundschaften. Es gab in den Atelierräumen allein schon genug Sehenswertes. Jasper folgte mir bei meinem Rundgang belustigt, aber ruhig und blieb dezent in einiger Entfernung stehen, damit ich mir seine Werke ungestört ansehen konnte. Nicht alle Bilder sprachen mich an, aber mindestens drei gefielen mir so gut, dass ich sie vom Fleck weg kaufen würde. Eins, das mir besonders ins Auge stach, zeigte ein kleines Mädchen, das mit einem kräftig an der Leine ziehenden Hund inmitten einer Fußgängerzone stand und versunken vor sich hin blickte und nichts von dem zerrenden Hund, dem Trubel an den Marktständen und den Fahrradfahrern mitbekam. Magischer Realismus wurde die Art zu malen genannt, ein bekannter Vertreter dafür war Neo Rauch. Das Atelier samt Wohnung musste ordentlich kosten.

»Das hier finde ich wunderschön! Wer ist das Mädchen auf dem Bild?«

»Das Mädchen ist Nele, meine Nichte. Du musst sie unbedingt mal treffen.«

Mein lieber Herr Gesangsverein, ein Tempo hatte der drauf ... Doch hatte ich zuerst den Eindruck gehabt, Jasper könnte nicht nur entschlussfreudig, sondern auch sprunghaft sein, so empfand ich hier in seiner vertrauten Umgebung auch ein großes Maß an Konzentration und Beharrlichkeit, mit der er seiner Leidenschaft, dem Malen, nachging.

»Hast du Lust, die Farben auszuprobieren?« Jasper hielt mir einen frischen Pinsel hin und zeigte auf eine kleine Staffelei mit weißem eingespannten Papier. Zögerlich antwortete ich: »Hm, ich habe schon ewig nicht mehr gemalt. Ich hab keine Ahnung, ob ich das überhaupt noch kann!«

Jasper grinste. »Ich hab ja auch gefragt, ob du Lust hast, nicht, ob du es kannst. Mach dich locker.« Geduldig zeigte er mir die Technik, wie er malte. Nach und nach taute ich auf, begann, vorsichtig ohne Plan vor mich hin zu malen, was mir erstaunlich viel Spaß machte und eine ganz andere Art der Entspannung eröffnete.

»Wie findest du deine Motive?«, wollte ich wissen, während ich mit den vielen bunten Farben experimentierte und mich in meine Kindergartenzeit zurückversetzt fühlte.

»Das klingt jetzt kitschig, aber die Motive finden mich. Entweder sehe ich eine Situation, die mich berührt oder anregt, oder ich habe eine konkrete Idee, die sich in meinem Kopf gestaltet.«

Aha, auch wenn ich null Talent für die Malerei mitbrachte, so musste ich zugeben, dass es Spaß machte zu malen. Jasper freute sich sichtlich, wie ich konzentriert Farben mischte, erst abstrakt, dann wieder genau zeichnete und dabei immer mehr in mich versank.

»Siehst du, deshalb liebe ich die Malerei: Ab einem bestimmten Punkt der Konzentration gelangt man in diesen Fluss und ist ganz bei sich.«

Nur zu gut verstand ich, wovon er sprach. Mir ging es so mit der Musik, die mich dazu bringen konnte, die Welt um mich herum komplett zu vergessen. Eines interessierte mich dann doch: »Kannst du von deinen Bildern leben?«

Jasper sah mich erstaunt an. Wahrscheinlich wirkte ich unbedarft, was daran lag, dass ich mich in der Kunstszene nicht wirklich auskannte.

»Ich verkauf im Schnitt ein bis zwei Bilder im Monat, was richtig gut ist. In München habe ich mir schon länger einen Namen gemacht, so langsam kommen Berlin und das Ausland hinzu.«

Wenn er von ein bis zwei Bildern leben und sich sogar die Miete für das großzügige Atelier leisten konnte, mussten die Bilder einiges kosten.

»Ist dein Name Kunstkennern ein Begriff?«

Jasper überlegte kurz, wie er wohl am besten antwortete, ohne arrogant zu klingen. »Sagen wir so, es würde niemand vor Ehrfurcht anfangen zu hyperventilieren, aber dem ein oder anderen würde mein Name was sagen.«

»Hast du denn einen Nachnamen, Jasper?«, zog ich ihn auf.

»Jasper Maienstein, wenn's genehm ist.«

Maienstein ... hieß so nicht auch eine alte Münchner Brauerei? »Wie die Biermarke?«

Jasper nickte. »Ja, die Brauerei gehört meinen Eltern, aber ich habe damit nicht viel am Hut. Also mit dem Produkt selber natürlich schon, trinken kann ich, aber wie's gebraut wird, interessiert mich weniger.«

Das verstand ich gut, mich interessierte auch von jeher nur die Musik, und ich könnte mir keinen anderen Beruf vorstellen.

»Apropos ... magst du ein Bier oder ein Glas Wein?« Er deutete die Treppe zum Dachgeschoss hinauf.

Jaspers Frage holte mich zurück ins Jetzt. Draußen wurde es dunkel, es war bereits spät, höchste Zeit zu gehen! Nicht dass Helene mit einem Einsatzkommando der GSG 9 bereits Stellung vor der Wohnung bezogen hatte und bereit zum Sturm war. »Danke, aber ich muss mal langsam los ...«

»Wieso denn?« Jaspers Stimme klang ehrlich erstaunt. »Hast du noch was vor?«

Nein, aber ich konnte ja schlecht gleich bei ihm einziehen, wobei es mich nicht wundern würde, wenn er es vorschlüge.

Bevor er dies tun konnte, verabschiedete ich mich hastig von Jasper, der mich ohne Berührungsängste fest in den Arm nahm und mich wie selbstverständlich sanft auf den Mund küsste, was ein aufregendes Prickeln hinterließ und mich fahrig werden ließ. »Äh, okay. Dann mal danke für die Führung. War ein schöner Tag, also wirklich«, stammelte ich.

Jasper hingegen blieb entspannt, lächelte und sagte schlicht: »Bis morgen, ich ruf dich an!«

Beflügelt ging ich, nein schwebte ich aus seinem Atelier, beruhigte erst mal meine große Schwester Helene, die sage und schreibe neun Anrufe in Abwesenheit hinterlassen hatte, und staunte über mich selbst. Bislang war ich nicht durch Spontaneität und verrückte Aktionen aufgefallen, was Männer anging. Jasper schlug ein neues Kapitel auf, wie mir schien.

Auf unser erstes zufälliges Treffen folgten zahlreiche Verabredungen, die alle so leicht und lustig waren, weil Jasper eine verrückte Idee nach der anderen hatte. Vom aufgeschlagenen Zelt im Englischen Garten mit vorbereitetem Dinner über Spaziergänge mit anschließendem Blätterpressen und Kastanienmännchenbasteln bis hin zum Ausflug an die Isar für eine gemeinsame Floßfahrt gab es nichts, was einem mit Jasper nicht passieren konnte. Mit ihm wurde es keine Sekunde langweilig.

Seine schrägen Einfälle ließen mich den manchmal fordernden Alltag vergessen, mit ihm fühlte ich mich wieder wie zu besten Pubertätszeiten, denn mit Mitte dreißig war Jasper alles, nur nicht erwachsen – und das schien ansteckend ... Sensibel war er dazu, was sich nicht nur in seinen Küssen und Liebhaberqualitäten herausgestellt hatte, sondern in der Art und Weise, wie er Stimmungen und Spannungen in einem Raum augenblicklich orten konnte. Jasper tat mir einfach gut, mein Magen, der sich nach knapp drei Monaten immer noch flau anfühlte, wenn ich an ihn dachte, stand kurz vor einem Übersäuerungsalarm bei dem bloßen Gedanken, dass er heute im Publikum sitzen und meine verunglückten Augenbrauen sehen würde, die ausschauten, als ob mich eine Zeitschrift versucht hätte zu anonymisieren. Zumindest wirkten die Balken so, wie man sie sonst auf Fotos von Menschen in Zeitschriften sieht, die dringend geschützt werden mussten, nur dass die Balken bei mir nicht die Augen bedeckten, sondern die Brauen! Zum Glück hatte Jasper Humor. Als Künstler konnte er vielleicht meinem unfreiwilligen Experiment etwas abgewinnen. Helene, meine großartige Schwester, steckte den Kopf zur Tür herein und unterbrach meine Gedanken. »Komm raus, wir haben was für dein Problem gefunden!«

Wie gut, dass sie als Krankenschwester wusste, wie man Menschen auch ohne Betablocker beruhigte.

»Noch zehn Minuten bis zur Aufführung ...«, dröhnte es aus dem Lautsprecher in meiner Garderobe. In Gedanken ging ich die Partitur durch, machte Finger- und Atemübungen. Schrittweise versuchte ich, mich in diesen konzentrierten tranceähnlichen Zustand zu bringen, in dem ich nur noch aus Tunnelblick bestand und nichts anderes mehr wahrnahm. Langsam schritt ich, begleitet von Sofia, die meine Noten umblättern würde – sehr schwere Stücke spielte ich immer mit Noten –, aus meiner

Garderobe den langen Flur des Prinzregententheaters entlang und nahm die anderen Personen und vielen Lichter um mich herum kaum noch wahr.

»Wie siehst du denn aus? Trägst du jetzt Pelz statt Augenbrauen?«

Eine allzu bekannte Stimme drang an mein Ohr, die niemand anderem als Amelie Fischer gehörte! Amelie! Meine Konkurrentin und Erzfeindin seit Kindertagen holte mich zurück ins Hier und Jetzt. Sie, die blonde, engelsgleiche Tochter aus reichem Hause mit ihrer krankhaft ehrgeizigen Mutter, die sie zu jedem Unterricht, jedem Auftritt begleitete und ihr die besten Lehrer engagiert und die außergewöhnlichsten Kurse ermöglicht hatte! Und ich, das arme rothaarige Aschenputtel, das mit seinem Talent innerhalb der Familie völlig aus der Reihe getanzt und von Stipendien und Begabtenförderung abhängig gewesen war. Während Amelie im schicken Auto zu Veranstaltungen gefahren wurde, kam ich auf dem Rad angehechelt, nahm die S-Bahn oder eine Mitfahrgelegenheit. Während sie bereits mit zwölf Jahren in Haute-Couture-Roben aufgetreten war, hatte ich im selbst genähten Kleid von Omi danebengestanden. Wenn wir in einer anderen Stadt spielen mussten, schlief sie mit Mami im Hotel, ich mit Helene oder Omi in der Jugendherberge oder bei Freunden.

»Das trägt man diese Saison!«, antwortete ich schnippisch und drückte mein Amulett mit dem Bild meiner Eltern fest an mich. Amelie kannte es zu gut.

»Hast du immer noch diesen Talisman? Ich dachte, aus dem Alter sind wir längst raus …«

Sie vielleicht, ich würde es nie sein, denn die Tatsache, dass es Helene und meine Omi waren, die mich begleiteten, war dem schlimmsten Ereignis meines Lebens zu verdanken, dem 18. Juni vor neunzehn Jahren, dem Tag, an dem meine Eltern bei einem Busunglück ums Leben kamen, als sie mit einer Wandergruppe in die Berge unterwegs waren. Gerade mal elf war ich, als der Unfall passierte, ohne meine Omi und Helene hätte ich ihren plötzlichen Tod nie verkraftet. In meiner Erinnerung war die Zeit nach dem Unfall die einzige Phase, in der Amelie nett zu mir war. Naiv hatte ich geglaubt, ihre Zuneigung sei ehrlich gemeint, und mich gefreut, endlich eine Freundin zu haben, mit der ich alles teilen konnte und die den gleichen Weg wie ich ging. Sogar bei ihr zu Hause übernachten durfte ich einige Male, und ihre vom Ehrgeiz getriebene Mutter, die mich sonst ignorierte, tätschelte mir gut gemeint und seufzend den Kopf. Irgendwann aber wurde Amelie die Gute-Tat-Nummer langweilig, und als sie merkte, dass viele Menschen, insbesondere auch die Lehrer, sehr behutsam und liebevoll in dieser schweren Zeit mit mir umgingen, und sie dadurch glaubte, weniger im Mittelpunkt zu stehen, war schnell wieder alles beim Alten.

»Amelie, mein Kind, wie siehst du aus! Du musst dringend in die Maske, und zieh das schwarze Kleid an, in diesem hellen siehst du mit deinen blonden Haaren aus wie Mürbeteig!«

Amelies Mutter, stets elegant gekleidet und makellos frisiert, war zu meiner Erleichterung so sehr mit ihrem Töchterchen beschäftigt, dass sie mich gar nicht wahrzunehmen schien.

»Sind wir aus dem Alter nicht raus, wo uns die Mütter die Kleidung aussuchen?«, stichelte ich gar nicht nett und brachte Amelie damit aus dem Konzept.

Nach meiner kurzen Freundschaft zu Amelie war ich allein mit meiner Begabung und Liebe zur Musik und übte seitdem ohne Amelie und ohne Eltern. Sosehr Helene und Omi versuchten, meinen Schmerz zu lindern, es gab einfach keinen Ersatz für das fröhliche Lachen meiner Mutter und die ruhige Besonnenheit meines Vaters. Seit jener Zeit war meine Sehnsucht nach einer großen, intakten Familie sehr ausgeprägt, und wann immer ich eine solche Familie kennenlernte, verspürte ich einen Stich in der Herzgegend.

»Clara, komm, wir müssen weiter!«

Sofia drängte mich behutsam weiter Richtung Bühne, was ich geschehen ließ. Im Gehen drehte ich mich nach Amelie um und zeigte ihr deutlich, was ich von ihr hielt. Mit dem ausgestreckten Mittelfinger kratzte ich mich gar nicht ladylike unterm Auge – ja, wir kamen einfach aus unterschiedlichen Ställen! Und wenn mein Temperament mit mir durchging, dann legte ich keinen großen Wert mehr auf Etikette.

Mit dem Blick nach vorn war ich augenblicklich wieder konzentriert und schritt im nächsten Moment und unter großem Applaus an den Flügel, setzte mich auf meinen Schemel, Sofia sich auf ihren. Ein kurzer Blick zum Dirigenten, der mir zunickte, wir sahen uns in die Augen, ich atmete ein, er hob den Taktstock, und los ging es mit einer Fontäne aus perlenden Tönen, mal leise, mal lauter, mal im Alleingang, mal mit Orchesterbegleitung. Die Musik war mein Element, meine Berufung, meine Gabe. Das geschah wie von selbst; sobald ich spielte, war jedes Lampenfieber vergessen, jeder Zweifel, weshalb ich mir all die Reisen, Entbehrungen und stundenlangen Übungen antat, ausgeräumt.

Einfach nur glücklich und tief versunken fühlte ich mich, selbst meine aufgeklebten Augenbrauen, die man von weiter weg nicht erkennen konnte, waren mir gleichgültig. Im Spielen vergaß ich alles um mich herum und war nur Musik.

Der letzte Ton verhallte. Einen Moment lang herrschte Stille, dann brauste Applaus auf. Aus den Augenwinkeln, den Kopf noch nach unten geneigt, sah ich die entspannten, befreiten Gesichter des Dirigenten und der Musiker. Gelöst stand ich auf und verneigte mich. Jasper blinzelte mir aus der ersten Reihe zu, was mich kurz aus der Bahn warf. Helene und Omi weinten wie immer, wenn ich spielte, »weil das sooo schön ist und zu Herzen geht!«, auch wenn Helene eher auf Rock stand und Omi auf Chansons. Maxi sah peinlich berührt aus, wohl weil es in seinem

Alter uncool war, ins klassische Konzert zu gehen, und ich freute mich schon darauf, was erst passierte, wenn er richtig pubertierte. Den obligatorischen Blumenstrauß gab ich nie der ersten Geigerin, wenn ich in München spielte, sondern meiner bezaubernden, verrückten Omi, die dann errötete und gekonnt mit dem entzückten Publikum flirtete. Todschick im Übrigen für ihre vierundsiebzig Jahre. Bevor der zweite Vorhang fiel, kam Amelie, die nach mir auftreten sollte, auf die Bühne und versuchte, mit ihrem frühzeitigen Erscheinen den Beifall zu beenden. Leider hatte sie nicht mit Helene und Omi gerechnet, die in mir immer noch das elfjährige Mädchen sahen, das es zu beschützen galt, und Amelie so ziemlich alles, was ansteckend war, an den Hals wünschten. Die beiden begannen, lauthals mit den Füßen zu trampeln, riefen dabei laut »Bravo« und »Zugabe« und nötigten auch den armen Max, der bis eben sicher noch gedacht hatte, peinlicher könne es nicht werden, alles zu geben. Jasper, wie immer leicht zu begeistern, machte liebend gern mit. Der Saal tobte, und Amelie stand wie Falschgeld hinter mir, bis der Saal meinen Auftritt gebührend gefeiert hatte.

Gezwungenermaßen lächelte Amelie mir zuckersüß zu. Beim Abgang hob ich betont meine aufgeklebten Augenbrauen mehrmals deutlich in die Höhe, was bestimmt schräg aussah. Ja, wer zuletzt lacht ...

»Was für ein schönes Konzert!« Jasper, der Kindskopf, wirbelte mich in die Höhe und lachte mich begeistert an. Seine welligen Haare waren, wie so oft, leicht zerzaust, seine Augen leuchteten. Erleichterung machte sich in mir breit. Zwar hatte ich ein gutes Selbstbewusstsein, konnte mich wehren und auch austeilen, wenn es sein musste, gleichzeitig wusste ich, dass ich sehr empfindlich und unsicher sein konnte, keine einfache Kombination ...

»Das müssen wir feiern!«

Etwas, was Jasper sehr gut konnte, wie ich in den letzten

Monaten bemerkt hatte. Als Künstler, der seine Bilder gewinnbringend verkaufte, konnte er aber auch einfach die Nacht zum Tage machen, und wenn es sein musste, auch die ganze Woche. Vor lauter Euphorie musterte er mich erst jetzt genauer.

»Äh, nehmen wir deine neuen Augenbrauen auch mit oder fahren die extra, denn ich weiß nicht, ob die noch Platz im Auto haben?« Frech grinste er mich an. Maxi kicherte sofort, ihm gefiel männliche Verstärkung in diesem Weiberhaufen.

Es wurde wirklich Zeit, dass Helene endlich damit rausrückte, wer Max' Vater war. Seit zwölf Jahren war ihr dieses Geheimnis nicht zu entlocken. Helene hatte keinen festen Freund zum fraglichen Zeitpunkt gehabt, und von einer Affäre war mir auch nichts bekannt. Eines Tages war sie plötzlich schwanger, ohne auch nur ein Sterbenswörtchen darüber zu verlieren, von wem. Beim Jugendamt ließ sie den Vater als unbekannt eintragen. Seither rätselten Omi, ich und auch Maxi, wer sein Vater sein könnte. Vom Postboten bis zum Gemüsehändler wurden alle Männer in Helenes Umfeld unter die Lupe genommen und unauffällig Ohren und Nasen auf genetische Ähnlichkeit mit Maxi untersucht. Einmal dachte Helenes Kfz-Mechaniker, ich sei völlig meschugge, als ich ihm immer wieder auf die Nase starrte, weil ich meinte, einen ähnlichen kleinen Knick wie bei Maxi entdeckt zu haben. Helene, die sonst einen klaren Menschenverstand besaß und wusste, was richtig war, schien auf diesem Ohr taub zu sein. Natürlich plagte sie ihr schlechtes Gewissen, das sie dadurch versuchte zu kompensieren, sämtliche guten männlichen Freunde viel Zeit mit Max verbringen zu lassen, vom Fußball spielen bis zum Zelten, das komplette Vater-Sohn-Programm eben. Max war ein helles Köpfchen und fand, dass er ein Recht darauf hatte zu erfahren, wer sein Vater war, und ich unterstützte ihn darin. Helene knurrte immer: »Ja, wenn die Zeit gekommen ist!«, was alles andere als befriedigend, aber immerhin ein Anfang war.

Omi trug ihr silbergraues Kleid passend zum schwarzen Haar mit silbernen durchwobenen Strähnen und hielt sich aufrecht. »Ich habe zur Feier des Tages im Waldhaus eine Kleinigkeit vorbereiten lassen ...!« Mit gurrendem Lachen hakte sie sich bei mir ein. Auf dem Weg nach draußen entfernte ich noch schnell meine aufgeklebten Augenbrauen und gab volle Sicht auf Ernie und Bert frei – was Jasper ein »Woah, jetzt verstehe ich alles! Wächst das wieder raus?« entlockte – und los ging es.

Das Waldhaus lag direkt am Englischen Garten und verdankte seinen Namen dem alten Waldbestand, der den Park mitten in Schwabing säumte. Das verwunschene Grundstück endete nah am Eisbach und war zusammen mit der denkmalgeschützten Gründerzeitvilla so wunderschön, dass es einem den Atem verschlug, wenn man dieses Kleinod das erste Mal entdeckte. Man vergaß, wo man war, so ruhig und entlegen wirkte dieses Stück Erde, nur das Plätschern des Wassers und die Vögel waren zu hören. In diesem Paradies war ich aufgewachsen! Meine Großeltern hatten damals das Waldhaus nach dem Krieg günstig kaufen können, aus eigener Kraft fast alles selbst renoviert und dann das Gästehaus, wie sie es nannten, eröffnet. Nur zwölf Zimmer hatte das Hotel Waldhaus, dafür machten das alte Haus und das große Grundstück enorm viel Arbeit und verschlangen Unmengen an Geld für die Instandhaltung. Meine Eltern waren früh mit eingestiegen und hatten bis zu ihrem Tod geschuftet, um den Familienbetrieb profitabel zu machen, was ihnen auch gelungen war. Zwar waren keine hohen Summen dabei rausgesprungen, aber immerhin waren schwarze Zahlen geschrieben worden. Nach dem Tod meiner Eltern führte Omi das Gästehaus allein weiter, was ihr viel Kraft abverlangte. Helene und ich halfen, wann immer wir Zeit hatten, aber das meiste blieb an ihr hängen. Nicht, dass es sie quälte, Omi war geradezu geschaffen für diese

Arbeit. Sie liebte Menschen, Geselligkeit und wollte Gästen ein Zuhause schaffen. Es gab einige, die seit Jahren kamen und dem Waldhaus die Treue hielten. In den letzten zwei Jahren allerdings mutierte der Hotelbetrieb zu einem Fass ohne Boden, ein reines Zuschussgeschäft. Nicht selten landeten fast meine gesamte Gage und immer wieder Teile meiner Ersparnisse im Waldhaus; ich konnte nicht anders: Es war das Vermächtnis meiner Eltern, meine Kindheit, mein Zuhause. Ich war mir nicht sicher, woran es lag, ob es die immer wieder anfallenden Renovierungen waren oder ob Omi langsam den Überblick verlor. Dabei gab es so vieles, was dringend modernisiert werden müsste. Auch ein Anbau und eine kleine Wellnessoase wären wichtige Investitionen, wenn wir konkurrenzfähig bleiben wollten. Heute Abend mochte ich aber nicht länger darüber nachdenken, sondern feiern! Da es aufgrund meiner vielen Reisen in den letzten Jahren keinen Sinn gemacht hätte, eine Wohnung in München zu mieten, wohnte ich immer im Waldhaus bei Omi, wenn ich da war. Das wollte ich jetzt ändern und war auf Wohnungssuche, denn sosehr ich Omi und das Hotel liebte, ich brauchte endlich einmal mein eigenes Reich, nicht zuletzt Jasper wegen. Er war heute zum ersten Mal im Waldhaus – bislang hatten wir uns immer in seiner Wohnung getroffen – und rief hingerissen: »Dass es so ein Hotel heutzutage noch gibt, entgegen jeder amerikanisierten gleich gemachten Hotelkette! So persönlich, liebevoll und voller Geschichte! Vor allem so geschmackvoll eingerichtet! Mich wundert es, dass das nicht viel bekannter in München ist, allein wegen der Lage!« Er kam aus dem Schwärmen gar nicht mehr raus, was ihm ein paar Pluspunkte mehr bei Omi und Helene einbrachte, deren Herzen ebenso am Waldhaus hingen wie meins.

»Folgt mir!«

Omi ging mit forschem Schritt in den privaten Bereich, wo sie im eleganten Salon ein kleines Büfett mit selbst belegten Broten, Nudelsalat und meinem Lieblingskäsekuchen aufgestellt hatte. Zur Feier des Tages gab es ausnahmsweise sogar Champagner, wofür ich ihr einen strafenden Blick zuwarf.

»Sekt oder Prosecco hätten es allemal getan, du weißt, dass ich den Unterschied kaum schmecke!«

Omi winkte ab.

»So ein Quatsch, nachdem du jahrelang durch die Welt getingelt bist, hast du endlich wieder in München gespielt! Außerdem, wo du jetzt sesshaft wirst, da darf es auch Champagner sein!«

Omi reichte uns allen ein Glas.

»Auf Clara und darauf, dass es mit der Stelle am Richter Konservatorium klappt!«

Darauf stieß ich gern an.

»Das gefällt mir mit dem Sesshaftwerden«, flüsterte mir Jasper ins Ohr. »Konnte ich mir bislang nicht vorstellen, aber mit dir schon ... selbst Kinder wären drin!«

Schön, das zu hören, wäre langsam auch mal an der Zeit. Mit meinen Anfang dreißig waren Kinder für mich das zentrale Thema, denn dass ich Familie wollte, stand außer Frage. Am liebsten gleich drei! Jasper kannte ich zwar noch nicht so lange, und ob er, der Künstler, der so sehr Routine und normales Leben hasste, sich wirklich als Familienvater eignen würde, musste ich sehen, aber wer weiß, vielleicht waren ja gerade seine verrückten Ideen, seine Wärme und sein Enthusiasmus gut für Kinder. Spießig würden sie auf alle Fälle nicht aufwachsen.

»Wann hast du denn dein Vorstellungsgespräch bei Professor Bruckner?«

Helene konnte kaum erwarten, dass der Bewerbungsprozess losging und es besiegelte Sache war, dass ich die Stelle bekam. Der Wettbewerb war zwar groß, aber da ich persönlich vom Beirat des Konservatoriums angesprochen und empfohlen worden war, sah es gut für mich aus. Das Richter Konservatorium war eine private Hochschule, die über eine Stiftung finanziert wurde. Ende der siebziger Jahre wurde es vom Stardirigenten und Pianisten Leonhard Richter gegründet und genoss einen ausgezeichneten Ruf weit über die Landesgrenzen hinaus, was zum einen an den vielen erfolgreichen Musikern lag, die das private Konservatorium hervorbrachte, und zum anderen den vielen außergewöhnlichen Gastdozenten zu verdanken war, die ihr Know-how an die Studenten weitergaben. Das Auswahlverfahren der Studenten war, obwohl es sich um eine private Institution handelte, die einiges kostete, sehr streng. Zum Glück war München eine wohlhabende Stadt, und die Förderer der Stiftung waren spendabel, sodass pro Semester fünf Stipendien vergeben wurden, eines davon hatte ich vor vielen Jahren bekommen. Trotz der guten Voraussetzungen und Empfehlungen, was die Dozentenstelle anging, war ich mit voreiligen Freudensprüngen zurückhaltend.

»Erst den Bären erlegen und dann das Fell verteilen«, pflegte mein Papa zu sagen. Auf alle Fälle wollte ich diesen Job unbedingt, denn das dauernde Reisen und das Aus-dem-Koffer-Leben hatte ich gründlich satt! Inzwischen kannte ich jeden Flughafen auf der Welt, grüßte die Sicherheitsbeamten beim Check-in mit Vornamen und traute mir zu, sofort für eine Stewardess einzuspringen, falls Not am Mann wäre.

»Tee oder Kaffee? Den Tomatensaft mit Salz und Pfeffer?«

Wie oft war ich auf diesen Reisen einsam gewesen, wie sehr hatte ich Omi, Helene, Maxi und meine Freunde vermisst. Beziehungen hielt mein Job sowieso nicht aus, zum einen war ich einfach nie da, um auch mal Alltägliches zu teilen, und wenn ich da war, gab ich oft ein Konzert, bei dem ich dann im Mittelpunkt stand und zusätzlichen Verpflichtungen nachkommen musste. Dabei war ich keineswegs eine der Pianistinnen, die des Applauses wegen spielten. Das war ein willkommener Nebeneffekt. Nein, der Grund, weshalb ich all diese Strapazen, stundenlanges Üben, Reisen, Jetlag, zerbrochene Beziehungen und Heimweh auf mich genommen hatte, war schlichtweg die Liebe zur Musik und dass ich sonst keine sonderliche Begabung in einem anderen Bereich vorweisen konnte. Außerdem verdiente ich gutes Geld, mit dem ich Omi und das Waldhaus unterstützen und damit etwas zurückgeben konnte. Nie würde sie mich die Opfer spüren lassen, die sie für meine Ausbildung gebracht hatte, alles an ihr hatte eine gewisse Leichtigkeit, und nur zu gut konnte ich mir vorstellen, wie sie damals vor dem Abi nach Paris durchgebrannt war, mit diesem glutäugigen Franzosen, der ihr die Stadt der Liebe zeigen wollte. Passend zum Thema Liebe kam gerade Hubertus, die gute Seele des Hauses, um Getränkenachschub zu bringen. Er war deutlich jünger als Omi, arbeitete als Concierge und war außerdem verantwortlich für die Veranstaltungen im Haus. Er hatte ausgezeichnete Manieren, ein gepflegtes Äußeres und kam überhaupt nicht damit zurecht, dass Omi ihn unverfroren anflirtete und ihm ab und zu den Allerwertesten tätschelte. Auch jetzt wieder: »Wie aufmerksam, wie kann ich mich für deine Nachsicht nur bedanken?«

Bevor Hubertus antworten konnte, drückte sie ihm auch schon einen Kuss auf die Wange und kicherte fröhlich los. Hubertus räusperte sich verlegen und zog sich errötend zurück.

»Erklär mir das mit der Stelle bitte noch mal! Ich hab das noch nicht genau verstanden!«

Omi pflanzte mich in einen der gemütlichen Ohrensessel am Kamin, den Hubertus vorsorglich bei den herbstlichen Temperaturen eingeheizt hatte, und sah mich aufmerksam an.

»Die Richter Hochschule sucht für das kommende Semester einen neuen Dozenten, der die Meisterschüler unterrichten kann. Das ist ein sehr begehrter und lukrativer Job, der meistens auf Lebenszeit vergeben wird. Gleichzeitig bekommt man durch die Stelle ein festes Engagement in München und spielt dadurch fast alle Konzerte vor Ort. Da ich während meines Studiums

Pädagogik belegt habe, sind meine Chancen für die Stelle ziemlich gut. Allerdings hat sich Amelie überraschend auch auf die Stelle beworben!«

Beim Namen »Amelie« zuckten alle zusammen.

»Wieso will die denn sesshaft werden? Ich kann mich genau an eines ihrer affigen Interviews erinnern, indem sie großkotzig von sich gab: ›Paris, New York, Tokio, ich bin in der Welt zu Hause. Ich brauche diese Reisen in andere Kulturen, als Kosmopolitin engt mich Deutschland ein!‹« Helene äffte Amelie perfekt nach, sie hatte aber auch jahrelang Zeit gehabt, sie genau zu studieren. Auch wenn diese Konzertwelt so gar nicht die meiner Familie war, zeigten sie sich stets interessiert. Und solange ich nach wie vor zum Kegeln mitkam und lieber in den Biergarten anstatt ins Sternerestaurant ging, war alles in Ordnung.

»Ich habe von einer Kollegin gehört, dass Amelie von ihrer Mutter verkuppelt werden soll. Angeblich mit Benedikt Steiniger!«, ließ ich die Katze aus dem Sack.

Jasper lachte erstaunt.

»Meinst du den Benedikt Steiniger, der für den Stadtrat kandidiert? Der Sohn des ehemaligen Vorstands von Schickl, Jurist und Burschenschaftsvorsitzender? Der mit der Schleimtolle und dem Teiltoupet auf dem Kopf?«

Ich nickte.

»Genau der Benedikt Steiniger, der seine Mutter seine engste Vertraute und beste Freundin nennt und in seinem Leben genau auf einer Demo war, und die war FÜR die Fuchsjagd. Er ist das, was man eine gute Partie nennt. Amelies Mutter ist bereits länger auf Brautschau, aber Benedikt Steiniger soll es werden, die Familien seien sich zumindest einig, hört man.«

Helene schüttelte sich angewidert.

»Das ist ja wie früher bei Hofe, wo nach Ländern verheiratet wurde oder danach, wer die frischesten Gene in die Familie einbringt. Also diesen Schleim-Steiniger würde ich nicht mal anfassen, wenn mir jemand liquid Ecstasy ins Glas gemischt hätte!«

Das war eine Vorlage, die ich natürlich nicht unbeantwortet lassen konnte.

»Ah ja? Und wen genau würdest du auf liquid Ecstasy anfassen? Wer wäre denn dein Typ?«

Helene zog genervt die Mundwinkel auseinander.

»Netter Versuch, Schwesterlein!«

Na gut, sie war einfach noch zu nüchtern ... aber apropos liquid Ecstasy ... benutzte das amerikanische Militär nicht diese Wahrheitsdroge? Wo hatte ich das bloß gesehen? Bei James Bond? Wo kam man wohl an das Zeug ran, ob es auffiel oder sogar strafbar war, im Internet danach zu suchen? Wenn Helene in diesem Jahr nicht das Geheimnis um Maxis Vater lüftete, würde ich meine Nachforschungen mithilfe dieser Wahrheitsdroge vertiefen. Maxis ausgiebiges Gähnen unterbrach jäh meine 007- Pläne, ich sah auf die Uhr, es war nach Mitternacht, und langsam machten sich auch bei mir Erschöpfung und Müdigkeit breit. So war das meistens nach einem Konzert. Erst der Adrenalinrausch, dann Freude und Erschöpfung, und manchmal schlichen sich Leere und Einsamkeit ein. Aber nicht heute, heute war ich einfach nur entspannt. Gerade wollte ich Jasper zum Aufbruch drängen, als Omi verschwörerisch zu mir herüberblinzelte.

»Für euch Turteltäubchen habe ich eine Überraschung, ich habe euch Zimmer 8 frei gehalten!«

Zimmer 8 war das schönste und größte Zimmer im Waldhaus, eine Art Suite mit Fischgrätenparkett, eigenem Kamin, Blick auf den Englischen Garten und einem wunderschönen geschwungenen Messingbett.

Ich juchzte und fiel Omi um den Hals.

»Danke! In Zimmer 8 habe ich das letzte Mal geschlafen, als ich meine Meisterprüfung bestanden habe. Am Morgen habt ihr mir sogar Frühstück ans Bett gebracht!«

Omi drückte mich fest an sich und kicherte.

»Ja, aber das Frühstück willst du morgen bestimmt nicht ans Bett, wenn so ein schmucker junger Mann darin liegt, oder?«

Auweia, die Stimmung stieg, das Niveau sank, nichts wie ins Bett, bevor es noch schlüpfrig wurde!

Kapitel 2
Blutsbrüder

»Wir sind hier drüben, bei den Kürbissen!«, rief Jasper und gab mir wild mit den Armen wedelnd Zeichen. Mein Herz rutschte mir in die Hose, nicht weil ich Angst vor Gemüse hatte, nein, die Kürbisse waren lauter kleine Knirpse. Wir befanden uns an der Maria Hilf Grundschule, wo an diesem Tag das alljährliche Herbstfest stattfand. Mein erhöhter Puls war darauf zurückzuführen, dass ich im Begriff war, Jaspers Familie zu treffen. Zum ersten Mal! Ein großer Moment und ein ungewöhnliches Ambiente, aber Jaspers Nichte Nele gab mit ihrer Klasse ein Erntedankfest-Theaterstück zum Besten. Nele spielte einen der Kürbisse, was die gesamte Familie bewundern wollte. Jasper umarmte mich, nahm mich an die Hand und führte mich zu seinen Eltern.

»Das ist Clara!«, seine Augen leuchteten vor Stolz, als er mich vorstellte.

»Ich bin Ulrike, und das ist mein Mann Georg!«

Georg winkte hinter einer Videokamera hervor, die er für Neles großen Auftritt versuchte, zum Laufen zu bekommen. Ulrike war eine attraktive Frau Anfang sechzig mit kurzem dunklem Haar. Sie hatte kluge Augen und die richtige Sorte Falten, also keine hängenden Mundwinkel, sondern kleine sympathische Lachfalten und ein paar interessante Denkfalten. Wenn ich Menschen und ihre Gesichter betrachtete, musste ich oft an Albert Schweitzer denken, der einmal gesagt hatte: »Mit zwanzig hat jeder das Gesicht, das Gott ihm gab, mit vierzig das Gesicht, das das Leben ihm gab, und mit sechzig das Gesicht, das er verdient!« Georg, Jaspers Vater, war früher bestimmt ein richtig gut aussehender Mann gewesen, heute trug er ein gemütliches Bäuchlein, seine grauen Haare waren merklich ausgedünnt, aber sein Blick war wach und herzlich. Man sah ihm an, dass er ein Genießer war.

»Freut mich, wir haben schon viel von dir gehört. Ulrike hat sogar zwei deiner CDs. Beethoven und Chopin, glaube ich. Jasper hat uns erst *eine* feste Freundin vor dir vorgestellt und das war , , mit achtzehn! Du musst ihn also schwer beeindruckt haben«, legte Georg fröhlich los, unbeeindruckt von Ulrikes dezentem Tritt vors Schienbein. Ich mochte die beiden auf Anhieb und sie mich, wie es mir schien.

»Und du bist Nele?«, fragte ich das kleine Mädchen im Kürbiskostüm mit den glatten haselnussbraunen Haaren, die schulterlang geschnitten waren. Sehr glücklich sah sie nicht aus. Sie nickte mit zusammengekniffenem Mund. Jasper und seine Eltern sprachen ihr gut zu und versuchten, ihr die Freude an der Aufführung nahezubringen. »Marie und Luna sind doch auch Kürbisse. Ihr habt bestimmt viel Spaß zusammen!«

Nele zuckte mit den Schultern und war nicht aufzuheitern. Wo waren denn bitte ihre Eltern? Ich fragte Jasper.

»Valentin wird bestimmt wieder von den anderen Müttern festgehalten, sein Fanclub. Die finden ihn sooo toll, dass sie ihn immer gleich umzingeln!«, rollte Jasper gespielt entnervt die Augen.

»Und warum ist er so beliebt? Tauscht er tolle Kochrezepte aus, oder weiß er am besten, wie man das Silberbesteck sauber bekommt?« Kichernd versuchte ich, die Anspannung aus meinem Körper zu vertreiben.

»Weder noch, er gibt ihnen Tipps, was sie für ihre Männer drunterziehen könnten, damit mal wieder was im Bett läuft!«, hörte ich eine tiefe Stimme spöttisch antworten. Vor mir stand Valentin, Jaspers älterer Bruder, der keinen Zweifel daran ließ, wie bescheuert er mich und meinen Kommentar fand.

Das konnte ja heiter werden!

»Ich bin Clara!«, stotterte ich und schickte »Jaspers Freundin« hinterher, was keinen großen Eindruck zu schinden schien.

»Dass du nicht Papas Freundin bist, dachte ich mir schon!« Valentin grinste herablassend, woraufhin Ulrike ihn zugleich erstaunt und strafend anblickte. Das also war Jaspers Bruder! Unterschiedlicher hätten die beiden nicht sein können. Während Jasper hellbraune gewellte Haare und blaue Augen hatte, insgesamt ein sonniger Typ mit weicheren Gesichtszügen, war Valentin eindeutig nach Ulrike geraten, markant gezeichnete Gesichtskonturen und schwarze kurze Haare. Auch vom Charakter her schienen sich die Brüder ungefähr so zu ähneln wie Grünkohl und Curry. Jasper, offen, lustig, verspielt, Valentin, allem Augenschein nach distanziert, kühl, ernster – ein typischer älterer Bruder eben. Zum Glück war Nele Hauptperson, und schnell konzentrierten sich alle auf sie. Valentin, eben noch ein echtes Ekelpaket, ging zu Nele, sprach mit ihr, und ein paar Minuten später lachte sie und ging bereitwillig an seiner Hand zur Bühne. Wir wurden gebeten, uns in der holzvertäfelten Aula einzufinden, wo Jasper schon für uns alle eine Stuhlreihe frei gehalten hatte. Ganz links saßen seine aufgeregten Eltern, bepackt mit Videokamera und Fotoapparat, dann kam Valentin. Ich ging vor Jasper in die Reihe hinein und ließ neben Valentin den Platz frei, für seine Frau. Valentin schaute überrascht zu mir herüber. »Stink ich, Lara, oder weshalb sitzt du da drüben?« Diese Unverschämtheit und sein Blick, in dem lässiges Desinteresse lag, verschlugen mir fast die Sprache.

»Na ich dachte, ich lass Platz für Neles Mutter«, erklärte ich.

Valentin drehte nur kurz den Kopf zu mir.

»Die macht lieber Werbung für Blasenschwäche und kommt nicht, Lara!«

»Äh, Clara, nicht Lara!«

»Wie?«

»Ich heiße Clara und nicht Lara!«

Valentin nickte kurz.

»Ach so, alles klar!« Doch leise murmelte er: »Ob es lang genug hält, um sich das zu merken?«

Mir stieg die Galle hoch, was man mir sofort ansah, denn meine blasse Haut wurde in solchen Situationen von roten Flecken übersät. Immerhin passend zum Farbton meiner Haare.

Jasper nahm beschwichtigend meine Hand und setzte sich zwischen Valentin und mich.

»Er macht gerade 'ne schwere Zeit durch«, flüsterte er mir entschuldigend zu.

Ach was! Hätte ich so gar nicht gemerkt, bei seiner charmanten Art. »Ein paar Infos vorab über deine Familie wären durchaus hilfreich gewesen!«, zickte ich Jasper leise an, der bekümmert dreinblickte. Das war typisch Jasper, den Kopf voller Ideen, erzählte mir alle möglichen Kindheitsgeschichten, aber die wirklich wichtigen Details vergaß er einfach oder ließ sie weg.

Schuldbewusst nutzte Jasper die wenigen Minuten, bis das Theaterstück begann, und wandte seinem Bruder den Rücken zu, um mir im Schnelldurchlauf die wichtigsten Infos ins Ohr zu raunen. »Valentin ist von Haus aus BWLer, er war bis vor einem halben Jahr in einem hochdotierten Job als Manager bei einem Pharmakonzern in Hamburg. Bis Jutta, seine Frau, auf die Idee kam, sich ihren Kindheitstraum zu erfüllen. Sie wollte immer schon Schauspielerin werden und macht Neles Geburt dafür verantwortlich, dass aus der Weltkarriere nichts geworden ist. Also hat sie mit neunundzwanzig noch mal alles auf eine Karte gesetzt und lebt seither in Berlin. Sie besucht eine private Schauspielschule und kommt alle Schaltjahre mal in München vorbei, meistens, wenn irgendein Casting ansteht.«

»Und hat diese Jutta Talent?«, fragte ich leise. Die Frage, ob sie überlegte, sich einen Künstlernamen zuzulegen, verkniff ich mir.

»Valentin meint, sie hat nicht mehr Talent als eine Eckbank ...«

Jetzt hätte ich fast losgeprustet, konnte mich aber im letzten Moment noch fassen.

»Und wieso sind Valentin und Nele hier in München?«

Jasper sah sich kurz nach seinem Bruder und seinen Eltern um, die jedoch selbst gerade in Gespräche verwickelt waren. Valentin hatten gleich zwei befreundete Mütter aus der Reihe hinter uns in Beschlag genommen.

»Er hat unseren Eltern zuliebe den Job gekündigt und ist hergezogen, um sich um den Betrieb zu kümmern ... während der Finanzkrise hat Vater den Betrieb fast in den Ruin geführt, weißt du, wenn jemand die Lehman Brothers für 'ne Band hält, sollte er lieber seine Finger von Finanzgeschäften lassen ... und außerdem hat Nele durch den Umzug ihre Großeltern um sich, die sie über alles liebt.«

Jetzt wurde mir auch klar, warum die Mütter so auf Valentin flogen. Er war quasi ein alleinerziehender Vater, und dazu noch ein cooler, gut aussehender und vor allem alleinstehender. Auch wenn Charme nicht seine hervorstechendste Eigenschaft war, schien er ein paar gute Eigenschaften wie Verantwortungsgefühl und Familiensinn zu haben. Das kam bei diesen Frauen anscheinend gut an.

Das Licht in der holzvertäfelten Aula wurde gedimmt, und der schwere rote Samtvorhang öffnete sich langsam, Jasper musste seinen Einführungskurs in die Verhältnisse seiner Familie beenden, denn das Herbststück begann.

Singende Bienchen, tanzende Weizenfelder und sprechende Kürbisse spielten mit vereinten Kräften und einer Ernsthaftigkeit, dass es mich geradezu rührte. Nele meisterte ihren Auftritt mit Bravour und war mit Abstand das talentierteste Kind auf der Bühne. Georg hantierte hektisch mit der Videokamera herum, und Ulrike sprach aufgeregt den Text mit, den sie offensichtlich mit Nele eingeübt hatte, und musste sich immer wieder ein paar Tränen wegwischen. Wenn Valentins Einschätzung stimmte, was das Talent von Neles Mutter betraf, so blieb sie dieser Aufführung vielleicht auch deshalb lieber fern, weil es schmerzte, wenn das eigene Kind von Natur aus mitbrachte, worum man sich selbst erfolglos bemühte. Ich mahnte mich, Jutta nicht vorschnell zu verurteilen, aber bei allem, was ich gehört hatte, hielt ich sie jetzt schon für eine blöde Kuh. Valentin hingegen saß mit geschwellter Brust und typischem Papalächeln da und rief nach Neles Auftritt begeistert »Bravo« dazwischen. Jaspers Familie war einfach liebenswert, ja sogar Valentin schien zumindest, was seine Tochter betraf, ein Herz zu haben. Und als der gespielte Zyklus vom Säen, Pflanzen, Gießen und Ernten beendet wurde, tobte der Saal. Die Kürbisse und alle anderen verkleideten Kinder kamen zum Applaus Hand in Hand auf die Bühne, verneigten sich glucksend und kichernd mit hochroten aufgeregten Köpfen.

»Kommt mit, wir holen Nele ab!«, forderte Valentin uns auf.

»Ach, das ist nur was für euch junge Leute, zwischen so vielen Kindern«, sagte Ulrike. »Wir warten lieber draußen auf euch.«

»Okay, und ihr?« Valentin sah seinen Bruder kurz an und ging auch schon Richtung Bühne. Ich fragte mich, ob er mich überhaupt dabeihaben wollte, aber es blieb mir keine Wahl, denn Jasper zog mich im selben Moment auch schon mit.

In dem Klassenraum, der als Garderobe diente, herrschte ein reges Treiben und Durcheinander. Die Kinder versuchten, sich teils allein, teils mithilfe der Lehrer aus ihren Kostümen zu schälen, hier suchte jemand einen Schuh, dort fehlte eine Brille, und mittendrin stand Nele, die glücklich lächelte. Valentin ging zu ihr und wirbelte sie durch die Luft.

»Toll hast du das gemacht! Hat's Spaß gemacht?«

Nele nickte.

»Ich will aber trotzdem Tierärztin werden. Schauspielerin ist doof!«

Ich ahnte, was in Nele vorging. Die meisten Mädchen in ihrem Alter träumten davon, Schauspielerin, Sängerin oder Tänzerin zu werden, eher der Aufmerksamkeit wegen. Auch wenn Nele offensichtlich Talent hatte, so verband sie die Schauspielerei mit ihrer Mutter, die sie genau deshalb im Stich gelassen hatte.

»Tierärztin finde ich einen tollen Beruf. Hast du selbst ein Tier?«, fragte ich Nele und half ihr aus dem Kürbiskleid aus Pappe. Nele schüttelte den Kopf. »Aber ich hätte gern eins«, sagte sie.

Das konnte ich gut verstehen, als Kind war ich selbst völlig tierverrückt gewesen. Zumindest bis die Musik Vorrang bekam. Wir hatten im Waldhaus Katzen gehabt, und mit meiner Mutter war ich oft in der Reitschule gewesen, um den Pferden zuzuschauen.

»Kennst du die Reitschule am Englischen Garten? Da müssen wir unbedingt mal hin Kuchen essen. Du sitzt da auf einer Bank am Glasfenster, und durch das Fenster siehst du die Pferde in der Reithalle!«

Nele schien von meiner Idee begeistert zu sein und strahlte, ich mochte sie. Aber vielleicht sollte ich mich wegen Valentin mit solchen Vorschlägen besser zurückhalten. Ich zwinkerte Nele noch einmal zu und trat etwas zur Seite.

»Darf ich Sie mal kurz sprechen?«, fragte mich plötzlich ein junger Mann, ohne eine Antwort zu erwarten. »Ich bin so froh, dass Sie doch gekommen sind. Nele war es so wichtig! Sie hat bei den letzten Proben andauernd davon gesprochen, dass sie hofft, dass Sie kommen werden. Und wie Sie sehen, war Ihre Anwesenheit gut, denn Nele hat offensichtlich Ihr Talent geerbt. Ich würde sie gerne in die Theatergruppe aufnehmen.

Wir spielen leichte Stücke, die spielerisch sind, und üben ein Mal die Woche!«

»Äh, ich bin gar nicht ...«, hatte ich begonnen, die Situation aufzuklären, als plötzlich Valentin neben mir stand.

»Herr Maienstein, ich sprach gerade mit Ihrer Frau, dass Nele unbedingt in die Theatergruppe gehört, finden Sie nicht auch?«

Valentins tiefe Falte, die sich zwischen seinen Augenbrauen abzeichnete, markierte deutlich eine andere Meinung.

»Das ist nicht meine Frau, sondern Lara, die neueste Errungenschaft meines Bruders, und ob Nele in die Gruppe möchte, bespreche ich erst mal mit ihr. Wir sagen dann Bescheid!«

Valentin schubste mich vor sich her zur Tür, wo Nele und Jasper bereits auf uns warteten.

»Clara, nicht Lara! Ich heiße ...!«

Valentins wütend funkelnde Augen ließen mich verstummen.

»Was fällt dir eigentlich ein, dich in Dinge einzumischen, die dich so gar nichts angehen?«, zischte er mir ins Ohr. »Nur weil mein Bruder es ausnahmsweise mal ernster meint und seine neueste Gespielin mit zu einem Familienausflug bringt, gibt dir das noch lange nicht das Recht, in unseren Angelegenheiten mitreden zu wollen. Nele hat genug Unsicherheiten hinter sich, da braucht sie nicht noch eine neue Tante, die sie groß rausbringen will, verstanden?«

Mir blieb vor Empörung die Luft weg, aber zum Glück nicht die Spucke, denn vor lauter Aufregung zischte ich mit deutlich feuchter Aussprache zurück: »Ich hoffe, dass du die Tabletten, die du nimmst, gut versteckst, immerhin hast du ein Kind in deiner Obhut, und diese Wahrnehmungsstörungen, die du hast, sind ja schon bei Erwachsenen sehr gefährlich! Ich hab keine Ahnung, was ich dir getan habe, dass du dich so bescheuert verhältst, aber dieser Lehrer eben nahm an, ich sei Neles Mutter.

ER sprach MICH an, und bevor ich das richtigstellen konnte, bist du schon in deiner erfrischenden Art dazwischengeplatzt. Übrigens, Nele hatte gehofft, dass ihre Mutter kommt, und sie hat wohl von nichts anderem gesprochen in den Proben. Vielleicht konzentrierst du dich mal darauf, wenn dein Gehirn schon nicht dazu reicht, sich einen einfachen Namen wie Clara zu merken, Walter!«

Ha! Das hatte gutgetan.

»Was ist denn passiert?«, fragte Jasper, als wir durch das Gedränge hindurch an der Tür angekommen waren.

Ich winkte ab und wollte am liebsten nur noch nach Hause, aber Jasper hielt mich zurück. »Nichts da, du kommst mit zu meinen Eltern, wir trinken noch was. Ich rede mit Valentin! Bestimmt belastet ihn irgendwas anderes. Was immer er auch gesagt hat, nimm das nicht persönlich.«

Ich versuchte mich zu beruhigen. Vielleicht hatte Valentin auch nur ein Problem mit meinen roten Haaren. Das gab es häufiger, als man meinen sollte, ja, auch heute noch!

Auf dem Weg zum Auto sah ich, wie Ulrike ihr Handy nahm und unauffällig etwas eintippte. Sie sprach kurz mit jemandem und rief dann Nele zu: »Kind, die Mama ist dran. Sie möchte wissen, wie dein Auftritt war.«

So schnell konnte ich gar nicht schauen, wie Nele angeflitzt kam. Freudestrahlend nahm sie das Handy in Empfang und berichtete ihrer Mutter am anderen Ende haarklein, wie alles gelaufen war.

»Opa hat alles gefilmt, und Papa sagt, wir können das hochladen, und dann siehst du es übers Internet!«

Nele strengte sich sehr an, ihre Mama stolz zu machen. Das spürte man. Doch diese Mama war nicht einmal in der Lage, ihr Kind selbst anzurufen ... Zum Glück hatte Nele all die anderen Bezugspersonen hier, die sie über alles liebten.

Jasper hatte mich bereits vorgewarnt, dass seine Eltern nicht im Zentrum wohnten, was milde untertrieben war. Wir fuhren fast eine halbe Stunde, bis wir zur Stadtgrenze Münchens gelangten. Sobald ich das große Gelände mit den drei Häusern sah, war mir auch klar, weshalb. Für eine Brauerei brauchte man Platz, und der war im Münchner Zentrum sicherlich unerschwinglich. Die schmale Straße führte durch eine Kastanienallee auf das großzügige Anwesen. Hier gab es ein Haupthaus, in dem das Geschäft und der Ladenverkauf untergebracht waren. Es handelte sich um ein altes Fachwerkhaus mit schönen Holzrahmenfenstern, die von Weinlaub umwachsen waren. In den oberen beiden Stockwerken lebten Ulrike und Georg. Der runde Innenhof, in dessen Mitte Kastanien und ein alter verzierter Kupferbrunnen standen, wurde als Biergarten genutzt, jetzt im Herbst vor allem für Zwiebelkuchen und den ersten selbst gepressten Apfelsaft, später Most. An den Innenhof grenzte das Haus, in dem gekeltert und Wein- und Prosecco-Fässer gelagert wurden. Auch dieses Haus bestach durch historisches Fachwerk, an dem dunkelrotes Weinlaub rankte. Die gesamte Anlage wirkte nostalgisch, ohne angestaubt oder alt zu sein, sie war gepflegt und wunderschön. Ich ließ meinen Blick weiterschweifen und entdeckte ein Haus, das mir einen Ausruf des Entzückens entlockte. Nicht sehr hoch, dafür aber lang und breit gebaut, aus dunkelroten Backsteinen und weißen Holzrahmenfenstern, was sehr untypisch für die Gegend war, stand es leicht zurückversetzt und etwas geschützter am Rand der Hofanlage. Davor wuchs ein bunt bepflanzter Bauerngarten. »Dort wohnt Valentin mit Nele«, erklärte Jasper, ergriff meine Hand und schlenderte mit mir über den Hof. »Und wenn ich, also wir beide zu Besuch sind, ist hier auch unser Reich. Es gibt zwei Gästezimmer mit eigenem Bad und separater Eingangstür. Der Gästebereich ist aber durch eine kleine Wendeltreppe mit dem Hauptwohnbereich verbunden! Also auch der Küche ...«

Ich sah an der Fassade zu dem dunklen Walmdach hinauf, das dem Haus noch mehr den Eindruck eines kleinen Hexenhäuschens gab, und als ich durch ein Fenster den offenen Kamin sah, war es ganz um mich geschehen.

Das hier war die lebendig gewordene Familie-Walton-Idylle!

»Ist das schön hier! Habt ihr ein Glück!«, rief ich begeistert, bis Valentin, der auf die Haustür zuschritt, ein »Jetzt aber bitte nicht einnässen vor Aufregung!« vor sich hin murmelte, was ich wohl nicht hätte hören sollen. Ich beschloss, ihn einfach zu ignorieren, meine Aufmerksamkeit hatte er gar nicht verdient.

Nach einer kurzen Besichtigung des Gästebereichs trafen wir uns mit den anderen im Haupthaus, in Ulrikes und Georgs Reich. Es war ebenfalls im Landhausstil eingerichtet, gemütlich ohne kitschigen Tand. Georg holte zwei besonders gute Weine und Bier aus der Hausbrauerei für uns und für Nele einen frisch gepressten Apfelsaft. Wie er an dem Wein roch, die Farbe gegen das Licht hielt und ihn schließlich trank, musste man nicht besonders aufmerksam sein, um zu sehen, dass Georg seine Berufung zum Beruf gemacht hatte und auch kein Kostverächter seiner eigenen Produkte war. Ulrike war, was das anging, zurückhaltender, von ihr sah ich dafür einige selbst gemalte Bilder, die nichts mit dem üblichen »Ich male, um mich selbst zu therapieren, und dafür hab ich mal 'nen Volkshochschulkurs belegt«-Stil zu tun hatten, nein, ihre Bilder waren abstrakt genug, um die Fantasie anzuregen, aber handwerklich so gut gemacht, dass man nicht das Gefühl hatte, das kann ich auch. Von ihr musste Jasper sein musisches Talent geerbt haben. Kaum saß ich und hatte ein Glas Wein in der Hand, wurde ich auch schon ausgefragt, schließlich kam es nie vor, dass Jasper eine Frau mitbrachte, was mich leicht beunruhigte. Natürlich hatte ich Jasper ausgiebig gefragt, woran es lag, dass er vor mir noch keine ernsthafte Beziehung geführt hatte.

»Es war einfach nie die Richtige dabei. Ab 'nem bestimmten

Zeitpunkt wurde es immer anstrengend, mit Nörgelei und Forderungen, die ich nicht erfüllen wollte«, war seine Erklärung gewesen, die mich hellhörig werden ließ. Im besten Fall hatte es an den Frauen gelegen, im schlechtesten an Jasper. Nur Valentin fragte mich nichts und blieb distanziert, was mich nicht weiter wunderte. Nele und ich hingegen verstanden uns prächtig. Sie wollte unbedingt, dass ich ihr auf dem hauseigenen Klavier, das eindeutig zu dekorativen Zwecken dastand, vorspielte. Da ich wenigstens beim Rest der Familie einen guten Eindruck machen wollte und Jasper mich erwartungsvoll anstrahlte, setzte ich mich und begann, nach und nach alle Wünsche von Kinderliedern bis hin zu Allerwelts-Klassikstücken, die jeder kannte, vorzuspielen. Mit wachsender Begeisterung meines Publikums, das gar nicht fassen konnte, wie man all die Noten auswendig im Kopf haben und dazu die Finger so schnell bewegen konnte.

»Das ist mein Beruf, ich mache nichts anderes jeden Tag!«, sagte ich und lachte.

»Kannst du auch den Liebestraum von Liszt?«

Solch eine Frage von Valentin?

Ich war verblüfft: Erstens war das keine abfällige Bemerkung, sondern eine ganz normale Frage; zweitens kannten nicht viele dieses Stück, schon gar nicht BWLer, die meist nicht mehr als zehn Bücher in ihrem Leben gelesen hatten, und diese oft nicht einmal freiwillig, und beim Musikgeschmack in den Achtzigern bei Genesis stehen geblieben waren; und drittens war es eines meiner Lieblingsstücke, das mir Trost und Kraft nach dem Tod meiner Eltern gegeben hatte.

»Ja, kann ich!«, antwortete ich mit fester Stimme und schaute Valentin unverwandt in die dunklen Augen. Sein Blick erschien mir plötzlich alles andere als distanziert. Für einen Moment meinte ich sogar, eine lodernde Flamme im tiefen Braun seiner Augen zu sehen.

Ich begann zu spielen und versank, wie immer bei diesem

Stück, schon nach wenigen Takten völlig in der Musik und vergaß Raum und Zeit. Als ich jedoch zu einer schnelleren Passage kam, spürte ich plötzlich einen stechenden Schmerz, der meine linke Hand wie ein Blitz durchzuckte. Nur für Sekunden. Ohne mir etwas anmerken zu lassen, spielte ich weiter. So etwas hatte ich noch nie zuvor erlebt. Dann war es erneut da, ein kurzes heftiges Stechen. Und noch einmal.

Als ich zu Ende gespielt hatte, herrschte Stille im Raum. Mit einem Cello zusammen, wie ich es öfter mit einem Kollegen spielte, strahlte es mehr Wärme und Tiefe aus. Ob es jemandem aufgefallen war ... Zögerlich schaute ich auf. Bis auf Nele hatten alle Tränen in den Augen, selbst Valentin, der sich räuspernd erhob und aus dem Raum flüchtete. »Schön, aber auch sehr traurig, wie du das spielst«, sagte Ulrike. Die anderen nickten. Bevor die Stimmung noch trübsinniger wurde, holte Nele alle zurück ins Hier und Jetzt, denn sie wollte unbedingt ihre Tiersendung schauen, die wöchentlich im Fernsehen lief und den Alltag eines Tierheims in Hamburg zeigte. Da sie Tierärztin werden wollte, verpasste sie diese Sendung nie und durfte auch heute den Fernseher einschalten. Beim Zappen zum richtigen Kanal rief Nele plötzlich: »Mama, da ist Mama!«

Das war Jutta? Sie war die Grippefrau aus der Werbung, die zurzeit überall lief? Eine verschnupft dreinblickende blonde Frau mit roter Nase hustet gequält in die Kamera, bekommt den Grippetrank und schläft daraufhin wie der junge Frühling ein. Jutta sah zweifelsohne gut aus, und den Grippeblick bekam sie auch hin, aber ob das die große Karriere war, die sie anstrebte und die es lohnte, allein in Berlin zu sein? Während die anderen gute Miene zum Bazillenspot machten, lehnte Valentin im Türrahmen und sah sich mit versteinerter Miene das Ende des Werbefilms an.

Jasper lächelte mich schließlich verschmitzt an und flüsterte mir ins Ohr: »Wollen wir beiden uns dann mal zurückziehen? Ich hätte da noch ein paar ganz private Fragen ...!«

Von mir aus gern. Wir verabschiedeten uns und wünschten allen eine gute Nacht. Auf dem Weg zum Gästehaus sagte Jasper aufgekratzt: »Die lieben dich alle! Kein Wunder, du bist ja auch meine Traumfrau!«

Na ja, alle außer Valentin …

»Ist dein Bruder eigentlich immer so abweisend?«

»Nee, eigentlich ist er sehr umgänglich und beliebt. Vielleicht ist er eifersüchtig und hat Angst, dass ich seriös werde und nicht mehr so viel mit ihm und Nele abhänge. Er ist es einfach nicht gewohnt, dass ich eine feste Frau an meiner Seite habe, gib ihm Zeit!«

Das musste ich wohl, wenn er mein Schwager werden sollte. Jasper schenkte uns beiden ein Glas Wein von der offenen Flasche, die er von drüben mitgenommen hatte, ein. »Auf uns und darauf, dass ich dich gefunden habe …« Er hob sein Glas und sah mich zärtlich an. Aneinandergekuschelt saßen wir auf dem Sofa und ließen schweigend den Tag Revue passieren. Im Bad beim Zähneputzen hörte ich, wie Valentin und Nele nach Hause kamen und leise miteinander sprachen. Müde vom aufregenden Tag fiel ich ins Bett.

Vor dem Einschlafen dachte ich noch mal kurz an den Sekundenschmerz in meiner linken Hand. Wahrscheinlich hatte es nur daran gelegen, dass ich mich vorher nicht warmgespielt hatte.

Kapitel 3
Wie du mir, so ich dir!

»Clara, wie schön, dich zu sehen, hast du eine neue Frisur, irgendwie siehst du verändert aus!« Professor Bruckner gab mir erfreut die Hand und war, typisch Mann, nicht in der Lage, gleich zu orten, dass meine Augenbrauen dunkler waren als sonst. Zum Glück war ihr Anblick nicht mehr wie ein Schlag ins Gesicht, aber diese rassigen Härchen waren immer noch weit entfernt von meinen hellen rötlichen Originalbrauen. Ohne mich weiter damit aufzuhalten, sah ich Professor Bruckner freudestrahlend an. Was hatte ich diesem Mann alles zu verdanken! Er war derjenige gewesen, der mein Talent von Anfang an erkannt und gefördert hatte, dem es nichts ausmachte, dass ich aus einfachen Verhältnissen stammte und keine kulturversessene Familie vorweisen konnte. Stipendien, Förderungen, all das hatte er für mich organisiert und auch andere Professoren von meinem Können überzeugt. Er war derjenige gewesen, der mir geraten hatte, nicht nur auf Konzertpianistin zu studieren, sondern Pädagogik dazuzunehmen, um später einmal unterrichten zu können. Damals konnte ich es mir nicht vorstellen, war ich doch nur darauf aus, Konzerte zu spielen; aber heute konnte ich sehen, mit welcher Erfahrung und welchem Weitblick er mich begleitet hatte. Die Ausbildung kam mir genau jetzt zugute. Wir trafen uns im Sobi Cacao, meinem Lieblingscafè in der Georgenstraße, das Sobi, ein französischer Perser und ehemaliger Sprachlehrer, führte. Doch noch mehr als Café war es vielmehr eine Insel »für Liebe, Hoffnung und die Revolution«, wie Sobi mit seinem dröhnenden Bass oft lachend sagte. Das Sobi Cacao war so besonders, weil es nicht vorgab, etwas zu sein, aber genau deshalb vieles war. Die Einrichtung war liebevoll zusammengesucht, einfache kleine Holztische mit verschiedenen Stühlen, einem Kronleuchter an der Decke und kleinen Fensterkabinen, in denen man sich die Schuhe ausziehen musste, dann aber auf großen Kissen und mit Blick auf die Straße stundenlang sitzen konnte. Es roch immer entweder nach Schokolade, das Sobi bot fünfzehn verschiedene Sorten an, oder frischem Kaffee. Das wahrlich Einmalige am Sobi Cacao waren Sobi selbst und die Menschen, die er anzog. Mit seinem schwarzen Lockenkopf, der, was das Volumen anging, jede Frau neidisch werden ließ, war er auf Anhieb auszumachen. Sobi war ein Freigeist, ein Lebenskünstler mit Herz, der Menschen liebte und das Wort Gastfreundschaft neu definierte, indem er jedem Gast mit großem Interesse begegnete. Sobi hatte genaue Vorstellungen und Meinungen, die er gern austauschte, wobei er vor lauter Diskussion auch mal vergaß, den Gast am Nebentisch zu bedienen, was er mit seinem sympathischen Lachen schnell wettmachte. Man konnte ihm nicht böse sein, und es störte auch nicht, dass nicht alles perfekt lief – im Gegenteil, genau das war der Charme des Sobi Cacao. Gerade erklärte Sobi einem neuen Gast in bestem Deutsch, aber mit seinem deutlich hörbaren französischen Akzent, weshalb man bei ihm Milchkaffee trank und keine Latte macchiato.

»Latte macchiato ist keine Kaffeekultur, das hat irgendein Deutscher erfunden, und jetzt wollen es alle trinken, aber das ist künstlich! Versuch mal meinen Milchkaffee, dann brauchst du nie wieder Latte macchiato!«

Professor Bruckner und ich trafen uns hier zu einem Vorgespräch. Das offizielle Interview vor dem versammelten Beirat fand erst in einigen Wochen statt, aber er wollte mich gründlich vorbereiten.

»Dass du spielen kannst, ist klar. Wichtig wird sein, dass du zeigst, wie du dein Können vermittelst. Du wirst einen Schüler bekommen, mit dem du unter unserer Aufsicht ein Stück einübst. Das Stück kennst du vorher nicht, damit es fair ist. Wir können frischen Wind gut gebrauchen. Und den würdest du mitbringen, da bin ich sicher. Ich sag dir aber auch gleich, dass Frau Professor Wiese sich für Amelie Fischer einsetzen wird. Ich denke, es wird sich am Ende zwischen euch beiden entscheiden. Aber das kennst du ja schon!«

Und ob ich das kannte, mein Leben lang war es nicht anders gewesen. Immer hatten sich zwei Lager um Amelie und mich gebildet. Sie als der Rauschgoldengel, ich als die rothaarige Begabte, die aus untypischen Verhältnissen kam und als Waisenkind natürlich eine herzzerreißende Geschichte für die Medien hergab. Wie sehr wurde ich bemitleidet, es fehlte nur, dass sie mich in einer dieser Sendungen, in denen Tiere ein neues Zuhause suchen, in die Kamera gehalten hätten.

»Das ist die kleine Clara, sie ist stubenrein, hübsch anzusehen und hochbegabt. Clara können Sie jederzeit an Ihr Klavier setzen, Sie werden Ihre wahre Freude haben!«

Dabei war ich weit entfernt von einer Opferrolle, dafür war ich zu lebenslustig. Was nicht immer so gut ankam, wenn Journalisten bereits die Geschichte zur armen Waise im Kopf geschrieben hatten und auf ein sensibles, zerbrechliches Wesen gefasst waren, dann aber beim Interview auf mich, gut gelaunt, trafen, und ich erzählte, dass ich die letzte Nacht mit einer Freundin durchgetanzt und deshalb noch Ringe unter den Augen hatte. Ich konnte weder mit einer Essstörung aufgrund meines Schicksals aufwarten noch mit Borderline oder einer Depression. Ich war erschreckend normal, und auch wenn mir meine Eltern wahnsinnig fehlten und ich immer wieder darüber traurig war, so lebte ich mein Leben weiter; das hätten sie auch nicht anders gewollt.

»Weißt du, was Amelie bewegt hat, plötzlich sesshaft werden zu wollen?«, fragte Professor Bruckner verwundert.

Ich wusste es, aber sagte es nicht, da ich mir angewöhnt hatte, sie nicht schlecht zu machen, denn erstens fühlte ich mich dadurch nicht besser und zweitens war sie gefährlich und zu allem bereit, wenn sie Anfeindungen mitbekam. Außerdem hatte das Thema Männer bei Amelie und mir eine lange Tradition. Auch wenn wir uns sonst so überhaupt nicht ausstehen konnten – in einem waren wir uns meistens einig: nämlich welche Männer wir gut fanden. Mal von ihrem jetzigen Schleimprojekt abgesehen, das aber auch die Frau Mama ausgesucht hatte … Nein, mit sechzehn Jahren waren wir beide das erste Mal in einen Cellisten verliebt gewesen, der bei »Jugend musiziert« mitmachte. Als Paul sich am Ende für mich entschied, half es Amelies und meinem Verhältnis nicht weiter, auch nicht, dass sich das einige Male wiederholte, wenn auch nicht immer nur Hauptgewinne dabei waren. Alexander zum Beispiel, Mitstudent, extrem gutaussehend und sich dessen bewusst. Zappeln hatte er uns beide lassen, ausgespielt gegeneinander, und am Ende mit mir die Nacht verbringen wollen. Gott, was war ich aufgeregt gewesen! Dieser Adonis und ich waren erst im Kino, dann bei ihm auf der Couch, sein atembetörender Duft gab einen vielversprechenden Vorgeschmack. Schließlich zog er mir langsam die Kleider aus, was ich ihm gleichtat. Zum Vorschein kam ein trainierter, unfassbar geschmeidiger Körper mit einer porentief reinen Haut, für die ihn selbst Christine Kaufmann beneidet hätte.

»Was habe ich für ein Glück!«, dachte ich, bis Alexander sich umdrehte, um die Tagesdecke vom Bett zu werfen. Mir gefror das Blut, und mit einem Mal war meine Stimmung dahin. Alexander hatte keine Eiterpickel auf dem Rücken oder sich einen Pelz gezüchtet. Sein Hintern war durchtrainiert und genau richtig. Nein … Was mich mit einem Schlag abgetörnt hatte, thronte über seinem Hintern: eine Tätowierung, und zwar ein Arschgeweih, wie es sonst nur Frauen in den Neunzigern über dem Steißbein trugen. Er deutete meine schreckgeweiteten Augen völlig falsch und zeigte mit Besitzerstolz, wie es nur Männer können, auf seinen Hintern.

»Hart wie Kruppstahl, fass mal an, aber brich dir nicht die Hand!«, forderte er mich auf, was mich in hysterisches Gekicher ausbrechen ließ. Unter einem fadenscheinigen Vorwand machte ich mich aus dem Staub und nahm mir fest vor, in Zukunft genau zu eruieren, ob ich mich wirklich für einen Mann interessierte oder ob der Konkurrenzkampf zwischen Amelie und mir im Vordergrund stand.

Amelie jedoch hatte sich zu rächen gewusst. Als es mit meiner ersten großen Liebe Sascha kriselte, warf sie sich, nachdem Sascha und ich uns auf einer Party in angetrunkenem Zustand gestritten hatten, ihm an den Hals und schleppte ihn ab. Ich muss wohl nicht erwähnen, dass Sascha nach dieser Nacht nicht mehr meine große Liebe war. Amelie hatte mit ihrer blonden Engeloptik einen himmelweiten Vorsprung, subtil im Verborgenen zu intrigieren. Mich nannte sie hinter vorgehaltener Hand »Hexe«, was wahnsinnig originell war, nur weil ich rote lange Locken hatte und sehr helle Haut. Ich revanchierte mich mit dem zugegebenermaßen auch nicht originelleren Spitznamen »Blondes Gift«.

»Ach, jetzt habe ich die Noten in der Hochschule vergessen. Ich wollte dir ein paar Bögen und ein Pädagogikbuch mitbringen. Wo hab ich bloß meinen Kopf!« Professor Bruckner war betrübt, was ich schnell wegwischte. »Ich wollte sowieso in die Hochschule, um ein paar Stücke zu kopieren, ich komm einfach mit!«

Sobi gab uns beim Zahlen ein Stück »Sünde«, wie er es nannte, in Form von Pariser Schokotrüffeln mit und eine Aufforderung: »Liebe und Hoffnung, dann kommt die Revolution. Schreibt das überall hin!«

In der Richter Hochschule fühlte ich mich sofort in die Zeit meines Studiums zurückversetzt. Nichts hatte sich verändert.

Die Gänge rochen nach demselben Putzmittel, das Geklapper der Tabletts der Mensa mischte sich mit dem Lachen der Studenten, durch geschlossene Türen drang der Lauf einer Klarinette. Der stets grantige Pförtner, Herr Leitmeier, trug denselben missmutigen Flunsch wie bereits zu meiner Zeit. Wie immer grüßte ich ihn seiner Verdrossenheit zum Trotz fröhlich und rief ihm zu, ob er sich noch an mich erinnere.

»So füahle Rotschöpf hamma dann a wida ned hier ghobt!«, grummelte er.

Herrlich! Ich konnte es gar nicht abwarten, wieder Teil dieses geschäftigen Gewusels zu werden und die Studenten auf ihrem Weg zu unterstützen und ihnen das nötige Rüstzeug mitzugeben. Professor Bruckner war mein glückliches Lächeln nicht entgangen.

»Willkommen zu Hause ... und hier haben wir ja auch die Sachen, die ich dir mitgeben wollte!«

Er kramte eine Hugendubel-Plastiktüte hervor und schob sich seine schmale Brille auf die Nase, die gern mal zu weit Richtung Nasenspitze rutschte. Er war alt geworden, aber von seiner Würde und Wärme hatte er nichts eingebüßt. Ein lebender Humanist und sehr beliebt bei Studenten und Kollegen.

»Danke, Professor Bruckner, ich schau mir alles an, und wir sehen uns spätestens beim Vorstellungsgespräch!«

Er gab mir lächelnd die Hand, schüttelte sie kräftig und wünschte mir viel Glück. Das konnte ich brauchen, denn gerade als ich aus seiner Tür trat, rannte ich Amelie in die Arme, die sich mit großen Gesten und gekonnt unterwürfigem Getue bei Frau Professor Wiese verabschiedete, die ihre Mentorin war. Als Amelie mich sah, zog sie ein Gesicht, als ob man ihr ein Glas Alkali zu trinken angeboten hätte. Anscheinend wusste sie nicht, dass ich mich auch für die Stelle bewarb. An ihrem ratternden Gesichtsausdruck konnte ich förmlich sehen, wie sie eins und eins zusammenzählte. Wutentbrannt kam sie auf mich zu.

»Was machst du denn hier?«

Sollte ich es ihr sagen oder sie zappeln lassen? Ich entschied mich für sagen, schließlich hatte ich nicht oft die Gelegenheit, live dabei zu sein, wenn Amelies Pläne durchkreuzt wurden.

»Mich für die Professorenstelle bewerben!«

Ihre Nasenflügel begannen zu beben, kein gutes Zeichen bei Amelie. Sie atmete aufgeregt und zischte sichtlich um Beherrschung bemüht: »Das kannst du dir abschminken, die Stelle hab ich in der Tasche. Die Hochschule braucht jemanden, der sie würdig repräsentiert, und deine Sozialdrama-Waisenkind-Nummer hat sich mit Anfang dreißig dann ja auch mal ausgelutscht.«

Ob Amelie überhaupt wusste, wie man sich oberhalb der Gürtellinie aufhielt? Gut, sie hatte es so gewollt!

»Amelie, ich weiß, dass du meistbietend auf dem Münchner Heiratsmarkt verschachert werden sollst, an diese konservative Schmalztolle mit den Spinnenbeinchen, und deshalb überhaupt nur den Job willst. Ob du es glaubst oder nicht, es gibt andere Menschen, die sich aus den naheliegenden Gründen auf so eine Stelle bewerben und einfach gerne ihr Wissen und Können weitergeben!«

Amelies Augen verengten sich, das sah schon immer fies und eindrucksvoll aus, ich gebe zu, das auch gerne können zu wollen, aber selbst nach mehrmaligem Üben bekam ich es einfach nicht hin.

»Dazu, meine Liebe, müsstest du aber erst mal Wissen und Können besitzen!«, schleuderte sie mir entgegen. Bevor mir ein schlagfertiger Konter einfiel, stolzierte sie auf ihren teuren Designerschuhen, die ihr sehr gut standen, weiter, wandte sich dann aber doch noch einmal mit folgendem Rat zu mir um: »Ich warne dich, komm mir ja nicht in die Quere! Das wirst du bereuen!«

Mist, mir fiel auf die Schnelle einfach nichts ein, und so

musste ich mit ansehen, wie Amelie von ihrer goldbehangenen, turbo-frisierten Mutter in Empfang genommen wurde, die mich natürlich wie immer keines Blickes würdigte, existierten in ihrem Universum doch nur Amelie und deren weiterer gesellschaftlicher Aufstieg.

Schnell schüttelte ich das miese Karma von Amelie und ihrem Clan ab und fuhr zum Olympiastadion, um mich mit Jasper zu treffen. Keine Ahnung, was mich da erwarten würde. Nur ein paar Andeutungen, aus denen ich nicht schlau wurde, und die Aufforderung, feste Schuhe anzuziehen. Schwimmen im Olympiabad fiel damit schon mal als Möglichkeit aus. Durchgefroren kam ich am Olympiastadion an, wo Jasper bereits auf mich wartete. Langsam musste ich wieder auf die U-Bahn umsteigen, es wurde wirklich zu kalt fürs Fahrrad, schließlich musste ich auf meine Finger achten. Frostbeulen und eine Blasenentzündung fand ich auch nicht besonders verlockend.

»Hey, trägst du jetzt blauen Lippenstift, oder küsse ich so schlecht, dass du dir die Lippen abfrierst, damit du meine stümperhaften Versuche nicht mehr spürst?«, begrüßte mich Jasper grinsend und rubbelte mich erst mal warm.

»Weder noch, aber der Winter zeigt selbst einer Frischluftfanatikerin wie mir ihre Grenzen auf! So, ich möchte jetzt wissen, was wir hier machen? Ich hoffe, du hast hier irgendwo 'ne heiße Badewanne stehen!«

Jasper lachte, als hätte ich einen Scherz gemacht, und wies stattdessen auf das Glasdach des Olympiastadions. »Dir wird's bestimmt gleich warm werden, denn wir besteigen das Dach des Olympiastadions!«

Unwillkürlich musste ich loslachen. »Genau, und dann seilen wir uns à la Mission Impossible von oben ab!« Ich lachte über seinen Scherz.

Aber Jasper nickte. »Stimmt, woher weißt du das? Hast du das schon mal gemacht?«

Mir blieb die Spucke weg, er schien das vollkommen ernst zu meinen. »Hallo? Ich hab 'nen Witz gemacht, ich bin doch nicht verrückt und klettere da hoch. Wie soll das denn gehen, bitte?«

Anstatt mich zu beruhigen und den Witz aufzuklären, fragte Jasper belustigt: »Hast du noch nie gehört, dass man das Olympiadach besteigen kann? Das wird in professionellen Touren angeboten, ich kenne eins der Mädels aus dem Team. Sie macht die Tour heute nur für uns. Keine Angst, du wirst abgesichert, und die Aussicht ist den Aufstieg allemal wert. Warm wird dir bestimmt auch dabei werden.«

Warm? Heiß wurde mir allein beim Gedanken an das, was Jasper da aussprach. Man konnte mir viel nachsagen, aber der abenteuerliche Typ war ich wahrhaftig nicht. Für mich klang das nach ziemlich viel Angst, Schweiß und nicht nach einer tollen Aussicht.

Jasper bemerkte mein Zögern. Liebevoll umarmte er mich. »Komm, spring über deinen Schatten. Du hast das in dir. Es ist gut, mal was Neues zu versuchen und aus der eigenen Sicherheitszone einen Schritt herauszuwagen und sich selbst zu überraschen! Es kann nichts passieren, du bist super abgesichert, und außerdem bin ich dabei. Wenn du nicht mehr willst, drehen wir sofort um, versprochen!«

Wenn er das so sagte, klang es einfach und als ob nichts dabei sei. »Also, versuchen wir es?«

Ich atmete tief ein, blies die Backen auf, prustete die Luft wieder aus und nickte, was Jasper begeistert »Ja!« ausriefen ließ. Gerade rechtzeitig, denn wie ich vermutete, bog da unsere Führerin um die Ecke. Mitte zwanzig, athletisch und sehr sympathisch, wie sie da so gesund und munter auf uns zukam.

»Ich bin Katja, und du bist nicht begeistert, wenn ich deinen Gesichtsausdruck richtig deute!« Katja war eine Frau der offenen Worte, das gefiel mir, schließlich wäre Um-den-heißen-Brei-

Reden bei so einer Kletteraktion nicht gerade vertrauenerweckend. Sie ging mit mir wichtige Sicherheitsinformationen durch; Jasper kannte den Spaß offensichtlich im Schlaf, gab uns Helme, Seil und Karabiner, und los ging's. Mit wackligen Knien ging ich den schmalen Weg, der für Bauarbeiten angelegt worden war und der steil nach oben führte. Katja hatte mich angeseilt und schritt munter voran, Jasper folgte mir. »Falls du fällst, bin ich hinter dir«, beruhigte er mich, was ich süß von ihm fand. Hoffentlich bekam ich vor lauter Angst keine Blähungen, denn da war er auch hinter mir ... Es war schon gewöhnungsbedürftig, auf diesem Glasdach herumzuwandern und zu merken, wie flexibel das Dach war und bei festerem Auftreten nachgab. Wie war ich bloß hier hineingeraten? Jasper und seine verrückten Ideen, die mich zu solchen Abenteuern verleiteten. Ein bisschen fühlte ich mich wie ein Teenager, der mal wieder etwas Neues ausprobiert und seine Grenzen austesten will. Wobei ich diese Phase aufgrund des unermüdlichen und disziplinierten Klavierübens praktisch ausgelassen hatte. Vielleicht konnte das ja den Reiz ausmachen, feuerte ich mich an. Doch die Abenteuerlust schien heute schon mit jemand anders verabredet zu sein. Mühsam tat ich einen Schritt vor den anderen und vermied es sowohl hinauf- als auch hinunterzuschauen. Zwischen Katjas Rücken und meinen Füßen pendelte mein Blick starr hin und her.

»Alles klar bei dir? Wir haben es bald geschafft!«, sprach Jasper mir von hinten Mut zu.

Was hieß bitte bald? Laut meiner Uhr waren wir bereits seit einer Stunde unterwegs.

»Da wären wir!«, sagte Katja und hielt inne.

Erleichtert atmete ich auf.

»Ich lass euch dann mal alleine, Jasper, du weißt ja, wie ihr wieder runterkommt.« Unsere Führerin verabschiedete sich und seilte sich unversehens in den Innenraum des Stadions ab.

Schockgefroren packte ich Jaspers Arm. »Sag mir, dass ich das nicht nachmachen muss und es einen anderen Weg runter gibt, sonst schrei ich hier auf der Stelle um Hilfe!«

Jasper fand mich als Schisser höchst amüsant. »Clara, das soll hier ein romantischer Ausflug werden und kein Überlebenstraining!«

Von Romantik merkte ich bislang nichts, eher von Adrenalinausschüttung, was Jasper nicht entging. Mit ruhigen Bewegungen machte er seinen Rucksack auf und holte eine Thermoskanne, ein Windlicht und einen I-Pod mit tragbaren Boxen hervor. Dann kramte er zwei kleine Alupakete heraus. Zuerst legte er »Wonderful Tonight« von Eric Clapton ein, zündete dann die Kerze an und schenkte mir aus der Thermoskanne eine Tasse Schokolade ein, dazu gab's Kuchen, den er aus der Alufolie ausgewickelt hatte. »So, und jetzt schau dir bitte mal dieses Panorama an, die Frauenkirche da hinten ... So hast du München bestimmt noch nie gesehen. Bei schönem Wetter sieht man bis zu den Alpen!«

Jasper hatte recht, der Blick von hier oben war überwältigend! Die Stille und die Lichter, die langsam nach und nach angezündet wurden, das Abendrot verzauberte die Stadt und mich. Langsam begann ich, diesen außergewöhnlichen Ort und die Atmosphäre zu genießen, und trank schweigend den heißen Kakao. Jasper streichelte zärtlich meinen Nacken und knabberte an meinem Ohr. Langsam drehte ich mich zu ihm, küsste ihn, und die schwindelerregende Höhe schien das wohlige Kribbeln, das der Kuss hervorrief, nur noch zu vertiefen.

»Na, hat sich der Ausflug gelohnt?« Jasper lachte leise und sah mich schelmisch mit diesem »Ich hab's ja gewusst«-Blick an. Wir genossen die Aussicht, bis es dunkel wurde. Zum Glück wurde das Stadion abends erleuchtet, aber Jasper hatte trotzdem vorgesorgt und zwei Stirnlampen und zwei Taschenlampen mitgebracht. Der Abstieg kam mir viel schneller und einfacher vor als der Aufstieg, was vor allem daran lag, dass ich meine Angst überwunden hatte. Jasper ging voraus, blickte jedoch immer wieder über seine Schulter, um nach mir zu sehen. Unten angekommen, war ich trotz alledem froh, wieder sicheren Boden unter den Füßen zu haben. Als ich mich umdrehte und noch mal überriss, wie weit oben wir uns eben noch befunden hatten, durchströmte mich ein Glücksgefühl. Stolz war ich und erledigt, gleichzeitig fühlte ich mich wild, verwegen und so abenteuerlustig, dass mir Marco Polo wie ein Weichei vorkam. Okay, diese Einschätzung war wohl eher noch dem Rausch der Hormone zuzuschreiben …

»Danke, das war wirklich ein besonderes Erlebnis für mich!« Ich gab Jasper einen Kuss, den er erleichtert erwiderte.

Kapitel 4
Ski Heil!

»Füße auseinander und die Knie nach vorne, Maxi!«, schrie ich so laut wie möglich, um mich gegen die anderen Kinder und Skilehrer durchzusetzen. Maxi versuchte zwar sein Bestes, war aber einfach noch zu wacklig auf den Skiern und fuhr fast eine russische Gattin um, die auch zum ersten Mal auf den Brettern stand. Eigentlich war es für Kinder, die in München lebten, ungewöhnlich, erst mit zwölf Jahren Ski fahren zu lernen, aber zum einen war es Helene immer zu teuer gewesen, zum anderen hatte sie mit ihren Schichtdiensten wenig Zeit gehabt, und außerdem hatte Helene, auch wenn sie es nicht gern zugab, Angst um ihren Maxi! Jetzt, wo ich wieder länger in München war, löste ich endlich mein Versprechen ein, Max das Skifahren beizubringen. Die Ausrüstung hatte ich ihm zum Geburtstag geschenkt, und die erste Stunde bekam er heute. Es war Mitte November und ein Traumwetter. Schnee und Sonne mit kalten Temperaturen, was den Schnee für Anfänger ideal machte, da man nicht so schnell Tempo bekam. Maxi erhielt seine erste Stunde in Lenggries am Kinderhügel, was er anfangs voll peinlich gefunden hatte, inzwischen dankbar akzeptierte, da er einsah, dass er es von weiter oben nicht heil hinunter geschafft hätte.

»Wir wären besser mit Jasper hierhergekommen!«, raunte mir Helene besorgt zu.

»Tut mir leid, Max muss mit mir vorliebnehmen, ich kann Jasper jetzt nicht aus London herbeamen!«, erwiderte ich leicht beleidigt ob meiner angezweifelten Fähigkeiten als Skilehrerin. Jasper war für eine Woche in London, weil ein Sammlerehepaar aus Kensington sich für eines seiner Bilder interessierte. Ich vermisste ihn und seine Leichtigkeit sehr. Zwar war er nicht der Zuverlässigste, kam fast immer zu spät, vergaß öfter Erledigungen, um die ich ihn gebeten hatte, aber wenn er da war, war immer etwas los. Tausend verrückte Ideen spukten ihm im Kopf herum, und die meisten setzte er auch in die Tat um. Wir waren in den letzten Monaten ein Paar geworden, und wir hatten beide auch in der Familie des anderen inzwischen einen Platz gefunden. Jasper war von meiner herzlich aufgenommen worden, und ich genoss sein enges Großfamilienleben und die Normalität mit Eltern, Tanten, Onkeln und Cousinen, wie ich es selbst nicht kannte. Ich hatte seit Langem das Gefühl, wieder eine Heimat gefunden zu haben, einen Ort, wo ich hingehörte. Eigentlich lief im Moment alles so rund, dass man Angst bekommen konnte. Die erste Runde für die Professorenstelle hatte ich zum Glück ohne Probleme genommen. Mein Vorspiel und die Lehrprobe waren aber auch wirklich glattgelaufen. Der mir zugewiesene Student stellte sich sehr gut an und verstand schnell, wie er das Stück anders interpretieren und ihm damit eine eigene Note verleihen konnte. Professor Bruckner und die anderen vier Gremiumsmitglieder waren sich einig gewesen und hatten mich in die nächste Runde durchgewunken, inklusive Professor Wiese, Amelies Gönnerin. Vor Weihnachten stand die zweite Runde an, die nur noch Amelie, ich und drei weitere Kandidaten bestreiten mussten, danach ging es in die letzte Runde, in der die Stelle schließlich vergeben wurde. Maxi kam im Seitwärtsschritt langsam mit seinen Skiern näher.

»Ich will endlich mit dem Lift hoch, das ist ja voll peinlich hier am Babyhügel!«

Helene und ich sahen uns an.

»Maxi, dafür musst du erst die Kurven können und das Bremsen üben. Du stellst dich super an, aber lass es uns noch mal üben, ja?«, sprach ich mit Engelszungen auf ihn ein. Plötzlich hörte ich eine Mädchenstimme »Clara, Clara!« rufen.

Nele kam in einem hellblauen Skianzug und Skischuhen auf mich zugestakst, Valentin ganz in Schwarz hinterher. Mir fiel ein, dass Nele dieses Jahr auch mit Skifahren anfangen wollte, sie war mit ihren sieben Jahren im besten Alter dafür. Valentin begrüßte uns freundlich und sah ungewöhnlich entspannt aus. Sofort begann er mit Maxi ein Gespräch und bot an, ihm den ein oder anderen fahrtechnischen Trick zu zeigen. Maxi war begeistert. Wenn schon am Babyhügel, dann lieber unter Männern. Ich schluckte meinen Stolz runter, Hauptsache, Maxi fühlte sich wohl, und Valentin machte das zugegebenermaßen gut, er fuhr fast schon auf Profiniveau.

»Ist das dieser Valentin, dieser arrogante Typ, der dir immer 'nen Spruch drückt?«, fragte mich Helene verwundert.

»Ja, aber heute hat er seinen netten Klon geschickt!« Vielleicht kam er mit der vielen Luft und Sonne nicht zurecht und musste zwanghaft lächeln, auf alle Fälle hatte ich einen verwandelten Valentin vor mir. Gut gelaunt und locker plauderte er mit Helene, scherzte mit Maxi, kümmerte sich rührend um Nele und war sogar zu mir freundlich. Was ich in zwei Stunden mit Maxi nicht geschafft hatte, bekam er in einer halben Stunde hin, sodass der strahlende Maxi endlich mit dem Tellerlift nach oben fahren durfte. Nele war zum zweiten Mal in den Bergen und fuhr relativ sicher, auf alle Fälle angstfrei. Gemeinsam fuhren wir immer wieder via Tellerlift mit den Kindern nach oben, ich fuhr die Kurven zuerst runter, Max und Nele hinterher, dann Helene und Valentin, um notfalls Hingefallenen aufzuhelfen. Das klappte richtig gut und machte uns allen Spaß. Es war aber auch herrlich in der Sonne mit der klaren Luft und dem wunderschönen Bergpanorama, eine Auszeit für die Seele.

»Lasst uns mal 'ne Pause machen! Wir nehmen die Gondel nach oben, ich kenn da eine gemütliche Hütte, die machen die besten Kasspatzen überhaupt!«, schlug Valentin vor, was alle dankbar annahmen.

In der Gondel lächelte Valentin oder sein Klon mich an. Mann, hatte der schöne Zähne ... und lächeln konnte er, wenn er denn mal wollte, dass es einen umhaute. Ich war total verunsichert. Valentin und ich hatten in den letzten Wochen eine Art Umgang miteinander gefunden, den ich als »leben und leben lassen« bezeichnen würde. Bis heute wusste ich nicht, weshalb er mich unsympathisch fand, aber wir hatten uns eine höflich distanzierte Art angewöhnt, auch wenn er ab und zu noch einen Spruch vom Stapel ließ und ich dann konterte. Mit dieser plötzlichen Harmonie war ich überfordert. Als er dann auch noch begann zu fragen, wie meine Bewerbung am Konservatorium laufen würde, konnte ich nicht anders.

»Ich bin verwirrt, woher das plötzliche Interesse? Und dabei so freundlich, wo ist der Haken? Soll ich was unterschreiben oder dir 'ne Niere spenden?«

Valentin lachte. »Sei doch froh, ich hab eben oft viel um die Ohren, und hier draußen bin ich entspannt!«

Ich vermied darauf herumzureiten, dass er ansonsten alle anderen sehr nett behandelte, egal wie viel Stress er hatte, außer mir.

»Na, dann sollten wir uns in Zukunft besser immer im Schnee treffen«, grinste ich zurück.

Gut gelaunt stiegen wir aus der Gondel und marschierten hinter Valentin her Richtung Hütte. Das dauerte zwar eine Weile, aber dafür lag sie nicht direkt an der Piste und schien ein Geheimtipp zu sein. Urgemütlich lag die Hütte vor uns ... als ob Heidi und Ziegenpeter gleich höchstpersönlich die frische Milch servieren würden. Noch dazu hatte man einen unfassbar schönen Blick ins Tal auf ein winziges Bergdorf, das sich in die Talsohle einfügte.

»Manchmal stell ich mir vor, wie es wohl wäre, in so einem kleinen Dorf abseits von all dem Großstadttrubel im Einklang mit der Natur zu leben. Raus aus der Anonymität, hinein in eine

Gemeinschaft, wo jeder jeden kennt«, sinnierte ich verträumt vor mich hin.

»Als ob du das eine Woche aushalten würdest, ohne Großstadt und in einem Dorf, wo man nach der Scheidung wieder Bruder und Schwester ist«, frotzelte Valentin und schob mich und die anderen in die Hütte, die aus einfachem dunklen Holz gebaut war. Im Innenraum stand ein großer grüner Kachelofen, um dessen Eckbank rote Kissen ausgelegt waren. Auf den langen Holztischen standen kleine Vasen mit Moos und allerlei Deko aus dem Wald. Helene war begeistert, ich auch. Als dann noch der Duft der Kasspatzen durch die Hütte waberte und die Wirtin erst selbst gebackenes Bauernbrot und dann den hauseigenen Apfelsaft auftischte, fühlte ich mich wie im Paradies. So lecker hatte ich schon lange nicht mehr gegessen. Max und Nele waren vom Üben so hungrig, dass sie, ohne zu sprechen, selig ihr Essen verspachtelten.

Als Valentin dann aufs Klo verschwand und Nele und Maxi es sich auf der Ofenbank bequem machten, legte Helene los: »Was für ein spannender Mann! Und der ist Single?!? Das kann unmöglich der Valentin sein, von dem du erzählt hast. Der ist doch irre charmant, auch zu dir!«

Drehten denn heute alle durch? Meine Schwester, die nie einen Typen gut fand, stand ausgerechnet auf Valentin, der aus welchem Grund auch immer – die »Frische Luft und der Schnee tun so gut«-Nummer nahm ich ihm nicht ab – plötzlich zu Mr. Charming mutierte.

»Glaub mir, der ist sonst echt anders, oder soll ich jetzt ein Doppeldate arrangieren?«

Helene kicherte albern.

»Warum nicht, wäre doch sehr praktisch, oder? Zwei Brüder und zwei Schwestern? Da hätten wir zu Weihnachten keine Probleme, vielleicht haben sie ja noch 'nen verwitweten Opa für Omi!«

Ich zeigte Helene 'nen Vogel.

»Ja, und vielleicht haben wir für dich gleich mal 'ne Valium zum Runterkommen, Schwesterherz? So kenn ich dich ja gar nicht!« Helene fand nie einen Mann gut! Was hatte ich schon für Versuche gestartet, Dates arrangiert oder vielversprechende Bekannte zufällig zu einem Treffen dazugebeten. Immer fand sie etwas, was ihr nicht passte; sie hatte aber auch ein Händchen, an Typen zu geraten, die erst mal ganz normal schienen, aber dann ... Andreas zum Beispiel, netter Kerl, bodenständig. Das erste Treffen war gut verlaufen, bis Helene zufällig neben Andreas an der Ampel hielt, leider trotz Zuwinkens nicht von ihm bemerkt wurde und eine Ampelphase lang zusehen musste, wie er ausgiebig in der Nase popelte und seine Beute anschließend genüsslich verspeiste. »Iiiih, ich bekomm das Bild nie wieder aus dem Kopf, allein wenn der meine Hand nehmen würde, müsste ich immer denken, wo die heute wohl schon überall war«, schloss Helene zu Recht angewidert die Andreasakte. Mit Emil traf Helene sich sogar über mehrere Wochen, eine vielversprechende zarte Pflanze, bis sich dieser unfreiwillig als Daumenlutscher offenbarte, während er übermüdet bei Helene auf dem Sofa saß und von ihr überrascht wurde, wie er sich mit dem Daumen im Mund ins Reich der Träume absetzen wollte. Wohlgemerkt war er da noch wach gewesen und im Besitz seiner Sinne. Nach diesem Ereignis war Helene die Lust vergangen, und es dauerte Monate, bis sie noch mal einen Versuch im Internet wagte, mit dem Erfolg, dass sich ausschließlich über Sechzigjährige meldeten, Männer um die vierzig standen wohl nicht auf gleichaltrige Frauen. Helene gingen anscheinend auch einige Männergeschichten im Kopf herum, allerdings nicht ihre, sondern meine.

»Erinnerst du dich noch an den tollen Fritz, den du bei eurer ersten Verabredung mit deinen Kochkünsten beeindrucken wolltest?«

Natürlich erinnerte ich mich daran, obwohl ich die Verabredung lieber verdrängte. »An dem Essen war nichts auszusetzen! Das schmeckte wirklich lecker!«, protestierte ich wohlwissend, dass das auch nicht der Knackpunkt gewesen war. Zum ersten Mal hatte ich eine Charlotten-Rotwein-Soße zum Rind gekocht, sensationell! Fritz fand das auch und kam aus dem Loben gar nicht mehr raus, was mich immer mehr lächeln ließ, bis hin zum breiten Strahlen. Hypnotisiert sah er auf meinen Mund, der scheinbar sehr sinnlich war, was mich veranlasste, ihn lasziv zu öffnen und mit der Zunge leicht die Lippen zu benetzen, was ihn noch fixierter schauen ließ. Angespornt durch seine Blicke, entschuldigte ich mich kurz und ging ins Bad, der erste Kuss lag förmlich in der Luft, da wollte ich schnell noch mal mit Mundwasser spülen. Völlig aufgeheizt und weiblich fühlte ich mich, bis ich einen Blick in den Spiegel warf und vor Schreck fast umfiel. Meine Lippen, vor allem aber meine Zähne hatten einen dunkelblauen bis schwarzen Ton angenommen! Konnte man Typhus im Mund bekommen? Schnell putzte ich mir die Zähne, doch der Film blieb. Die Lippen sahen zwar wieder normal aus, aber die Zähne waren und blieben schwarz! Fritz hatte nicht aus Verlangen oder Lust auf meinen Mund gestarrt, sondern sich wahrscheinlich überlegt, wie er es mir schonend beibringen konnte, dass ich nicht gesund aussah. Plötzlich war mir klar, woher die Farbe kommen musste, vom eingekochten Wein!

»Macht es dir was aus, wenn wir uns ein anderes Mal wieder treffen?«, hatte ich Fritz peinlich berührt durch die Badezimmertür gefragt, der offensichtlich mehr als erleichtert war, die Biege machen zu können. Zur Vorsicht googelte ich meine Symptome nach, nur um alles auszuschließen. Natürlich war es der Wein gewesen, der sich hartnäckig an meinen Zähnen hielt, anscheinend war ich eine der wenigen Menschen, bei denen die Zähne derart reagierten. Helene und ich kicherten noch amüsiert, als Valentin zurück an unseren Tisch kam.

»Und worüber lachen Hanni und Nanni so?«

»Nichts!«, kam es synchron von uns beiden wie aus der Pistole geschossen.

Maxi und Nele wollten vor der Hütte eine Schneeballschlacht veranstalten und zogen Helene mit raus. Valentin bestellte Espresso für uns. Wir unterhielten uns völlig normal über dies und das. Plötzlich war es ganz einfach und natürlich, sich zu unterhalten. Anfangs ging es um belanglose Themen, aber nach und nach wurde das Gespräch persönlicher. Valentin erzählte, wie schlimm seine Beziehung mit Jutta gewesen war, die ständige Unzufriedenheit, die ewigen Streitereien und Vorwürfe, dass er und Nele sie abhalten würden, ihren Traum zu leben.

»Wieso hast du dich eigentlich damals in sie verliebt?« Kaum hatte ich diese indiskrete Frage gestellt, bereute ich es schon. Valentin würde sich vermutlich sofort wieder verschließen und meine Neugierde mit einer Unverschämtheit strafen. Wie konnte ich nur so ein Trampel sein, unsere erste friedliche Unterhaltung hatte genau fünfzehn Minuten gedauert.

»Sie war mal anders, natürlich, voller Ideen und Lachen, wollte Psychologie studieren und kellnerte in meiner Stammkneipe.« Valentin blieb zu meiner Überraschung bei seinem freundschaftlichen Ton und nahm mir meine Neugierde überhaupt nicht übel. »Du musst wissen, dass ihre Mutter eine dominante Giftschleuder ist, die ihr in den Kopf gesetzt hat, dass sie sich ihr gutes Aussehen zunutze machen muss. Ihre Mutter fand auch, dass Jutta nicht studieren müsse, denn sie war in ihren Augen die Hübsche, Dumme, Juttas Schwester hingegen die Intelligente, Hässliche. In dem Glauben hat sie ihre Töchter großgezogen. Als ich Jutta kennenlernte, nabelte sie sich gerade von ihrer Mutter ab, stellte den Kontakt ein und wollte wie gesagt raus aus der ›Ich bin schön, ich muss berühmt oder ein Trophy Wife werden‹-Nummer und Psychologie studieren.«

Valentin rührte den nicht mehr vorhandenen Zucker in seinem Espresso um. Nur zu gut konnte ich mir vorstellen, was eine Mutter anrichtet, die ihrer Tochter von klein auf sagte, dass sie sich auf ihr Aussehen und ihre Wirkung auf Männer verlassen soll. Mütter waren so wichtig für die Entwicklung und das Bild, das man später von sich als Frau hatte. Auch wenn ich meine Mutter nicht so lange bei mir gehabt hatte, so hatte sie mir immer gesagt, dass ich so, wie ich bin, schön sei und alles schaffen könne. Und sie sagte das voller Zutrauen in mich, meine Wünsche und Begabungen. Wenn ich zum Beispiel unsicher war und meinte: »Das kann ich nicht!«, machte sie nie den Fehler, mir ebenfalls abzuraten oder es mir abzunehmen, sondern sagte dann: »Das macht nichts, aber du kannst das lernen!« Und auch wenn sie kein Abi oder Hochschulstudium vorzuweisen hatte, war ihre Herzensbildung so klug und wertvoll, was mir mit den Jahren immer klarer wurde. Sie hatte mir in den elf Jahren unseres Zusammenlebens alles an Liebe, Werten und Rüstzeug mitgegeben, was ich für später brauchte, und auch wenn sie mir schrecklich fehlte, wusste ich genau, was sie gesagt oder wie sie gehandelt hätte.

Valentin, der anscheinend den Tag der offenen Türe für sein Innenleben ausgerufen hatte, erzählte munter weiter.

»Während meines Studiums kam Nele ungeplant, und Jutta hörte auf zu kellnern. Dann zogen wir nach Hamburg, und plötzlich war ihre Mutter wieder in der Nähe und nahm immer mehr Einfluss auf sie. Erst unter dem Vorwand, mit Nele zu helfen, baute sie ganz langsam eine Abhängigkeit auf, praktischer und emotionaler Art. Jutta kam in einen neuen Freundeskreis, in dem alle die Suche nach dem Sinn im Leben propagierten. Da machte sie 'ne Rückreise in ihr früheres Leben oder so 'nen Schmarrn und fand unter Hypnose raus, dass sie doch eigentlich Schauspielerin sein sollte. Zu Schulzeiten träumte sie diesen Traum schon mal. Sie sah sich bestätigt, und dann wurde es einfach nur noch schlimm, mit dieser Ego- und Verwirklichungsschiene. Bestens von ihrer Mutter unterstützt, die für ihre Tochter Großes vorgesehen hatte, zumindest einen Adligen, Minister oder so was in der Art. Natürlich versuchte ich, etwas dagegenzusetzen, aber keine Chance. Ich musste arbeiten *und* mich um Nele kümmern, weil ich jetzt auch mal mit Vaterpflichten dran sei, was bei 'nem Zwölfstundenjob wirklich nicht lustig ist. Dass von der Kohle auch die Schauspielstunden bezahlt wurden, war selbstverständlich. Und dann folgte final der Abgang nach Berlin! – Und was kannst du berichten?«

Puh! Der legte ja plötzlich ein Tempo an den Tag. Valentin hatte komplett die Rollläden hochgezogen und sein Beziehungsleben ohne Scheu im Schnelldurchgang vor mir ausgebreitet, beinahe so, als ob er nur darauf gewartet hätte, dass wir hier auf der Hütte mal ganz unter uns waren, um uns über unser bisheriges Leben auszutauschen. Apropos austauschen ... Ja, was konnte ich berichten? Nichts Spektakuläres, Fernbeziehungen, die fast immer an meinem Beruf gescheitert waren. Ein paar Beziehungsversuche, eine lockere Affäre, Valentin verstand, dass man als Musikerin Opfer bringen musste, überhaupt war er so was von verständig heute ... Im Prinzip machte ich nichts anderes als Jutta, ich war meiner Berufung gefolgt. Der einzige Unterschied war, ohne Kind und Familie und mit Talent. Ich war mir sicher, dass Valentin mir unter anderem deshalb misstrauisch gegenüber war, weil auch ich eine Frau war, die auf der Bühne stand, bloß machte ich es nicht, um berühmt zu sein oder mein Selbstwertgefühl aufzupolieren, was bei Jutta wohl der Fall zu sein schien. Als er dann noch erzählte, wie schwer es war, die Brauerei seiner Eltern aus der Misere zu ziehen, er das ihnen aber schuldete, fand ich ihn zum ersten Mal so richtig sympathisch.

»Sie fühlen sich so schuldig und leiden unter der Situation, aber ich habe schon einige Ideen, wie sie expandieren können, und für Nele ist es ein Segen, dass wir jetzt hier sind. Ich hatte erst überlegt, auch nach Berlin zu gehen, damit sie Jutta sehen kann, aber dann kam die drohende Insolvenz, und Jutta machte deutlich, dass sie Nele nicht wirklich bei sich aufnehmen wollte. Später wieder gerne, aber im Moment brauche sie die Zeit ganz für sich!«

Wir lehnten am warmen Kachelofen. Valentin hatte seine Jacke ausgezogen und saß nur noch im T-Shirt da. Ich versuchte, nicht ständig auf seinen wirklich schönen Oberkörper zu schauen, als mein Blick an einer langen Narbe am linken Arm hängen blieb. Da wir uns so warm geredet hatten, zeigte ich darauf.

»Wie ist das passiert?«

Hastig zog er seine Jacke wieder an und bekam mit einem Mal wieder seinen distanzierten Blick.

»Spreche ich nicht gern drüber!«

Es entstand eine Pause, die ich nicht anders zu überbrücken wusste, als zum Aufbruch zu drängen.

»Ja, dann wollen wir weiter?«

Valentin nickte.

»Wann kommt Jasper wieder?«, fragte er und senkte für einen Moment seinen Blick.

»Am Sonntag!«

»Vermisst du ihn sehr?«, wollte Valentin wissen und sah mich dabei forschend an. Was war das für eine Frage, bitte, die ging ihn eigentlich nichts an, keine Ahnung, was für eine Antwort er erwartete?

»Ja, und wie! Mit ihm ist alles bunter. Aber du kennst ihn ja, weißt, wie er ist!«

Valentin schmunzelte. »Ja, ein liebenswerter Kindskopf. Das war er schon immer, aber durch dich scheint er erwachsener zu werden!«

Ich war mir nicht sicher, ob das ein Kompliment war oder nicht. Überhaupt war mir das Verhältnis zwischen Jasper und

Valentin ein Rätsel. So verschieden sie waren, so sehr hingen sie aneinander. Jasper nahm Valentin immer in Schutz, es war fast, als hätte Valentin einen Freifahrtschein. Einerseits fand ich das auch richtig, Helene und ich waren auch sehr eng, aber kritiklos standen wir uns nicht gegenüber, auch wenn Blut dicker als Wasser war. Auf alle Fälle war das ein guter Tag gewesen, und ich war froh, mit Valentin endlich ein entspannteres Verhältnis zu haben, das machte vieles leichter, zumal Jasper Valentins Meinung unendlich wichtig war und es ihm etwas ausmachte, dass wir uns nicht gut verstanden, auch wenn er es bislang überspielt und als nicht relevant abgetan hatte. Sobald Jasper anrief, würde ich ihm die frohe Botschaft erzählen. Als ich die Skier aufs Autodach packte, schmerzte plötzlich wieder meine linke Hand, und der Daumen fühlte sich taub an.

Nicht schon wieder eine Sehnenscheidenentzündung, fuhr es mir durch den Kopf. Ich würde vorsichtshalber zu Hause meine Bandage anziehen. Die Verabschiedung fiel herzlich aus, Helene drückte Nele kräftig und Valentin noch kräftiger und vor allem länger als nötig. Max und Valentin gaben sich einen männertypischen Schulter-Hand-Klopfer, und Valentin und ich drückten uns nur kurz. Wir wollten die eben gewonnene Sympathie ja nicht überstrapazieren.

Kapitel 5
Der Bruch

»Du kannst das Tuch jetzt absetzen!«, rief Jasper fröhlich. Ich nahm die Augenbinde ab und lachte. Jasper hatte ein original English Breakfast aufgebaut und sich selbst als Dandy verkleidet. Für mich lagen ein Hut auf dem Stuhl und weiße Handschuhe, damit auch ich ladylike das Frühstück genießen konnte. Im Hintergrund liefen Twist und englische Schlager aus den Zwanzigern, in der Kanne dampfte English Breakfast Tea, auf dem Tisch befanden sich Orangenmarmelade, Scones, Baked beans, Toast und alles, was das Herz begehrte. Auf meinem Platz lag ein Geschenk.

»Mach es auf!«, drängte Jasper ungeduldig. Aus dem Päckchen schälte ich eine Schmuckschatulle, in der wunderschöne alte Chandelierohrringe aus Silber lagen, mit milchig glänzenden Mondsteinen verziert. Sie waren atemberaubend schön und passten perfekt zu meinen langen Locken. Ich legte sie an und fühlte mich wie eine englische Prinzessin.

»Die habe ich in Covent Garden bei einem Juwelier gefunden. Sie stammen aus der viktorianischen Zeit und haben bestimmt mal einer echten Prinzessin gehört!«

Genau dafür liebte ich Jasper, also nicht dafür, dass er mir Geschenke mitbrachte. Nein, er war originell, nie langweilig, außerdem machte er sich immer Gedanken und war ein guter Beobachter, was anderen gefallen könnte. London hatte sich für ihn gelohnt, gleich drei große Bilder waren in Auftrag gegeben. Nachdem Jasper ausführlich von seiner Reise erzählt hatte, war ich an der Reihe.

»Stell dir vor, ich habe beim Skifahren in Lenggries Valentin mit Nele getroffen, und ob du es glaubst oder nicht, wir haben uns blendend verstanden! Valentin war so offen und gesprächig, das kannst du dir gar nicht vorstellen! Selbst Helene und Maxi waren begeistert von ihm. Er hat sich rührend um Maxi gekümmert und ihm die Grundtechnik beigebracht, und mit mir hat er sich länger ohne blöde Kommentare unterhalten!«

Jasper sah mich erstaunt an und schüttelte den Kopf.

»Das ist ja merkwürdig, davon hat Valentin kein Wort erwähnt!«

Jetzt war ich an der Reihe, erstaunt zu sein.

»Wie meinst du das?«

»Na, wir sind beide zur selben Zeit gelandet. Valentin war in Köln, und da hat er mich vom Flughafen mit dem Wagen mitgenommen. Vom Skifahren mit Nele hat er zwar ausführlich erzählt, aber mit keinem Wort erwähnt, dass ihr euch getroffen habt!«

Ich sah Jasper perplex an und holte mein iPhone raus.

»Hier, schau, ich hab sogar Fotos gemacht und gefilmt, wie Valentin Max das Kurvenfahren beibringt!«

Jasper sah erstaunt auf einen lachenden Valentin, wie er Max Anweisungen gab. Er runzelte die Stirn. »Seltsam, wirklich seltsam …!« Aber nach ein paar Sekunden des Überlegens meinte er: »Na ja, er hatte schon wieder so viel im Kopf, bestimmt wollte er nicht ausführlicher erzählen, wir haben vor allem über die Brauerei gesprochen. Privates findet er oft nicht so wichtig wie Geschäftliches!«

Das konnte wohl sein. Oder hatte ich mir nur eingebildet, dass wir uns gut verstanden hatten, und Valentin war nur höflich gewesen, weil er mir nicht aus dem Weg gehen konnte? Dieser Mann blieb ein Rätsel, ich konnte nur hoffen, dass er sich mir gegenüber weiterhin so freundlich verhielt.

»Woher stammt eigentlich die Narbe an seinem Arm?«

Die Frage brannte mir auf der Zunge, seit ich die Narbe bei Valentin gesehen hatte. Jasper war wie vom Donner gerührt.

»Woher weißt du von seiner Narbe?«

Erstaunt über Jaspers heftige Reaktion, erzählte ich von der Hütte und unserem Platz am Kachelofen und dass Valentin nicht hatte erzählen wollen, wo die Narbe herrührte.

»Dann sag ich es dir besser auch nicht. Das soll dir mein Bruder selbst erzählen, wenn er will!«

Jasper wirkte mit einem Schlag so verschlossen wie Valentin, als ich ihn nach der Narbe gefragt hatte.

»Schon gut, ihr müsst mir nicht von euren früheren Bandenkriegen oder Messerstechereien beichten!«, versuchte ich einen Witz. An Jaspers Reaktion sah ich, dass er nicht gut ankam. Dezent wechselten wir das Thema zu Unverfänglicherem. »Maxi hat Omi auf Facebook angemeldet! Ich bekam gestern ihre Freundschaftsanfrage und hab meinen Augen kaum getraut, zumal sie bereits fünfunddreißig Freunde hat. Keine Ahnung, woher sie die kennt, vor allem, woher sie weiß, wie das geht!«

Jasper musste grinsen.

»Deine Omi ist aber auch klasse. Ich glaub, sie ist die einzige Oma, die ich kenne, die einen iPod hat und sich MP3s runterlädt. Zwar ihre Chansons, aber immerhin!«

Allerdings. Just in diesem Moment klingelte mein Handy, es war Omi, was ich bereits am Klingelton erkennen konnte. All meinen Lieben hatte ich eine bestimmte Melodie zugeordnet und dazu ein passendes Foto eingespeichert. Bei Omi erklang die Titelmusik zu den »Golden Girls« und als Foto hatte ich Blanche abgespeichert. Zuerst hatte ich ihr die Melodie von »Immer wenn sie Krimis schrieb« zugeordnet und ein Bild von Jessica Fletcher, was Omi überhaupt nicht gefiel. Obwohl sie die Sendung mochte, wollte sie nicht mit der immer säuerlich wirkenden Jessica Fletcher verglichen werden. Helene war ebenfalls viel eitler als gedacht. Ihr hatte ich die Musik der Schwarzwaldklinik zugedacht und ein Foto von Gaby Dohm, was sie mäßig lustig fand, und mein Einwand »Ich weiß gar nicht, was du hast, ich hätte auch ein Foto von Oberschwester Hildegard nehmen können!« kam auch nicht besser an. Auf ihr Drängen erklang jetzt die Titelmelodie von »Grey's Anatomy«, und als Foto schaute Meredith Grey mich betroffen an, als ob sie mir gerade schlechte Laborwerte verkünden musste. Mal abgesehen davon, dass Helene und Meredith Grey null Ähnlichkeit hatten, Helene hatte blondes, feines Haar, das sie meistens als Bob trug, nussbraune Augen und einen stets goldbraunen Teint. Sie war optisch nach meinem Vater geraten, während ich mit den roten Locken meiner Mutter bis aufs Haar glich. Früher hatte Helene mich um meine vielen Haare beneidet und ich sie um ihre glatten blonden. Zu meiner Pubertät war Glätten noch nicht geläufig, sodass ich mich mit meinen Haaren abgefunden hatte. Helene hingegen versuchte alles, um die feinen Haare aufzuplustern. Stützwelle, Volumenshampoos, Lockenwickler und *last but not least* Extensions! Für diesen teuren Spaß hatte sie sich Echthaar aus Indien bestellt – was ich moralisch so was von daneben fand, sie übrigens auch, denn ich musste schwören, es niemandem zu verraten –, um dieses Echthaar dann blondieren und sich in einer Mammutsitzung reinknüpfen zu lassen. Das Ergebnis sah toll aus, zumindest die ersten Wochen, je länger es jedoch drin war, umso mehr sah man am Ansatz die Knotenpunkte herauswachsen. Dies führte zu einer unschönen Erkenntnis – dies und ihr Freibadbesuch mit einem Jungen, der ihr gefiel, und der beinahe darin endete, dass sie ertrank, weil die Extensions so schwer im Wasser wurden, wie sie gerne mit viel Übertreibung erzählte. Meiner Meinung nach war es eher die Tatsache gewesen, dass besagter Junge die Knoten und falsche Haarpracht im nassen Zustand schnell entlarvt hatte. Mein Telefon klingelte immer noch, Jasper sang schon den »Golden Girls«-Song mit.

»Omi, das ist ja witzig, wir haben im Moment über dich gesprochen!«

Omi war außer Atem und klang nicht zu Scherzen aufgelegt.

»Wir haben einen Wasserrohrbruch. Einer der Gäste hat die Heizung komplett ausgestellt, und jetzt ist das Rohr geplatzt! Drei Zimmer stehen unter Wasser, und die Decken sehen aus! Eine Katastrophe!«

Das durfte doch nicht wahr sein! Leider waren die Heizungen und Rohre im Waldhaus alt. Wenn jemand bei Minusgraden die Heizung ausschaltete, konnte das Wasser in den Leitungen gefrieren und die Rohre platzen lassen. Aus diesem Grund klebte im Winter immer ein Zettelchen neben der Heizung, dass diese immer auf null oder eins eingestellt sein musste, um das Einfrieren zu vermeiden. Man sollte es nicht glauben, aber es gab Frischluftfanatiker, die selbst im tiefsten Winter die Heizung ausstellten und das Fenster aufrissen.

»Ich komme sofort!«

Jasper begleitete mich. Auf dem Weg gingen mir tausend Gedanken durch den Kopf. Wurde so ein Wasserschaden von der Versicherung übernommen? Wenn ja, von welcher, der Hausrat? Wie lange dauerte es wohl, bis so ein Schaden überhaupt behoben war, und wie teuer wurde das? Wie lange würden die Zimmer nicht an Gäste vermietet werden können? Musste gar das ganze Hotel geschlossen werden?

Im Waldhaus angekommen, wartete Omi bereits nervös an der Tür und führte uns durch die Zimmer. Mein Magen krampfte sich zusammen: Die Zimmer sahen wirklich schlimm aus. Das Wasser stand auf dem alten wertvollen Parkett, die Teppiche waren eingesaut, die Decken völlig nass. Rinnsale liefen über die alten verzierten Tapeten, die langsam aber sicher aufweichten, es herrschte völliges Chaos, und es brach mir das Herz, das Waldhaus so zu sehen. Omi auch, ihre leuchtenden Augen, die es sonst so schwer machten, ihr wirkliches Alter zu erraten, wirkten fahl und leer. Auch das Rot war aus ihren Wangen gewichen, und sie wirkte erschöpft. »Gut, dass das Opa und deine Eltern nicht mehr erleben müssen. Und gut, dass sie nicht mehr mitbekommen, wie es finanziell um das Waldhaus steht. Furchtbar enttäuscht wären sie, dabei gebe ich mir alle Mühe, die Gäste kommen auch, es ist immer voll, und trotzdem stehen wir schlecht da, durch die Reparaturen und gestiegenen Kosten! Und ausgerechnet jetzt auch noch dieser Rohrbruch, so kurz vor Weihnachten, die Zeit mit den höchsten Einnahmen des Jahres.«

Tröstend nahm ich Omi in den Arm. »Opa, Mama und Papa wären bestimmt stolz, mit wie viel Kraft du das hier schmeißt, und an den Reparaturen und Kosten hätten sie auch nichts ändern können, aber sie würden bestimmt wollen, dass wir jetzt nicht den Kopf hängen lassen. Ich schau mir gleich mal die Versicherungspolice an und besorge dir ’nen Sachverständigen!«

Sie nickte erleichtert und ging wieder zur Tür, wo bereits die Feuerwehr stand, um das Wasser aus den Zimmern zu pumpen. Jasper fand die Aufregung und das Chaos spannend. Sosehr ich es sonst mochte, dass er Dinge spielerisch nahm, sosehr störte es mich jetzt. Für meinen Geschmack nahm er das völlig unangebracht auf die leichte Schulter. Fragen an die Feuerwehr, ob er auch mal die Pumpe halten dürfte, hatten was von Katastrophentourismus und wirkten eher befremdlich, denn für uns war das hier ein Problem, das sich zu einer existenziellen Misere ausweiten konnte. Zwar pumpte ich Geld nach, aber auch meine Mittel waren begrenzt. Jasper merkte mir an, dass ich das alles ganz und gar nicht witzig fand, und nahm mich in den Arm. »Hey, ich bin doch auch noch da und kann euch unter die Arme greifen!«

Das war wirklich lieb gemeint, aber keine dauerhafte Lösung, denn das Waldhaus konnte ja kein Zuschussgeschäft bleiben, sondern musste sich rentieren, außerdem wäre Omi viel zu stolz, fremdes Geld anzunehmen. Wir gingen in den Wohnbereich des Waldhauses an den prasselnden Kamin, der bereits weihnachtlich geschmückt war. Über dem Kamin hingen rote Strümpfe, und ein großer Weihnachtsbaum stand in der Mitte des Raumes. Vor dem Regal stand der schwarze Steinwayflügel, den Opa von seinen Eltern geerbt hatte und an dem ich meine ersten Klavierversuche unternommen hatte. Von Anfang an übte dieses Instrument eine Faszination auf mich aus. Kaum konnte ich laufen, setzte ich mich an die schwarz-weißen Tasten, die so schöne Töne erzeugten. Einer der Stammgäste, ein Musiklehrer namens Weber, brachte mir die Noten bei und zeigte mir, wie man die Hände halten musste. Er war überrascht, wie schnell ich lernte, alles in mich aufsog und überhaupt nicht müde wurde zu üben. Noch überraschter war er, als er nach einigen Monaten wiederkam und ich ihm vorspielte, was ich mir alles selbst beigebracht hatte. Eindringlich sprach er mit Mama und Papa, dass ich eine Gabe, ein Talent besäße, das es nicht oft gab, und sie mich unbedingt Klavierstunden nehmen lassen müssten. Bei uns hatte niemand zuvor je eine musikalische Begabung gezeigt. Opa spielte ein wenig Klavier, Omi sang gerne, aber das war es dann auch. Da sie aber merkten, wie besessen ich von diesem Instrument war, und sie mich meinen Fähigkeiten entsprechend fördern wollten, meldeten sie mich bei der Jugendmusikschule an, bei der ich allerdings nicht lange blieb, denn kaum war ich in professionellen Händen, wurde ich gefördert und weitergereicht zu den besten Lehrern und Professoren.

»Und es macht dir wirklich nichts aus, so lange zu üben? Willst du nicht mal raus, es ist so schönes Wetter heute?«, fragte Mama jedes Mal erstaunt und auch ein wenig besorgt, denn eine normale Kindheit und Teeniezeit sah anders aus. Stattdessen musste ich viel üben, reisen, und das alles neben der Schule. Während andere shoppen gingen und mit ihrer Clique abhingen, war ich unterwegs mit einem Jugendorchester oder trat bei Wettbewerben an. Zum Glück war ich in der Schule trotz allem keine Außenseiterin, sondern beliebt, nur leider eben nie dabei, was irgendwann dazu führte, dass ich nicht mehr gefragt wurde, wenn Unternehmungen anstanden, weil ich sowieso nie Zeit hatte. Meine Freundschaften entwickelten sich in der Musikszene. Da Amelie ja nicht meine beste Freundin werden wollte, freundete ich mich mit Eva, einer Geigerin, an, und unsere Freundschaft hielt bis heute.

»Was für ein Unglück! Furchtbar, so furchtbar, und das ausgerechnet vor Weihnachten!«

An der Rezeption stand Susanne Seliger, die treue Seele aus der Buchhaltung, und murmelte kopfschüttelnd vor sich hin. Als ich sie ansprach, zuckte sie erschrocken zusammen. Frau Seliger war wohl das, was man eine graue Maus nannte. Sie trug die Art Kleider, über die man sich freute, wenn man eine Einladung zu einer Bad-Taste-Party bekam und im Secondhandshop oder auf dem Dachboden fündig wurde. Ja, auch eine unvorteilhafte Plastikgestellbrille zur Frisur – man musste es wohl Frisur nennen, was sie auf dem Kopf trug – verdeckte ihr Gesicht. Jedes Mal, wenn ich sie sah, musste ich an diese Vorher-nachher-Shows denken, die Frau Seliger mit Kusshand casten würden. Es gab kaum eine Frau, die einen unpassenderen Namen trug als sie. Sie huschte seit Jahren mit hängenden Schultern und eingezogenem Kopf über die Gänge, kümmerte sich beflissen um alles in der Buchhaltung und war eigentlich immer da. Nicht zum ersten Mal erschrak ich darüber, wie jung sie eigentlich war. Ich würde sie dem Anschein nach auf Ende fünfzig schätzen, tatsächlich war ihr wahres Alter Anfang vierzig, was man aber erst bei näherem Hinschauen bemerkte. Ihr Gesicht war durchaus niedlich, und sie strahlte etwas Zerbrechliches aus, sodass sie selbst bei mir Beschützerinstinkte weckte. Man wollte sie am liebsten an die Hand nehmen und ihr durchs Leben helfen oder durch den nächsten Klamottenkauf …

»Das wird schon wieder, Frau Seliger, machen Sie sich keine Sorgen!«

Beruhigend tätschelte ich die fliederfarbene Rüschenbluse und nicht Frau Seliger, denn die Puffärmel waren so gestärkt und abstehend, dass ich nicht bis zur Schulter vordrang.

»Gut, dass das Ihre Eltern nicht mehr mitbekommen müssen!« Sie schniefte in ihr besticktes Taschentuch. Gab es wirklich noch bestickte Taschentücher? Wenn noch einer meine Eltern ins Spiel brachte und rumheulte, würde ich sauer werden. Papa hätte bestimmt nicht das Handtuch geworfen und eine Lösung gefunden, und Mama hätte ihn dabei tatkräftig unterstützt, und sie wären trotz alledem optimistisch geblieben, wie es ihre Art war.

»Frau Seliger, wo sind denn die Versicherungspolicen, könnte ich die mal bitte sehen?«

Sie nickte und ging demutsvoll vor. Sie händigte mir die Police aus, mit der alles in Ordnung schien und die zum Glück auch bezahlt worden war. Ich setzte mich mit der Hotline in Verbindung. Die Versicherung versprach, einen Sachverständigen zu schicken, um den Schaden zu schätzen, die Klempnerfirma war bereits alarmiert und unterwegs. Beherzt ging ich zur Bar und schenkte Omi und mir einen Marillenschnaps ein, den sie nur zu gerne trank. Langsam kehrte das Rot in ihre Wangen zurück. So gut ich konnte, sprach ich ihr Mut zu und versprach gegen Abend noch mal vorbeizuschauen. Helene hatte Dienst und konnte nicht kommen, war aber, als ich mit ihr telefonierte, auch ganz mitgenommen. Sie hing genauso am Waldhaus wie ich, zwar konnte sie nicht finanziell helfen, aber wann immer sie eine freie Minute hatte, war sie dort und packte mit an.

»Komm, wir gehen jetzt erst mal eine Runde im Englischen Garten Luft schnappen, und dann trinken wir 'nen Glühwein auf dem mittelalterlichen Weihnachtsmarkt und essen Schmandbrot mit Lauch und Speck auf den Schreck! Ha, das reimt sich ja!«, lachte Jasper und zog mich nach draußen. Wir gingen vorbei am Chinesischen Turm, vorbei am Japanischen Teehaus, wo im Sommer jeden Samstag Teezeremonien stattfanden, vorbei an der

Residenz Richtung Odeonsplatz zum Platzl, wo jedes Jahr ein original mittelalterlicher Weihnachtsmarkt aufgebaut war. Es gab Met, besagtes Schmandbrot, Glühwein und allerlei Kunsthandwerk. Die Verkäufer trugen mittelalterliche Gewänder, und eine Gruppe von Musikanten spielte auf mittelalterlichen Instrumenten auf. Eine gute Ablenkung, aber nur so lange, bis plötzlich eine attraktive Frau Mitte dreißig Jasper um den Hals fiel, sich wie eine Ertrinkende an ihn klammerte und theatralisch rief: »Wo hast du nur gesteckt? Man sieht dich ja überhaupt nicht mehr! Und eine neue Handynummer hast du wohl auch!«

Leider kannte ich das inzwischen nur zu gut, es gab keine Frau im gebärfähigen Alter, die nicht in irgendeiner Weise mit Jasper schon verbandelt gewesen war. An jeder Ecke, in jedem Restaurant stürzte sich irgendeine Frau auf ihn, im besten Fall voller Freude, im schlimmsten ziemlich sauer, und ich stand immer daneben und wartete ergeben ab, bis das Theater vorbei war.

»Gerüchte sagen, du hast jetzt eine feste Freundin? Stimmt das? Angeblich eine bekannte Pianistin?«

Blondi schien nicht die Hellste und auch nicht die Schnellste zu sein, zumindest hatte sie noch nicht mitbekommen, dass ich nicht zufällig neben Jasper stand oder als Begleitschutz fungierte. Jasper bejahte freudig das Gerücht und stellte mich stolz vor.

Freundlich lächelte ich sie an. Vielleicht ließ sich so das Eis brechen, schließlich wollte ich ja nicht gleich die genervte Freundin geben, sondern souverän mit der Situation umgehen. Blondi musterte mich ohne Scheu ziemlich dreist von oben bis unten und stellte erneut fest, als ob ich nicht da wäre: »Rothaarig also! Na, hätte ich mir denken können, dass du was Besonderes willst. Sieht ja gut aus, muss man dir lassen!«

Okay, das war der Moment, in dem ich nicht mehr vornehm schweigen musste und dem Vorurteil, dass Rothaarigen schnell das Temperament durchgeht, gerne Folge leistete.

»Äh, hallo? Ich existiere wirklich und kann Sie gut und deutlich hören. Es freut mich, wenn Sie mich für gutaussehend befinden, aber die Viehschau wäre dann an dieser Stelle für Sie beendet!« Ich lächelte gequält, bemüht, nicht ganz auszuticken. Blondi schaute mich überrascht an; dass ich sprechen konnte und mich nicht als Jaspers Anhängsel ruhig an seinem Arm verhalten würde, hatte sie wohl nicht erwartet. Wieder verhielt sie sich, als ob ich nicht anwesend wäre, und sprach nur zu Jasper.

»Hui, ganz schön zickig, deine neue feste Freundin! Ist die immer so?«

Nein, aber bald würde sie so werden, wenn alle naselang Frauen Japser so behandelten, als sei er Allgemeingut! Eigentlich erwartete ich von Jasper eine Antwort wie: »Nein, ist sie nicht, aber wenn ihr jemand so dermaßen dumm kommt, ist das die einzig richtige Reaktion. Du hast sie gehört, lass uns bitte alleine!«

Stattdessen wehrte er lachend ab und gab der Gans im Ernst VOR MEINEN Augen auch noch seine neue Handynummer, um sich mal auf 'nen Kaffee zu treffen! Meine Gesichtsfarbe musste meiner Haarfarbe gleichen, so sauer war ich. Jasper verstand die Aufregung nicht, Sandy sei doch total harmlos und könne mir nicht im Geringsten das Wasser reichen. Man könne uns ja überhaupt nicht vergleichen, und ich müsse mir keine Gedanken machen, er fände sie null gut!

Nach Luft schnappend rief ich: »Sag mal, kapierst du es nicht?! Ich erwarte, dass du mich verteidigst, damit ich das nicht machen muss, und du ihr nicht stattdessen deine neue Handynummer gibst!«

Jasper verstand das alles nicht, schließlich habe er mich doch vorgestellt als seine feste Freundin, was es zuvor noch nie gab. Mehr könne ich wirklich nicht verlangen. Zum ersten Mal kamen mir ernsthafte Zweifel, ob Jasper, der wie ich, wenn auch aus anderen Gründen, noch nie eine lange Beziehung mit seinen achtunddreißig Jahren geführt hatte, auf Dauer beziehungstauglich war oder ob er immer der unbeschwerte Kindskopf bleiben würde. Vielleicht war aber auch alles heute ein wenig viel gewesen, die Sorgen um das Waldhaus ließen mich einfach nicht los. Nach dem zweiten Glühwein ging ich nach Hause und beschloss erst mal eine Nacht über alles zu schlafen.

Kapitel 6
Die Brauhexe

»Wenn du etwas wissen willst, einfach fragen, gell!« Georg platzte fast vor Stolz. Schließlich war die altehrwürdige Brauerei Maienstein bereits seit einigen Jahrhunderten in Familienbesitz. Bislang hatte ich das Anwesen immer nur besucht, wenn der Betrieb ruhte, heute aber nahm Papa Georg mich an die Hand und führte mich exklusiv durch das Brauereiimperium. Wir begannen in einem der Gebäude, das mit einem Turm versehen war und von außen wie eine kleine mittelalterliche Burg ausschaute. Überall standen weiße Säcke mit Getreide herum, es roch nach Malzbonbons, große Becken, in denen gereinigte Gerstenkörner unter Zufuhr von Wasser und Sauerstoff zum Weichen gebracht wurden, waren in den Boden eingelassen.

»Das ist unsere Mälzerei. Heutzutage ist es ungewöhnlich, wenn eine Brauerei ihr Malz noch selber herstellt, aber nur so wissen wir, dass die Qualität stimmt. Das Wasser zum Beispiel ist immer Frischwasser aus unseren eigenen Brunnen. Und wir haben eine hervorragende Wasserqualität«, erklärte Georg, während ich beeindruckt die Mengen Gerste auf ihrem Weg zur Malzherstellung betrachtete. Danach wurde sie zum Keimen in riesige Becken verfüllt, für sechs Tage, wie Georg mir erklärte, was wohl wichtig war, um das beste Ergebnis zu erzielen. Zum Darren, was eine Art Trocknungsprozess ist, kam das Getreide in den Malzturm, deshalb war das Gebäude mit diesem Turm gebaut, nicht weil er hübsch aussah. Hier hatte tatsächlich alles eine Funktion. Beim Rundgang durch die Mälzerei trafen wir immer wieder auf geschäftige Arbeiter, die freundlich grüßten und teilweise neugierig guckten, wer wohl die rothaarige Frau an Georgs Seite war.

»Die denken wahrscheinlich, ich habe eine Brauhexe dabei!«, machte Georg einen Witz, den ich erst nicht verstand, aber Georgs Ausführungen ließen keine Fragen offen.

»Auf Brauhexen wurde im Mittelalter die Schuld geschoben, wenn das Bier misslang. Damals wurde viel Bier getrunken, es galt sogar als geeignetes Getränk für Kinder, da es im Gegensatz zum damaligen Trinkwasser keimfrei war. Außerdem war der Alkoholgehalt um einiges geringer als heute, und Bier galt als wichtige Nahrungsergänzung, wegen seines hohen Kaloriengehalts. Im Mittelalter legten die Brauer oft Kräuter um den Sudkessel, um böse Geister fernzuhalten.« Georg zwinkerte mir belustigt zu. »Und da viele mangelnde Erfahrung und schlechte Fertigungstechniken hatten, war das Bier oftmals ungenießbar. Natürlich musste daran jemand anderes schuld sein, und da half der Aberglaube! Schuld hatten die Bierhexen oder Brauereihexen. Eine einfache Lösung, oder?«

Typisch Mittelalter, dachte ich.

»Bierhexe? Das passt!«, hörte ich eine tiefe Stimme. Valentin musste Georgs kleinen Vortrag mitangehört haben und amüsierte sich köstlich. Ohne es beeinflussen zu können, schlug mein Herz schneller. Zum ersten Mal seit unserem Bergtreffen im Schnee sah ich Valentin wieder und war gespannt, wie er sich verhalten würde. Hoffentlich blieb er weiterhin freundlich, das würde so vieles erleichtern.

»Sag das mit der Bierhexe lieber nicht so laut, Papa, sonst landet Clara am Ende noch im Sudkessel, du weißt doch, wie abergläubisch einige unserer Arbeiter sind!«, spottete Valentin und sah mich dabei herausfordernd an.

Es lag keine Feindseligkeit in seinen Worten. Aber nett war seine Bemerkung auch nicht. Neu war, dass sich ab und zu ein Lächeln zwischen seine Frotzelei schob, das warm wirkte und nicht abweisend. Einerseits erleichtert, dass wir nicht wieder bei null anfingen, andererseits verwundert, dass wir bei der Nähe und Offenheit vom letzten Mal doch wieder in das bekannte Angriffsmuster verfielen, ging ich auf Valentins Bemerkung ein.

»Ja, ja, aber wenn ich im Kessel lande, wird sich jeder fragen, wer die Hexe erkannt hat. Das ist dann wohl der alte Hexenmeister, der in genauso großen Schwierigkeiten steckt ...!«, antwortete ich parierend, aber ohne Schärfe oder den Versuch, witziger oder bissiger zu sein.

Georg gefiel die Idee und zitierte sofort Goethes Zauberlehrling.

»Hat der alte Hexenmeister sich doch einmal wegbegeben ...!«

Wir setzten unseren Rundgang fort zur Brauerei, wo schöne kupferne Sudkessel standen und allerlei Gerätschaften, die ich nicht kannte und deren Erklärung ich leider nur am Rande aufnahm, denn viel interessanter fand ich zu beobachten, wie Valentin sich als Chef machte. An der Art, wie die Mitarbeiter ihn grüßten oder zu ihm kamen, mit Unterlagen oder Fragen, merkte ich, dass er respektiert und gemocht wurde. Er biederte sich nicht an und verstellte sich nicht, hörte jedem aufmerksam zu, nahm sich Zeit und half Lösungen zu finden, die gut zu sein schienen, denn an den Gesichtern der Mitarbeiter konnte man erkennen, dass sie zufrieden und ohne Zweifel wieder gingen.

»Wie lernt man eigentlich das Brauhandwerk?«, fragte ich Georg, um Interesse zu signalisieren, schließlich war das hier sein Leben. Georg freute sich über jede meiner Nachfragen und erklärte, dass er eine dreijährige Ausbildung zum Brauer gemacht habe und nach zwei Jahren Praxis in einer Brauerei zum Brau- und Malzmeister ausgebildet worden sei. »Valentin hingegen hat Brau- und Lebensmitteltechnologie an der TUM in Weihenstephan studiert. Mit Betriebswirtschaftslehre dazu, um in jedem Unternehmen arbeiten zu können, falls die Brauerei nichts für ihn ist.«

Interessant, ob es wohl eine Art Erbrechtsfolge gab? Was,

wenn Valentin eine andere Richtung hätte einschlagen wollen? Neugierig, wie ich war, fragte ich nach.

»Wollte Valentin nie einen anderen Beruf ergreifen oder eine andere Richtung einschlagen?« Aus den Augenwinkeln betrachtete ich Valentin, der ein paar Arbeitern gerade Anweisungen gab.

Georg hielt einen Moment inne und antwortete dann zögerlich: »Hm, da musst du ihn am besten selber fragen. Zumindest macht es ihm großen Spaß, seit er wieder hier ist, allein die Ideen, die er hat, sind so innovativ und jetzt schon erfolgreich, dass es uns wieder sehr nah an die schwarzen Zahlen herangebracht hat. Wenn sein neuestes Projekt Früchte trägt, haben wir schon bald ganz neue Perspektiven.«

Das klang ja fast so, als ob Valentin der Brauerei-Messias sei, so ehrfürchtig, wie Georg sprach.

»Was ist denn das für ein Projekt?«, interessierte es mich dann doch.

»Wie? Valentin spricht doch von nichts anderem, hast du das noch nicht mitbekommen?«

War jetzt der Moment, Georg, der in gewisser Weise in seiner eigenen Welt lebte und Konflikte nicht an sich ranließ, aus seinem Wolkenkuckucksheim zu holen und ihm zu sagen, dass sein Erstgeborener bis vor Kurzem nicht mehr als nötig mit mir gesprochen hatte, auch wenn alle anderen in der Familie mich mochten?

»Äh, nee, hat sich bislang noch keine Gelegenheit ergeben«, flunkerte ich. Wie sich herausstellte, hatte Valentin ein kleines, aber feines Weingut in Franken gekauft, das sich in den letzten Jahren bereits einen Spitzenruf unter Weinkennern verdient und mehrere Auszeichnungen national und international bekommen hatte. Die Rebfläche lag bei fünfzehn Hektar, der Boden bestand aus Muschelkalk, Lettenkeuper und Lösslehm, beste Voraussetzungen für Spitzenweine. Die angebauten Rebsorten brachten die besten Weine hervor: Riesling, Müller-Thurgau, Spätburgunder, Weißer Burgunder und Silvaner. Valentin, der sich mit Weinen genauso gut auskannte, würde unter der bereits bekannten und hochwertigen Biermarke Maienstein auch das Weingut leiten. Qualitative Spitzenprodukte aus Bayern unter der Marke Maienstein war die Idee, die wirklich gut funktionieren konnte. So wie Georg es schilderte, schien Valentin auf seine Weise also auch kreativ zu sein, sonst würde er Weine verpanschen und könnte bestimmt nicht Noten und unterschiedliche Düfte hervorbringen, die am Ende dann mit vielen Adjektiven beschrieben wurden und in guten Restaurants auf der Weinkarte so klangen: eindringlicher, würziger Duft von Zitrusfrüchten, kandierten Pfirsichen, Wachs, Karamell, Dörrfrüchten und Honig. Reintönige, konzentrierte Frucht, saftig, sehr präsente, rassige Säure, explosives Aromenspektrum am Gaumen, fast schmerzhafte Präsenz, extreme Tiefe und Nachhaltigkeit, vibrierende Struktur, noch völlig unfertig, extreme Länge. Atemberaubend!

Georg führte mich zum Abschluss in einen kleinen Raum, wo ich ein frisch gezapftes Bier probieren durfte. Ein Hefeweißbier, weil es nicht so bitter schmeckte, dazu gab es eine Brezn mit Obazda, was zusammen so lecker schmeckte, dass ich mich zwingen musste aufzuhören, um gleich noch Appetit zu haben, denn Jasper und ich hatten Nele versprochen, erst mit ihr in den Tierpark und hinterher in die Reitschule zum Essen zu fahren. Nele war seit Tagen furchtbar aufgeregt und freute sich so sehr, mit ihrem Lieblingsonkel und mir einen Ausflug machen zu dürfen. Je mehr ich mit Jaspers Nichte zu tun hatte, umso mehr wuchs sie mir ans Herz. Sie war aufgeweckt und interessiert, hatte ein großes Herz und war meistens fröhlich. Nachdem ich mich von Valentin mit einem kurzen Gruß verabschiedet und bei Georg mit einer herzlichen Umarmung für die Führung bedankt hatte, ging ich wieder zu den Privathäusern. Nele stand fix und fertig angezogen bereit, selbst die Handschuhe hatte sie bereits übergestülpt und wartete erwartungsvoll an der Tür. In der Hand hielt sie ein DIN-A4 großes Buch, das sie wohl vorhatte, mit in den Zoo zu nehmen.

»Was ist das für ein Buch?«, fragte ich neugierig, und Nele erklärte, dass sie für jedes Tier ein Kapitel angelegt hatte, mit Ausschnitten aus dem Internet und Fotos, die Valentin für sie im Zoo geschossen hatte. Auch heute durften die Kamera und ein Feldstecher zur Beobachtung nicht fehlen. Man konnte Nele wahrlich keine mangelnde Ernsthaftigkeit nachsagen, was ihre Tierliebe und ihr Interesse anging.

»Sehr professionell!«, lobte ich sie, als ich anerkennend ihr Buch durchblätterte, das wirklich sehr aufwendig und liebevoll bearbeitet worden war. Stolz nahm sie das Buch zurück in Empfang.

»Heute müssen wir endlich Fotos von den Robben machen, die sind das letzte Mal immer entwischt!«, wurde ich von Nele gebrieft.

Nele kannte sich in Hellabrunn bestens aus. Sie ging die Wege stets voran, wusste bereits, wo welches Tier hauste, schwamm, schlief, und war völlig aufgekratzt. Ich musste zugeben, dass es mir auch viel Freude bereitete, nicht nur Nele zu sehen, die förmlich aufblühte, sondern einfach an der frischen klaren Luft durch den groß angelegten Park zu gehen und all die Tiere zu beobachten. Im Tierpark waren jede Menge junger Familien unterwegs. Ein Vater zeigte seiner Tochter, die nicht älter als zwei sein konnte, den Tiger und versuchte dabei, den Tigerschrei mit »chhhhwaaaaah« zu imitieren, was die Kleine abwechselnd vergnügt juchzen ließ, um sich im nächsten Moment hinter ihrem Vater zu verstecken. Der Tierpark war wunderschön angelegt, jetzt im Winter trugen die einzelnen Bäume Schnee, und auf den schmalen Flussarmen waren einige Stellen zugefroren. Bei manchen Tieren hatte ich das Gefühl, dass sie sich sehr wohlfühlten und artgerecht im Zoo leben konnten, bei anderen Arten beschlich mich ein ungutes Gefühl, und ich stellte mir die Frage, ob das wirklich die beste Lösung für die Tiere war, hier anstatt in der freien Wildbahn zu leben.

»Kannst du bitte ein Foto von dem Ameisenbär machen?«

Nele gab mir und Jasper an jedem Gehege Anweisungen, ob und welche Tiere sie noch für ihr Buch brauchte. Im Vergleich zu anderen Kindern, die eigentlich immer nur zu den Affen wollten, sah Nele sich alle Tiere genau an, las die Informationsschilder aufmerksam durch und fragte auch nach, wenn sie etwas nicht verstand.

»Ganz schön auf Zack, Ihre Kleine!«, lächelte mich ein älterer Herr an, der Nele für meine Tochter und Jasper für den dazugehörigen Vater hielt. Anstatt das Missverständnis aufzuklären, lächelte ich nur zurück und fand, dass es sich gut anfühlte, diese kleine Leihfamilie für einen Tag zu haben, und gar nicht fremd, was wohl daran lag, dass Nele wie selbstverständlich meine Hand nahm und mir offensichtlich vertraute. Bei diesem Gedanken beschlich mich ein warmes, nicht gekanntes Gefühl.

»Ich weiß nicht, wie es euch beiden geht, aber ich hab langsam so großen Hunger, dass ich nicht garantieren kann, ob der Flamingo nebenan meine Heißhungerattacke überlebt, wenn er länger hier rumsteht und ich nichts zwischen die Kiemen bekomme. Wollen wir los zur Reitschule?«, fragte Jasper und machte Gesten, als ob er andernfalls kollabieren würde, was Nele zum Lachen brachte.

Ein wenig erschöpft von dem langen Spaziergang durch den Tierpark fuhren wir zur Reitschule nach Schwabing, die nur einen Katzensprung vom Waldhaus entfernt lag. Die Reitschule war eine Institution und seit achtzig Jahren in Betrieb. Die Ludwig-Maximilian-Universität verlieh ihr bereits in den zwanziger

Jahren den Titel Universitäts-Reitschule, und schon damals war die dazugehörige Gastronomie innerhalb Münchens bekannt, was sich bis zum heutigen Tage nicht geändert hatte.

»Meine Mama hat mich, als ich klein war, immer in die Reitschule auf ein Stück Kuchen und eine heiße Schokolade eingeladen, wenn ich es mir verdient hatte oder Trost brauchte! Wir setzten uns immer an eines der langen Fenster und schauten durch das Glas den Reitern zu, wie sie in der Halle trabten, voltigierten oder sogar kleine Hindernisse übersprangen!«, schwelgte ich in Erinnerungen.

»Und gehst du heute auch noch mit deiner Mama hierher?«, wollte Nele wissen, was mir einen Stich versetzte. »Nein, das geht leider nicht, meine Mama ist schon seit vielen Jahren nicht mehr auf der Erde, aber sie fehlt mir schrecklich«, antwortete ich wahrheitsgemäß.

Nele sah mich verständig an.

»Meine Mama fehlt mir auch!«, sagte sie traurig, und für einen kurzen Moment verlor ich die Fassung, weil mir klar war, dass Nele und ich ein ähnliches Gefühl teilten, wenn auch aus anderen Umständen heraus. Schnell atmete ich tief ein. Keine Ahnung, ob das pädagogisch wertvoll war, auf alle Fälle antwortete ich: »Ich kenne ein tolles Rezept, das bestimmt hilft. Wie wär's mit einem schönen Stück Kuchen und einer heißen Schokolade?«, rief ich aufmunternd. Nele lachte und sprang mit Jasper und mir die Stufen hoch zum gelb gestrichenen, frisch renovierten Gebäude.

In der Reitschule war viel los, Familien mit Kindern, verliebte Paare, Geschäftsleute, Freundinnen, alles tummelte sich in dem großen Raum, der auf der einen Seite mit einer grauweißen Tapete versehen und auf der anderen mit Sitznischen aus Holz und dunklen Lederbänken bestückt war, jede einzelne davon an einem großen Fenster, das den Blick in die beleuchtete Reithalle freigab. Regelmäßig kletterten Kinder an dem breiten Holzsims hoch und drückten sich an den Fenstern ihre Nasen platt, so auch Nele, die völlig begeistert den Pferden und ihren Reitern zusah. Die Kellnerin mit der bodenlangen weißen Schürze nahm unsere Bestellungen entgegen, nachdem Nele sich an dem großen Glaskuchenbüfett einen Schokoladenkuchen ausgesucht hatte, und balancierte wenig später ein großes rundes Silbertablett mit unserer Bestellung an den Tisch. Wir saßen am Ende des Raums, wo im beheizbaren Kamin ein Feuer vor sich hin flackerte, das eine gemütliche Wärme ausstrahlte. Mit gesundem Appetit verspeisten wir unsere Kuchenstücke.

Müde und zufrieden traten wir später, draußen wurde es bereits dunkel, die Heimfahrt an.

»Du musst unbedingt mal mit ins Tierheim kommen, dann zeige ich dir Eddie! Das ist mein Pflegehund. Papa hat gesagt, dass ich ihn vielleicht nach Hause holen darf, wenn ich mich gut um ihn im Tierheim kümmere und lerne, wie man einen Hund pflegt«, plauderte Nele mit bereits halb geschlossenen Augen. Wenig später schlief sie an meiner Schulter ein, und auch ich döste entspannt vor mich hin, während Jasper uns durch die Dämmerung zur Brauerei Maienstein kutschierte.

»Ich hab euch kommen hören, war's gut?«

Valentin stand an der geöffneten Autotür und sah zu uns nach hinten. Nele und ich rieben uns die Augen, geblendet vom Licht an der Wagendecke. Wir mussten einen lustigen Anblick abgeben, zumindest lachten Jasper und Valentin, wie Nele und ich sie ineinandergewurstelt und verschlafen ansahen.

Nele und ich sortierten unsere Arme und Beine. »Wir haben ganz viele Fotos gemacht und waren in der Reitschule. Clara hat mir versprochen, das nächste Mal mit ins Tierheim zu kommen, dann kann ich ihr Eddie zeigen!«, plapperte Nele zufrieden, während sie ausstieg.

»So, so, hat sie das versprochen …« Valentin lächelte und sah mich einen Moment lang mit einem so warmen Ausdruck in den Augen an, dass ich mich fast verwundert umgedreht hätte, um zu schauen, ob noch jemand im Auto saß außer mir. Wahrscheinlich war er froh, dass Nele eine »Tante« hatte, die in Juttas Alter war, mit der sie sich gut verstand.

Als Nele mich zum Abschied fest umarmte und sich bedankte, war es um mich geschehen, ich war der kleinen Nele erlegen. Valentin nahm für einen kurzen Moment meine Hand, was mich völlig überraschte und auch aus dem Konzept brachte.

»Einen schönen Abend noch, und danke, du Brauhexe!«

Wenn mich nicht alles täuschte, hatte er Brauhexe beinahe zärtlich gesagt! Mist, und wieder war Jasper nicht da, um zu sehen, dass Valentin und ich uns inzwischen wirklich besser verstanden. Er war bereits ins Haus vorgegangen …

Kapitel 7
Die Mondscheinsonate

Seit sechs Stunden übte ich nun schon. Erst Fingerübungen zum Aufwärmen, dann die Stücke einmal komplett durchgespielt, erst mit Noten, dann ohne, um mir dann schwierige Stellen vorzunehmen und am Ausdruck zu feilen, schließlich hob ich mich laut Musikwelt von anderen Pianisten ab, weil ich den Stücken stets eine eigene Interpretation gab. Das barg zwar Risiken, und nicht immer war ich zufrieden, aber meistens schaffte ich es, einem Stück ein neues Gefühl zu geben oder etwas herauszuholen, was man so, wenn man den Kritikern glauben durfte, noch nicht gehört hatte. Ich benutzte die Technik, um meine Gefühle damit besser aufzeigen zu können, und drückte mich nicht um trockene Übungen, weil ich wusste, wie wichtig das Handwerk war. Die Tür ging auf, und Evi kam mit einem Tablett Tee und Weihnachtsgebäck herein.

»Ich kenn dich, du klebst bestimmt seit Stunden am Klavier fest und hast noch nichts gegessen vor lauter Konzentration!« Meine Evi, sie kannte mich einfach zu gut, kein Wunder, schließlich waren wir seit unserer Pubertät beste Freundinnen, auch wenn wir beide viel auf Konzertreisen und mit verschiedenen Engagements unterwegs gewesen waren und uns nicht so oft sehen konnten, wie wir wollten. Zum Glück gab es heutzutage Facebook, Skype und billige Flüge.

»Tausend Dank, ich war noch nicht mal auf'm Klo!«

Evi grinste.

»Solange du nicht 'ne Weltraumwindel wie diese Astronautin trägst, die sechzehn Stunden im Auto saß auf dem Weg zur Nebenbuhlerin und die Weltraumwindel angelegt hatte, um keine

Zwischenstopps machen zu müssen, ist alles im grünen Bereich!« Ich prustete los. Also, wenn etwas zu den peinlichsten Momenten gehörte, die an die Weltöffentlichkeit gelangt waren, dann die Aktion von Lisa Nowak, die von der Polizei wegen versuchten Mordes gestellt wurde, als sie mit erhobenen Händen aus dem Auto stieg und dabei diese Weltraumwindel trug. Die Windel würde sie nie wieder loswerden. Ich war überzeugt, dass die Menschen eher den versuchten Mord als die Weltraumwindel vergessen würden. Sobald sie im Supermarkt auch nur in die Nähe von Hygieneartikeln kam, kicherten bestimmt alle los. Evi setzte sich zu mir auf den Hocker, während ich hungrig die Plätzchen aß. Sie als erste Geigerin des Orchesters und ich als Pianistin spielten das Weihnachtskonzert im Gasteig gemeinsam und konnten daher viel Zeit miteinander verbringen. Das Weihnachtskonzert in der Philharmonie des Gasteigs war eine besondere Ehre, die nicht jedem zuteil wurde. Dass ich ausgerechnet dieses Jahr spielen durfte, war nicht nur eine persönliche Ehre, sondern auch sehr hilfreich, was meine Bewerbung am Konservatorium anging. Wie mir zu Ohren gekommen war, hatte Amelie gekotzt, als sie nicht gefragt wurde.

»Was machst du an Weihnachten?«, fragte Evi und wusste, dass es ein sensibles Thema war, denn Weihnachten fehlten mir meine Eltern immer besonders. Diese Zeit, in der alles still stand, innehielt und sich besann, war für mich oft eine Phase, in der ich melancholisch wurde, was mit daran lag, dass meine Eltern Weihnachten immer harmonisch und fröhlich mit uns gefeiert hatten. Was hatten sie sich Mühe gegeben, uns Kindern ein schönes Fest zu bereiten ... seit sie nicht mehr lebten, fühlten sich die Feiertage einfach nicht mehr richtig an.

Vor einigen Jahren war ich seelisch in ein besonders tiefes Loch gefallen, das trübe dunkle Wetter hatte sicher dazu beigetragen, wie auch die vielen Reisen, die mich erschöpften. Auf alle Fälle hatte ich mich damals verkrochen, war tagelang nicht aus dem Haus gegangen und hatte begonnen mich zu vernachlässigen. Evi und Helene mussten mich förmlich ans Licht schleifen und brachten mich wieder auf Vordermann, mit Johanniskraut, einem Wochenende voller Sonnenschein, Bewegung in den Bergen und viel Liebe!

»Ich werde wie jedes Jahr mit Omi, Helene und Maxi im Waldhaus feiern und dann zu Jasper und seiner Familie fahren.«

Evi schien erfreut, und auch ich war seit Langem mal wieder zuversichtlich, was Weihnachten anging, denn bei Jaspers Familie fühlte ich mich wohl und geborgen.

Wir gingen zum beruflichen Teil über, Evi fragte mich nach einer bestimmten Passage in Beethovens Sonate 5 in G-Dur, die ich für sie anspielte, um zu zeigen, welches Tempo geeignet war. Plötzlich fühlten sich mein Zeige- und Mittelfinger der linken Hand taub an, und für einen Moment hatte ich kein Gefühl in den Fingern und verfehlte beinahe die Tasten, was Evi zum Glück nicht bemerkte. So viel war mir klar: Es konnte keine Sehnenscheidenentzündung sein, wie ich zuerst angenommen hatte. Ich musste dringend zum Arzt. Auch wenn ich kaum Zeit und Angst obendrein hatte, es könne etwas Schlimmes sein. Wenn ich etwas schon immer gefürchtet hatte, dann dass ich irgendwann nicht mehr spielen konnte und nicht nur meinen Lebensmittelpunkt, sondern auch meine finanzielle Unabhängigkeit verlieren würde. Schließlich hatte ich nichts anderes gelernt, und es hingen einfach zu viele von meinem Einkommen ab. Das Waldhaus, Omi, aber auch Helene und Maxi, für dessen Wünsche und Schulausbildung ich einige Euro springen ließ. Ohne mir etwas anmerken zu lassen, ging ich mit Evi raus, erst zur Toilette und dann zum Orchestergraben, eine Pause tat mir gut. Als ich mich zu ihr setzte, zuckte meine Hand wieder, und unwillkürlich verzog ich schmerzverzerrt das Gesicht und fasste hin. Dieses Mal entging es Evi nicht.

»Was ist mit deiner Hand?«, fragte sie besorgt.

»Ach, nichts ...«, versuchte ich auszuweichen.

»Nun komm schon! Was ist los?«

Ich sah mich um und vergewisserte mich, dass keiner in der Nähe war.

Also gut, es war vielleicht auch besser, mal mit jemandem darüber zu reden. »Ach, ich hatte letztlich ein Stechen in der Hand. Und eben waren zwei Finger wie taub ...«

Evi hörte aufmerksam zu und sprach schließlich eindringlich auf mich ein.

»Du musst zu Professor Reinicke ins Klinikum rechts der Isar, er ist spezialisiert auf Hände und ein extrem guter Chirurg. Deine Symptome klingen nicht gut, es könnte 'ne beginnende Gicht sein oder ein Karpaltunnelsyndrom, das operiert werden muss! Ich schick dir seine Nummer als Visitenkarte, du versprichst, dass du da hingehst und deine Hand untersuchen lässt, okay?«

Bevor ich nicken konnte, spürte ich eine Hand auf meiner Schulter. Maria, die Schlange, und außerdem Amelies beste Freundin, wo kam die denn her? Hatte sie unser Gespräch belauscht?

Gespielt besorgt tätschelte sie meinen Arm.

»Ich bin absolut Evis Meinung, mit Schmerzen in der Hand sollte man als Pianistin nicht scherzen, vor allem, wenn so viele Menschen von einem abhängen und man das große Weihnachtskonzert in der Philharmonie spielen darf. Da müsste man nämlich dringend Bescheid geben, damit die Leitung schnell einen Ersatz besorgen könnte, für den Notfall!«

Evi gab mir Zeichen, ruhig zu bleiben.

»Du hast völlig recht, aber zum Glück ist es ja nicht ausgeprägt, und du weißt ja, wie übervorsichtig Evi ist, ich meine, sie ist ja gegen alles geimpft, was man impfen kann!«, versuchte ich, die Situation herunterzuspielen.

Maria nickte zwar, ging aber mit solch beschwingtem Schritt

weiter, als wolle sie sofort Amelie anrufen und ihr brühwarm unsere Unterhaltung petzen. Warum hatten ich und Evi sie nicht bemerkt, das ärgerte mich! Nach der Probe ging das gesamte Ensemble los Richtung Schwabinger Weihnachtsmarkt, wo die Hochschule zum alljährlichen Glühweintrinken aufrief. Den Schwabinger Weihnachtsmarkt sah man bereits von Weitem. Überall hingen Girlanden mit bunten Lampions zwischen den kahlen Bäumen. Auf dem Platz, der im Sommer von grünen Bäumen und Schachspielern gesäumt wurde, stand ein Holzstand am anderen. Im Gegensatz zu vielen anderen Märkten, wo es eher ums Trinken ging und viel Kitsch angeboten wurde, zeichnete der Schwabinger Weihnachtsmarkt sich durch seine vielen Kunsthandwerks- und Essensstände aus. Unser Treffpunkt war am Mistelstand, ein Stand, der jedes Jahr Adventskränze und Mistelzweige anbot und umrundet war von sich küssenden Menschen, schließlich verpflichtete die Mistel ja zum Küssen, und wer wollte sich schon gegen weihnachtliche Traditionen sperren … In der Menge sah ich Professor Bruckner mit einer dunklen Pelzmütze, die über beide Ohren ging, im Gespräch mit anderen Kollegen und Studenten vertieft. Professor Wiese, Amelies Mentorin, stand ebenfalls mit in der Gruppe und nickte mir zu. Sie war Mitte fünfzig, eine elegante Erscheinung, die stets würdevoll und leicht erhaben daherkam. Ich glaubte nicht, dass sie mich nicht leiden konnte oder ich ihr unsympathisch war, aber Amelie und ihr Background lagen ihr einfach mehr. Ich war mir sicher, dass sie mich als Außenseiterin empfand, die nicht richtig in die gehobene Musikwelt der Klassik reinpasste, und zwar nicht allein wegen meiner roten Haare, die auf der Bühne so gar nicht dezent herausstachen. Evi steuerte mir mit gebrannten Mandeln und Glühwein entgegen. Dankbar nahm ich nach einem anstrengenden Tag wie diesem gleich einen Schluck. Da ich nicht viel im Magen hatte, zeigte der Glühwein schnell seine Wirkung, und bevor ich mich versah, kicherte ich über jeden noch so müden

Witz. Ein Traumpublikum gab ich ab, jawohl! Selbst als plötzlich Amelie in Begleitung ihres unsympathischen Verlobten in spe auftauchte, verdarb es mir nicht die Laune. Benedikt Steiniger samt Teiltoupet wusste, wie man sich bei Menschen und Gruppen beliebt machte. Als Politprofi, der er zweifelsohne war, war er mit allen Wassern gewaschen und strahlte deutlich aus, dass man ihn besser nicht zum Feind haben sollte. Trotz des festgetackerten Lächelns kam deutlich durch, dass er ein kontrollierter, kalkulierender Karrierist war. Im Lodenmantel, der ihn volksnäher und bayerntreu wirken lassen sollte, schmiss er eine Runde nach der anderen mit dem, wie er dachte, ach so witzigen Kommentar: »Lokalrunde für alle!« Dabei lachte er kehlig und so unangenehm, dass ich fast Mitleid mit Amelie bekam. Man konnte sagen, was man wollte, aber ein musikalisches Gehör besaß sie, und so ein Lachen ein Leben lang ertragen zu müssen war eine harte Prüfung für eine Musikerin. Mein Mitleid verflog allerdings sehr schnell, als Amelie einen Moment der Stille abwartete und laut vernehmlich für alle das Wort an mich richtete. Betont besorgt sah sie mich an: »Geht es deiner Hand wieder besser? Ich hoffe, du übernimmst dich nicht mit all den Übungen, du weißt, die Gesundheit geht immer vor!«

Dieses gemeine Miststück! Denn natürlich fragten mich sofort alle, was denn mit meiner Hand sei und ob ich das Konzert spielen konnte. Professor Bruckner nahm mich sogar zur Seite und fragte noch einmal mit sorgenvollem Blick nach, ob wirklich alles in Ordnung sei.

»Keine Angst, das ist nur 'ne harmlose Sehnenscheidenentzündung. Ist bald wieder gut!« Und auf seine Nachfrage, ob ich damit beim Arzt gewesen sei, flunkerte ich, weil das Letzte, was ich jetzt gebrauchen konnte, war, das Weihnachtskonzert weggenommen zu bekommen. Innerlich belegte ich Amelie mit tausend üblen Flüchen, während sie mir scheinheilig lächelnd zuprostete. Mein einziger Trost war die Vorstellung, wie es wohl sein musste, Benedikt Steiniger durchs gegelte Teiltoupet zu fahren oder seine Reden fürs Schützenfest ertragen zu müssen. Aber in all diese Gedanken mischte sich ein ungutes Gefühl, das immer lauter wurde und mir deutlich zu verstehen gab, dass meine Verdrängungstaktik, was die linke Hand anging, nicht funktionierte. Ich musste wirklich dringend zum Arzt, morgen würde ich Helene anrufen und sie um Rat bitten. Wenn sie als Krankenschwester nicht wusste, an wen ich mich wenden sollte, wer dann? Wenn Helene ebenfalls das Klinikum rechts der Isar empfehlen sollte, würde ich mich dort untersuchen lassen. Da ich eine panische Angst vor Krankenhäusern hatte, hoffte ich, dass Helene jemandn in ihrer Klinik empfehlen konnte, denn sie in der Nähe zu wissen war ein beruhigendes Gefühl. Mit zwei weiteren Bechern Glühwein versuchte ich, die trüben Gedanken zu vertreiben ... erstmals zumindest.

»Wie seh ich aus?«, fragte ich Helene zum hundertsten Mal, die gewohnt und gekonnt beruhigend »Bezaubernd, wirklich bezaubernd!« antwortete. Es war wieder einmal so weit. Gleich musste ich auf die Bühne, meine Nerven lagen blank, und ich terrorisierte meine Umgebung – natürlich ungewollt. Wenigstens waren meine Augenbrauen nicht mehr schwarz. Mein Blick fiel in den Spiegel, und mit dem, was ich sah, war ich mehr als zufrieden. Ich trug ein bodenlanges grünes Kleid, das oben nur mit einer Korsage gehalten wurde. Meine roten Locken bedeckten die freien Schultern, und passend dazu funkelten die langen Chandelierohrringe aus Bernstein. Alles in allem eine elegante, aber gleichzeitig aufregende Kombi, und die Rot-Grün-Komponente passte auch farblich gut zum Weihnachtsthema. Helene zog mich zur Seite und sah mich besorgt an: »Was macht deine Hand? Spürst du was?«

Ich schüttelte den Kopf. In den letzten Tagen hatte ich keine

Probleme mehr gehabt – zumindest nicht bei den Proben. Nachts war ich ein paar Mal aufgewacht, weil sich meine Finger taub anfühlten, so als wäre die linke Hand eingeschlafen.

»Du musst nur das Konzert überstehen, und übermorgen hast du ja endlich den Termin!«, tätschelte Helene aufmunternd meine Hand. Wie froh war ich, mich Helene anvertraut zu haben, geteiltes Leid war wirklich halbes Leid, und wenn ich erst mal den Termin bei ihr im Krankenhaus wahrgenommen hatte, würden wir weitersehen. War gar nicht so leicht gewesen, einen Termin bei Chefarzt Weber zu bekommen, und dank Helenes Beziehungen musste ich nicht mal weitere Wochen warten.

»Da unten kommt gerade Jasper an, gefolgt von seinem Clan!«

Helene spähte durch den dunkelblauen Samtvorhang in den Saal und rief mich leise herbei. Ja, da trudelten sie ein, Jasper, Ulrike, Georg mit Nele, und setzten sich direkt neben Omi und Maxi auf die für sie reservierten Plätze. Von Valentin keine Spur!

»Wo ist denn Valentin? Auf ihn habe ich mich doch am meisten gefreut!«, bemerkte Helene enttäuscht. Mich konnte seine Abwesenheit nicht überraschen. Zwar hatte er zugesagt, und unser Verhältnis war seit dem Zusammentreffen beim Skifahren entspannter, aber leider nicht so nachhaltig verändert wie erhofft. Unser Verhältnis entsprach einer Achterbahn. Mal war er distanziert und nicht durchschaubar, dann wieder ließ er die Scheuklappen herunter und zeigte sich eine Weile lang nahbar und menschlich. Die einzige konstante Veränderung, die ich wahrnehmen konnte, war die, dass er mich öfter anschaute und beobachtete, was aber so wirkte, als ob er versuchte, aus mir schlau zu werden oder zu überlegen, ob ich wirklich zu Jasper passte. Nach wie vor gab er Kommentare von sich, die oft spöttisch bis abfällig klangen, auf die ich aber inzwischen geübt und schlagfertig antworten konnte. Gegenüber seiner Familie und vor allem Nele war er jedoch fürsorglich und oftmals richtig entzückend. Deshalb hatte ich beschlossen, sein launiges Verhalten mir gegenüber möglichst zu ignorieren. Und solange wir uns nicht offen anfeindeten, würde es mir auch sicher gelingen.

Jasper hielt Nele an der Hand, die sich mit roten Wangen aufgeregt alles ansah. Sie war zum ersten Mal in einem Konzert und freute sich sehr, mich spielen zu sehen.

»Äh, die Damen, wie alt seid ihr? Fünfzehn? Geht ihr bitte vom Vorhang weg!«, forderte uns Gustav, der Dirigent, freundlich, aber bestimmt auf. Helene entschuldigte sich brav: »Ich wollte Clara nur ablenken. Sie kennen doch bestimmt ihr ausgeprägtes Lampenfieber!«

Gustav lächelte milde und sprach mir aufmunternd zu, was nichts half, sondern nur das Gegenteil bewirkte. Jedes Mal starb ich fast vor einem Auftritt, malte mir aus, dass ich plötzlich einen Blackout vor dem Publikum hatte und nicht mehr weiterspielen konnte oder mir vor all den Leuten irgendetwas höchst Peinliches passierte. Vor meinem ersten Konzert vor fünfzehn Jahren plagte mich wochenlang derselbe wiederkehrende Traum: Ich ging im Traum zum Flügel, das Publikum wurde ruhig, und mitten in die Stille hinein ließ ich beim Hinsetzen einen langen, lauten Pups! Eine andere Variante desselben Traums war, dass ich das Konzert fehlerfrei spielte, mich beschwingt und befreit verbeugte und mir beim Verbeugen ein Pups entfleuchte. Inzwischen wusste ich, dass mir das vor lauter Verkrampfung niemals passieren würde, wahrscheinlicher war ein Blackout. Dieses Mal schwang eine neue Angst mit, die Angst, meine Hand könne Schwierigkeiten machen und taub werden, vor allem bei den schnellen Läufen, während Münchens Society im vollbesetzten Saal lauschte. »Hast du Bachblüten dabei?«

Helene nickte und kramte aus ihrer Abendtasche die Notfalltropfen vor, die ich mir direkt auf die Zunge träufelte. Kaum eingenommen, wurde ich auch schon angesagt und musste auf die Bühne. Helene drückte mich fest und aufmunternd.

»Wird schon schiefgehen!«, sagte sie und schubste mich sanft zum Vorhang. Wie immer blendete ich das Publikum, so gut es ging, aus. Die Masse war gar nicht so sehr das Problem, schlimmer war es, wenn Leute da waren, die ich kannte und die mir nahestanden, wie heute. Gustav in seinem schwarzen Frack schaute konzentriert zu mir herüber. Er wartete, dass ich ihm das Zeichen zum Auftakt gab. Ich atmete tief durch, schloss einmal kurz die Augen, sammelte mich und nickte Gustav zu. Das Orchester setzte ein, und kaum war Musik zu hören, fühlte ich mich wieder sicher und versank in einer Mischung aus Konzentration und Gefühl, spürte nur den Moment und verlor jedes Zeitgefühl. Es lief gut, es lief richtig gut! Als der letzte Satz, der letzte Klang verstummte, brandete tosender Beifall auf, begleitet von Bravorufen, und ich war so glückselig und erleichtert, dass mir Tränen in die Augen stiegen. Evi, die mit ihrer Geige im Orchester stand, nickte mir stolz zu und formte die Beckerfaust. Ich wusste, was sie mir sagen wollte. »Denen hast du es gezeigt!« – und damit war Amelie samt Entourage gemeint, die im Publikum saßen und bestimmt auch die Daumen drückten, aber dafür, dass ich mich verspielte oder irgendwas schieflief. Langsam stand ich auf, Gustav kam mir lachend entgegen und drückte mich fest an sich, Professor Bruckner reckte aus der ersten Reihe seinen Daumen in die Höhe, und selbst Professor Wiese lächelte freundlich und für ihre Verhältnisse ergriffen. Vier Vorhänge lang gab es Applaus, eine gefühlte Ewigkeit. Erschöpft ging ich in meine Garderobe, wo bereits Jasper mit Clan freudig wartete. Als er mich in den Arm nahm, stiegen mir Tränen in die Augen, alles fiel von mir ab, der Stress, die Angst, einfach alles. Jetzt wollte ich nur noch abschalten, schlafen und morgen dann genießen, dass alles gut über die Bühne gegangen war. Nele streckte mir ein Sträußchen entgegen. »Du siehst so schön aus und hast so toll gespielt. Schade, dass Papa nicht mit konnte!«

Dankend nahm ich das Sträußchen entgegen und gab Nele einen Kuss auf die Wange. »Freut mich, dass es dir gefallen hat. Das Konzert war ganz schön lange, oder? Wurde es dir nicht zu langweilig?«

Nele schüttelte energisch den Kopf. Auf der Fahrt zur Maienstein Brauerei sprach ich kaum etwas und schaute aus dem Fenster auf die vom Mond beleuchtete Winterlandschaft. Mein Kopf leerte sich mit jedem Kilometer, den wir fuhren. Auf dem Brauereigelände angekommen, verabschiedeten Jasper und ich uns gleich in die Gästewohnung. Bei Valentin brannte noch Licht, wahrscheinlich arbeitete er. Während ich mich auszog und ins Bett ging, holte Jasper für uns beide einen 43er mit Milch auf Eis.

»So, und jetzt darfst du einfach wieder nur Clara sein!« Er küsste mich zärtlich, und nach dem Gute-Nacht-Trunk packte er mich samt Bettdecke zu einem Bündel aus Daunen. Ich seufzte glücklich, und im nächsten Moment fielen mir die Augen zu.

Mitten in der Nacht wachte ich auf und war sofort hellwach. Das kannte ich bereits. Passierte häufiger nach Konzerten, die ganze Aufregung musste wahrscheinlich erst mal verarbeitet werden. Mein Mund war völlig ausgetrocknet. Leise, um Jaspar nicht zu wecken, zog ich meinen Bademantel über und ging Richtung Küche, die den Gästebereich und Valentins Wohnung verband. Leise drang Musik an mein Ohr. War Valentin immer noch wach? Neugierig ging ich der Musik nach, die ich sehr gut kannte. Es war die Mondscheinsonate von Beethoven, und zwar von mir gespielt. Die CD hatte ich vor einigen Jahren aufgenommen, lauter Stücke von Beethoven. Verwundert sah ich Valentin auf der großen Couch im Wohnzimmer sitzen, mit geschlossenen Augen, seine rechte Hand bewegte sich im Takt der Musik. Seit wann hörte Mr. Unnahbar Klassik? Und dann auch noch meine CD? Und das alles mitten in der Nacht? Nach seniler Bettflucht oder Blasenschwäche sah mir das nicht aus, dafür war Valentin zu sehr bei der Sache.

»Äh, störe ich?«, fragte ich leise, um Valentin nicht zu sehr zu erschrecken, was jedoch misslang.

Mit einem Schlag riss er die Augen auf, sprang aus dem Sessel auf und sah mich mit einer Mischung aus Überraschung und Scham an.

»Clara?!«

Mehr bekam er nicht heraus, wie ich hieß, wusste ich selbst, was es mit ihm und meiner Musik auf sich hatte, hingegen nicht. Valentin stand auf und näherte sich mir mit solch einem Funkeln in den Augen, dass ich unwillkürlich ein flaues Gefühl in der Magengegend bekam. Mein Atem wurde mit jedem Schritt, den sich Valentin mir näherte, flacher. Gefährlich nah blieb er vor mir stehen, und ich atmete unwillkürlich seinen Geruch ein. Ein intensiver Geruch nach …

»Willst du dich setzen?«, fragte Valentin leise und sah mich dabei so eindringlich an, dass ich weder meinen Gedanken zu Ende bringen konnte noch einen Ton herausbekam. Er führte mich zur Couch, und ich wusste, irgendetwas war verändert in diesem Moment. Es war, als ob die Vollmondnacht Zeit und Wirklichkeit außer Kraft setzte und uns in einen schwerelosen Kokon einwebte. Den alltäglichen Valentin mit seiner Skepsis und Antipathie und die darauf sich ablehnend verhaltende Clara gab es nicht in diesem Kokon. Es war, als würden wir uns zum ersten Mal sehen, zum ersten Mal wahrnehmen. »Du hörst meine Interpretation der Mondscheinsonate? Wie passend zum Mond heute Nacht«, sagte ich, um endlich wenigstens irgendetwas zu sagen. Valentin nickte und schien immer noch konzentriert auf die langsamen Läufe der Sonate zu lauschen. »Hörst du hier an der Stelle, da klingt eine Mischung aus Schmerz und Sehnsucht raus, die mir jedes Mal die Beine wegzieht.«

Jedes Mal? »Ich wusste gar nicht, dass du dich für Musik … oder für meine Musik interessierst«, sagte ich, woraufhin Valentin sich zu mir drehte und mir tief in die Augen blickte.

»Es gibt vieles, was du nicht weißt, Clara ...«

Das kam mir auch so vor, vor allem schien ich nicht zu wissen oder erfolgreich verdrängt zu haben, dass Valentin eine fast unerträgliche Anziehung auf mich ausübte. Wie gebannt saß ich neben ihm, nicht in der Lage, aufzustehen und einfach wieder ins Bett zu gehen. Als das Stück zu Ende war, umhüllte uns die Stille, keine unangenehme Stille, eher eine gemeinsame.

Nach einer kleinen Ewigkeit fragte Valentin: »Woran dachtest du, als du das Stück gespielt hast?« Aufmerksam sah er mich an. Das wusste ich nur zu gut und musste nicht lange nachdenken. Vor ungefähr zwei Jahren war die Aufnahme entstanden, gerade als ich nach einer langen Tournee wieder in München war, und in dieser Pause oder Leerlaufzeit, wie ich sie empfand, wurde mir schmerzlich klar, dass ich kein normales Leben führte, mich aber schrecklich danach sehnte. Natürlich war ich mit offenen Armen von Omi und Helene empfangen worden, aber meine Freundin Evi war selbst auf Konzertreise, eine Beziehung in weiter Ferne ebenso wie Kindersegen und eine eigene kleine Familie. Diese Sehnsucht nach einer großen Liebe und nach Geborgenheit war ebenso wie das vorherrschende Gefühl von Einsamkeit in die Aufnahme eingeflossen. »Wenn du es wirklich wissen willst, habe ich mich im Moment der Aufnahme sehr allein gefühlt und mich nach einem Seelenverwandten gesehnt, der das Leben mit mir teilt«, antwortete ich leise.

Valentin nahm wie selbstverständlich meine Hand, die zu zittern begann, so sehr ging mir die unerwartete Berührung durch Mark und Bein. »Genau das höre ich heraus, die Einsamkeit, meine ich. Und hast du deinen Seelenverwandten gefunden?« Forschend sah er mich an. Wie sollte ich darauf vernünftig antworten, während er meine Hand hielt und ich zitterte, einfach nur zitterte ...

Bevor ich etwas sagen konnte, zog er mich sanft zu sich heran. In meinem Kopf war ein heilloses Durcheinander, und mein

Körper schien nicht mehr unter meiner Kontrolle zu sein. Langsam näherten sich seine Lippen, die meine berührten, ich spürte seine Zungenspitze, die mir fordernd den Atem nahm. Dann küsste er mich wieder zärtlich, und seine Lippen wanderten langsam meinen Hals hinab. Valentin wusste genau, was er tat, war sicher, souverän und voller Begierde. Aber er ließ sich Zeit, hetzte nicht, wenngleich er seiner sich steigernden Erregung nachgab, indem seine Hände begannen, meinen Körper zu erforschen, und er mich immer drängender küsste, nur um im nächsten Moment innezuhalten und zu sehen, wie ich mich völlig berauscht an ihn presste. Zufrieden fuhr er fort, kreiste mit seiner Zunge an meinem Ohr entlang, was mir am ganzen Körper Gänsehaut verursachte. Meine Vernunft, mein Gehirn waren wie lahmgelegt, ich wollte einfach nur mehr und war bereit, dafür alles aufs Spiel zu setzen. Valentin aber hielt inne, sah mich mit halbgeschlossenen Augen an und fragte erneut: »Und, hast du deinen Seelenverwandten gefunden?«

Völlig benommen sah ich ihn an und war nicht in der Lage zu antworten. Stattdessen wollte ich einfach nur weiterküssen, diesen warmen Geruch nach … nach Sandelholz einatmen und mich von Valentin gegen jede Vernunft verführen lassen. Valentin spürte mein Verlangen deutlich und ließ mich anscheinend absichtlich zappeln. Da ich nicht den nächsten Schritt wagen würde, war es an ihm, und das wusste er. Plötzlich nahm er mein Gesicht in seine Hände und zog es zu sich heran. Seine Zunge umkreiste nur kurz und fordernd meine Lippen, die ich bereitwillig öffnete, um schließlich voller Lust in meinen Mund einzudringen, was mich ungewollt aufstöhnen ließ. Valentin hielt abrupt inne und stieß mich entgeistert von sich, so als ob er just in diesem Moment zu sich kam und ihm klar wurde, was hier gerade passierte. Entsetzt stammelte er: »Wie konnte ich so die Beherrschung verlieren? Du bist die Liebe meines Bruders!«

Bevor ich antworten konnte, stürmte er aus dem Zimmer und

ließ mich völlig verwirrt und ohne weitere Erklärung stehen. Benommen machte ich das Licht aus und ging verstört zurück in mein Bett. Jasper wurde kurz wach, als ich mich zu ihm legte, und zog mich in Löffelchenstellung an sich.

»Alles gut, Süße?«

»Ja, alles gut!«, hörte ich mich antworten. Von wegen gut! Hier war überhaupt nichts mehr gut! Was war da eben nur geschehen? Natürlich ergab auf einmal alles Sinn. Valentins schroffes Verhalten mir gegenüber war nichts anderes als Schutz gewesen, um von seinen Gefühlen abzulenken. Warum hatte ich das nicht bemerkt? Vor allem, warum hatte ich meine Gefühle für ihn nicht bemerkt? Gut, er hatte sich nicht gerade charmant gezeigt, aber an diesem einen Tag in den Bergen spürte ich die Faszination und die Anziehung zu ihm sehr wohl, hatte mir aber eingeredet, dass ich einfach nur froh war, endlich mal eine nette Begegnung mit Valentin gehabt zu haben. Ich glaube, mein Verstand hatte in den Autopiloten geschaltet, getreu dem Motto »Was nicht sein darf, das nicht sein kann«. Leider widerlegte der Kuss eben alles, was mein Verstand mir vorgaukeln wollte. Dazu war zu viel Tiefe und Ernsthaftigkeit dabei gewesen. Mit einem Mal wurde mir das ganze Ausmaß meiner Situation klar: Ich hatte den Bruder meines Freunds geküsst, und schlimmer, wir waren offensichtlich beide ineinander verliebt. Das nannte man wohl eine ausweglose Situation oder ein gutes Thema für eine gespielte Dokusoap im Nachmittagsprogramm. Die Art von Dokus, die mit »echten« Laienschauspielern direkt von der Straße weggecastet auf Pseudorealität gemacht die absurdesten Begebenheiten nachspielten. Was hatte ich mich bisher über diese Fälle amüsieren können, und plötzlich war ich mittendrin. Aus der Sache kam keiner von uns unbeschadet raus, einfach weil man sich ja in einer Familie schlecht aus dem Weg gehen konnte. Entweder blieb ich mit Jasper zusammen, sah aber immer Valentin und würde mich fragen, »was wäre, wenn«, oder aber ich kam mit Valentin zusammen, und wir würden ohne Familie in Verbannung leben, und unsere Kinder würden die Großeltern und den Onkel nie kennenlernen, oder wir müssten in der Stadt von Weitem auf Leute zeigen und sagen: »Schaut, Kinder, das sind eure Verwandten«.

Oder aber ich trennte mich von Jasper und sah Valentin auch nicht wieder und hoffte einfach irgendwann zu vergessen.

Nach einer Ewigkeit schlief ich ein und träumte wirres Zeug.

Kapitel 8
Wo geht's hier bitte zum Schafott?

Am nächsten Morgen kam mir die Begegnung der letzten Nacht unwirklich vor. Natürlich war es kein Traum gewesen, aber vielleicht war ich noch aufgeputscht vom Konzert gewesen und Valentin einfach einsam nach all der Zeit ohne Frau. Tja, wenn da nicht seine Worte gewesen wären und mein untrügliches Gefühl, dass ich ihn schon länger anziehend fand, die Tatsache aber einfach erfolgreich verdrängt hatte. Beim Blick auf Jasper, der mich freudestrahlend ansah und mir einen Kuss gab, zog sich alles in mir zusammen. Ich hatte mich selbst in eine unmögliche Situation bugsiert, quasi meine eigene Hölle kreiert, nur weil ich einen Moment lang schwach geworden war.

Das legt sich schon wieder! Mach dich jetzt nicht verrückt!, versuchte ich mich zu beruhigen, gleichzeitig war mir so was von schlecht bei dem Gedanken, gleich auf Valentin zu stoßen. Um Zeit zu gewinnen, trödelte ich vor mich hin, bis Japser die Geduld verlor.

»Willst du jede deiner Locken einzeln begrüßen, oder was fummelst du dein Haar so umständlich hin? Wir gehen nicht auf den Neujahrsempfang des Bundespräsidenten, sondern zum Familienfrühstück!«

Eher zum Schafott, und da konnte man doch wenigstens gut dabei aussehen, oder? Auf dem Weg in die Wohnküche hörte ich bereits Valentins raue Stimme. Er unterhielt sich mit Nele und klang wie immer. Als er mich sah, wirkte er für einen kurzen Moment wie eingefroren, fing sich aber schnell wieder und presste weiter Orangensaft.

»Hab ich einen Hunger!« Jasper rieb sich gut gelaunt die

Hände und häufte sich seinen Teller voll. Mir war so schlecht, dass an Essen überhaupt nicht zu denken war. Alibimäßig löffelte ich einen Joghurt, hätte im Nachhinein allerdings nicht sagen können, um welche Sorte es sich dabei gehandelt hatte.

»Du isst ja wie ein Spatz, Schatz! Ha, das reimt sich ja!«, lachte Jasper und gab mir einen Kuss. Aus dem Augenwinkel sah ich, wie Valentin sich abrupt abwendete und die Kaffeemaschine bediente. Mir war schon klar, welche Bilder und Gedanken ihm gerade im Kopf herumspuken mussten. Nele war ebenfalls noch müde und relativ ruhig für ihre Verhältnisse. Nur als Jasper sie auf das Tierheim ansprach, blühte sie auf und wurde wach. Mist! Den Ausflug dorthin hatten wir Nele schon seit Wochen versprochen. Wir wollten zu viert in das nahe gelegene Tierheim, in dem Nele sich dreimal in der Woche nach der Schule um Eddie und andere Tiere kümmerte. Vor lauter Aufregung mit meinem Konzert und dem Vorfall letzte Nacht war mir das komplett entfallen. Was mir leider nicht entfallen wollte, war die Erinnerung daran, wie Valentin mich geküsst hatte, jede Berührung war so eingebrannt, dass ich Angst hatte, man könnte mir etwas anmerken.

»Wann geht's denn endlich los zum Tierheim?«

Nele wurde ungeduldig, was mir sehr entgegenkam. Das Frühstück auflösen und endlich fort von hier.

Unter normalen Umständen wäre ich im Tierheim nur so dahingeschmolzen, hätte mehrere Tiere adoptiert und unter Tränen die anderen zurückgelassen. Heute jedoch bemerkte ich nicht, ob ich einer Boa Constrictor den Kopf streichelte oder einer Siamkatze, so sehr war ich durch den Wind!

»Jasper, kommst du mit Eddie holen?«, rief Nele und konnte es kaum abwarten, Jasper ihren Pflegedackel vorzustellen.

Das gab Valentin und mir endlich die Gelegenheit zu sprechen. Er hatte sein Visier wieder runtergelassen und versuchte, so abgeklärt wie möglich zu sprechen, aber seine Augen, aus denen Verlangen und Begehren blitzten, sprachen eine andere Sprache. Leise hob er an: »Es tut mir leid, was gestern passiert ist. Ich hatte 'nen schwachen Moment. Dir ist klar, dass das ein einmaliger Ausrutscher war, von dem wir niemals jemandem erzählen werden!«

Ich nickte zustimmend, weil mir nichts Besseres einfiel und ich bestimmt nicht diejenige war, die vorschlagen würde, es miteinander zu versuchen. Das war moralisch nicht vertretbar, selbst wenn ich es wollte. Valentin schien ebenfalls zögerlich, so als ob er darauf wartete, dass ich etwas sagte. »Kannst du das denn einfach so abhaken?«, nahm ich schließlich all meinen Mut zusammen.

Zum ersten Mal sah ich, wie Valentin nervös wurde.

»Alles eine Frage der Einstellung. Das ist wie mit 'nem Schnupfen, der kommt, erwischt dich und geht aber auch wieder.«

Hach, war das schön mit einem bakteriellen Infekt verglichen zu werden. Das wünschte man sich als Frau! Hallo?

Valentin schien meine Reaktion zu begreifen.

»Schau nicht so, du weißt auch, dass es keinen anderen Weg gibt, also mach es nicht noch schwieriger, okay?«

Machte ich nicht, aber eins würde mich dann doch noch interessieren. »Ich wusste gar nicht, dass du dich so für klassische Musik interessierst. Mir kam es so vor, als ob du die Partitur auswendig kannst ...«

Mit einem Schlag war sie wieder da, diese Distanz.

»Ach ja? Das musst du dir eingebildet haben!«

Jasper kam auf uns zu und wollte wissen, worüber wir so sprachen.

»Musik!«, antwortete ich schnell und hakte mich bei ihm unter. Nele bog mit Eddie um die Ecke, der wirklich herzallerliebst war. Fröhlich und sehr anhänglich zugleich, vor allem aber schien er großes Zutrauen zu Nele zu haben, denn er wich ihr nicht von der Seite. Wir bewunderten Eddie ausgiebig, bis Nele schließlich bereit war, mit Eddie weiterzuziehen Richtung Streichelzoo und Ponys. Das Tierheimgelände war groß, und so konnten die Kinder, auch ohne Reiterfahrung, in einer Ponykolonne aufsitzen und einige Runden im Verbund reiten. Als ich Nele an die Hand nahm, war sie merkwürdig still und sprach auffallend oft von Jutta. Entweder vermisste sie ihre Mutter gerade einfach sehr oder sie hatte den siebten Sinn.

Jetzt nur nicht paranoid werden!, befahl ich mir und gab mir Mühe, mich so normal wie möglich zu verhalten. Als ich Nele beim Aufsatteln half, durchzuckte plötzlich wieder dieser Schmerz mit anschließendem Taubheitsgefühl meine linke Hand. Am Montag hatte ich endlich den Termin im Krankenhaus, so ging das auch nicht weiter! Endlich saß Nele fest im Sattel, die Kolonne setzte sich in Bewegung, und eine glückselig lächelnde Nele winkte uns mit einer Hand stolz zu, während Valentin mit dem Handy mitfilmte.

»Schicken wir das Mama?«, fragte Nele auch gleich, als sie wieder abstieg und aufgeregt das Filmchen sehen wollte.

»Na klar schicken wir das Mama«, sagte Valentin und strich Nele über den Kopf.

»Oder wir fragen sie einfach, ob sie uns besuchen kommt, dann kann sie selber mit in den Zoo und es sehen!«, schlug Nele vor. Täuschte ich mich, oder hatte sie dabei zu mir herübergeschaut? Ich musste mich zusammenreißen und die Nerven behalten, sonst würde ich bei der nächstbesten Gelegenheit rausplatzen und rufen: »Ich geb alles zu, ich war's, ich hab Valentin geküsst und werde im Fegefeuer landen, wo ich mit meinen roten Haaren eh schon 'nen Platz reserviert habe!« Wann war dieser auf harmonische Großfamilie getrimmte Ausflug endlich vorbei? Ich wollte weg, einfach nur noch weg, vom ahnungslosen Jasper, der mich liebevoll ansah, von Valentin, der mich bewusst nicht ansah, und von Nele, der ich hellsichtige Fähigkeiten unterstellte. Leider läuft es in solchen Momenten nie so, wie man es sich wünscht. Natürlich schlug Jasper vor, erst mal einen Kaffee trinken zu gehen, um das Martyrium noch ein wenig zu verlängern. Also fuhren wir in mein Lieblingscafé oder fast schon Wohnzimmer Sobi Cacao.

Sobi sah uns schon beim Reinkommen.

»Ich dachte schon, du bist verschleppt worden oder musstest untertauchen. Wo warst du denn so lange?« Sehr witzig! Gerade mal drei Tage war ich nicht da gewesen, aber schön, wenn man vermisst wurde. Wir setzten uns ans Fenster auf die Empore in die Kissenburg, und Nele konnte sich zwischen all den Sorten Kakao nicht entscheiden. Schließlich nahm sie White Wedding, eine weiße Trinkschokolade. Sobi, der ein exzellenter Beobachter war und dem immer alles auffiel und der zudem auch nie ein Hehl daraus machte, sprach mich direkt vor allen an, als er die Getränke brachte.

»Clara, ma chère, geht's dir gut? Du wirkst so angespannt, vergiss nicht zu leben, weißt du?«

Auch das noch! Ich musste wohl eher weniger leben und die Finger vom älteren, aufregenden Bruder meines Freundes lassen. Ich schob alles auf die viele Arbeit und das Konzert und hoffte, endlich aus dieser Situation befreit zu werden. Und manchmal kommt dann doch die Rettung, und zwar in Form eines Anrufs. Es war Omi, die mich bat, im Waldhaus vorbeizukommen, um ihr bei der Weihnachtsdekoration zu helfen. Noch nie freute ich mich so darüber, Strohsterne und Zimtorangen aufzuhängen. Endlich raus aus dieser Klemme, die ungefähr so gemütlich war wie ein Langstreckenflug auf dem Mittelplatz.

»Sehen wir uns später, Süße?«, fragte Jasper und streichelte mir zärtlich über die Wange.

»Ich melde mich auf alle Fälle, kann aber sein, dass ich mich für die Prüfung vorbereiten muss!«

Und dann stolperte ich zur Tür hinaus an die frische Luft und wollte am liebsten alles vergessen, einfach nur vergessen!

Kapitel 9
Von wegen Götter in Weiß!

»Ich bin stinksauer, Jasper! Wo bleibst du denn? Du weißt genau, dass mein Termin im Krankenhaus um halb zehn ist. Ich fahr jetzt ohne dich hin, sonst komme ich zu spät. Vielen Dank auch für deine Unterstützung!«, keifte ich so was von sauer und enttäuscht auf Jaspers Mailbox. Es war nicht zu fassen! Wie konnte er mich bitte ausgerechnet heute hängen lassen? Er kannte meine Angst vor dem heutigen Termin und wusste, was alles daran hing. Außerdem war auch ihm klar, welche schrecklichen Erinnerungen ich mit Krankenhäusern verband, und genau aus diesem Grund hatte er großmundig versprochen, mich höchstpersönlich zu diesem schweren Gang zu begleiten und für mich da zu sein. Satz mit x, war wohl nix. Auf dem Weg ins Krankenhaus bekam ich eine SMS von Helene, die heute arbeitete und auch dazukommen wollte. Sie ließ mich wissen, dass sie sich einige Minuten verspäten würde, aber alles gut werden würde. So stellte ich mir das vor, auf meine Schwester war eben Verlass. Aus diesem Grund war ich auch nicht Evas Rat gefolgt und ins Krankenhaus rechts der Isar gegangen, das einen guten Handchirurgen beschäftigte, sondern ließ mich bei Helenes Arbeitgeber untersuchen, weil es sich vertrauter anfühlte, sie zur Stelle war und große Stücke auf die Ärzte der Klinik hielt. Das einzig Gute an Jaspers Aktion war, dass mich die Wut auf ihn ablenkte, allerdings nur, bis ich am Krankenhaus angekommen war. Sofort wurde mir schlecht, und meine Knie zitterten. Seufzend ging ich zur Stationsanmeldung und wurde gebeten, kurz zu warten. Ich hasste Krankenhäuser! Ja, nicht sehr originell, wer mag sie schon, außer vielleicht die Ärzte und Krankenschwestern und Filmemacher, die sich Anregungen für Ärzteserien holen. Ich hasste Krankenhäuser aus einem zusätzlichen Grund. Damals, als der Unfall meiner Eltern geschah, war mein Vater sofort verstorben, aber meine Mutter schwer verletzt in eine Spezialklinik eingeliefert worden. Ich kann mich noch zu gut an die Fahrt dorthin erinnern, außerhalb Münchens, wo sie hingeflogen worden war. Omi hatte Helene und mich ins Auto gepackt und war wie eine Verrückte losgerast. Wir wussten in diesem Moment schon, dass unser Papa tot war und es schlecht für Mama aussah. Es war die längste Autofahrt meines Lebens, und ich kann mich nur noch an das abwechselnde Schluchzen im Auto erinnern und Omi, die versuchte, stark zu bleiben, obwohl ihr Sohn bereits tot war. Omi, die sonst nichts mit der Kirche am Hut hatte, betete mehrmals das »Vater Unser« und sprach uns dazwischen Mut zu.

Auf der Notfallstation herrschte dann das reinste Chaos. Es waren so viele Verletzte gleichzeitig aufgenommen worden, dass deren Angehörigen die Gänge füllten und jeden Arzt oder jede Schwester, die vorbeikam, belagerten. Einige Menschen waren wohl selbst im Bus gewesen und nur leicht verletzt und bangten jetzt um ihre Liebsten, die auch im Bus gesessen hatten. Omi kämpfte sich energisch vor, bis sie einen Arzt fand, der mit uns sprach. Er ging schnell die Unterlagen durch, bemerkte uns Kinder und wurde sich wohl plötzlich der Tragweite dessen bewusst, dass vor ihm zumindest schon mal zwei Halbwaisen standen, deren Mutter gerade um ihr Leben kämpfte. Er rang kurz um Fassung, strich uns über die Köpfe und nahm Omi beiseite. Wir konnten trotzdem hören, was er sagte.

»Frau Herbst, mein Beileid wegen Ihres Sohnes. Wir tun für Ihre Schwiegertochter, was möglich ist, aber es sieht sehr ernst aus. Wollen Sie mit den Mädchen hier warten oder lieber in den Krankenhauspark gehen?«

Omi entschied zu bleiben, und so saßen wir auf dem Gang und

schreckten jedes Mal auf, wenn eine Schwester oder ein Arzt aus dem OP eilte, bis wieder der freundliche Arzt von vorhin auf uns zukam. Wir konnten ihm die Nachricht bereits im Gesicht ablesen, bevor er irgendwas gesagt hatte. Omi fing an zu zittern, Helene nahm meine Hand, und ich begann leise zu weinen und nahm überhaupt nicht mehr wahr, was er sagte. Ab diesem Moment war alles, was mit Hospitälern zu tun hatte, mit Angst und Tod für mich behaftet, und ich musste mich wirklich jedes Mal überwinden, ein Krankenhaus zu betreten. Bei Helene hingegen hatte dieses Ereignis das Gegenteil bewirkt, in ihr war der Wunsch entstanden, all den Menschen helfen zu können und für sie da zu sein, und sie war, soweit ich es beurteilen konnte, auch eine hervorragende Krankenschwester.

»So, Frau Herbst, kommen Sie bitte mit? Wir röntgen jetzt Ihre Hand, und dann wird Chefarzt Weber den Befund mit Ihnen besprechen.«

Schicksalsergeben trottete ich hinter der Schwester her, die ich nicht kannte. Sie war bestimmt neu. Höflich, aber unter Zeitdruck bat sie: »Wenn Sie die Hand bitte hier ablegen? Ich mache dann die Aufnahmen!«

Brav hielt ich mich an die Anweisungen, war gleichzeitig innerlich angespannt, weil ich die Diagnose fürchtete. Wo blieb bloß Helene?

Gerade rechtzeitig, als ich wieder gebeten wurde, auf dem Gang zu warten, kam sie angehetzt. »Entschuldige, ich konnte nicht früher. Geht's dir gut?« Besorgt sah sie mich an.

Ich lächelte. »Jetzt ja!«

»Dr. Weber wäre dann so weit ...«

Helene drückte meine Hand.

»Soll ich mit reinkommen?«

Ich schüttelte den Kopf.

»Das schaff ich alleine, aber kannst du hier warten?« Helene nickte aufmunternd, und schon war ich bei Chefarzt Weber im

Zimmer, der mich sehr herzlich begrüßte. Er war groß gewachsen, ein durchaus attraktiver Mann um die Fünfzig, mit graumeliertem Haar und einem guten Teint, der nicht nach Toaster aussah, sondern hart verdienter Wanderbräune. Er schien eher der kernige Typ zu sein, der sich in seiner wenigen Freizeit gern draußen aufhielt. Er hatte nichts von dem, was man sich sonst unter arrogantem Chefarztgehabe vorstellte.

»Sie sind also die kleine Herbst. Ihre Schwester Helene ist eine bemerkenswerte Person, da habe ich natürlich gerne geholfen und Sie eingeschoben, war auch gut, dass Sie gekommen sind, etwas später wäre verheerend gewesen.«

Die Panik in meinen Augen war wohl ziemlich deutlich lesbar. »Jetzt beruhigen Sie sich erst mal. Die Schmerzen, die Sie an der linken Hand spüren, strahlen die in Daumen, Zeige- und Mittelfinger aus?«

Ja, woher wusste er das? Zustimmend nickte ich.

Chefarzt Weber schien nicht überrascht.

»Ich vermute, dass Sie an einem Karpaltunnelsyndrom leiden, das weit fortgeschritten ist und dringend operiert werden muss. Frauen sind von dieser Krankheit dreimal so oft betroffen wie Männer. Das Karpaltunnelsyndrom bezeichnet das Kompressionssyndrom des Nervus medianus im Bereich der Handwurzel. Ursachen dafür können unter anderem manuelle Arbeiten sein. Ich kenne einen hervorragenden Spezialisten, der das bestimmt gut hinbekommt. Was machen Sie denn beruflich?«

»Ich – ich bin Pianistin!«, stotterte ich. Mit einem Schlag sah Chefarzt Weber nicht mehr ganz so entspannt aus.

»Ist das ein Problem?«, fragte ich nervös.

Dr. Weber überlegte kurz, was er antworten sollte.

»Sagen wir so. Für den normalen Hausgebrauch Ihrer Hand ist es kein Problem, aber wenn jemand die Finger täglich über mehrere Stunden präzise und hochleistungsmäßig bewegen muss, kann es sein, dass sie eine Einschränkung merken, z. B.

nicht mehr schnell genug spielen oder die Kraft in den Fingern nicht gezielt lenken können. Ich will Ihnen um Himmels willen keine Angst einjagen, aber es besteht das Risiko, dass Ihre Finger eingeschränkt beweglich bleiben, das muss aber nicht passieren. Lassen Sie mich kurz bei Professor Eichmüller anrufen, damit er sie sofort übernimmt. Das sollten wir nicht länger rauszögern.«

Schockgefroren sah ich zu, wie er eine Nummer wählte und einen Termin für mich ausmachte. Er schrieb Adresse und Uhrzeit auf einen Zettel und gab ihn mir. Er reichte mir die Hand und verabschiedete mich zusätzlich mit einem aufmunternden herzlichen Schulterklopfer.

»Jetzt lassen wir mal nicht den Kopf hängen, immer schön positiv denken! Und halten Sie mich bitte auf dem Laufenden, wie sich Ihr Fall entwickelt.«

Wie in Trance trat ich auf den Flur hinaus, wo Helene bereits nervös wartete.

»Und?« Sie zog fragend ihre Augenbrauen hoch.

»Karpaltunnelsyndrom!«

Stockend erzählte ich, was Dr. Weber mir mitgeteilt hatte. Helene, Meisterin im Trösten, nahm mich in den Arm. Mit einem Mal überwältigten mich meine Gefühle, und wie ein Dammbruch musste alles raus. Ich begann zu schluchzen, zu schniefen und nahm nicht mal Rücksicht auf Helenes Schwesterntracht.

»Clarilein, es wird alles gut, wirst sehen!«, flüsterte Helene und wiegte mich in ihren Armen.

»Nichts wird guuuut!«, stieß ich geschüttelt von Weinkrämpfen und nach Luft schnappend aus.

»Ich hab Valentin geküsst!«

»Was?!?«

Helene sah mich entgeistert an.

»Du meinst den Valentin, der dich angeblich hasst und den du so furchtbar arrogant und distanziert findest? Den Valentin, den ich echt sexy finde, wofür ich mir deine blöden Sprüche anhören musste?«

Ich nickte und schniefte hörbar.

Helene kramte ein Taschentuch hervor, aber man sah förmlich, wie es dabei in ihrem Kopf ratterte.

»Und was ist mit Jasper?«

Ich zuckte mit den Schultern.

»Keine Ahnung, ich bin total verwirrt!«

»Ja, das wäre ich an deiner Stelle auch. Zwei Brüder, Clarine, das geht mal so gar nicht, aber das muss ich dir ja nicht sagen, sonst würdest du ja nicht weinen. Weißt du schon, was du machen willst?«

Gute Frage, nächste Frage.

Eigentlich wusste ich, dass es nur eine einzige Lösung gab. Ich musste Valentin vergessen, und wenn mir das nicht gelang und ich weiter Gefühle für ihn hatte, gab es nur eine Konsequenz, mich von Jasper zu trennen und beide nie wieder zu sehen. Zuerst aber musste ich mich um meine Hand kümmern. Wie war das, ein Unglück kommt selten allein? In meinem Fall kam es wohl eher im Doppelpack. Ich riss mich zusammen, ließ mich von Helene noch einmal fest drücken und machte mich auf den Weg in die Privatklinik von Professor Eichmüller.

Was immer auch Professor Eichmüller tat, er schien es gut zu machen, denn die Privatklinik sah schweineteuer und sehr luxuriös aus. Helene hatte läuten gehört, dass er weltweit einen außergewöhnlichen Ruf genoss und sogar Scheiche samt Entourage einflogen, um sich von ihm operieren zu lassen. Ich sprach am Empfang vor, der eher an eine Hotelrezeption erinnerte, und wurde in den modernen Bau aus Glas und Marmor eingelassen. Überall hingen Fotos, auf denen ein noch relativ junger Arzt Anfang vierzig mit exakt geschnittener Kurzhaarfrisur und sehr gepflegtem Äußeren strahlend und händeschüttelnd mit Prominenz aus Politik, Sport und Kunst abgebildet war. Bescheidenheit schien schon mal nicht seine hervorstechende Eigenschaft zu sein, gebleichte Zähne schon eher. Denn schon stand mir besagter Arzt der Fotoserie gegenüber, entblößte seine schneeweißen Zähne, während er sich als Professor Eichmüller vorstellte, und schob mich dynamisch in sein Sprechzimmer, wobei Sprechpalast es besser traf, zumindest konnte er hier ohne Probleme seine Golfstunden in der Mittagspause nehmen.

»Was haben wir denn?«, fragte er mich mit eingeübt mitfühlender Stimme, die er bestimmt mit einem Coach trainiert hatte. Seufzend gab ich ihm die Ergebnisse der Elektromyografie, mit der Dr. Weber final festgestellt hatte, dass es wirklich ein Karpaltunnelsyndrom war. Sofort betrachtete er die Unterlagen eindringlich, während er weiter smalltalkte. Multitasking auf höchster Ebene …

»Sie wissen, dass es eine absolute Ausnahme ist, dass ich Sie so schnell behandle? Aber für den alten Weber mache ich so einiges. War bei ihm Assistenzarzt. Woher kennen Sie ihn?« Eichmüller war bestimmt beim Bund gewesen, so zackig und geübt, wie er abfragte …

»Meine Schwester ist Krankenschwester und arbeitet ab und zu mit ihm.«

»Aha, das Bodenpersonal … Typisch Weber, hatte schon immer 'ne soziale Ader. Sammelt der immer noch regelmäßig für die Ukraine und fährt im Urlaub hin, um umsonst zu behandeln und sich sein Plätzchen im Himmel zu reservieren?«

Professor Eichmüller stellte eher rhetorische Fragen, wie mir schnell klar wurde.

»Und Ihre Schwester ist also Krankenschwester, ja? Sind Sie denn dann überhaupt privat versichert?«

Das war dann wohl die erste Frage, auf die er wirklich eine Antwort erwartete.

»Ja, bin ich!«

Erleichtert schaute er mich an, und mit einem Mal schien er mich zu erkennen. Das passierte oft in sogenannten Akademikerkreisen, die etwas auf sich hielten und ab und zu ins Klassikkonzert gingen, weil das nun mal dazugehörte wie das tägliche Kreuzworträtsel in der »FAZ«.

»Kennen wir uns?«, versuchte er mich einzuordnen.

»Ich bin Pianistin, vielleicht gehen Sie ab und zu ins Konzert?«

Er schlug sich auf die Stirn.

»Ja natürlich, die rote Clara! Ich hab Sie schon öfter gehört. Den Rotschopf hätte ich eigentlich gleich erkennen müssen. Dann kennen Sie ja auch sicherlich Amelie Fischer. Ihr zukünftiger ist ein enger Freund von mir. Wir waren gemeinsam im Internat und gehen gemeinsam Segeln und zur Jagd. Ganz bezaubernd, ihre Kollegin Amelie. Sind Sie befreundet?«

Mist! Wo war ich gelandet? Wieder einmal verfluchte ich die Tatsache, dass München ein Dorf war und jeder jeden kannte. »Wir kennen uns auf alle Fälle schon sehr lange. Befreundet würde ich das aber nicht nennen.«

Professor Eichmüller pfiff durch die Zähne.

»Sie sind Konkurrentinnen, ich verstehe.«

Dass er verstand, was Konkurrenz war, glaubte ich ihm aufs Wort. Hier galt doch die ärztliche Schweigepflicht? Ich sah nirgendwo einen hippokratischen Eid hängen, wie war das eigentlich in einer Privatklinik?

»Ich fasse zusammen. Wir sollten Sie so schnell wie möglich operieren, das duldet keinen Aufschub, meine Liebe, sonst wird das nichts mehr mit dem Geklimper. Ich würde vorschlagen, Sie kommen nächsten Dienstag früh, nüchtern. Das ist eine ambulante OP, Sie können danach wieder nach Hause, und dann war's das erst mal mit Spielen für mindestens zwei Wochen.«

Und danach, was war danach? All meinen Mut musste ich zusammennehmen, um nach der Prognose zu fragen.

»Herzchen, ich weiß, ihr denkt immer, nur weil ich den weißen Kittel trage, bin ich Gott. Tatsächlich kann ich nur meinen Job verdammt gut machen und Sie bestmöglich operieren. Aber ich bin doch kein Nostradamus. So oft wie ich schon daneben getippt habe, trifft ja selbst 1860 München öfter das Tor!«

Das fand er wohl witzig und lachte ausgiebig über seinen genialen Gag. Immerhin nahm er noch wahr, dass ich nicht lachte und ihn völlig entgeistert ansah. Wieder wurde ich beruhigend an der Schulter getätschelt.

»Kindchen, das kann schon gut ausgehen. Wissen werden wir es allerdings erst nach 'nem guten Monat, aber seien Sie froh, Sie sehen immerhin gut genug aus, um auch noch andere Optionen zu haben als die eigene Karriere. Sind Sie schon liiert?«

War das der Moment, wo man die Ärztekammer einschaltete, oder stimmte es einfach, was Helene immer sagte, dass die meisten Chirurgen Narzissten beziehungsweise Arschlöcher waren? Wenn es danach ging, musste Eichmüller wirklich der Beste auf seinem Gebiet sein.

»So, die Schwester klärt dann alle Formalitäten mit Ihnen. Sie können mir ja mal 'ne CD mitbringen. Das Beethovenkonzert hat mir seinerzeit gut gefallen.« Sprach's und rauschte von dannen zum nächsten Termin und ließ mich mit offenem Mund zurück.

Die freundliche Schwester, die in ihrer Freizeit bestimmt modelte und die passend zum Design der Klinik ausgesucht worden war, gab mir alle nötigen Infos.

In der U-Bahn war – nur zwei Wochen vor Weihnachten – natürlich die Hölle los, alle fuhren Richtung Innenstadt, um sich entweder mit Freunden auf dem Weihnachtsmarkt zu treffen oder aber Weihnachtsgeschenke zu besorgen. Langsam begann bei mir, alles zu sacken. Einerseits war ich froh, endlich zu wissen, was ich hatte, und etwas dagegen unternehmen zu können. Andererseits stieg in mir natürlich die Angst, ob ich je wieder ganz hergestellt werden konnte und wie sich das auf meine Bewerbung am Konservatorium auswirken würde. Schmälerte es meine Chancen, wenn ich das mit der OP sagen würde, oder wäre es egal? Ich konnte das schlecht einschätzen, auf alle Fälle war es bestimmt kein Vorteil; da Amelie und ich Kopf an Kopf lagen, konnte das einen entscheidenden Einfluss haben. Was, wenn ich nicht mit offenen Karten spielte und meine Hand nicht ganz gesund wurde? Zum Unterrichten ging das trotzdem; problematisch waren die Konzerte mit dem Staatsorchester, für die man fest verplant war. Wenn ich die Stelle nicht bekam und die Hand nicht völlig heilte, hatte ich ein existenzielles Problem, denn Konzerte konnte ich dann nicht mehr geben, zumal ich für die nächsten Monate im Hinblick auf die Stelle keine Engagements angenommen hatte. Die Hand musste einfach vollständig heilen, wovon sollte ich sonst leben? Womit meine Familie unterstützen? Gut, im allerschlimmsten Fall konnte ich mich immer noch als freie Klavierlehrerin durchschlagen oder vielleicht bei der Jugendmusikschule angenommen werden, aber davon zu leben, vor allem in München, wo Mieten und Lebenshaltungskosten so teuer waren wie nirgendwo sonst in Deutschland? Am Freitag, also noch vor dem OP-Termin, war die entscheidende Runde um die Dozentenstelle. Wenn alles gut ging und ich die Zusage bekam, konnte ich Dienstag in die Klinik, dann war Weihnachten, der Vertrag begann erst im März, sodass sich die Hand bis dahin hoffentlich wieder erholt hatte. Wenn nicht, würde ich mit Professor Bruckner sprechen und ihm die Wahrheit sagen müssen. Mir war klar, dass das alles andere als richtig war und ich es ihm eigentlich sofort mitteilen müsste. Aber im Gegensatz zu Amelie hatte ich weder eine vermögende

Familie im Hintergrund, noch wurde ich meistbietend verheiratet, zudem trug ich Verantwortung für Omi und das Waldhaus. Helene als alleinerziehende Krankenschwester war auch dankbar, wenn ich Maxi ab und zu bei unvorhergesehenen Ausgaben unter die Arme griff, rechtfertigte ich mich selbst, wohl wissend, dass das ein verdammt gefährliches Spiel war, das ich da trieb, und der Schuss so was von nach hinten losgehen konnte. Nur leider sah ich keinen anderen Weg. Außer Helene wusste niemand davon, und sie würde es nicht gutheißen, aber verstehen.

Mein Handy vibrierte, und sofort sah ich nach, ob es Jasper war. Natürlich nicht! Immer noch enttäuscht stieg ich an der Haltestelle Universität aus und lief in die Türkenstraße zu seinem Atelier. Einerseits plagte mich noch immer das schlechte Gewissen, weil ich Valentin geküsst hatte, andererseits war ich sauer, dass mich Jasper einfach im Stich gelassen hatte. Die Haustür zu seinem Atelier stand meistens offen, weil sich einige Arztpraxen im Haus befanden. Die vielen Treppen ging ich inzwischen um einiges leichter als bei unserer ersten Begegnung. Ich läutete Sturm. Nach einigen Minuten hörte ich Schritte, und ein zerzauster, völlig verschlafener Jasper öffnete die Tür. Als er mich sah, hielt er sich erschrocken die Hände an den Kopf. »Oh, no! Ich hab deinen Krankenhaustermin verschwitzt!«

Ich trat ein und sah zwei leere Weinflaschen neben der Staffelei stehen, an der Jasper im Moment arbeitete, und zählte eins und eins zusammen. Jasper folgte meinem Blick. »Ja, ich hab bis heute früh gearbeitet, es lief so gut, wie du an den Fortschritten sehen kannst. Leider bin ich erst gegen sechs heute früh eingeschlafen und hab dann den Wecker nicht gehört, oder hab ich vergessen, ihn zu stellen?« Jasper dachte kurz nach, um dann den Vogel abzuschießen. »Na ja, aber wie ich sehe, hast du es auch so hinbekommen. Vielleicht ist das gar nicht schlecht, wenn du merkst, dass du das alleine schaffst und niemanden brauchst.« Dazu schenkte er mir ein »Ist doch ’ne super Erklärung, und wieder haben wir alles ins Positive gedreht«-Lächeln. Für ihn schien die Sache damit erledigt.

Was es für mich so schwierig machte, war, dass Jasper an meiner Stelle wirklich entspannt reagieren würde, vielleicht mit 'nem kurzen »Schwamm drüber, wollen wir 'nen Kaffee trinken gehen?«. Nur war ich eben leider nicht genauso locker. Es gab Situationen, die schwer für mich waren, wo ich jemanden brauchte und mich auf denjenigen verlassen wollte. Da nutzte es auch nichts, wenn ich wusste, dass ich mich umgekehrt genauso unzuverlässig verhalten durfte. Ich wollte für den anderen da sein, wenn er mich brauchte, und umgekehrt ihn an meiner Seite wissen. Das war einfach eine Typfrage, wie mir schien. Sauer konnte ich nicht mehr sein, aber nachdenklich schon. Hier handelte es sich um eine Grundsatzfrage, und die Antwort wollte gut überlegt sein. Heute würde ich sie allerdings nicht finden.

Jasper kam näher und nahm mich in den Arm. »Erzähl mal, wie war's denn?«

Nüchtern und knapp berichtete ich, Jaspers Reaktion fiel, wie hätte es anders sein können, optimistisch aus.

»Klingt doch gut! Das bekommen sie wieder geflickt, wirst sehen!«

Zustimmend nickte ich. Sorgen waren nichts für Jasper, das war mir längst klar.

»Wollen wir eigentlich gemeinsam zu meinen Eltern rausfahren?«, wechselte Jasper das Thema.

Ulrike feierte am Abend Geburtstag. Da ich noch verstimmt war, wollte ich lieber zu Ulrikes Fest nachkommen, außerdem musste ich noch unser Geschenk, einen bestickten Seidenpashmina, abholen, bevor mein Lieblingskaufhaus am Rathauseck schloss. Schnell verabschiedete ich mich von Jasper, ging zur U-Bahn Universität und fuhr Richtung Marienplatz zum Kaufhaus Beck, um den Pashmina für Ulrike zu besorgen.

»Mama ist da, Mama ist da!«, rief Nele mir aufgeregt entgegen, als ich aus dem Auto stieg, um Ulrikes Einladung zu folgen. Gespannt ging ich mit Nele in den Verkaufsladen im Hof, wo ein Stehempfang für Freunde und Familie mit Getränken und Häppchen aufgebaut war. Jutta, die aufstrebende Schauspielhoffnung Deutschlands, stand umringt von Familie, Freunden und mit einem Drink in der Hand da und sonnte sich merklich in der Aufmerksamkeit, die ihr zuteil wurde. Wie sie aussah, wusste ich ja bereits durch einige Werbefilme, in denen sie mitgewirkt hatte, die letzte für Essigreiniger. In natura war sie allerdings noch kleiner und zarter. Jutta weckte Beschützerinstinkte bei Männern, und das wusste sie, denn den anwesenden Exemplaren musste sie nur einen Rehaugenaufschlag schenken, und schon war das Glas wieder gefüllt oder die Jacke abgenommen. Sie sah zweifelsohne sehr gut aus und kleidete sich betont jugendlich, was sie mit ihrer Figur auch gut konnte. Jasper sah mich an der Tür, kam mir lächelnd entgegen und gab mir einen Kuss auf den Mund. Inzwischen fühlte sich das fast wieder normal an, den Zwischenfall mit Valentin hatte ich, so weit es möglich war, verdrängt. Allmählich kehrte Normalität ein, dies bedeutete, dass Valentin und ich uns aus dem Weg gingen.

»Komm, ich stell dir Jutta vor. Ihr versteht euch bestimmt blendend, so von Künstlerin zu Künstlerin!«, grinste Jasper ironisch und boxte mich in die Seite.

»Jutta, das ist Clara. Clara, Jutta!«

Jutta musterte mich von oben bis unten und konnte mich offensichtlich nicht ausstehen.

»Ich hab schon viel von dir gehört. Nele erzählt ab und zu von dir!«

Kein »Schön, dich kennenzulernen« … Eigentlich wäre das der Moment gewesen, in dem Jutta ihr schauspielerisches Talent zum Besten hätte geben können. Leider war sie wohl wirklich nicht mit Talent gesegnet, denn man sah ihr förmlich an, dass sie es hasste, Aufmerksamkeit zu teilen. Falls sie gerade versuchte, Stutenbissigkeit darzustellen, war ihr ein Oscar allerdings sicher. Was machte sie eigentlich so plötzlich hier? Wieso war ich nicht vorgewarnt worden? Jasper war genauso ratlos. »Plötzlich stand sie in der Tür als Überraschungsgast. Keiner wusste, dass sie kommt, nicht einmal Nele, geschweige denn Valentin. Und wegen meiner Mutter ist sie bestimmt nicht hier. Bin gespannt, was sie im Schilde führt!«, raunte mir Jasper zu.

Seltsam, das alles ...

»Wie lange bleibt sie denn?«, flüsterte ich neugierig und nippte an meinem Getränk.

Jasper zuckte mit den Schultern. »Keine Ahnung, das hat sie noch nicht gesagt, und bislang hat sich keiner getraut, sie zu fragen. Immerhin ist sie Neles Mutter, und schau, wie glücklich Nele aussieht.«

Allerdings! Nur leider musste Nele sich in den Kreis der Bewunderer einreihen und stand genau wie die anderen daneben und durfte zuhören, welcher Regisseur Jutta für begabt hielt und zu welchem Casting sie eingeladen war. Jasper verdrehte die Augen und verdrückte sich mit einer Entschuldigung Richtung Toilette. Mir brach es fast das Herz, wie Nele Juttas Hand hielt und strahlte. »So, und jetzt machen wir noch ein Foto von der kleinen glücklichen Familie, und alle sind froh!«

Valentin stand plötzlich neben mir und hatte offensichtlich nicht erst ein alkoholisches Getränk intus. Ich zuckte zusammen, nicht gewohnt, dass er mich ansprach.

»Gibt es einen besonderen Grund, dass Jutta hier ist?«, fragte ich leise.

Valentin zuckte mit den Achseln.

»Na, die offizielle Version ist, dass sie meine Mutter zum Geburtstag überraschen wollte, die inoffizielle werde ich noch rausfinden. Zumindest hat sie kein Casting oder sonst einen wichtigen Termin in München.«

Ich wollte es nicht wahrhaben, aber es störte mich, dass Jutta da war und betont vertraut mit Valentin umging. Zwar waren sie und Valentin getrennt, aber wie sie ihn immer wieder anfasste, lachend ihre Hand auf seinen Arm legte, sprach das eine andere Sprache, eine Mischung aus Besitzanspruch und »Ich bin immer noch seine Frau und Mutter seines Kindes«-Gehabe. Was sollte das Theater eigentlich? Alle schienen sich dasselbe zu fragen. Ulrike, Geburtstagskind und Hauptperson, rückte komplett in den Hintergrund. Jutta versuchte erneut, mit mir einen Smalltalk anzufangen.

»Du spielst also Klavier, hat Nele mir erzählt? Kannst du davon leben?«

Schon wieder schlecht gespielt. Sie wusste von Jasper genau, wer ich war – vermutlich hatte sie sogar schon gefragt, ob ich nur Kontakte in der Musikbranche hätte oder auch im Schauspielbereich vernetzt wäre.

»Danke, ich komm ganz gut über die Runden. Und wie läuft's bei dir im Schauspiel?«

Ja, ich konnte auch 'ne *bitch* sein, aber warum war mir Jutta nicht egal? Wieso ließ ich mich auf ihre Sprüche ein und stand nicht darüber? Allerdings war sie auch die Mutter von Nele, die ich fest in mein Herz geschlossen hatte, allein deshalb sollte ich Jutta 'ne echte Chance geben und sie nicht vorverurteilen.

Natürlich wusste ich zu genau, was das Problem war; zwar fand ich Jutta selbstsüchtig und unsympathisch, aber sie war auch nicht der Antichrist. Nein, tief in mir drin wusste ich, dass es um Valentin ging und die Vorstellung, ihn an eine andere zu verlieren. Wir beide gingen uns so betont aus dem Weg, dass ich mich wunderte, dass es niemandem auffiel. Wahrscheinlich dachten sie immer noch, dass wir uns eben nicht so gut leiden konnten. Wenn jemand genauer schauen würde, könnten ihm die sehnsüchtig verstohlenen Blicke schon auffallen.

Jutta fiel anscheinend nichts Schlagfertiges auf meine Frage ein, und so versuchte ich, mich zusammenzureißen und oberflächlichen Smalltalk mit ihr zu betreiben, was mir wirklich schwerfiel, denn wenn jemand mit fünfzehn davon träumt, berühmt zu werden, ist das niedlich, wenn eine dreißigjährige Mutter davon träumt, wird es irgendwie absurd. Die Antipathie war beidseitig, das spürte ich deutlich, Jutta konnte mich auf den Tod nicht ausstehen, und als Georg eine meiner CDs einlegte – wohlgemerkt eine Jazz-CD, die perfekt als Hintergrundmusik passte –, protestierte sie lautstark: »Müssen wir das Gejaule hören? Wie wär's denn mit Carla Bruni, die hab ich dabei!«

Die Anwesenden musterten sie verwundert und schauten dann mich an.

»Von mir aus können wir gerne Carla Bruni hören!«, lenkte ich ein, was mir schwerfiel, aber immerhin war es Ulrikes Geburtstag. Jutta ging tatsächlich zur Anlage, tauschte ihren iPod aus, legte Carla Bruni ein, und im nächsten Moment wurde mir klar, weshalb. Jutta spielte versonnen an einer ihrer Haarsträhnen und sang lauthals mit. Französisch konnte sie gut, das musste man ihr lassen. Ansonsten war ihr Gesang, wenn überhaupt, duschtauglich. Valentin, der das Treiben die ganze Zeit beobachtet hatte, ging auf Jutta zu und bat sie in den Nebenraum, wo sie angeregt und teilweise wild gestikulierend sprachen. Schließlich fing sie an zu weinen, woraufhin Valentin sie tröstend in den Arm nahm. Jasper, der den Fluchtort Toilette wieder verlassen hatte, legte den Arm um mich: »Bin ich froh, dass du nicht so anstrengend bist, ich weiß nicht, wie Valentin das immer ausgehalten hat, dieses ständige Drama! Aber manche Menschen brauchen das Drama anscheinend wie das Salz in der Suppe.«

Es fühlte sich nicht komisch an, wenn Jasper mich berührte, vertraut und angenehm, wie eine warme Badewanne, aber wenn ich ehrlich war, hatten mich eine Umarmung und ein Kuss von Valentin so viel mehr aufgewühlt als jemals eine Berührung von einem Mann zuvor. Natürlich war mir klar, dass es auch an der

Situation, der Übertretung einer Grenze, gelegen haben konnte, aber wieso schaffte ich es auch Tage später nicht völlig, den Kuss zu vergessen? Ich hatte mir innerlich ein Ultimatum gestellt. Bis nach Weihnachten wollte ich mir Zeit geben, um zu sehen, ob ich Valentin aus meinem Herzen verbannen konnte und mit Jasper sich alles weiterentwickelte. Wenn nicht, hatte ich mir vorgenommen, wollte ich mich trennen und die beiden nie wieder sehen und ins neue Jahr ohne Ballast starten. Georg rief alle Gäste zusammen, um für Ulrike ein Geburtstagsständchen zu singen, wozu Nele stolz einen selbst gebackenen Kuchen mit brennenden Kerzen präsentierte. Ulrike war sichtlich gerührt und bedankte sich herzlich. Plötzlich ertönte Musik aus dem Nebenraum, den Georg als Tanzsaal vorbereitet hatte. »Moonriver«, das Lied, zu dem Ulrike und Georg sich kennengelernt hatten, ertönte. Georg forderte Ulrike zum Tanz auf und alle anderen einzusteigen. Jasper verbeugte sich und drehte ein paar Runden mit mir, um mich dann Valentin, der sich wohl geweigert hatte Jutta aufzufordern, zu übergeben. Jasper versuchte immer noch, dass Valentin und ich uns besser verstanden. Allein wenn ich sah, wie er uns beide betrachtete, in der Hoffnung, dass wir uns näherkommen sollten, bekam ich so ein schlechtes Gewissen, dass es mir den Magen umdrehte. Valentin sah auch nicht gerade glücklich aus, aber nicht zu tanzen wäre noch auffälliger gewesen. Unwillkürlich begann wieder dieses leise Zittern, als er meine Hand in seine nahm. Meinen Kopf konnte ich vielleicht kontrollieren, meinen Körper offensichtlich nicht. Warum konnte er nicht ein Bewegungsdepp sein, der den Hintern beim Tanzen rausstreckte, komisch zappelte und kein Rhythmusgefühl kannte? Nein, natürlich tanzte er umwerfend gut, wir tanzten zusammen, als ob wir noch nie etwas anderes getan hätten. Mein Herz raste, und ich hatte Angst, dass jeder mir ansehen konnte, dass ich Valentin geküsst hatte. Jeder vielleicht nicht, eine vielleicht schon ... Jutta musste Valentin gut genug kennen, um sein Verhalten interpretieren zu können. Frauen hatten einen siebten Sinn, wenn es um andere Frauen ging.

»Ich finde die Situation unerträglich!«, flüsterte Valentin mir zu. Ja, auch ich hatte schon angenehmere Begegnungen gehabt und musste nicht unbedingt unter den Augen aller vortanzen und dabei seinen verführerischen Duft nach Sandelholz ertragen. Wie lange ging »Moonriver« eigentlich? War das die extralange Version?

»Ich versuche ja schon, so wenig wie möglich hier zu sein, aber ganz vermeiden lässt es sich eben nicht!«, flüsterte ich zurück.

Valentin sah mir plötzlich unverwandt in die Augen, was mir weiche Knie verursachte und mich kurz einknicken ließ.

»Ich schaff es einfach nicht, dich zu vergessen. Es bringt mich fast um, dass wir nicht zusammen sein können. Das Schicksal macht echt 'nen schlechten Witz!«

Hatte ich mich verhört, oder war Valentin ungehemmter durch den Alkohol?

»Wie kannst du mit Jasper weiter zusammen sein und so tun, als ob nichts geschehen ist?«, schickte er hinterher.

Vorsichtig schaute ich mich um, ob uns jemand hören konnte.

»Lass uns später sprechen, nicht hier, wo uns jeder anstarrt. Ich gehe in einer Viertelstunde kurz zum Auto, um meine Sachen in die Gästewohnung zu bringen. Komm einfach nach, dann sprechen wir drüben.«

Valentin nickte. Wenig später stahl ich mich in die Gästewohnung und wartete nervös auf Valentin.

»So, Mrs. Smith, wo haben wir uns denn versteckt?«, versuchte er, wie gewohnt einen Spruch zu reißen, aber auch ich konnte sehen, dass ihm das hier nicht leichtfiel. Ohne zu antworten, plapperte ich drauflos.

»Denkst du etwa, ich finde die Situation prickelnd? Mein Leben ist 'ne schlechte Soap! Nur schau ich gewöhnlich lieber von außen zu und stecke nicht mittendrin! Aber ich habe mich entschieden, mit Jasper zusammen zu sein und das mit unserem Kuss zu vergessen!«

Von meinem Ultimatum, das ich mir selbst gestellt hatte, sagte ich kein Wort! Warum auch, damit ich mich zum noch leichteren Opfer machte?

Valentin kam näher, gefährlich näher.

»Schau mich an, und sag mir, dass es dich nicht umbringt, in meiner Nähe zu sein. Sag mir, dass du kein Verlangen spürst und du dir nicht wünschst, unaussprechliche Dinge mit mir zu tun. Hier und jetzt!«

Langsam schluckte ich und versuchte, mich seinem Bann zu entziehen.

»Nein, ich spüre kein Verlangen. Das war ein Ausrutscher, der nichts zu bedeuten hat, aber den ich jeden Tag bitter büßen muss, wenn ich Jasper anschaue!«

Bei Jaspers Namen zuckte Valentin zusammen und nickte.

»Du hast recht, da war nichts zwischen uns. Gut, dass das jetzt geklärt ist. Dann können wir ja wieder normal miteinander umgehen!« Kühl betrachtete er mich.

»Mit ›normal umgehen‹ meinst du, dass wir uns aus dem Weg gehen und nur das Nötigste sprechen?«

Valentin nickte. »Ja, das ist wohl das Beste!«

Zögernd gingen wir auseinander. Ich hatte das Gefühl, dass jeder abwartete, ob der andere nicht doch noch etwas sagen würde oder einen Versuch startete.

Als ich wieder bei Jasper ankam, sah er mich besorgt an. »Alles gut, Süße? Du siehst so nachdenklich aus?«

Jutta, die nicht weit weg stand, mischte sich ungefragt ein. »Ja, das ist mir auch aufgefallen. Hat es mit Valentin zu tun?«

Unmerklich zuckte ich zusammen.

»Ich meine nur, weil ihr eben beide nach drüben gegangen seid und er auch so komisch ist, seit er wieder hier ist!«

Juttas taxierender Blick und ihr Kommentar waren eine offene Kriegserklärung. Bevor ich darauf etwas erwidern konnte, wurde Jasper wütend.

»Hat er dir wieder 'nen blöden Spruch gedrückt? Wenn nicht Mamas Geburtstag wäre, würde ich ihn mir echt zur Brust nehmen. Ich wüsste zu gern, warum Valentin ein Problem mit dir hat! Ich versteh's einfach nicht!«

Jutta wandte nicht eine Sekunde ihren Blick von mir ab.

»Ich auch nicht, du etwa, Clara?«

Mit einem Unterton, der mich schaudern ließ. Was bitte wusste Jutta? Natürlich ging ich nicht darauf ein und wurde zum Glück von Nele unterbrochen, die Jutta unbedingt ihren selbst gestrickten Schal für Ulrike präsentieren wollte. Jasper nutzte den unbemerkten Moment und zog mich an sich.

»Wollen wir beide langsam mal rüber? Um die Uhrzeit gehören Mädels wie du ins Bett!«

Valentin, der Richtung Toilette vorbeiging und das gehört hatte, scherzte abfällig: »Du meinst, in ihrem Alter beginnt bereits die senile Bettflucht, und da muss man früher zu Bett, weil man früher wieder aufwacht?«

Jasper hielt seinen Atem an und nahm Valentin zur Seite: »Hast du ein Glück, dass heute Mamas Geburtstag ist, sonst würde ich dir langsam mal was sagen. Du denkst, du kannst dir wegen damals alles erlauben, irgendwann ist damit Schluss und alles abgegolten!«

Valentins Augen verengten sich: »Wie kannst du im Ernst denken, dass ich das aufrechne! Vorbei ist vorbei!«

Jasper ließ das nicht gelten und zischte weiter: »Aber deshalb bist du doch so zu Clara, weil du sie anschaust und dich daran erinnerst, gib's zu!«

Äh, hallo? Wäre jemand mal so nett, mich aufzuklären? Ich verstand nur Bahnhof, und zwei knurrende Hunde, die sich gegenüberstanden, waren nicht viel freundlicher.

»Komm, Jasper, lass uns rübergehen!«

An der Hand zog ich ihn mit nach draußen und winkte im Rausgehen Ulrike zu. »Gute Nacht, vielen Dank für die Einladung! Entschuldige, aber wir sind so müde! Bis morgen!«

Ulrike war nicht böse und winkte lachend zurück. »Müde nennt man das also heutzutage!«

Valentin verließ noch vor uns den Raum, während Jutta ihm argwöhnisch hinterherschaute. Kaum hatte ich den wütenden Jasper in Sicherheit gebracht, vibrierte auch schon mein Handy. Eine SMS. Von Valentin.

Während Jasper ins Badezimmer ging, las ich die Nachricht.

»Ich weiß, dass es unmöglich geht, aber ich will dich so sehr! Warum hab ich dich nicht vor Jasper kennengelernt?«

Okay, es wurde mir definitiv zu heiß hier! Das war nicht mehr witzig, ich saß auf einem Pulverfass, besser gesagt Dynamitwerk, und musste schleunigst die Situation wieder unter Kontrolle bekommen. Das war jedoch leichter gesagt als getan. Nie war der Spruch »Zwei Seelen wohnen, ach, in meiner Brust« zutreffender, noch nie war ich so durcheinander, was oder wen ich wollte, denn unterschiedlicher konnten sie beide nicht sein. Jasper, der sensible Künstler, der mich zum Lachen brachte, und Valentin, der mich mit seiner Ernsthaftigkeit und männlichen Macherart in seinen Bann zog. Auch äußerlich sah man den beiden nicht an, dass sie Brüder waren. Jasper mit seinem hellen Teint und den blauen Augen, Valentin mit dem dunklen Haar und den tiefbraunen Augen. Gegen mein Gefühl tippte ich zurück: »Schick mir keine SMS mehr, hör mit diesen Anspielungen auf, zwischen uns ist nichts und wird nie was sein!«

Jasper war noch eine ganze Weile lang außer sich und nur schwer zu beruhigen; ich hingegen platzte vor Neugier, was es mit diesen kryptischen Andeutungen Jaspers auf sich hatte. Was war damals geschehen, dass es die Brüder noch heute so aufwühlte? Als ich Jasper darauf ansprach, wehrte er ab.

»Tut mir leid, dass du das mitbekommen hast, ist mir rausgerutscht. Ich kann darüber nicht mit dir sprechen, Valentin will das nicht, und wir in der Familie halten uns schon lange daran.«

Das wurde ja fast schon unheimlich!

»Habt ihr gemeinsam 'ne Leiche begraben, oder was ist das für ein dunkles Familiengeheimnis?«, versuchte ich einen Witz, der sich eben in meinem Kopf um einiges witziger angehört hatte.

Jasper zeigte mir 'nen Vogel: »Ja genau, und unsere Brauerei ist auch nur 'ne Tarnung für illegale Glücksspiele und Drogenhandel! Clara, ich würde es dir gerne sagen, aber ich muss respektieren, wenn Valentin das nicht möchte. Sprich du ihn doch später noch mal darauf an, vielleicht sagt er es dir dann.«

Stimmt, Valentin und ich hatten ja so ein entspanntes Verhältnis, da würde ich ihm morgen einfach mal auf die Schulter klopfen und ganz locker nachfragen. Ich beschloss, den Abend zu beenden und schlafen zu gehen, nur um im Traum abwechselnd von meiner bevorstehenden Operation, meinem Bewerbungsgespräch und Valentin und Jasper zu träumen, die sich beide in übergroßen Tierkostümen mit Plastikflaschen abwechselnd auf den Kopf schlugen.

Kapitel 10
Das Drama mit der Rama-Familie …

Am nächsten Morgen beim Frühstück war die Stimmung erstaunlich friedlich. Alle schienen sich gefasst zu haben oder waren einfach noch zu verkatert, um Gift zu spritzen. Das änderte sich schlagartig, als Jutta dazustieß. Demonstrativ ging sie auf Valentin zu, küsste ihn auf den Mund, setzte sich und säuselte: »Gibst du mir bitte die Butter, Schatz?«

Mir fiel die Kinnlade herunter, aber anscheinend nicht nur mir, denn plötzlich herrschte Stille im Raum, und alle sahen die beiden an. Georg, der Unbedarfteste von allen, sprach aus, was alle dachten.

»Gibt's da was Neues, was wir wissen sollten?«

Jutta kicherte aufgeregt und fuhr sich gespielt verlegen durchs Haar.

»Willst du es sagen, Schatz, oder soll ich?«

Valentin sah ungefähr so glücklich aus wie ich, wenn ich zum Krampfadernveröden musste, und nickte ihr zu. Jutta holte tief Luft und sah auffordernd in die Runde.

»Ich bin gestern nicht einfach so gekommen, sondern wollte Valentin vorschlagen, einen zweiten Versuch zu wagen, Nele wünscht sich das so sehr, und was soll ich sagen, Valentin hat zugestimmt. Wir sind seit gestern Abend wieder ein Paar!« Sie riss die Arme in die Höhe, wie man es bei der Formel 1 gern auf dem Siegertreppchen macht, was wohl Euphorie darstellen sollte, aber in diesem Rahmen nicht funktionierte, weil niemand mit einfiel in die Siegesfeier, sondern alle geschockt um Fassung ringend versuchten, gute Miene zum bösen Spiel zu machen. Einzig allein Nele war glücklich und fiel ihrer Mutter in die Arme und wollte sie gar nicht mehr loslassen. Es war nicht schwer zu sehen, dass Ulrike einige Fragen auf der Zunge lagen, sie sich aber Neles wegen zurückhielt, wie alle anderen auch. So stießen wir auf Juttas Geheiß mit unseren Kaffeebechern auf das junge alte Glück an, wobei Valentin mir nicht ein Mal in die Augen sah! Ob jetzt wohl ein guter Zeitpunkt wäre, seine SMS von letzter Nacht vorzulesen?

»Wie wollt ihr das denn mit München und Berlin machen?«, wagte Georg schließlich den ersten Schritt.

Jutta, die an Valentins Seite klebte, gab bereitwillig Auskunft. »Ich bleibe in München. In Berlin habe ich mir mit Rita die Wohnung geteilt. Sie hat 'ne Freundin, die gerne einziehen würde, und Castings gibt es hier ja auch genug, Schauspiellehrer auch ... und nach Berlin kann ich ja problemlos fliegen, wenn dort etwas ansteht. Das Wichtigste ist jetzt erst mal die Familie!«

Stimmt, das war ihr aus irgendeinem Grund ein Jahr lang entfallen und plötzlich wieder eingefallen. Zu gern wüsste ich, was der Auslöser dafür war. Valentin kannte uns alle zu gut, um zu wissen, dass niemand im Raum es für eine gute Idee hielt, weil keiner daran glaubte, dass er Jutta noch liebte, und keiner daran glaubte, dass sie aus uneigennützigen Gründen und Neles wegen zurückkam. Mir wurde fast übel, die aufgedrehte Jutta zu sehen, wie sie Valentin mit einem Croissant fütterte, der das stoisch über sich ergehen ließ, wie sie dann Nele über den Kopf strich und die Waltons Familie wie schwer zerrüttet daneben aussehen ließ. Die Glückwünsche klangen dementsprechend auch eher gequält, was Jutta nicht zur Kenntnis nahm, Valentin hingegen schon. Unauffällig versuchte er, das Frühstück abzukürzen. Nele wollte unbedingt nach draußen eine Schneeballschlacht veranstalten und nahm die gesamte Familie dazu mit.

»Ich bleibe hier und mach die Küche sauber, geht ihr ruhig!«, bot ich mich an, denn wenn ich auf etwas keine Lust hatte, dann dem neuen Familienglück zuzuschauen. Jasper bot an, mir zu helfen, aber ich schickte ihn mit raus, damit ich Zeit hatte, das »neue Glück« sacken zu lassen. Zudem war ich keine gute Schauspielerin und wusste das auch. In meinem Gesicht war immer abzulesen, was ich wirklich dachte. Während ich die Teller in die Spülmaschine räumte, versuchte ich, einen klaren Kopf zu bekommen. Wie war ich bitte, die es privat langweilig mochte und beschaulich, in diesen Hexenkessel geraten? Die weitaus wichtigere Frage aber war doch, wie kam ich hier wieder raus? Helene, ich musste mit Helene sprechen! Sie würde die Dinge wieder zurechtrücken und mir sagen, was zu tun war. Hinter mir knarrte der Boden im Flur. Ich drehte mich um. Es war Jutta, die eine Mütze und Handschuhe für Nele holte. Von ihrem eben noch glückseligen Lächeln war nichts mehr zu sehen. Im Gegenteil, sie blickte mich feindselig an, und irgendwie schwante mir, dass sie wegen mir hier war und Neles Sachen nur ein Vorwand.

»Übrigens, ich weiß, dass du Valentin geküsst hast, Nele war von der Musik wach geworden und hat euch gesehen. Sie hat mir gleich davon erzählt. Sie dachte sich nichts dabei, weil sie dich mag, aber ich bin nicht so blöd und weiß, was du hier spielst. Ich hab auch Valentins SMS an dich gelesen. Wenn du willst, dass du nicht auffliegst und Jasper nichts erfährt, rate ich dir, dich von Valentin und Nele fernzuhalten, haben wir uns verstanden?«

Hilfe! Seit wann sagten Menschen Sachen zu mir, die ich sonst als Dialogszenen höchstens aus Melrose Place oder Desperate Housewives kannte? Aber so einfach machte ich es Jutta nicht. »Wenn du schon in Valentins Handy schnüffelst – so ein vertrauensvoller Umgang ist ja auch das A und O einer glücklichen Beziehung –, dann lies doch auch meine Antwort-SMS, die da lautete, dass er mich in Ruhe lassen soll, zwischen uns nichts ist und nie sein wird. Die kannst du dann auch gleich Jasper zeigen! Also spar dir irgendwelche Erpressungsversuche!«

War das ein Fehler? Hätte ich ihr einen Deal anbieten müssen? Jede Woche einen Hunderter in Zehnerscheinen, aber ich dachte, dass es am besten war, unerschrocken zu reagieren. Hatten sie mal bei »Vorsicht Falle« gesagt. Auf Jutta machte meine Antwort jedenfalls keinen Eindruck. Sie wiederholte, dieses Mal mit einem unwirklichen Lächeln auf den Lippen, ihre Drohung.

»Ein Schritt zu nah an Valentin, und ich lass dich auffliegen!«

Wahnsinn, eigentlich hatte ich mir Frauen, die solche Dinge taten und sagten, immer groß, imposant mit ausgeprägter Nase vorgestellt, die bereits den Raum einnahmen, wenn sie nur eintraten, aber doch nicht so ein kleines zierliches Hascherl, das aussah wie zwanzig. Mir schien, ich musste noch viel lernen, vor allem musste ich aber endlich hier weg. Unter dem Vorwand, üben zu müssen, seilte ich mich ab, rief Helene an, verabredete mich mit ihr im Müllerschen Volksbad, um mir alles von der Seele zu schwimmen. Stress gehört in die Beine, hatte meine Mama immer gesagt.

Kapitel 11
Lehrjahre sind keine Herrenjahre!

»Frau Herbst, würden Sie mir bitte folgen?« Frau Wieses Assistentin ging den dunklen Gang zum kleinen Konzertsaal vor, in dem Professor Bruckner, Professor Wiese und der Leiter des Konservatoriums Professor Wagner in der zweiten Zuschauerreihe saßen, mit Leselampen auf den kleinen Tischen, ausgerüstet mit Papier und Stiften. Auf der Bühne stand der Steinway mit zwei Schemeln, einen für mich und einen für Richard, meinen Studenten. Der Flügel war angestrahlt, und das Scheinwerferlicht ließ einen kaum das Gremium im Zuschauerraum erblicken, sobald man Platz genommen hatte. Lampenfieber hatte ich bekanntlich bei jedem Auftritt. Heute aber ging es um meine Zukunft und darum, ob ich endlich sesshaft werden konnte und die Koffer erst mal in den Keller räumen durfte. Die letzte Runde im Bewerbungszirkus war eingeläutet, wie vorausgesehen waren nur noch Amelie und ich im Rennen. Die Entscheidung würde im Anschluss an die Lehrprobe und ein letztes Interview fallen. Ich spürte einen Kloß im Hals. Ich brauchte diesen Job, ich wollte und konnte nicht mehr auf Konzertreisen gehen. Meine Familie brauchte mich, und ich brauchte ein Zuhause und eine Chance, endlich eine Beziehung führen und eine Familie gründen zu können. Vor allem aber brauchte eine diesen Job nicht, und das war Amelie. Sie würde als Frau Dr. Schleimiger bald nur noch auf gesellschaftlichen Anlässen klimpern, um die Geschäftsfreunde ihres Toupetverlobten zu beeindrucken und ansonsten die nächsten Jahre Kinderwagen schieben. Um die Stelle bewarb sie sich nur, weil das besser klang, ich war mir sicher, dass sie nicht weiterarbeiten würde, sobald das erste Kind da war.

»Hallo Clara, wollen wir gleich mit der Lehrprobe anfangen?« Professor Bruckner nickte mir aufmunternd zu. Richard, mein Probestudent, der auf seinem Schemel Platz genommen hatte, ebenfalls. Richard war ein Schatz, begabt, freundlich, mit rascher Auffassungsgabe, ein Jackpot für solch eine Lehrprobe. Wir schlugen die Noten zu Schuberts »Träumerei« aus den Kinderszenen auf. Richard spielte das technisch leichte Stück vor, während ich die Augen schloss, um mich besser auf die Musik konzentrieren zu können. Ja, der Satz war technisch perfekt gespielt, die Anforderung lag bei diesem Stück, das wirklich jeder kannte, darin, etwas Neues aus dem Bekannten herauszukitzeln. Beim Tempo, bei den Übergängen der rechten und linken Hand, dem Wechsel vom Piano ins Forte war es ausbaufähig und noch nicht rund. Als der letzte Ton verklungen war, öffnete ich wieder die Augen.

»Sehr schön!« Motivierend lächelte ich Richard an.

»Technisch perfekt gespielt, das Handwerk sitzt einwandfrei. Wollen wir jetzt am Ausdruck arbeiten? Wie siehst du das Stück denn, was bedeutet es für dich, und was willst du damit aussagen?«

Richard sah mich erstaunt an, als ob er zum ersten Mal darüber nachdachte, was er ausdrücken wollte. Bislang versuchte er, wie mir schien, vor allem fehlerfrei zu spielen, und imitierte die Version, die Hélène Grimaud erfolgreich zum Besten gegeben hatte.

»Ich glaube, Schumann wollte mit dem Stück seiner Sehnsucht nach der Kindheit Ausdruck verleihen!«

Richard war noch zu sehr im Lehrer-Schüler-Modus und nicht auf dem Weg, seinen ganz persönlichen Zugang zu der Musik zu finden. Ich war nicht Günther Jauch, und es gab auch keine Million für die richtige Antwort. Denn richtig gab es hier nicht, nur subjektiv. Das versuchte ich, aus Richard herauszukitzeln.

»Lass mal alles außer Acht, was du über das Stück gehört oder gelernt hast. Stell dir vor, du hörst es zum ersten Mal ... Oder kannst du dich noch daran erinnern, was es bei dir ausgelöst hat, als du es zum ersten Mal gehört hast?«

Richard überlegte, seine Augen blickten konzentriert in die Leere. »Soll ich es wirklich sagen? Das klingt vielleicht verrückt, aber ich musste an meinen ersten Schüleraustausch nach England denken. Ich war schwer verliebt in Carol, und es war der Moment, als sie mit der Gruppe in den Bus stieg, um zum Flughafen zu fahren. Mir war klar, dass es das gewesen war! Ich würde sie nie wiedersehen. Denn mit sechzehn Jahren eine Fernbeziehung aufrecht zu erhalten ist unrealistisch. Ich hatte diese Mischung aus erstem großen Verliebtsein, das Gefühl zurückgeliebt zu werden, die Trauer und Melancholie, dass es nicht sein würde, und das gleichzeitige Glücksgefühl, dass ich endlich mit einem Mädchen zusammen gewesen war. Eine Art positiver Schmerz, wenn man das so sagen kann!«

Richard sah mich unsicher an und erwartete wohl, direkt aus dem Zimmer zu fliegen. Stattdessen gratulierte ich ihm.

»Siehst du, und genau dafür kannst du die Musik nutzen, um all das, was du eben in Worte gepackt hast, auszudrücken. Versuch genau daran zu denken, und fühl es.«

Richard merkte, dass ich es ernst meinte, und da ich die Prüfung ablegte und er nichts zu verlieren hatte, ließ er sich darauf ein. Schloss die Augen, atmete tief ein und spielte das Stück plötzlich voller Gefühl und machte es zu seinem, eine eigene Interpretation, die mir unwillkürlich Gänsehaut verursachte. Als er fertig war, war es kurz still, dann applaudierte das Gremium und gratulierte Richard zu seinem Auftritt. Das war gut gelaufen, nein, das war grandios gelaufen. Erleichtert atmete ich auf.

Zum abschließenden Interview wurde ich ein letztes Mal auf Herz und Nieren geprüft. Weshalb ich Studenten unterrichten wolle, was mein pädagogischer Ansatz sei, ob ich wirklich bereit sei, auf die großen Konzertreisen zu verzichten? Ich beantwortete alle Fragen mit Überzeugung, schließlich ging es hier um alles, und das merkte man mir auch an. Professor Bruckner sah sehr entspannt aus und zwinkerte mir sogar kurz zu, als die anderen beiden es nicht sehen konnten.

»Wenn Sie dann bitte draußen warten würden. Wir werden noch Frau Fischer sehen, uns dann besprechen und unsere Entscheidung gleich mitteilen.«

Erschöpft, aber guter Dinge ging ich nach draußen, gefolgt von Amelie, die meinen Auftritt mitverfolgt hatte und es natürlich nicht lassen konnte, einen Kommentar zu lassen.

»Und wie fühlt es sich an, die Stelle nicht zu bekommen?« Zicke! In letzter Zeit gab es einfach zu viele Zicken. Amelie kannte ich und konnte sie gerade noch ertragen, aber mit Jutta neuerdings war mir das zu viel. Ich mochte es lieber harmonisch und war nicht auf Konflikte erpicht, wich ihnen aber auch nicht aus, wenn es denn sein musste. Wurde Zeit, mal wieder einen Abend mit meinen Mädels Helene und Evi zu verbringen! Falls ich die Stelle bekommen würde, war das ein guter Anlass. Da ich eh warten musste und Amelie anscheinend bei meinem Auftritt auch zugesehen hatte, tat ich es ihr gleich und war damit nicht allein. Selbstverständlich ging Amelie nirgendwo einen Schritt ohne ihre aufgerüschte Mutter hin, die goldbehangen wie immer und mit hochgerecktem Kinn ihr Wunderkind begleitete. Sie grüßte mich heute gnädig und gab mir im nächsten Moment ein Zeichen, ruhig zu sein. Dann holte sie einen Rosenkranz hervor und hielt ihn die ganze Zeit in ihrer Hand. Amelies Auftritt hätte zu meinem nicht unterschiedlicher sein können. Sie war die Autorität in Person, gab vor, wie was zu spielen und zu interpretieren war, ließ kaum Freiraum, machte es aber gut, wenn auch auf völlig andere Weise. Das Ergebnis ihrer Probestudentin konnte sich auf alle Fälle hören lassen. Es war einfach eine andere Herangehensweise, und es würde darauf ankommen, welchen Stil die Schule bevorzugen würde. Geschmackssache eben. Auch das Interview meisterte sie souverän. Amelie zielte eher auf die Tradition und Verbundenheit zum Konservatorium ab, darauf, dass sie eine gute Repräsentantin wäre, das Image der Hochschule stärken und gute Leute anziehen würde, was ihre mitfiebernde Mutter mit heftigem Kopfnicken quittierte. Wenn mich nicht alles täuschte, sprach sie sogar Amelies Antworten lautlos mit. Zu gut konnte ich mir vorstellen, wie die beiden das Interview tausend Mal geprobt hatten. Auch wenn ich Amelies Mutter so sympathisch fand wie eine Horde Straßenbahnkontrolleure, so beneidete ich Amelie darum, eine Mutter zu haben, mit der sie so eng verbunden sein konnte. Mir fehlte meine immer wieder, besonders aber in diesem Moment. Helene und Omi fieberten auch mit, aber konnten sich den Luxus, bei der Arbeit zu fehlen, einfach nicht leisten. Jasper wäre gerne gekommen, aber das hätte mich eher nervöser gemacht. Leider musste ich zugeben, dass sowohl Amelie als auch ich jeweils auf unsere Weise stark gewesen waren und eine Entscheidung sehr knapp sein dürfte. Ohne es zu bemerken, begann ich wieder Fingernägel zu kauen, eine Angewohnheit, die ich seit Jahren abgelegt hatte. Die Wartezeit auf die Entscheidung war die Hölle und wurde nicht besser dadurch, dass Amelie ebenfalls mit ihrem älteren Klon namens Mutter im Hochschulcafé wartete und sich sehr siegessicher gab, während ihre Mutter ihr immer wieder bewundernd den Rücken tätschelte. Ewigkeiten später, ich war inzwischen schon mehr als aufgekratzt – kein Wunder nach drei Milchkaffee –, bat uns Frau Wieses Assistentin endlich mitzukommen. Die hatten jetzt aber nicht im Ernst vor, uns gemeinsam auf die Bühne treten zu lassen und, inspiriert von sämtlichen Castingsendungen im deutschen Fernsehen, eine Ewigkeit undurchsichtige Texte von sich zu geben, um dann zu sagen: »Clara, ich habe heute leider kein Bild für dich … alles Gute!«

Amelie schien dasselbe zu denken, denn sie fragte die Assistentin, warum wir beide gleichzeitig mitkommen sollten. Die wollte oder durfte nichts sagen, aber sie brachte mich schließlich in das Zimmer von Professor Bruckner und Amelie in Professor Wieses Zimmer.

»Clara, setz dich bitte. Wir haben beschlossen, dass es das Fairste ist, euch beiden zeitgleich die Entscheidung mitzuteilen, und wir fanden, dass ihr die Entscheidung von euren jeweiligen Mentoren erfahren solltet.«

Mein Herz raste, ich konnte keine Regung in seinem Gesicht ablesen. Langsam ließ ich mich in den hellgrünen Ohrensessel gegenüber seines Schreibtischs fallen, in dem ich schon so oft als Studentin, Meisterschülerin und schließlich Pianistin gesessen hatte, um diesem herzensguten Mann, der ein bisschen auch die Vaterrolle für mich übernommen hatte, zuzuhören.

»Es war ein sehr enges Ergebnis, ihr habt das beide wirklich gut gemacht, und wenn wir zwei Stellen zu besetzen hätten, würden wir euch beide nehmen, aber so wird es nur eine, und das, liebe Clara, bist du. Herzlichen Glückwunsch!«

Ich stieß einen Schrei der Freude und Erleichterung aus, sprang auf und umarmte Professor Bruckner so fest, dass er fast keine Luft mehr bekam. Lachend erwiderte er meine Umarmung.

»Ich freue mich sehr auf unsere Zusammenarbeit und möchte dich gerne zu uns nach Hause zu einem Abendessen einladen. Meine Frau würde sich auch sehr freuen. Lass uns einen Termin finden, damit wir bald gemeinsam feiern können. Deine Omi, Helene und dein Freund sind natürlich auch recht herzlich eingeladen.«

Was war ich glücklich! Immer wieder bedankte ich mich und konnte es kaum glauben. Wir gingen noch ein paar Formalitäten durch, wegen des Vertrags, aber dann drängte es mich nach draußen, schließlich wollte ich meinen Lieben schleunigst die frohe Botschaft überbringen. Vorsichtig lugte ich auf den Gang, wenn ich jetzt etwas nicht wollte, dann Amelie und ihrer rachsüchtigen Mutter begegnen. Die Luft war rein, und ich lief federleicht hinaus Richtung Fahrradständer. Gerade löste ich meine Kette, als ich merkte, dass jemand hinter mir stand. Jasper, dachte ich im ersten Moment, der mich überraschen wollte? Nein, hinter mir standen mit verschränkten Armen Amelie und ihre Mutter und sahen alles andere als amüsiert aus. Gratulieren wollten mir die beiden nicht, das stand schon mal fest.

»Glaub nicht, dass in der Sache das letzte Wort gesprochen ist, wir werden rausfinden, wie du die Stelle bekommen oder wen du unter Druck gesetzt hast. Wenn es was gibt, dass wir finden können, werden wir es nutzen, und dann fliegst du auf!«

Witzig, wie andere Menschen von sich auf andere schlossen. »Sorry, auch wenn's schwerfällt, aber ich habe die Stelle allein durch mein Können bekommen. Ich habe nämlich nicht das nötige Kleingeld oder die richtigen Kontakte, um es irgendwie anders zu schaffen, und Professor Bruckner ist seit Jahrzehnten glücklich verheiratet, Frau Professor Wiese eigentlich dein Fan, da bleibt wohl nichts anderes übrig, als zu akzeptieren, dass es nichts zu finden gibt. Aber danke für die Glückwünsche, die ich zwischen den Zeilen raushören konnte. So, lasst ihr mich bitte durch, ich muss jetzt feiern!« Sprachs, stieg auf meinen Sattel und trat in die Pedale.

Ich hörte noch, wie Amelie zischte: »Das wird sie bereuen!«, ich hörte nicht mehr, wie ihre Mutter versicherte, alles in ihrer Macht Stehende zu tun, um ihr zu helfen.

Heute war mir das egal, meine Zukunft, die des Waldhauses, die von Omi, Helene und Max war gesichert, ich war glücklich. Die OP würde bestimmt gut verlaufen, mit Jasper würde wieder alles ins Reine kommen, wir waren auf einem guten Weg, und endlich hatte mein Leben wieder eine gewisse Leichtigkeit.

Kapitel 12

»Richte nie den Wert des Menschen schon nach einer schnellen Stund, oben sind bewegte Wellen, doch die Perle liegt im Grund ...«

»Überraschung!«

Ich sah nur eine Traube Menschen und Jasper, der mich stolz anstrahlte, dass er es geschafft hatte, mich völlig ahnungslos ins Waldhaus zu schleppen, ohne sich verplappert oder eine Andeutung gemacht zu haben. Ich war sprachlos! Jasper hatte mal auf die Schnelle eine Party vom Feinsten organisiert, mit all meinen Lieben, Omi, Helene, Maxi, den Freunden vom Orchester, der Belegschaft des Waldhauses, inklusive unserer grauen Maus Frau Seliger und Hubertus – was vor allem Omi freute –, meine beste Freundin Evi, Ulrike, Georg, Nele ... Sagte ich all meinen Lieben? Was machten dann bitte Jutta und Valentin hier?

»Hier, nimm, wir stoßen an!« Helene reichte mir ein Glas Champagner, alle anderen hatten bereits eins in der Hand. Omi klopfte mit einem Löffel an die alten Champagnerflöten aus den Sechzigern und bat um Ruhe.

»Liebe Clara!« Ich sah, wie sich ihre Augen mit Tränen füllten, was mir wiederum ebenfalls sofort Wasser in die Augen trieb. »Ich möchte – wir alle möchten dir heute von ganzem Herzen zu deinem neuen Lebensabschnitt gratulieren. Ich weiß, wie viele Strapazen, Verzicht und ständiges Üben du auf dich genommen hast, um da zu sein, wo du heute bist. Du hast nie geklagt, die

Musik immer mit Freude gemacht, dabei gab es genug Gründe, die dich auch hätten straucheln lassen können.«

Sie holte tief Luft.

»Ich weiß, deine Eltern wären heute sehr stolz auf dich, vor allem aber sehr glücklich, weil du wieder in deiner Heimat angekommen bist! Auf dich, meine Kleine!«

Alle hoben ihr Glas und stimmten mit ein. Ich konnte nicht anders, vor lauter Rührung und Erleichterung liefen mir die Tränen nur so herunter. Einer nach dem anderen umarmte mich und gratulierte. Nur Nele war irritiert.

»Wieso weinst du denn? Ich dachte, du hast die Stelle bekommen?«, fragte sie.

Ich drückte sie fest an mich. »Ja, ich war nur so aufgeregt und bin jetzt froh. Das sind Freudentränen!«

Nele kicherte.

»Tssss, so was gibt's? Du bist ja lustig!«

Ja, leider war ihre Mutter nicht so lustig und gratulierte mir kühl und distanziert, aber immerhin mit Handschlag. Als keiner zuhörte, zischte sie mir zu: »Glaube ja nicht, dass wir freiwillig hier sind. Jasper und Ulrike haben darauf bestanden, und Nele wollte das unbedingt.«

Heute würde ich mir nicht die Laune von ihr verderben lassen!

»Wie? Du bist nicht hier, um meine beste Freundin zu werden? Jetzt bin ich aber echt enttäuscht. Ich weiß nicht, ob ich das verkraften kann! Ich glaube, auf den Schreck muss ich erst mal noch was trinken!«, zischte ich zurück, kicherte und ließ sie verdutzt stehen.

Der Einzige, der mir noch nicht gratuliert hatte, war Valentin. Das fiel zum Glück niemandem auf und war auch besser so. Er stand am Büfett und unterhielt sich blendend mit Helene und Maxi, der ihn seit der Skitour anhimmelte und für den coolsten Typen überhaupt hielt. Plötzlich gab Helene mir ein Zeichen, zu ihr zu kommen.

»Wir haben noch gar nicht richtig angestoßen, ich freu mich so!« Helene prostete mir zu, und Maxi gab mir ausnahmsweise und so schnell, dass man es auch für einen Spuk hätte halten können, einen Kuss auf die Wange. Nur Valentin wusste nicht, wie er sich verhalten sollte, und starrte auf sein Glas. Das war ja mal eine lockere Atmosphäre hier, so frei und unbeschwert ... Helene, die als Einzige Bescheid wusste, zog Maxi fort und ließ uns beide stehen. Am Türrahmen lehnend, beobachtete Jutta uns mit Argusaugen, was der Stimmung nicht wirklich half ...

»Herzlichen Glückwunsch! Ich freu mich für dich und Jasper, dass du bleiben kannst!«

Es war Valentin deutlich anzumerken, wie schwer es ihm fiel, diesen Satz zu sagen. Er versuchte, den Blickkontakt, so gut es ging, zu vermeiden. Aber plötzlich sah er mir fest in die Augen: »Auch wenn es das für mich nicht leichter macht, denn das heißt, dass du weiterhin bei uns sein wirst.«

Das klang verletzt und beinahe hilflos und ließ meine mir selbst auferlegte Distanz sofort dahinschmelzen.

»Für mich ist es auch nicht so leicht, wie es scheinen mag. Wie geht's dir denn? Wie läuft es mit Jutta?«, fragte ich leise. Zwar stand Jutta weit genug weg, aber wer wusste, ob sie nicht ein Richtmikrofon in der Handtasche trug. Zuzutrauen war ihr einiges ...

Valentin zuckte mit den Achseln.

»Schwierig zu sagen. Sie ist mir in den letzten Jahren schon sehr fremd geworden, ich versuche jetzt, wieder Anknüpfungspunkte an damals zu finden, als ich mich verliebt habe. Trotzdem verstehe ich immer noch nicht, woher ihr plötzlicher Sinneswandel kommt. Die Schauspielerei will sie ja nicht aufgeben, und sie drängt mich die ganze Zeit, die Zelte hier abzubrechen und nach Berlin zu gehen.«

Das klang wirklich nach einer schwer verliebten Beziehung! »Ist Nele wenigstens glücklich?«

Valentin überlegte einen Moment lang.

»Ja, einfach weil sie Jutta wieder um sich hat, aber sie merkt auch, dass wir die Zeit nicht zurückdrehen können und dass nicht alles glücklich verläuft. Sie spricht übrigens sehr viel von dir, und ich glaube, sie vermisst es, mit dir zum Reiten und in den Zoo zu gehen.«

Mir ging es ebenso, meine Ausflüge mit Nele waren jedes Mal ein besonderes Highlight, ich hatte sie so sehr in mein Herz geschlossen, dass ich auch Valentin nicht böse sein konnte, dass er es ihretwegen noch mal mit Jutta versuchte.

Mit einem Mal schien es, als ob Valentin sich wieder bewusst wurde, dass es »uns« nicht gab und auch nicht geben würde. Ich konnte förmlich zusehen, wie er sein Visier wieder runterklappte. Nüchtern und sehr pragmatisch schickte er hinterher: »Wenn ich es mal vernünftig sehe, ist das schon eine gute Lösung mit Jutta. Zwei Fliegen mit einer Klappe kann ich schlagen. Nele glücklich machen und Jasper nicht verletzen. Und ich kann mich mit Jutta arrangieren.«

Das klang so abgeklärt und kühl, dass es mich kurz schauderte. »Aber was ist mit dir? Willst du nicht eine Frau, die du liebst?«

Zu Recht sah mich Valentin an, als ob ich sie nicht mehr alle hätte. Wie konnte ich ihm nur diese Frage stellen ... Aber dann zuckte er mit den Schultern. »Liebe ... ach, das wird heutzutage überbewertet. Früher hielten die Ehen viel länger, weil sie nicht auf überzogenen Erwartungen gegründet wurden. Immerhin sieht Jutta gut aus, und Nele liebt sie. Alles ist besser so.«

»Ja, es ist besser so!«, sagte ich und nickte Valentin mit einem Lächeln kurz zu, um dann schleunigst das Weite zu suchen, bevor man mir noch ansehen konnte, dass ich immer noch Gefühle für ihn hegte. Jutta sah mir misstrauisch hinterher und stürmte gleich zu Valentin, bestimmt, um ihn ins Kreuzverhör zu nehmen. Helene hatte mich beobachtet und streckte mir ein neues Glas Champagner hin.

»Das geht vorbei, alles wird gut!«

Ihr Wort in Gottes Ohr! Ich ließ den Blick über die kleine Feier schweifen, bislang war ich noch nicht dazu gekommen, mich zu entspannen, und genoss es einfach, dem Treiben zuzusehen. Meine Gäste feierten ausgelassen, sogar Frau Seliger war völlig aufgedreht und himmelte mit roten Backfischbäckchen einen gut aussehenden Mann an, der neben ihr stand und sich mit Omi unterhielt. Wieso waren Menschen auf meiner Überraschungsparty, die ich nicht kannte? Ich stieß Helene in die Seite.

»Wer ist denn der Typ neben Frau Seliger?«

Helene sah mich verwundert an.

»Wie, hat Omi dir nie davon erzählt? Das ist Frau Seligers Freund!«

Mir blieb die Spucke weg! Das Wort *mismatch* erhielt ganz neue Dimensionen.

»Wie meinst du Freund? Schulfreund, bester Freund, ein Freund?« Meine Kinnlade musste ziemlich tief herunterhängen vor lauter Staunen.

»Nein, ihr Freund, Lebenspartner, Geliebter!«

Bei »Geliebter« fielen mir fast die Ohren ab. Das war ungefähr so, als ob Angela Merkel plötzlich Orlando Bloom daten würde.

»Wir alle haben ihn heute zum ersten Mal gesehen, und ja, ich hab auch so ungläubig geglotzt wie du und mich vergewissert, dass er nicht von einem Escort Service ist. Davor hat sie immer nur von ihm gesprochen, wie toll er aussieht und was er alles kann! Natürlich haben wir an eine ganz andere Kategorie gedacht, da siehst du mal, wie oberflächlich wir sind!«

Ja, ja, die inneren Werte! Aber seit wann fanden Männer Frauen, die aussahen, als ob sie sich stylingtechnisch bei der Bahnhofsmission beraten ließen, sexy, weil sie ihre innere Schönheit sahen? Bislang kannte ich das, wenn überhaupt, aus konstruierten Filmen, in Wirklichkeit durfte ich das leider noch nie erleben. Aber gut, es gab immer ein erstes Mal, und warum sollte das Gute nicht doch irgendwann siegen?

»Wie lange sind die beiden denn zusammen?«, fragte ich immer noch verwundert.

»Na, schon locker über ein Jahr. Zumindest schwärmt sie seit über einem Jahr von ihrem Alexander, der weder eine Netzhautablösung hat und auch ansonsten ganz normal zu sein scheint.«

Es war geradezu rührend anzusehen: Frau Seliger schmachtete ihren Alexander unentwegt an, hielt mit geschwellter Brust seine Hand und freute sich an den ungläubigen Blicken und heruntergeklappten Kinnladen der anderen. Aber auch Alexander warf ihr verliebte Blicke zu, füllte regelmäßig ihr Glas nach und erzählte, wie ich gerade mit halbem Ohr mitbekam, ihre Kennenlerngeschichte. Frau Seliger sah auf ihre Weise plötzlich attraktiv aus, anscheinend stimmte es, dass Glück einen von innen strahlen ließ. Unauffällig stellte ich mich näher heran, um die Geschichte nicht zu verpassen, dass Frau Seliger und Alexander sich im Englischen Garten beim Chinesischen Turm kennengelernt hatten und seither unzertrennlich waren. Alexander arbeitete als selbstständiger Unternehmer in der IT-Branche. Ich kam mir gemein vor, aber ich wollte einfach nicht begreifen, wie Alexander sich in Frau Seliger verlieben konnte, die auch heute konsequent eine Polyesterkombination aus Riesenmustern trug und sicher schon leicht müffelte. Ihre zu groß geratene grüne Brille, gefühlt aus den Achtzigern, die andere bereits wieder als Fashion Statement trugen, verdeckte ihr Gesicht. Und die Vorstellung, wie man es schaffte, sich mit diesem Gestell auf der Nase zu küssen, blieb mir sowieso ein Rätsel ... Ob Alexander jemals Frau Seligers Augenfarbe gesehen hatte? Die Frisur, die keine war, das verhuschte, stets in sich gekrümmte Wesen, das um Jahre älter aussah, mit dieser Piepsstimme sprach und immer noch Diddl-Mäuse sammelte ... wie ging das mit einem gut aussehenden Mann wie Alexander zusammen? Allein dass wir sie alle immer noch Frau Seliger nannten, obwohl sie gleich alt wie Helene war und ihren Freund sofort alle mit Alexander ansprachen. Lag vielleicht auch daran, dass man bei Alexander nicht das Gefühl hatte, ihn aus einer Zeitkapsel ausgegraben zu haben. Selbst Maxi, der gerade zum ersten Mal in Lisa aus seiner Klasse verknallt war und noch wirklich kein Experte auf dem Gebiet der Liebe, schaute entgeistert.

»Ist die Frau Seliger reich?«, flüsterte er Helene und mir zu, was ernsthafte Zweifel an Helenes Erziehung aufkommen ließ. »Wie kommst du denn darauf?«, empörte sich Helene auch sofort, die sich natürlich nicht nachsagen lassen wollte, Maxi falsche Werte beigebracht zu haben.

»Na, sie ist doch hässlich, und wenn Frauen hässlich sind, können sie nur noch einen Mann bekommen, der fett ist, oder aber sie sind reich!«

Japser hatte Maxis letzten Satz mitbekommen und lachte laut los, was Helene wiederum sehr unangenehm war, sie wollte auf keinen Fall Aufsehen erregen.

»Maxi, Frau Seliger ist eine sehr nette Frau! Wie oft habe ich dir schon gesagt, dass es auf das Innere und das Herz eines Menschen ankommt. Du liest heute Abend mal wieder den ›Kleinen Prinz‹ und schaust keine ›Verbotene Liebe‹ mehr!«

Jasper klopfte Maxi auf den Rücken und sagte verbrüdernd: »Ich hab genau dasselbe gedacht, Maxi, und deine Mutti und Tante Clara auch. Ich finde, dann sollten wir alle zur Strafe den ›Kleinen Prinz‹ lesen und keine Soaps mehr schauen!«

Helene schaute ihn giftig an, was Jasper nur mit den Schultern zucken ließ.

»Nur weil er die Wahrheit gesagt hat …«

Wo er recht hatte, hatte er recht. Aber dann sagte Alexander etwas, was mich aufhorchen ließ. Er schwärmte gerade von seiner Susanne. »Sie ist die erste Frau, die mir wirklich zuhört und sich für mich interessiert, ich meine richtig interessiert. Wenn ich sonst von meinem Job in der IT-Branche erzählte, kam immer ein höflich geheucheltes Interesse. Nicht so bei Susanne. Sie fragt nicht nur nach, sondern sie liest sich ein, recherchiert und befasst sich bis in die Tiefe mit dem, was ich mache. Sie will es genau wissen, damit sie mir folgen kann, wenn ich erzähle, warum mich was im Job genervt hat oder woran ich gerade arbeite. Auch meine Hobbys erträgt sie nicht höflich, sondern lebt sie mit. Ich sammle zum Beispiel Versteinerungen und habe mich schon immer für die Geologie interessiert. Susanne ist es, die mit mir nach Alaska fährt und mit glühenden Wangen Steine klopft in der Hoffnung auf tolle Funde. Das verbindet uns beide einfach sehr!«

Mich rührten seine Ausführungen, zumal sie mich zumindest ein Stück weit verstehen ließen, was die beiden zusammenhielt. Meine Rührung überdeckte aber nicht meinen Hunger, vor lauter Aufregung hatte ich tagsüber kaum etwas gegessen. Ich schnitt mir ein großes Stück von Omis selbst gebackenem Käsekuchen ab und inhalierte ihn fast. Omi, die das sah, musste schmunzeln und hob drohend ihren Zeigefinger: »Iss langsam, Kind, sonst wird dir schlecht!«

»Omi, ich bin kein Kind mehr!«, antwortete ich gespielt brüskiert.

»Dann benimm dich auch nicht so!«, kicherte sie und zwickte mich in die Wange. Sie sah wieder viel besser aus, meine geliebte Omi. Sie hatte das Dilemma mit dem Wasserschaden erst mal gut überstanden, natürlich stand das Abschlussgutachten der Versicherung aus, aber wenigstens waren die Reparaturarbeiten fast abgeschlossen, und es herrschte beinahe normaler Betrieb im Waldhaus, das Weihnachtsgeschäft fiel zum Glück nicht ins Wasser.

Omi zog mich zu sich und sah mich freudestrahlend an.

»Weißt du eigentlich, wie stolz ich auf dich bin, Frau Dozentin, und dankbar für deine Unterstützung. Ohne dich würde das alles hier nicht mehr sein, dann hätte ich schon lange verkaufen müssen!«

Da hatte sie allerdings recht, und ich war mir meiner Verantwortung mehr als bewusst und froh, ihr jetzt nachkommen zu können. Bislang lief alles nach Plan, jetzt musste nur die OP gut verlaufen und alles wieder verheilen, bis ich die neue Stelle antrat. Die Operation hatte ich meisterhaft verdrängt, ich fand, ich musste mir bis nächsten Dienstag nicht unnötig Gedanken machen. Mein Bauchgefühl sagte mir, dass alles gut werden würde. Was konnte auch schon schiefgehen mit vier Gläsern Champagner im Magen? Eben! Es war schon ziemlich spät, eigentlich gehörte Nele längst ins Bett, und einige Gäste waren bereits gegangen. Jasper machte sich gerade am Kamin zu schaffen, das würde noch eine Weile dauern, bis es richtig brannte und wärmte. Besser, ich holte mir meinen Pashmina, beschloss ich fröstelnd, und überlegte, dass wir das Waldhaus dringend neu isolieren mussten, sonst beheizten wir ständig das Weltall mit. Leicht beschwipst ging ich nach oben. Doch als ich im Zwischengeschoss ankam, sah ich Valentin durch die weit geöffnete Tür allein im Klavierzimmer an meinem Flügel sitzen. Gedankenverloren schaute er in die Dunkelheit. Na super, das hatte mir gerade noch gefehlt. Leise versuchte ich, mich vorbeizustehlen, was in einem Haus mit altem knarzigem Parkett geradezu unmöglich war.

»Bei aller Liebe, Clara, hast du deine Tarnkappe vergessen, oder wie glaubst du im Ernst ungesehen an mir vorbeizukommen? Halt doch mal mit der Hand beide Augen zu, vielleicht klappt's dann!«

Mist, Valentin hatte immer 'nen Spruch parat, ich geriet immer unter Zugzwang.

»Äh, vielleicht wollte ich mich gar nicht an dir vorbeischleichen!«, konterte ich, offen gesagt ziemlich stümperhaft und uninspiriert.

Valentin musterte mich von oben bis unten.

»Ach so, ziehst du im Winter bei Minusgraden deine Schuhe immer aus, um barfuß durchs ungeheizte Treppenhaus zu tapern?!« Spöttisch und zugleich herausfordernd sah er mich an.

»Noch nie was von Kneippkur gehört? Ist total gesund, würde dir auch mal guttun!«, gab ich endlich souverän und sehr witzig zurück, wie ich fand.

Als ob unser Gespräch eben am Büfett und seine Lobpreisung aller Vorteile, die sich durch eine Beziehung mit Jutta ergaben, nicht stattgefunden hatte, sagte er: »Mir würde was ganz anderes guttun, aber daraus wird ja leider nie was werden!«

Da war es wieder, dieses Funkeln, das es so besonders gefährlich machte, weil Valentin kein Luftikus oder Player war, sondern jedes Wort genau so meinte, wie er es sagte. Er strahlte eine Konsequenz und Kompromisslosigkeit aus, die keinen Platz für Spielchen ließ. Mit Valentin ließ sich nicht einfach zum Spaß flirten, da gab es nur entweder oder. Mit erhobenem Kopf ging ich an ihm vorbei und die paar Treppen zu meinem Zimmer hinauf, während mein Puls so sehr pochte, dass man ihn bestimmt aus hundert Meter Entfernung am Hals schlagen sah. Als ich gerade nach der Türklinke griff, spürte ich Valentin hinter mir, sein Atem in meinem Nacken, der mir eine ungewollte Gänsehaut verursachte. Ich versuchte erst gar nicht, gegen mein Verlangen, Valentin nah sein zu wollen, anzukommen. Langsam ließ ich mich leicht nach hinten gegen seinen Brustkorb fallen und genoss die Wärme seines bebenden Oberkörpers. Da es dunkel war, konnte ich ihn nur schemenhaft aus den Augenwinkeln erkennen, wie er sich vorbeugte und zärtlich begann, meinen Hals hinter dem Ohr zu küssen und sich langsam seinen Weg weiter runter Richtung Dekolleté bahnte. Ich schloss die Augen und gab mich seinen Liebkosungen hin, die ich mir so oft seit unserem ersten Kuss heimlich vorgestellt und herbeigesehnt hatte. Ohne Widerrede ließ ich geschehen, dass er mich in mein

Zimmer schob, die Türe abschloss, mich auf mein Bett setzte, sich selbst daneben. Er machte kein Licht an, aber die Laternen aus dem alten Park tauchten alles in ein Spiel aus hellen und dunklen Schatten, aus Konturen und Umrissen, was der Szenerie etwas Fantastisches gab. Valentin blickte mich wortlos an, sein Blick hingegen war nicht sehr still, alles konnte ich darin lesen: dieses Brennen und Habenwollen, der Kampf, nicht dagegen anzukommen, nicht stärker zu sein. Wir waren uns gegenseitig ausgeliefert, schutzlos und verwundbar, was eine Intensität und ein Gefühl des sich gegenseitigen Kennens und Verstehens erzeugte. Ohne Hast und mit einer schlafwandlerischen Sicherheit zog er mein Gesicht zu sich und begann, mich in aller Ruhe zu küssen, ohne Protest oder Widerrede zu erwarten. Es war so selbstverständlich, lang ersehnt und fühlte sich einfach nur richtig an, dass ich instinktiv seinen Bewegungen folgte. Ich empfand kein Schamgefühl, als er mich auszog, keine Hemmung, mich ihm nackt zu zeigen, im Gegenteil ... ich wollte, dass er mich sah, und ich sehnte mich danach zu sehen, wie sich sein Verlangen in seinen Augen spiegelte. Aus irgendeinem Grund vertraute ich ihm, und als er mich schließlich flüsternd fragte: »Bist du sicher, dass du damit umgehen kannst?«, antwortete ich kaum hörbar: »Nein, aber was macht das jetzt noch?«

Valentin ließ sich nicht aus der Ruhe bringen, er schien keinen Gedanken daran zu verschwenden, dass Jutta oder Jasper uns suchen könnten. Zärtlich begann er, mein Dekolleté zu streicheln und mit seiner Zunge zu liebkosen. Vorsichtig, aber bestimmt, bahnte er sich einen Weg zu meinem Busen. Für einen kurzen Moment hielt er inne, um meine Reaktion auf seine Berührungen zu sehen und sich an meiner sichtbar steigenden Erregung zu ergötzen. Ich spürte, wie mir das Blut in den Kopf stieg, meine Wangen immer heißer wurden, mein Atem lauter wurde und mein Körper sich unter den gezielten Bewegungen seiner Hände und Zunge zu winden begann, um nach mehr zu verlangen. Plötzlich hörte ich ein Knarren auf dem Flur und schreckte hoch. Valentin legte mir schnell seine Hand über den Mund. Einen kurzen Moment lauschten wir in die Stille und hörten, wie sich Schritte entfernten. Mein Blut gefror! Wer war das gewesen? Hatte uns jemand gehört? Valentin dachte überhaupt nicht daran aufzuhören. Seelenruhig fuhr er fort, mich zu küssen, was ihn immer erregter werden ließ. Leise stöhnend, legte er sich auf meinen glühenden Körper und drang mit einem Stoß voller Verlangen in mich ein. Der Rest war ein Wechsel an Berührungen, atemlosem unterdrückten Stöhnen und einem immer schneller werdenden Strudel an Verlangen, der endlich in der ersehnten Erfüllung endete. Benommen lagen wir ineinander verschlungen da, atemlos, und brauchten eine Weile, bis wir wieder im Hier und Jetzt landeten. Langsam löste sich Valentin aus unserer Umarmung, zog sich ohne Hektik an und küsste mich noch einmal zärtlich.

»Dass ich dich liebe, muss ich ja nicht mehr erwähnen, dass das eben atemberaubend war, vielleicht schon!« Er schloss die Tür auf und ging einfach wieder nach unten, als ob nichts geschehen war. O mein Gott! Langsam kehrte die Vernunft zurück und damit all die Gründe, warum das eben falsch, falscher, am falschesten gewesen war! Ich wollte da nicht wieder hinunter, ich wollte nie wieder mein Zimmer verlassen! Aber ich konnte mich auch nicht von meiner eigenen Feier fortschleichen und dann auch noch wegbleiben. Jasper hatte sich solche Mühe gemacht … Jasper … Wenn ich jetzt zu ihm ging, würde er doch sofort merken, dass ich ihn betrogen hatte. Alle würden es mir ansehen und mich in den Kamin schieben, mit meinen roten langen Locken, die perfekte Art zu sterben. Jutta hatte mich vielleicht doch nicht umsonst als Hexe bezeichnet!

Ich ging ins Bad und ließ einige Minuten lang kaltes Wasser über mein Gesicht laufen. Langsam fühlte ich mich wieder geerdet, und das Liebesspiel mit Valentin erschien mir so unwirklich, als ob es nicht geschehen wäre.

So, Clara, du gehst jetzt da runter, bringst den Abend hinter dich, und morgen machst du sofort mit Jasper Schluss, ohne jemals zu sagen, weshalb! Du wirst diese Familie einfach nie wieder sehen und dir selbst beim Gericht eine Bannmeile von fünfhundert Metern auferlegen lassen! Du hast ein dunkles Geheimnis, das es zu hüten gilt!

Verkrampft ging ich in den hellen Trubel mit meinem Pashmina um den Schultern. Zum Glück schien mich niemand vermisst zu haben! Jutta hatte Evi, die in der Münchner Künstlerszene bestens vernetzt war, in Beschlag genommen, anscheinend in der Hoffnung, von ihren Beziehungen profitieren zu können. Jasper war bereits mehr als betrunken und spielte mit Maxi, der heute länger aufbleiben durfte, Autoquartett. Durch den Alkoholpegel verlangsamt, winkte er mir lächelnd zu. Frau Seliger ging mit einem Tablett voller Schnäpse herum. Ich hasste Schnaps, aber wenn mich etwas verlässlich ausknocken konnte, dann eben solcher. Ohne zu zögern, kippte ich zwei Marille und eine Pflaume, während ich dachte, meine Speiseröhre würde verbrennen. Aber die Rechnung ging auf, innerhalb weniger Minuten fühlte ich nichts mehr, und falls Alexander das Zeug selbst gepanscht hatte, war ich morgen bestimmt blind!

Kapitel 13
Hiobs Nachfolgerin – Ich will zurück in die Narkose

»So, und jetzt denken Sie mal an was ganz Schönes, Frau Herbst. An Ihren Freund vielleicht?« Dr. Nagl, die Anästhesistin, strich mir beruhigend über den Kopf.

Hallo? Ich sollte mich doch entspannen und nicht aufregen. Gut, wie sollte Frau Nagl mit der esoterischen sanften Stimme auch ahnen, dass auf ihrem OP-Tisch ein moralisch fragwürdiges Subjekt namens Clara Herbst lag, das sich mit dem Bruder ihres baldigen Exfreunds eingelassen hatte? Eigentlich wollte ich gleich am nächsten Tag diesen Vorhof der Hölle beenden, aber ich hatte mich zum ersten Mal in meinem Leben wirklich ins Koma getrunken. Natürlich war es nicht bei den drei Schnäpsen geblieben; bis sich so ein schlechtes Gewissen nicht mehr meldet, braucht man die doppelte Menge, wie ich schmerzvoll im Selbstversuch erforscht hatte. Den nächsten Tag verbrachte ich, so weit meine Erinnerung es zuließ, im Dunkeln mit einem kalten Waschlappen auf der Stirn und einem Eimer neben meinem Bett, den Omi netterweise jede Stunde leerte. Ich war zu nichts in der Lage, vor allem aber konnte ich nicht reden, jedes Wort, das aus meinem Mund kam, musste ich flüstern, jede Bewegung schmerzte. Valentins und Jaspers abwechselnde Anrufe ignorierte ich, indem ich das Handy auf lautlos stellte. Den Tag überstand ich mehr oder weniger im Dämmerzustand, und am nächsten Tag, als ich bereit war, mit Jasper endlich reinen Tisch zu machen, musste er zu einem Kunden nach Hamburg. Seither hatten wir nur telefoniert, am Telefon Schluss zu machen ging leider nur, solange man siebzehn war, also musste ich warten, bis er wieder in München war. Ausgerechnet zu meinem OP-Termin wollte Jasper es zurückschaffen, um an meinem Bett zu sein, wenn ich aufwachte. Ob ich Dr. Nagl bitten sollte, meine Narkose um eine Woche zu verlängern? Wer wusste, was meine ersten Worte in völlig benebeltem Zustand sein würden? »Dein Bruder ist 'ne Granate im Bett!« vielleicht?

»Zählen Sie bitte langsam bis zehn!«

Dr. Nagl besaß eine so beruhigende Stimme, dass ich es gerade mal schaffte, bis vier zu zählen, dann war ich weg.

Als ich im Aufwachraum wieder zu mir kam, plagten mich vor allem Kopfweh und Durst. Helene saß neben mir, hielt meine nicht operierte Hand und war ganz gerührt, als ich die Augen aufschlug.

»Also, gerade von dir hätte ich eine professionellere Reaktion erwartet«, sagte ich, wobei ich jedes einzelne Wort extrem in die Länge zog. »Du hast doch immer von einem Routineeingriff gesprochen, und jetzt schaust du, als ob sie mich reanimiert hätten!«, versuchte ich einen Witz, um zu zeigen, dass mein Hirn alles gut überstanden hatte.

Helene lachte erleichtert auf.

Sofort fragte ich nach Jasper.

»Er ist auf dem Weg und wird dich gegen Abend besuchen kommen. Wie fühlst du dich?«

Ich klagte über Kopfschmerzen. Helene besorgte mir ein Schmerzmittel, das mich schnell wieder schläfrig werden und wegdämmern ließ. Als ich das nächste Mal zu mir kam, lag ich bereits nicht mehr im Aufwachraum, sondern in einem Krankenzimmer. Helene saß immer noch an meinem Bett, bemerkte ich mit halbgeschlossenen Augen. Dankbar griff ich ihre Hand und spürte, dass diese plötzlich sehr viel dünner und zierlicher war und vor allem nicht zurückdrückte. Verwirrt öffnete ich die

Augen und dachte im ersten Moment unter Nachwirkungen der Narkose zu leiden. Vor mir saß lächelnd und sehr zufrieden niemand anderes als Amelie Fischer! Mich traf der Schlag, was man mir wohl ansah. Ertappt saß ich in der Falle und sah keine Möglichkeit zu fliehen.

»Überraschung! Ja, ich bin es wirklich, wollte mich doch selbst überzeugen, wie es dir geht und ob was dran ist, dass du dich an der Hand operieren lassen musstest!«

Plötzlich war ich hellwach. Woher wusste Amelie Bescheid, wer hatte sie an mein Bett gelassen, und wo bitte war Helene? Ob es daran lag, dass Amelie mich seit meiner Kindheit kannte und in meinen Augen lesen konnte wie in einem offenen Buch, oder warum antwortete sie jetzt auf jede einzelne dieser ungestellten Fragen?

»Falls du deine Schwester suchst, die besorgt dir Sachen aus dem Krankenhauskiosk, und nein, der Trampel hat mich nicht an dein Bett gelassen, sie taugt nur nicht sonderlich als Wachhund. Woher ich überhaupt weiß, dass du hier bist? Ja, da gibt es Zufälle, die man nicht für möglich halten sollte. Du erinnerst dich vielleicht an deine Konzertproben und wie du mit Evi über deine Probleme mit der Hand sprachst? Maria bekam das ja mit und erzählte mir davon. Wie es der Zufall will, ist der beste Freund meines Verlobten dein Chirurg und Leiter dieser Klinik, die beiden waren auf dem Internat in einem Zimmer, und ich schätze, gemeinsame Aufnahmerituale zu überstehen verbindet einfach. So etwas gibt es in deinem sozialen Umfeld natürlich nicht, aber glaube mir, das ist so!« Amelie genoss den Umstand, die Oberhand zu haben, hier zu sitzen und meine Schwäche, gefesselt an ein Bett, schamlos ausnutzen zu können. Genüsslich und ohne Eile fuhr sie fort, während sie ihren funkelnden Verlobungsring demonstrativ hin und her drehte.

»Aus reiner Sorge natürlich rief ich damals Professor Eichmüller an, erzählte von den Symptomen und fragte ihn, was das sein könnte. Er nahm das sehr ernst, tippte auf ein Karpaltunnelsyndrom und dachte, es ginge dabei um mich. Natürlich konnte ich ihn beruhigen und sagte, es drehe sich um eine liebe Kollegin.

Am Wochenende waren wir gemeinsam beim Eisstockschießen bei seinen Eltern, die wohnen herrlich auf dem Land mit eigenen Seen, und da erwähnte Eichmüller, dass er kürzlich an mich denken musste, weil er gerade einen Fall habe mit den gleichen Symptomen, die ich ihm geschildert hatte, und er hoffe, dass das alles wieder in Ordnung komme, weil der Fall auch hauptberuflich in der Musikbranche tätig sei. Er nannte keine Namen, schließlich ist er seriös, aber ein paar diskrete Nachforschungen haben schnell ergeben, dass du es bist, und der Rest war ein Kinderspiel.«

Amelie hatte noch einen Trumpf im Ärmel, so gut kannte ich sie, und den hielt sie bis zum Schluss zurück.

»Du kannst dir vorstellen, dass ich besorgt bin, ob das alles so klappt mit deiner Genesung und dem Druck der neuen Stelle, vor allem, ob du auch vollkommen wiederhergestellt wirst, um die Konzerte zu bestreiten. Langer Rede kurzer Sinn, ich habe mich im Vertrauen an Professor Wiese gewandt, die meine Sorge teilt und sich natürlich auch fragt, weshalb du vor dem Ausschuss nichts davon erwähnt hast? Das ist, ich will nicht sagen eine Integritätsfrage, aber ich denke, allein zu deinem eigenen Schutz und auch für die Vertrauensbasis wird das Gremium neu zusammenkommen und noch mal über die Besetzung der Stelle tagen. Wahrscheinlich hast du das Schreiben bereits im Briefkasten, aber ich dachte, es ist immer besser, so etwas persönlich zu erfahren.«

Tausend Gedanken schossen mir auf einmal durch den Kopf! Stimmte das, was Amelie sagte? Was, wenn ja – hieß das, dass ich meinen Job los war? Wie viele Jahre gab es auf Totschlag im Affekt, oder konnte ich ihr unbemerkt Luft spritzen? An Spritzen kam man hier einfach ran. Teilweise war ich noch sediert, aber gleichzeitig konnte ich die Tragweite durchaus begreifen. Wenn es stimmte, was Amelie sagte, war ich mit einem Schlag arbeitslos, auf die Schnelle würde ich kein Konzert bekommen, die wurden bereits ein bis zwei Jahre im Voraus geplant. Ich sah mich selbst gedruckte Zettel im Rewe aushängen – »Gebe Klavierstunden für Einsteiger und Fortgeschrittene« mit einer dieser Telefonnummern drunter zum Abreißen. O Gott, wenn das Omi und Helene erfuhren! Ich war geliefert, komplett geliefert! Zur Unterstützung war an meiner Seite ein Mann, den ich mit seinem Bruder betrogen hatte und dem ich heute beibringen wollte, dass Schluss ist. Wo war Dr. Nagl? Ich wollte sofort zurück in die Narkose, bis ins Jahr 2018 bitte! Wie war ich nur in so einen moralischen Sumpf geraten? Bislang war ich immer gradlinig in allem gewesen, wusste, wer ich war und was ich wollte. Amelie ließ mir Zeit, die Bedeutung ihrer Worte sacken zu lassen. Sie strich versunken die Ärmel ihres hellblauen Kaschmirpullovers entlang. Wieso hasste sie mich so? Ohne die Mitleid- und Opfernummer ziehen zu wollen, aber hatte ich es nicht sowieso immer schon schwerer gehabt und war nicht wie sie mit dem goldenen Löffel im Mund geboren?

»Wieso machst du das, Amelie? Du hast doch alle Möglichkeiten und finanziell keine Sorgen oder Nöte! Ich hab nie verstanden, warum wir nicht befreundet sein konnten, sondern immer nur Konkurrentinnen waren. Hast du dir nie gewünscht, dass wir beide befreundet sind und den ganzen Druck und Stress teilen?«

Amelie sah mich erstaunt an. Offensichtlich hatte sie nicht mit meiner Frage gerechnet, sondern eher mit einem Tobsuchtsanfall. Kurz schien sie zu überlegen. »Hm, ab und zu vielleicht, aber ich hab ja immer meine Mutter dabeigehabt, und die hätte das nicht so gern gesehen. Wir wissen beide, dass wir aus unterschiedlichen Welten kommen. Außerdem sagt meine Mutter immer, dass es wichtig ist, dass ich jemanden habe, an dem ich mich messen kann, und das bist eben du. Nimm das hier nicht persönlich. Ich brauche die Stelle vielleicht nicht aus finanziellen Gründen, aber aus gesellschaftlichem Druck brauche ich sie nicht weniger als du, und das zählt in meinen Kreisen genauso. Was meinst du, wie das aussieht, wenn Benedikt eine Verlobte präsentiert, die nichts macht? Ich bin ja schließlich kein Trophy Wife. Das reichte vielleicht in den Neunzigern, aber heute musst du eine eigene Karriere als *power couple* vorweisen. Und auf Konzertreise um die Welt kann ich auch nicht mehr gehen. Benedikt braucht mich schließlich hier in München an seiner Seite für öffentliche Auftritte und als Begleitung zu Einladungen.«

So offen hatten wir noch nie miteinander gesprochen. Ein Stück weit konnte ich sogar ihren gesellschaftlichen Druck verstehen, vor allem ihre Mutter war, was das anbelangte, Meisterin. Zwar vergötterte sie Amelie auf der einen Seite und war stets mit dabei, aber das zu einem hohen Preis. Was konnte die Frau enttäuscht und säuerlich schauen, wenn Amelie nicht als Beste gefeiert wurde. »Du musst dich besser konzentrieren, wir üben zu Hause einfach eine Stunde mehr, dann bekommst du das hin!«, hörte ich sie oft hinter der Bühne sagen. Zwar immer freundlich, aber der Leistungsdruck war ebenso unüberhörbar. Leider half mir mein Verständnis im Moment nicht weiter, ich musste dringend wissen, ob ich noch einen Job hatte. Mir fiel Professor Bruckner ein! Schamesröte stieg mir ins Gesicht allein bei dem Gedanken, wie sehr er sich für mich eingesetzt hatte und wie enttäuscht er von mir sein würde! Amelie hatte ihr Werk getan und stand auf.

»Nimm's mir nicht übel, ich musste so handeln. Du findest bestimmt was anderes, es gibt ja schließlich nicht viele Pianistinnen, die auf unserem Niveau spielen. Gute Besserung!«

Unglaublich, aber die Besserungswünsche klangen ernst gemeint. Selbst die stets auf Erfolg getrimmte Amelie war ein

Mensch, und ich glaubte, zum ersten Mal in ihrem Leben tat ich ihr aufrichtig leid, wovon ich mir leider nichts kaufen konnte. Mir war klar, ich musste hier raus und mein Leben in Ordnung bringen! Meine Gedanken wurden jäh von Helene unterbrochen, die mich mit Zeitschriften, Getränken und Blumen aus dem Kiosk eingedeckt hatte. Außer Puste legte sie alles ab.

»Wie geht's dir, Kleine?«

Da musste ich nicht lange überlegen.

»Kennst du Hiob?«

Helene sah mich verwirrt an.

»Äh ja, wieso?«

»Ich kann mich einfach nicht daran erinnern, wann genau ich ›Hier, nimm mich!‹ gerufen habe, als er nach seiner Ablösung suchte!«

Helene kam näher und fühlte meinen Puls.

»Verträgst du die Narkose nicht?«

Ich schüttelte den Kopf, was leider immer noch schmerzte.

»Nein, ich vertrage anscheinend keine Krankenbesuche von Amelie!«

Helenes wogender Busen kam noch näher, und sie sah sich genau meine Pupillen an. Schnell klärte ich sie auf, und plötzlich sah Helene so aus, als ob ich ihren Puls fühlen musste. Zum Glück verkniff sie sich Kommentare wie: »Ich hab dir gleich gesagt, dass es 'ne Schnapsidee ist. Das kommt dabei raus, wenn man nicht mit offenen Karten spielt.« Wir beide wussten, was der richtige Weg gewesen wäre, aber wir wussten beide auch, dass es manchmal eben komplizierter war.

»Omi sollten wir das auf keinen Fall sagen. Lass mal sehen, ob du das wieder hinbiegen kannst oder was es für Alternativen gibt. Vielleicht kann ich ja noch ein paar Nachtschichten mehr übernehmen, um Omi zu unterstützen«, überlegte Helene, woraufhin ich sofort protestierte.

»Es reicht, wenn Maxi schon seinen Vater nicht kennt, wäre

schön, wenn er dann wenigstens dich weiter zu Gesicht bekommt! Ich hab uns das eingebrockt, also werde ich es auch wieder zurechtbiegen!«

Helene strich mir über den Kopf, ihre Augen hatten wieder diesen vertrauten gütigen Blick.

»Dass du krank geworden bist, dafür kannst du nun wirklich nichts. Außerdem hast du das zum größten Teil doch für uns und das Waldhaus gemacht!«

Da war etwas Wahres dran. Wenn es nur um mich allein gegangen wäre, hätte ich eher in den sauren Apfel gebissen und wäre wieder auf Tour gegangen. Mich allein brachte ich locker durch.

Helene seufzte besorgt: »Wie sagte Mama immer: Wenn's kommt, dann richtig!«

Das war der Moment, in dem alle Dämme brachen. Die Tränen liefen erst über mein Gesicht, dann über das hübsche Krankenhauskleidchen, während Helene mich tröstend im Arm hielt und mantraartig vor sich hin sagte: »Alles wird gut, alles wird gut!«

Dass alles gut wird, zumindest, was meine eigenmächtige Selbstentlassung betraf, sah Professor Eichmüller anders.

»Frau Herbst, Sie sollten eigentlich noch zwei Tage zur Beobachtung hierbleiben, sind Sie sich sicher, dass Sie entlassen werden wollen?«

Ja, war ich mir. Keine Minute länger wollte ich hierbleiben und tatenlos zusehen, während meine Zukunft da draußen in die Brüche ging. Außerdem versicherte mir Helene, dass ich schon rauskönnte, wenn ich mich vernünftig verhielt und darauf achtete, die Hand nicht zu belasten. Sie war der Ansicht, dass es eher um die Privatpatienten-Bettenbelegung am Wochenende ging und nicht um meine Genesung. Zumal ich nicht länger bei Professor Eichmüller auf der Station liegen wollte, weil er mich, wenn auch unbeabsichtigt, an Amelie verraten hatte. Natürlich schmierte ich ihm seine unbeabsichtigte Indiskretion aufs Brot und die Folgen, die sie für mich haben würde, und verließ, bevor der sichtlich geschockte Professor antworten konnte, mit meinem kleinen Köfferchen und gestützt von Helene noch etwas wacklig das Krankenhaus. Helene hatte mit Jasper gesprochen, ihm erklärt, dass ich zwar entlassen war, aber heute noch Ruhe bräuchte und er mich morgen früh im Waldhaus besuchen könne.

Kapitel 14
Die (Pf-)Lasterfrau

»Ich versteh dich einfach nicht. Was meinst du damit, dass du mich nicht mehr genug liebst? Auf einen Schlag, einfach so?« Jasper sah mich fassungslos an. Eine Mischung aus Schmerz, Wut und Ungläubigkeit. Oh Mann, was wünschte ich mir die kurzen belanglosen Fernbeziehungen der letzten Jahre zurück, wo man sich sehr erwachsen mit ein paar Tränen verabschiedete und über Facebook befreundet blieb. Das hier war intensiv und ging viel tiefer. Zum einen war ich anfangs sehr in Jasper verliebt gewesen und von einer anderen Perspektive ausgegangen, bevor ich Valentin getroffen und mich schockverliebt hatte. Wenn ich ehrlich war, hatten sich die Zweifel, was meine Beziehung zu Jasper anging, unabhängig von Valentin eingeschlichen. Nach dem ersten Rausch hatte es immer öfter Streit und Reibereien gegeben. Vor allem Jaspers Unzuverlässigkeit trieb mich in den Wahnsinn, und sein Lebenswandel, den ich am Anfang noch herrlich unkonventionell empfand, nervte mich ziemlich, wenn ich ihn vor zwölf Uhr morgens nicht anrufen durfte, weil er nachts wieder versumpft war. Auch das ewige Auf-ihn-warten-Müssen, nach Entschuldigungen zu suchen, wenn er zu einer Verabredung überhaupt nicht auftauchte, das alles hatte an meinen Nerven gezerrt. Vor allem aber fand ich die Vorstellung, dass Jasper alles, was im gebärfähigen Alter an Frauen in München lebte und nicht hinkte, zwischen seinen Laken gehabt hatte und wir immer wieder mit seiner Vergangenheit konfrontiert wurden, egal, wo wir hinkamen, so gar nicht prickelnd. All diese Zweifel, dessen war ich mir sicher, hätten über kurz oder lang dazu geführt, dass ich mich getrennt hätte. Jasper war der perfekte Mann, wenn man Anfang zwanzig war. Mit Anfang dreißig hingegen verschob sich die Priorität dann doch, und andere Eigenschaften waren gefragt. Selbst wenn es mich schmerzte, Jasper verletzen zu müssen, und ich auch selbst unter der Trennung leiden würde, war ich im Grunde meines Herzens überzeugt, die richtige Entscheidung getroffen zu haben. Für Jasper hingegen war es schlichtweg eine Katastrophe. Zum ersten Mal konnte er sich mit einer Frau Familie und Zukunft vorstellen, und ausgerechnet die servierte ihn jetzt unter für ihn fadenscheinigen Gründen ab. Die Situation und Standardsätze kannte er normalerweise von der anderen Seite aus. Es waren routinierte Sätze wie: »Ich bin im Moment noch nicht so weit, es liegt nicht an dir, du bist ein so toller Mensch, wer würde dich nicht haben wollen?«

Sie selbst zu hören war neu für ihn. Für alles gibt es ein erstes Mal, ich war jedoch nicht sehr erpicht darauf, Jasper dieses erste Mal zu bescheren.

»Kurz, schmerzlos und konsequent muss man eine Trennung durchziehen«, hatte Helene mir auf den Weg mitgegeben.

»Sei klar und endgültig, lass keine Hintertür offen, und mach ihm keine Hoffnung! Das ist im Moment schlimm, aber auf lange Sicht wird es einfacher für ihn sein, Abstand zu bekommen und Wut auf dich entwickeln zu können!«

Helene sagte das nicht nur so. Sie kannte mich gut genug, um zu wissen, dass ich es hasste, Menschen, die mir nahestanden, zu verletzen. Lieber litt ich und sprach keinen Klartext. Meine Überzeugung war, dass man Menschen in zwei Kategorien einteilen konnte. Die einen, die ein Pflaster mit einem Ruck herunterrissen, was für einen kurzen Moment Hölle wehtat und hinterher etwas länger und intensiver brannte; und dann gab es die, die ein Pflaster Härchen für Härchen langsam abziepten und den Schmerz dadurch zwar regulierten, aber dafür unnötig in die Länge zogen. Ich sah mich eindeutig bei der zweiten Kategorie der Pf-Lasterfrauen, wünschte mir aber öfter, zur ersten zu gehören. Die Heftig-aber-kurz-Anhänger waren oft etwas egomaner, dafür aber auch konsequenter und nicht so zögerlich. Zurück zu Jasper und mir. Wir gingen durch den Englischen Garten, passend zum Thema dämmerte es, und zwar so ein schönes pinkfarbenes Dämmern, wie es das nur im Dezember gibt. Es war schwerer als gedacht, Schluss zu machen, vor allem, wenn man den wahren Grund nicht aussprechen konnte und die Gefühle für den anderen nicht komplett abgestorben waren. Jasper hatte mir, abgesehen davon, dass er noch ein Kindskopf war und wir zu unterschiedlich, schließlich nichts getan, er war liebevoll, aufmerksam, leider nur nicht der Richtige. Nur der Gedanke daran, dass es sein musste und ich endlich wieder ein Stück Seelenfrieden bekommen würde, half mir, standhaft zu bleiben. Wer hatte eigentlich das Märchen in die Welt gesetzt, dass es leichter war, Schluss zu machen? Der, der verlassen wurde, hatte alle Unterstützung dieser Welt, eine Situation, die nicht zu ändern war, und musste sich wohl oder übel damit abfinden. Konnte beginnen, den anderen zu hassen, über ihn hinwegkommen, um sich schließlich auf sich selbst zu konzentrieren, die neue Freiheit zu genießen und irgendwann eine neue Beziehung zu beginnen und den anderen zu vergessen. Der, der Schluss machte, wusste bereits davor, was er dem anderen zumuten würde, konnte keine Sympathien erwarten, denn alle dachten, dass er das ja so wollte und die Entscheidung selbst getroffen hatte. Man musste sehen, wie man damit zurechtkam, durfte das schlechte Gewissen nicht äußern, nicht sagen, dass es einem auch wehtat, und vor allem bloß keine Zweifel an der Richtigkeit der Entscheidung äußern, dann wurde man gesteinigt, da man den anderen so viel zumutete. Jasper reagierte sehr würdevoll und stolz. Als er verstand, dass ich es ernst meinte, begann er nicht zu flehen, nicht zu betteln, nicht zu fluchen. Vielmehr liefen ihm die Tränen über die Wangen. Er nahm mich in den Arm, sagte keine Worte wie »Du brichst mir das Herz« oder »Ich bring mich um!«, nein, er akzeptierte die Entscheidung, machte mir keine Szene und nahm alles so tapfer an, dass es mir beinahe das Herz brach und ich kurz davor war zu rufen: »Ich hab mich geirrt! Wir bekommen das wieder hin. Die paar Sachen, die mich gestört haben, was sind die schon im Vergleich zu deinem guten Herz! Und dein Bruder? Welcher Bruder? Dann ziehen wir eben weg, und ich komm auf Familienfeste nicht mehr mit!«

Leider wusste ich im Inneren, dass ich das Richtige tat, auch wenn es schmerzte. Das Gefühlswirrwarr konnte einem aber auch den Verstand vernebeln. Völlig fertig und verheult kam ich im Waldhaus an und huschte an ein paar Gästen vorbei in den Privatbereich.

»Jetzt gibt's erst mal 'nen Glühwein! Wir haben gerade welchen für die Gäste frisch gemacht, mit ganz viel Zimtstangen und Nelken. Genau das Richtige!« Omi drückte mich in den großen hellen Ohrensessel mit den Holzbeinen, den Papa damals gekauft hatte, zog den breiten Fußschemel vor, legte meine Füße ab und gab mir ein Kissen unter die breite Armlehne für meinen kaputten Arm. Apathisch starrte ich ins Feuer, bis Omi zurückkam, sich einen Sessel dazustellte, mir ein Taschentuch reichte und den Glühwein auf ein Beistelltischchen platzierte. Eine Weile saßen wir einfach da und sahen gemeinsam dem tanzenden, knackenden Feuer zu, bis Omi anfing zu sprechen.

»Du kannst vieles im Leben planen und kontrollieren, bis auf die Liebe. Eine gute Tochter, Enkelin, Schwester, das kannst du immer sein, eine gute Freundin auch. Da sind andere Gefühle im Spiel, und es ist leichter, sich moralisch fair und richtig zu verhalten. In der Liebe aber bleibt dir manchmal keine Chance, als kurzzeitig gegen deine eigenen Werte zu verstoßen, dich selbst nicht mehr zu erkennen oder Menschen zu verletzen, die dir nahe sind. Das tut weh, aber geht nicht anders, denn so manches kann man in Freundschaften oder der Familie akzeptieren und hinnehmen, in der Liebe aber gibt es kein Vielleicht oder ›mal sehen‹. Sie verlangt nach Entschiedenheit, sie bahnt sich ihren Weg, sie ist stärker als die Vernunft und vor allem immer stärker als das, was sein darf. Dass du Valentin liebst und er dich, habe ich sofort gesehen. Dich von Jasper zu trennen war richtig. Du wirst sehen, es ist kompliziert, aber das wird es, je älter du wirst, weil in deiner Lebensphase so viele wichtige Weichen gestellt werden. Du bist nicht mehr Anfang zwanzig, wo du jede Entscheidung einfach korrigieren kannst, weil ja genug Zeit ist. Nein, für dich stehen Themen wie Kinder und Zukunft an, die gut überlegt sein wollen. Auch wenn du es nicht gerne hörst, aber mit Anfang dreißig solltest du auch nicht mehr mit jemandem zusammen sein, den du dir nicht als potenziellen Vater deiner Kinder vorstellen kannst, zum Experimentieren sind die Zwanziger da!«

Ob das der Moment war, an dem Omis Weisheit in eine Richtung driftete, die ich nicht weiter diskutieren wollte? Sie war leider, was das Thema Sex anging, sehr offen und überhaupt nicht gehemmt, was ich an sich ja gut fand, aber nur theoretisch. In der Praxis hielt ich mir lieber die Ohren zu und dachte an eine Blumenwiese. Meine Aufklärung hatte sie auch liebend gern übernommen, sich viel Zeit genommen und mir Sachen erklärt, die ich mit zehn Jahren noch nicht im Detail hätte wissen müssen. Omi sah, dass mein Glas leer war.

»Willst du noch einen Glühwein?«

Ich nickte, wahrscheinlich war das nicht sehr clever so kurz nach der OP, aber auf meinem Zimmer lag immer noch der Brief von Professor Bruckner – ungeöffnet. Bislang fehlte mir schlichtweg die Courage. Mit dem zweiten Glas bewaffnet, ging ich nach oben, setzte mich auf mein Bett, nahm all meinen Mut zusammen, atmete tief ein und öffnete mit zitternden Händen und ziemlich umständlich wegen des geschienten Arms seinen Brief. Selten war ich so aufgeregt. Professor Bruckners Brief war von Hand geschrieben, kurz, aber seine wenigen Sätze brachten mich zum Weinen.

Liebe Clara,

von Amelie Fischer haben wir erfahren, dass es dir nicht gut geht, du an einem Karpaltunnelsyndrom leidest und daran gerade operiert wurdest, Ausgang der Heilung ungewiss. Natürlich kannst du dir vorstellen, dass diese Nachricht hier einige Unruhe ausgelöst hat, Professor Wiese war einerseits bestürzt, andererseits enttäuscht, dass du dein Leiden nicht offen angesprochen hast. Ich kenne dich besser und weiß, dass es dafür bestimmt Gründe gibt, ich vermute, sie könnten mit deiner Familie und dem Waldhaus zusammenhängen. Im Moment, liebe Clara, sieht es leider so aus, dass du die Stelle nicht mehr hast und erwogen wird, sie Amelie zu geben. So kurz vor Weihnachten kann ich daran nichts mehr ändern, aber im neuen Jahr kommt das Komitee zusammen, und ich werde auf alle Fälle für dich eintreten und hoffe, dass es deiner Hand dann schon wieder besser geht. Bitte melde dich bei mir, damit wir über alles sprechen können. Im Übrigen finde ich Amelies gespielte Sorge abstoßend, da sie offensichtlich nur das Ziel verfolgt, deine Stelle zu bekommen, aber das kennst du ja bereits. Liebe Clara, lass es dir gut gehen, gute Besserung, und ich glaube nach wie vor an dich und daran, dass du die beste Besetzung für die Stelle bist.

Alles Liebe,

Professor Bruckner

In Strömen liefen mir die Tränen über die Wangen, so viel Güte und Verständnis kam mir aus seinen Zeilen entgegen, dass ich einfach nur weinen konnte. Die Stelle war ich erst mal los, aber das war mir davor schon klar gewesen. Eine finanzielle wie existenzielle Katastrophe. Aber was Professor Bruckner, der jahrelang mein Schutz und Schirmherr gewesen war, mein Förderer und Vaterersatz von mir hielt, war mir so wichtig, dass die Erleichterung darüber, dass er mich nicht verstieß, sondern sich die Gründe denken konnte, in diesem Moment überwog. Sofort setzte ich mich an meinen Schreibtisch und schrieb seit langen Jahren einen Brief, in welchem ich versuchte zu erklären, was mich zum Verschweigen meiner Krankheit getrieben hatte. Ihm musste ich nicht erklären, was meine Omi, Helene, Maxi und das Waldhaus für mich bedeuteten. Er kannte meinen Werdegang und die Probleme um das Waldhaus, die sich in den letzten zwei Jahren drastisch verschlimmert hatten. So sehr, dass es finanziell eben um alles ging. Dazu der unglückselige Wasserschaden, der uns um einige Gästebuchungen brachte. Zudem war der Sachverständige der Versicherung immer noch nicht da gewesen, und solange zahlte die Versicherung nicht. Die monatlichen finanziellen Verpflichtungen liefen aber weiter, und die Bank war in Zeiten wie diesen nicht so geduldig und kulant, wie man es sich gewünscht hätte. Als letzte Möglichkeit stand immer noch ein Verkauf im Raum, was weder Omi, Helene oder ich übers Herz brachten. Um den Job zu bekommen, hatte ich viel riskiert. Natürlich hatte ich mich nicht für Konzerte buchen lassen können, nur um sie dann abzusagen, wenn es mit der Dozentenstelle klappte. Das ging einfach nicht, da wurden Tourneeplakate gedruckt, Karten vorverkauft, ich wäre mit einer saftigen Vertragsstrafe belegt worden und hätte meinen Ruf in der Branche komplett ruiniert. Das Risiko war allerdings kalkulierbar gewesen, Professor Bruckners Gewicht an der Hochschule war schon sehr stark, und er war es auch gewesen, der mich ermutigte, diesen Schritt zu gehen. Unmissverständlich hatte er mir signalisiert, dass alles gut gehen würde. Da wussten wir beide noch nichts von meinem Karpaltunnelsyndrom und von Amelie, die sich plötzlich mitbewarb. So war das eben, das Leben hielt immer Überraschungen bereit, manchmal schmeckten sie einem nur nicht. Abschließend bedankte ich mich in meinem Brief für sein Vertrauen und schlug einen Termin für ein Treffen nach Weihnachten im Januar vor. Für heute war ich erleichtert, aber eines war mir klar: Ich konnte nicht tatenlos zusehen, wie die Stelle einfach an Amelie vergeben wurde, sondern musste und wollte um meine Rehabilitation kämpfen. Völlig erschöpft, aber auch erleichtert, zwei Dinge geklärt zu haben, die mir auf der Seele lagen, ging ich nach unten und half Omi und Helene mit den Vorbereitungen für die Weihnachtsdeko. Mein Helfen bestand vor allem darin, kreative Vorschläge zu machen und mit dem gesunden Arm zu zeigen, wo man die Orangen und Nelken am besten aufhängen konnte und wo welcher Strohstern sich besonders gut machte. Seit unsere Eltern verunglückt waren, lief Weihnachten jedes Jahr gleich für mich ab. Die Vorweihnachtszeit mochte ich sehr, die fand ich gemütlich, heimelig und schön. Je näher der Heilige Abend rückte, umso deprimierter wurde ich. Am 24. Dezember war ich dann vollkommen sentimental, labil und nicht in der Lage, meine Gefühle zu kontrollieren. All das Vermissen, die Sehnsucht nach meinen Eltern konnte ich unterm Jahr mal besser, mal schlechter verdrängen, es war, als ob sich alles auf den Heiligabend konzentrierte, denn am nächsten Tag hellte sich meine Stimmung meistens auf. Dieses Jahr hätte ich eigentlich mit Jasper feiern wollen. Das war, bevor sich meine Gefühle für Valentin entwickelten. So schön wäre der Abend zur Abwechslung verlaufen mit der großen herzlichen Familie. Nele mit glänzenden Augen und meine kleine Familie dabei mit Omi, Helene und Maxi. Stattdessen war ich jetzt Single, in einen Mann verliebt, der für mich tabu war und der sich mit seiner Exfrau zusammenraufte, hatte eine operierte Hand, von der ich nicht wusste, wie sie heilen würde, und keinen Job. Juhu, das neue Jahr konnte kommen, schlechter konnte es nicht werden!

Kapitel 15
Der Gang nach Canossa

»Wer ist da bitte?«, hörte ich Professor Wiese durch die Sprechanlage ungläubig fragen, so als ob sie sich verhört habe.

»Clara Herbst, darf ich reinkommen?«

Die Antwort ließ auf sich warten, was ich gut verstehen konnte, schließlich wurde man nicht alle Tage so überrumpelt.

»Na gut, zweiter Stock links.«

Der Türöffner surrte.

Am Ton von Professor Wieses Stimme konnte ich heraushören, wie pikiert sie war, aber ihre gute Erziehung ließ es nicht zu, jemanden einfach abzuweisen. Darauf hatte ich ehrlicherweise gesetzt. Nicht sehr fair, aber was blieb mir anderes übrig in den Semesterferien, wenn ich mit ihr sprechen wollte, bevor das Gremium tagte und sie sich ihre Meinung vorab gebildet oder – noch schlimmer – mit Amelie ausführlicher geredet hätte. Frau Professor Wiese wohnte standesgemäß in einer großzügigen Altbauwohnung im Lehel, die sehr elegant eingerichtet war. Alles in dieser Wohnung schrie geradezu: »Hier lebt eine gebildete Frau!« Der Flügel mit den Noten, die langen Regalwände mit schlauen Büchern, kunstvolle Gemälde an den Wänden und Fotografien vom Ballett, das alles passte perfekt zu Professor Wieses Erscheinungsbild, wie ich es kannte. Soweit ich wusste, lebte sie allein. Einen Mann gab es wohl vor langer Zeit, der aber bereits gestorben war, Professor Wiese selbst war kinderlos geblieben, stattdessen standen gerahmte Fotos ihrer Schüler in den Regalen. Auch Amelie konnte ich auf einem erkennen.

»Möchten Sie etwas trinken? Tee, Kaffee?«, fragte sie pflichtbewusst als gute Gastgeberin, die sie zweifelsohne war.

»Kann ich bitte ein Glas Wasser haben?« Das Letzte, was ich wollte, war, ihr Umstände zu bereiten oder gar den Besuch länger als nötig in die Länge zu ziehen.

Professor Wiese, die ein elegantes blaues Hauskleid trug und ihre dunklen Haare zu einem stilvollen Dutt gebunden hatte, verschwand in die Küche und kam wenig später mit einem Silbertablett zurück, auf dem eine Wasserkaraffe mit Zitronenscheiben und zwei Gläser standen und ein kleiner Porzellanteller mit einer Keksauswahl, die man nur bei einer edlen Confiserie bekam. Ohne zu sprechen, schenkte sie erst mir und dann sich ein. Ihr Blick fiel fortwährend auf meine linke Hand, die noch im Verband steckte. Zeit, mein Anliegen vorzubringen.

»Sie fragen sich bestimmt, weshalb ich so unangemeldet bei Ihnen hereinplatze, wofür ich mich entschuldigen möchte, aber ich wusste nicht, wie ich Sie sonst in den Semesterferien kontaktieren konnte.« Die Entschuldigung ließ ihren sichtbar verärgerten Ausdruck etwas glatter werden. »Weshalb ich da bin, können Sie sich denken, nehme ich an. Amelie hat Ihnen von meiner Operation berichtet, aber sie hat Ihnen bestimmt nicht erzählt, wie sie davon erfuhr und was meine Beweggründe waren, es nicht offen anzusprechen, was ein schrecklicher Fehler war, der mir furchtbar leidtut. Ich kann nicht mal sagen, dass er aus Versehen passierte, denn ich habe genau gewusst, dass es falsch war, es mir gut überlegt und es trotzdem verschwiegen, aus Angst, die Stelle dann nicht zu bekommen. Natürlich haben Sie jedes Recht, mich zu suspendieren, aber so kampflos und ohne mich zu erklären, will ich die Situation nicht stehen lassen.«

Professor Wiese sah mich zwar immer noch argwöhnisch an, aber inzwischen blitzte ein Funke Neugierde auf. »Da bin ich aber mal gespannt!«, forderte sie mich zum Reden auf.

Und so begann ich, nach und nach von meiner Situation im Waldhaus zu berichten, von Omi, Helene, die von meiner finanziellen Unterstützung abhingen, vom Waldhaus, von dem Erbe meiner Eltern und meinem Zuhause, das ich um jeden Preis versuchte zu erhalten, und dem Gefühl, endlich in München wieder zu Hause sein zu wollen, um für sie alle da zu sein und nicht nur immer von unterwegs nachzufragen, ob alles lief. Mir war klar, dass Professor Wiese nicht der Typ war, den man mit einer tränenreichen Geschichte beeindrucken konnte. Für sie rangierten Werte wie Disziplin, Ehrlichkeit und Rechtschaffenheit an oberster Stelle. So sachlich wie möglich und ja nicht Mitleid heischend erklärte ich mein Umfeld und meine Verbindlichkeiten. Mir fiel auf, dass ich mit Professor Wiese noch nie zuvor so lange gesprochen hatte.

»Gut, Ihre Beweggründe habe ich verstanden, was nicht heißen soll, dass ich sie auf irgendeine Weise gutheiße oder entschuldige! Wie spielt Amelie Fischer da mit rein?«, fragte sie, und langsam bekam ich das Gefühl, dass die anfängliche Feindseligkeit wich und sie mir mehr Sympathie entgegenbrachte.

Tief holte ich Luft – was ich der Professorin über ihre Lieblingsschülerin sagen musste, würde sie nicht freuen, kannte sie Amelie doch nur als demütige Musterschülerin, die sich nie etwas zu Schulden kommen lassen würde.

»Amelies Verlobter ist ein enger Freund des Arztes, der mich operiert hat. Durch einen Hinweis war sie alarmiert und begann zu recherchieren, bis sie von meiner Operation erfuhr. Als ich im Krankenzimmer aufwachte, saß sie an meinem Bett und verkündete, dass sie das Konservatorium über alles benachrichtigt habe, das sei ihre Pflicht, und ich mir die Stelle abschminken könne.«

Professor Wiese gefiel nicht, was sie hörte, das konnte ich deutlich an der Zornesfalte sehen, die sich auf ihrer Stirn gebildet hatte. Sie merkte auch, dass ich die Wahrheit sagte, und war sichtlich überrascht, von Amelies Verhalten zu hören.

»Uns sagte Amelie, sie habe zufällig von Ihrer Operation über eine gemeinsame Freundin gehört und habe Sie nur besucht, um nach Ihnen zu sehen!«

Zu gut wusste ich, wen Amelie mit einer gemeinsamen Freundin meinte. Maria, ihre Freundin, die Evi und mich bei den Konzertproben belauscht und von meinen Schmerzen in der Hand sofort Amelie berichtet hatte. »Was mir noch sehr wichtig ist: Natürlich kommt mir die Stelle, was mein privates Leben angeht, sehr gelegen, aber einer der ausschlaggebenden Punkte ist, dass ich diesem Konservatorium so viel zu verdanken habe, dass ich den Schülern gerne einen Teil von dem, was ich erfahren durfte, zurückgeben möchte.«

Professor Wiese wischte meinen Kommentar ungeduldig ab. »Ja, ja, das sagen sie alle. Wir brauchen aber nicht nur jemanden, der gut unterrichten kann, sondern jemanden, der auch eine moralische Vorbildfunktion übernehmen kann, und das haben Sie mit Ihrer Aktion in Frage gestellt, auch wenn Ihre Gründe nicht rein egoistischer Natur waren, denn seien wir ehrlich, natürlich haben auch die mit reingespielt in Ihre Entscheidung, uns nicht die Wahrheit zu sagen.«

Ein harter Brocken, aber nichts anderes war zu erwarten gewesen. Kämpfen wollte ich, mich in die Höhle des Löwen wagen und mich erklären. Mehr konnte ich nicht mehr machen, mein Schicksal lag in ihrer Hand. Langsam stand ich auf. Professor Wiese begleitete mich zur Garderobe.

»Ich bitte Sie einfach, mir eine Chance zu geben, damit ich es wiedergutmachen kann. Denken Sie sich eine Strafe aus, brummen Sie mir auf, was immer Sie wollen, aber bitte geben Sie mir diese Chance«, schluckte ich mein letztes Quäntchen Stolz herunter.

»Wir alle sind für unsere Handlungen verantwortlich und müssen mit den Konsequenzen leben, Clara«, gab mir Professor Wiese mit auf den Weg.

Das war ja mal wirklich in die Hose gegangen, aber was hatte ich auch erwartet? Dass sie plötzlich zu meiner Befürworterin wurde, Gnade vor Recht ergehen und Amelie fallen ließ? Wenigstens konnte ich mir nicht vorwerfen, nicht alles versucht zu haben.

Kapitel 16
Ahnenforschung

»Omi liegt in der Inneren, Zimmer 204. Beeil dich!« Gedanklich stand ich am Schalter der Air Emirates, um ein One-Way-Ticket zu lösen, weil mein Leben komplett aus dem Ruder lief. Rein objektiv gesehen, fand ich mein Leben im Moment nicht wirklich beneidenswert und war der festen Ansicht, dass endlich das viel beschriebene Licht am Ende des Tunnels vor der Tür stehen musste. Ha, ich hatte nicht mit dem Schicksal gerechnet, das viel einfallsreicher war, als man vermutete. Omi hatte einen Infarkt gehabt, lag im Krankenhaus, und ich war auf dem Weg im Taxi dahin. Fahren konnte ich mit meinem Arm noch nicht, und das zwei Tage vor Weihnachten! Anscheinend war der Gutachter der Versicherung da gewesen und hatte zwar den Wasserschaden anstandslos angenommen, bei seiner Inspektion allerdings entdeckt, dass in einem Zimmer Schimmel entstanden war, der ausgetrocknet werden musste, was wieder Kosten verursachte und einen Ausfall des Zimmers bedeuten würde. Es war nicht die Welt, aber für Omi einfach zu viel gewesen. Laut Helene war es kein schlimmer Infarkt, aber in ihrem Alter musste man alles ernst nehmen und mit allem rechnen.

»Können Sie bitte nicht über die Leopold fahren, die ist um diese Uhrzeit komplett verstopft!«, nervte ich den Taxifahrer, der etwas brummte wie »Dann fohrns hold selba!«, woraufhin ich ihm meinen geschienten Arm entgegenhielt und ein gepresstes »Witzig, sehr witzig!« entgegnete. Wo waren mein Charme, mein Esprit, meine Wirkung auf Männer geblieben? Kein Wunder, ich zog das Pech im Moment geradezu an, und auf einer Attraktivitätsskala fühlte ich mich selbst von Martina

Navratilova überrundet. In harten Momenten, in denen man nicht mehr oben von unten unterscheiden kann, einem Scientology plötzlich als sympathischer Verein mit einleuchtenden Problemlösungen vorkommt, half mir normalerweise mein Galgenhumor, aber selbst der war mir abhandengekommen. Kommentare wie »Wenn du am Boden liegst, kann's nur nach oben gehen!«, rangen mir nicht mal ein müdes Lächeln, vor allem aber keine schlagfertige Antwort ab, was bedenklich war. Ich würde doch nicht Timm Thaler gleich mein Lachen verloren haben? Auf der Station kam mir Johanna entgegen, eine Kollegin von Helene. Wir nannten sie auch heimlich die heilige Johanna, weil sie stets selig lächelnd über die Flure schwebte, da einen Psalm und ein Gebet losließ, dort einem Patienten liebevoll über den Kopf streichelte, sodass wir uns sicher waren: Entweder bediente sich Johanna an allem, was das Krankenhaus an bewusstseinsverändernden Medikamenten zu bieten hatte, oder sie war einer dieser persönlichkeitsgestörten Todesengel, die sich als Gottes Vertreter auf Erden sahen, um das Leid Kranker zu beenden, und nachts heimlich Sauerstoff spritzten. Da Johanna unser Schicksal kannte, war sie zu mir besonders freundlich und mitfühlend, was nett gemeint war, aber manchmal doch zu weit ging.

»Clara, Liebes, es tut mir so leid. Alles wird gut, ich habe bereits für eure Omi gebetet!«, sagte sie und zog einen Rosenkranz aus dem Schwesternkittel, den sie mir reichen wollte. Dankend lehnte ich ab und öffnete die Tür von Zimmer 204.

Omi sah besser aus als erwartet, stellte ich erleichtert fest. Mit den Tränen kämpfend, umarmte ich sie. »Also, wenn du gedacht hast, du kannst dich um Weihnachten drücken und dir hier an Heiligabend lieber den Krankenhauschor anhören, während wir alle Gäste versorgen, hast du dich getäuscht! Wir bekommen dich schon wieder fit und raus zu Heiligabend!«

Omi, der die Tränen ebenfalls in den Augen standen, musste leise lachen.

»Weiber, immer nur Weiber und Tränen oder Klamotten!«, stieß Maxi, der es sich auf einem Besucherstuhl bequem gemacht hatte und mit seinem Nintendo spielte, unter einer Haarsträhne hervor. Auweia, die Pubertät in vollster Blüte. Helene hingegen war in ihrem Element. Sie kannte sich aus, besorgte Getränke, maß Fieber und checkte die Tabelle, wer wann was bei Omi gemacht hatte. Plötzlich ging die Tür auf, und der Chefarzt kam herein. Helene musste wirklich gute Verbindungen haben und einen guten Job machen, dass der Chefarzt sich jedes Mal um ihre Familienangehörigen kümmerte.

»Hallo zusammen, ich wollte nach Ihnen schauen und Sie bei uns willkommen heißen. Ich hoffe, es gefällt Ihnen den Umständen entsprechend und Sie werden gut umsorgt.«

Omi fühlte sich anscheinend geehrt und war ganz angetan, dass der Chef persönlich nach ihr sah und auch noch ihre Krankenakte studierte, obwohl sie eine gewöhnliche Kassenpatientin war. Kaum hatte ich das gedacht, fiel mir auf, dass Omi als Kassenpatientin ein Einzelzimmer hatte, was eher ungewöhnlich war. Chefarzt Weber sah sich ein paar Unterlagen durch und lächelte Omi an.

»Ja, das ist zum Glück noch mal glimpflich verlaufen. Sie bleiben ein paar Tage zur Beobachtung hier, und danach schicken wir sie erst mal zwei Wochen in die Reha!«

Omis Lächeln verschwand schlagartig und wandelte sich in ein ängstliches Atmen.

»Das geht nicht, ich werde im Waldhaus gebraucht. Ich kann nicht ein paar Wochen ausfallen!«

Was Omi auf keinen Fall brauchte, war Aufregung. Offensichtlich war die letzte Zeit schlichtweg zu viel für sie gewesen. Mit einem Schlag wurde mir klar, was ich tun musste.

»Nichts da, du gehst mal schön in die Kur, Omi, und ich übernehme das Waldhaus. Mit meiner Hand kann ich so schnell sowieso nicht spielen, also kümmere ich mich!«

Helene und Omi schauten mich gleichzeitig an.

»Bist du sicher, dass du das kannst?«

Ich fühlte mich in meiner Ehre zutiefst gekränkt! Ich war im Waldhaus geboren, aufgewachsen, hatte fast mein gesamtes Leben dort gewohnt, wenn ich nicht auf Reisen war. Das Team war wie meine Familie, die Gäste kannte ich fast alle; gut – Buchhaltung musste ich lernen, aber alles andere, wie die Küche funktionierte, was eingekauft werden musste und sonstige Abläufe kannte und konnte ich im Schlaf.

»Was ist denn mit deinen Händen? Die sind für eine solche Arbeit nicht gemacht!«, rief Omi besorgt, aber ich konnte sehen, dass sie sich mit der Idee anfreundete und sie gar nicht so schlecht fand.

»Ich hab ja nicht vor, die Kartoffeln selbst zu schneiden und die Bäume zu fällen, den Rest bekomm ich schon hin!«

Helene lächelte gerührt und drückte mich.

»Das ist eine gute Idee, wirklich!« Chefarzt Weber sah erfreut zu, nur Maxi, dem der rührselige Weiberkram wieder zu viel wurde, schaute zur Seite. Und plötzlich sah ich sie! Es war nicht zu fassen, so eindeutig, so auf der Hand lag sie, die Ähnlichkeit zwischen Maxi und dem Chefarzt, dass mir der Atem stockte. Nur mehr Haare musste man sich dazudenken, ein paar Kilo weg, die Falten retuschiert, und schon sah man einen jungen Maxi im Profil! Wieso fiel mir das eigentlich erst jetzt auf und sah denn kein anderer, was hier offensichtlich war! Ich würde nicht in eine dieser DNA-Shows gehen müssen, wo am Ende geheimnisvoll der Briefumschlag geöffnet wurde, um dem zitternden Kandidaten mitzuteilen, wer nun der Vater sei. Kaum zu glauben, dass ich nicht längst auf die Idee gekommen war. Gut, ich hatte Chefarzt Weber bislang nur kurz und mehr von Weitem gesehen. Als ich ihn mit meiner schmerzenden Hand konsultiert hatte, war ich mehr auf mich konzentriert und voller Angst gewesen, aber natürlich machte das alles Sinn. Soweit ich wusste, war er verheiratet, hatte zwei Töchter. Allerdings wirkte er weder wie ein Typ, der seine Krankenschwester schwängerte, dafür war er einfach zu bodenständig und so überhaupt kein Charmeur, noch wirkte er wie jemand, der keine Verantwortung übernahm, zumal er Helene offensichtlich sehr mochte und schätzte. Mir kam ein Verdacht, was, wenn Helene es ihm einfach nie gesagt hatte? Schließlich war sie, was Maxis Vater anging, auch uns gegenüber so redselig wie ein Liechtensteiner Geldinstitut gegenüber der Steuerbehörde. Wieso sollte sie also nicht auch ihn im Unklaren gelassen haben? Ich platzte fast mit meiner neuen Erkenntnis heraus und musste mich sehr zusammenreißen. Unbedingt wollte ich Helene zur Rede stellen. Ungeduldig wartete ich ab, bis Weber sich verabschiedete und Helene ins Schwesternzimmer wollte, um neuen Tee für Omi zu brühen. Unter dem Vorwand, mal für kleine Pianistinnen zu müssen, tigerte ich hinterher.

»Weber ist Maxis Vater! Stimmt's oder hab ich recht?«, sprudelte es aufgeregt aus mir raus. Helene ließ vor Schreck fast die Kanne fallen und sah mich geschockt an. Sie musste es gar nicht erst bestätigen. Ihr Gesichtsausdruck war Geständnis genug.

»Warum hast du das denn nie gesagt? Ist doch ein guter Typ, der Herr Chefarzt! Weiß er denn von Maxi?«

Helene sah sich erschrocken um und bedeutete mir, leiser zu sprechen. Flüsternd und immer noch kalkweiß beugte sie sich zu mir herüber.

»Nein, weiß er nicht und soll er auch nicht. Er ist verheiratet und hat zwei Töchter!«

Meine Stimme senkend, flüsterte ich zurück: »Ja, und wir leben im 21. Jahrhundert, wo Menschen wissen, dass man auch Kinder bekommen kann, wenn man nicht verheiratet ist, und Scheiterhaufen abgeschafft wurden. Wobei – bei deiner Panik sollte man erwägen, den Ablasshandel wieder einzuführen.«

Helene fand meinen Kommentar nicht so lustig wie ich und rollte die Augen. Natürlich ließ ich nicht locker.

»Ahnt er denn gar nichts, ich meine, er muss ja immerhin wissen, dass er Sex mit dir hatte, und wenn er rechnen kann, weiß er doch, dass Maxi im fraglichen Zeitraum entstanden ist. Wann ist das überhaupt passiert und wie?«

Beim »wie« schaute Helene mich entgeistert an. Sie hatte mich wohl missverstanden, ich wollte auf gar keinen Fall saftige Details, sondern wissen, wie es überhaupt zum Beischlaf gekommen war und wie oft, schließlich wusste ich auch, dass nicht gleich jeder Schuss ein Treffer war. Einige meiner Freundinnen versuchten seit Längerem, schwanger zu werden, und wenn ich mit siebzehn gewusst hätte, dass man nur an fünf Tagen im Monat schwanger werden kann, hätte ich mir die Hormonbombe der Pille danach schön gespart, als mir damals das Kondom mit meinem ersten Freund geplatzt war.

»Jetzt erzähl endlich!«, drängte ich Helene voller Neugier.

»Nicht hier, komm mit!«

Sie zog mich in einen Raum, in dem sterilisierte Betten standen und für den man einen Schlüssel brauchte. Wir ließen uns vorsichtig auf eins der Betten nieder, die Folie quietschte beim Hinsetzen. Helene holte tief Luft und erzählte erst zögernd, dann immer schneller, das Geheimnis hatte sich auch über die Jahre bei ihr angestaut.

»Am ersten Tag, als ich im Krankenhaus anfing, hab ich mich in Chefarzt Weber verliebt. Sofort aus dem Stand! Das war das, was man Liebe auf den ersten Blick nennt. Mir gefielen seine ruhige Art, sein freundliches Wesen, dass er sich wirklich um die Patienten sorgte, Schwestern mit Respekt behandelte und trotz der vielen Arbeit immer ein offenes Ohr für alles hatte. Natürlich war mir klar, dass ich keine Chance bei ihm hatte, und außerdem wollte ich auch bestimmt nicht seine Familie zerstören. Seine Frau ist sehr liebenswert, Grundschullehrerin, backt öfter Kuchen für die gesamte Belegschaft, die beiden Töchter sind auch ganz reizend, kurzum keine zerrüttete Familie, in die man eindringt. Irgendwann habe ich gemerkt, dass meine Sympathie erwidert wurde. Wir arbeiteten einfach sehr viele gemeinsame Schichten, die vielen Stunden im Krankenhaus und Schicksale schweißen einen zusammen, da bleibt es nicht aus, dass man sich auch Persönliches erzählt. Er gehört nicht zu den Ärzten, die über ihre Frauen schlecht reden oder ihr Selbstwertgefühl durch das Von-einer-Krankenschwester-angehimmelt-Werden aufpolieren. Nein, er hat einfach von sich erzählt, welche Musik er gerne hört, welches Buch ihn zuletzt gefesselt hat, solche Sachen eben.«

Das konnte ich nachvollziehen. Umfragen besagten, dass achtzig Prozent aller Paare sich am Arbeitsplatz kennenlernten, und auch einige meiner Verflossenen waren aus dem beruflichen Umfeld gewesen. In einem Club oder während eines Dates zwei, drei Stunden so zu tun, als ob man echt entspannt, witzig und geistvoll war, schaffte jeder, bei der Arbeit hingegen konnte man sich irgendwann nicht mehr verstellen. Da musste man jeden Tag hin, ob mit Menstruationsbeschwerden, einem Bad-Hair-Day oder dem Riesenpickel, der es sich unter den beginnenden Falten bequem machte. Man teilte den Alltag, hatte immer Gesprächsthemen und Verständnis für den Job des anderen. Und man wusste, wovon, und vor allem von wem der andere sprach, wenn er sich über Kollegen Luft machen musste. Auch wie jemand unter Druck reagierte oder sich bei Betriebsfeiern unter Alkoholeinfluss verhielt, half einem, einen Menschen deutlich besser kennenzulernen, als wenn er auf seinem Datingportal im Internet »belastbar und charakterlich einwandfrei« stehen hatte.

»Aber wie und wann kam es denn dann zum, ähem, Zwischenfall?«, ging ich den Tatsachen weiter auf den Grund.

»Das ist so peinlich! Nur damit du es weißt, ich bin nur einmal schwach geworden, ein einziges Mal! Ausgerechnet bei der Weihnachtsfeier!«

Unwillkürlich musste ich lachen, weil ich automatisch an Franz Beckenbauer und die legendäre Weihnachtsfeier denken musste. Es war aber auch ein schlimmes Klischee, aber wie so oft steckte in jedem Klischee ein Stück Wahrheit. Helene wurde sauer und haute auf den knisternden Plastikbezug.

»Siehst du, genau deshalb wollte ich es nie sagen. Was für ein schlechtes Klischee. Schwester verliebt sich in verheirateten Chefarzt und lässt sich ausgerechnet bei der Weihnachtsfeier von ihm schwängern?! Erstens wäre es meinen Gefühlen nicht gerecht geworden, denn ich liebe diesen Mann wirklich und aus tiefstem Herzen, zweitens, überlege dir doch mal den Skandal. Unmöglich wäre ich im Krankenhaus geblieben, aber ich brauchte ja den Job, und schwanger eine neue Stelle suchen und wieder die Probezeit durchmachen müssen, das wollte ich nicht. Außerdem fühlte ich mich schuldig, weil ich nicht verhütet hatte und auf keinen Fall im Glenn-Close-Stil eine heile Familie zerstören wollte!«

Arme Helene, das war die Erklärung, weshalb sie seit Jahren keine feste Beziehung einging. Wir hatten immer geglaubt, sie wolle sich Maxi zuliebe nicht binden, tatsächlich aber liebte sie einen Mann, den sie jeden Tag, jahrein, jahraus, sah und der der Vater ihres Kindes war, ohne es zu wissen. Aber konnte man so was wirklich nicht wissen?

»Hat er denn nie Verdacht geschöpft? Immerhin sollte ihm als Arzt die Biologie der Frau hinlänglich bekannt sein. Wollte er denn nie mit dir zusammen sein und seine Familie verlassen?« Unfassbar, da spielte sich seit Jahren ein Drama vor meiner Nase ab und ich hatte nichts bemerkt. Helene hielt inne und dachte kurz nach.

»Wir haben nie wirklich über diese Nacht gesprochen. Wir sind im selben Taxi nach Hause gefahren, und er stieg bei mir mit aus. Da ergab sich eins nach dem anderen, und am nächsten Tag war mir alles so peinlich, dass ich gar nicht drüber sprechen wollte. Er suchte ein-, zweimal das Gespräch mit mir und entschuldigte sich, dass er eine Grenze überschritten hatte und meine Gefühle nicht ausnutzen wollte, aber mich plagte so das schlechte Gewissen, dass ich es einfach nicht hören wollte. Als ich dann sichtbar schwanger war und der errechnete Geburtstermin von Maxi öffentlich, nahm er mich erneut zur Seite und wollte wissen, ob ich von ihm schwanger sei. Ich hab's vehement verneint. Hatte mir sogar schon eine Erklärung ausgedacht, die total bescheuert war, aber plausibel.«

»Da bin ich aber mal gespannt ...«

»Ich hab ihm einfach gesagt, dass ich durch ihn gemerkt hätte, wie sehr ich mir ein Kind wünsche, und dass ich kurz nach unserer Nacht die Pille abgesetzt hätte, um mich gezielt von einem Exfreund schwängern zu lassen.«

Ach was!

»Und das hat er dir abgekauft?«

Helene nickte.

»Ja, ich war sehr überzeugend. Habe noch behauptet, ich fände es eh besser, für ein Kind allein zu sorgen, da würde man sich nicht um Erziehungsfragen streiten müssen, als er nachfragte, ob ich denn das ganz alleine wuppen wolle! Dabei hätte ich mir nichts sehnlicher gewünscht, als Maxi mit ihm gemeinsam großzuziehen. Sogar bei der Namenswahl hat er mitgeholfen und Max vorgeschlagen, weil das so stark und verwurzelt klingt. Wenn er wüsste, wie oft ich geheult habe, weil ich nicht mehr konnte oder mir die Tränen in die Augen stiegen, wenn er mit Max in der Klinik spielte oder ihm das menschliche Skelett erklärte.«

Helene war ganz ergriffen, die Staudämme gebrochen. Sie heulte und schluchzte, war aber gleichzeitig erleichtert, endlich darüber sprechen zu können. Meine arme, große, tapfere

Schwester! Wie viel Kraft es sie gekostet haben musste, all die Jahre, das konnte ich nur erahnen. Tröstend nahm ich sie in den Arm und drückte sie fest.

»Jetzt ist es raus, aber sag mal, sieht der denn die Ähnlichkeit zu Maxi gar nicht? Gut, er ist dunkler und Maxi ein hellerer Typ, aber ansonsten ... Wie heißt er eigentlich mit Vornamen?«

»Theodor«, hauchte Helene ehrfürchtig.

Ob ihn seine Freunde Theo nannten?

»Lene!«, sagte ich, nahm ihre Hand und sah ihr fest in die Augen. »Ich bin froh, dass du es endlich gesagt hast! Ich verstehe dich und kann nur erahnen, wie schwer die Situation für dich all die Jahre war, aber wir wissen beide, dass du die Pflicht hast, es Max und Omi auch zu sagen. Wir wissen nicht, wie lange wir Omi noch haben, und ich kenn dich zu gut, um zu wissen, dass du dein Schweigen irgendwann bereuen wirst! Maxi hat ein Recht auf seine Identität. Außerdem ist er alt genug, um bestimmte Sachen zu erfahren, jetzt, wo er auch schon mal verliebt war.«

Helene nickte, gleichzeitig sah sie verängstigt aus.

»Meinst du, sie werden das verstehen oder mich verurteilen?«

Lachend zeigte ich ihr 'nen Vogel.

»Wie, da hältst du das jahrelang geheim, obwohl es alle wissen wollen und es voll daneben finden, dass du es nicht sagst, und dann fragst du dich im Ernst, ob sie dich dafür verurteilen werden, wenn du endlich mit der Wahrheit rausrückst?«

Das sah selbst Helene ein. Wir warteten einige Minuten, bis keine von uns mehr verwischte, glänzende Augen hatte, und gingen dann zurück.

Kapitel 17
»O du Fröhliche …«

Im Wohnzimmer prasselte das Feuer im Kamin, untermalt vom Weihnachtsoratorium. Im Backofen bräunte sich die letzte Fuhre Weihnachtsgebäck, die verführerisch duftete. Maxi und Helene schmückten den Christbaum, und Omi lag vergnügt auf dem Sofa in eine Decke eingewickelt und mit einem Glas Sherry in der Hand. Ja, den durfte sie tatsächlich trinken in ihrer Rehaphase, angeblich war Alkohol in Maßen gut fürs Herz. Omi war einen Abend vor Heiligabend aus dem Krankenhaus entlassen worden mit der strikten Aufforderung, sich zu schonen und sich nach Weihnachten im Allgäu zur Kur einzufinden. Omi hatte sich erstaunlich schnell mit dem Gedanken angefreundet und genoss es, auch mal frei zu haben und nicht verantwortlich zu sein, was mir ein schlechtes Gewissen bereitete. Omi hätte eigentlich seit einigen Jahren kürzertreten sollen, nur der Umstand, dass sie ihre Tätigkeit so liebte und immer betonte, »wer rastet, der rostet«, hatte uns beruhigt.

»Könnte ich noch eine Tasse von deinem Weihnachtstee bekommen?«, hörte ich Omi rufen. Mein selbst gebrauter Weihnachtstee war legendär. Die Grundlage war ein Schwarztee, den ich bei Dallmayr traditionell zusammen mit der Weihnachtsschokolade kaufte und den ich dann mit frischen Apfelstücken, Zimtstangen, Kardamom, Zitrone, Hagebutten, Honig und viel Kandis aufbrühte.

»Kommt sofort!«, rief ich zurück und schnippelte den Apfel und die Zitrone zurecht. Zum Glück war ich den lästigen Verband mit Schiene los und konnte die Hand wieder frei bewegen. Es schmerzte zwar noch ein wenig und zog, aber ich merkte, dass es von Tag zu Tag besser ging. Wenn alles glattlief, konnte ich bald wieder anfangen zu üben, dann erst würde sich zeigen, ob ich die alte Form erreichen konnte. Bis dahin blieb mir nichts anderes übrig, als zu warten und hoffen. Das galt auch für meine Zukunft. Mein Gespräch mit Professor Bruckner musste bis Ende Januar warten, er war jedes Jahr an Weihnachten mit der Familie in Südtirol und blieb zum gemeinsamen Skiurlaub dort. Bis zu seiner Rückkehr konnte ich mich auf alle Fälle im Waldhaus nützlich machen und im Schoße meiner kleinen, aber feinen Familie feiern, denn Weihnachten in einer Großfamilie war ja gestrichen. Nur einmal noch hatte sich Jasper gemeldet, um mir zu sagen, dass er für einige Monate verreisen wolle, um Abstand zu bekommen, malen konnte er ja überall. Es war ein schmerzhaftes Gespräch gewesen, und seine Spontaneität fehlte mir, aber ich wusste, dass es so richtig war, denn wann immer ich mein Gehirn nicht unter Kontrolle hatte, dachte es an Valentin. Selbst nachts kam ich davon nicht los, und ein Albtraum jagte wahlweise den nächsten angenehmen Traum. Beides verwirrte mich und hinterließ stets ein Gefühl der Sehnsucht am nächsten Morgen. Wenn ich ehrlich war, vermisste ich die gesamte Familie, Ulrike mit ihrer warmen klugen Art, Georg, den Genießer und die gute Seele, und meine kleine Nele sowieso. An Nele dachte ich ständig, wenn ich nicht an Valentin dachte. Ob Jutta sich gut kümmerte? Ich hoffte es inständig, ebenso, dass sie Nele erklärt hatten, weshalb ich nicht mehr zu Besuch kam, nicht, dass sie am Ende dachte, ich hätte sie nicht mehr lieb. Nach Jaspers und meiner Trennung hatte ich mit Ulrike telefoniert, die sehr traurig war, weil wir uns beide so sehr mochten.

»Du weißt, du bist hier immer willkommen. Lass mal ein paar Wochen ins Land ziehen, aber dann wäre es schön, wenn du vorbeischaust, vor allem für Nele ist das sehr wichtig. Ihr seid euch ja sehr nahe!«

Wenn sie wüsste, dass ich leider nicht nur Nele, sondern auch ihrem Vater sehr nahe gekommen war, würde ich nicht garantieren, dass ich noch willkommen war.

»Hier, Omi, dein Tee, wenn du was brauchst, sag Bescheid, ja?«

Sie lächelte selig zurück und nahm den Tee in Empfang. Ja, so gemütlich fing der Heilige Abend meistens an. Der schwere Teil lag noch vor uns ... Aber jetzt ging ich erst mal in die Küche und begann, das Essen vorzubereiten. An Heiligabend kochte ich, schon seit einigen Jahren, erstens machte es mir Spaß, vor allem aber lenkte es mich ab. Dieses Jahr wollte ich eine Maronensuppe als Vorspeise zubereiten, als Hauptgang Ente mit Brezenknödeln und Blaukraut. Als Nachspeise hatte ich bereits ein Lebkuchenparfait vorbereitet. Wenigstens bekamen wir dann was Anständiges in den Magen, bevor die alljährliche Depression aufkam. Maxi kam in die Küche und bot an, zu helfen, was ich herzallerliebst fand. Brav übernahm er Schäl- und Schnippelarbeiten und begann konzentriert in die Arbeit versunken loszulegen. Wir sprachen lange nichts, jeder in Gedanken vertieft. Schließlich begann Max, über Fee zu sprechen, das ältere Mädchen an seiner Schule, in das er so verliebt war. Anscheinend hatte er ihr bereits ein Weihnachtsgeschenk gemacht. Fee war Japan-begeistert, sie wollte unbedingt nach Japan reisen und später dort studieren. Maxi hatte für sie die Betreiber des japanischen Teehauses im Englischen Garten ausfindig gemacht, das Teehaus war nämlich im Winter geschlossen, und arrangiert, dass Fee eine japanische Teezeremonie bekam, und außerdem war es ihm Dank seiner Hartnäckigkeit gelungen, den Sushimeister des besten Sushi Restaurants in München dazu zu bekommen, Fee und ihn eine Stunde lang zu unterrichten, wie man original Sushi zubereitete. Wenn das mal nicht individuell und niedlich war! Was Maxis Erziehung anging, hatte Helene einfach sehr viel richtig gemacht.

»Wie hat Fee denn reagiert auf dein Geschenk?«

Maxi steckte sich eine der gekochten Maronen in den Mund.

»Sie packt es ja erst heute Abend aus. Boah, bin ich nervös, ob ihr das gefällt!« So gut ich konnte, beruhigte ich Max: »Lass dir von einer Frau sagen, die zwar deine Tante, aber immerhin nicht deine Mutter ist, dass Fee die Geschenke lieben wird!«

Max lächelte erleichtert.

»Du bist schon schwer in Ordnung, Tantchen! Ich weiß auch, dass ich es dir zu verdanken habe, dass Mama endlich ihr Schweigen brechen wird und mir sagt, wer mein Vater ist. Vielleicht bekomme ich sie ja heute dazu, wenn sie angedudelt ist und rührselig!«

Ich musste lachen. »Satansbraten, kennst die Schwächen deiner Mutter zu genau!«

Maxi grinste sein verwegenstes Grinsen. »Irgendeinen Vorteil muss es doch haben, wenn man von seiner Mutter alleine großgezogen wird und Sachen über Menopausen und Stützstrümpfe lernt, die man so im Detail echt nicht wissen möchte.«

Ich umarmte Maxi.

»Wenn Helene mit dir spricht, vergiss nicht, dass sie dich über alles liebt und wirklich so oft zurückgesteckt hat zu deinen Gunsten und es aus ihrer Sicht einen triftigen Grund gab, weshalb sie nicht mit dir darüber sprechen konnte, okay?«

Maxi war in letzter Zeit so viel reifer geworden. Während er früher auf das Thema aggressiv reagierte, hatte er inzwischen zumindest ein wenig Verständnis.

»Das weiß ich alles, auch was ich ihr verdanke, trotzdem wird's endlich Zeit rauszurücken, wer mein Erzeuger ist. Ich rechne ja bereits mit dem Schlimmsten! Am Ende war's Boris Becker!«

Wir mussten beide gleichzeitig losprusten, die Vorstellung war zu absurd, als Helene, die mit dem Weihnachtsbaumschmücken fertig war, in die Küche kam, um in die Töpfe zu schauen.

»Na, habt ihr's lustig? Dann haltet mal die Stimmung, nö?«

Ja, die Stimmung hielten wir genau bis nach dem Essen und dem Geschenkeauspacken, das dieses Jahr etwas magerer ausfiel als sonst. Wir wollten das Geld für Dringlicheres nutzen. Dann setzten wir uns an den Kamin, und wieder lag es in der Luft, was erst niemand auszusprechen wagte. Dass unsere Eltern so sehr fehlten. Natürlich wurde es über die Jahre besser, aber diese Wunde, sie so früh verloren zu haben, würde uns unser Leben lang begleiten, und Weihnachten war eben ein Killerabend, der alles wieder aufwühlte. Gerade wollte Helene, die tief seufzte, über sie sprechen, als es an der Tür läutete. Vielleicht ein Gast, der sich in der Tür geirrt hatte. Am Heiligabend arbeiteten nicht wir, sondern unser Personal, und zwar in Schichten, damit jeder auch mit seiner Familie feiern konnte. Maxi ging zur Tür, kam zurück und deutete auf mich.

»Für dich, Clara!«

Wer um alles in der Welt wollte mich am Heiligen Abend sprechen? Hoffentlich handelte es sich nicht um einen Notfall. Eilig ging ich zur Tür und traute meinen Augen kaum. Vor mir stand Valentin mit einem Geschenk in der Hand.

Völlig verblüfft schaute ich ihn an.

Da ich nichts sagte, legte er los.

»Na ja, ich weiß, wie schwierig dieser Tag für dich ist, und da wollte ich nach dir sehen, das heißt, eigentlich wollte ich dich abholen und mitnehmen. Keine Angst, das ist keine Anmache und auch kein Versuch, ich komme in Freundschaft, in platonischer, reiner Freundschaft! Ach, und das hier ist für dich!«

Er überreichte mir ein schweres Geschenk, das ich kaum halten konnte. Langsam setzte mein Gehirn wieder ein.

»Wo sind Nele und Jutta? Wissen sie, dass du hier bist?«

Valentin schüttelte den Kopf.

»Die sind schon früh ins Bett gegangen, aber Ulrike und

Georg wissen davon und lassen grüßen. Jasper ist immer noch in Südafrika bei einem Freund.«

Aha!

»Und wohin soll ich mitkommen?«

Valentin versuchte ruhig zu wirken, war aber spürbar unsicher.

»Lass dich überraschen, aber zieh dir was Warmes über.«

Das nannte man wohl Überrumpelungstaktik, und anscheinend funktionierte sie auch noch, denn wie ferngesteuert ging ich ins Wohnzimmer zurück und fragte, ob es in Ordnung wäre, wenn ich mich ausklinken würde. Maxi fand die Idee super, mir war schon klar, weshalb. Wenn ich weg war, war die Bahn frei, dass Helene in aller Ruhe ihm und Omi endlich die Beichte ablegen konnte. Die beiden hatten auch nichts dagegen, sodass ich mir schnell meinen Mantel überzog, Mütze und Handschuhe schnappte, Valentins Geschenk mit dem Hinweis, es später auszupacken, in den Flur stellte und bereitstand.

»Wo gehen wir denn hin?«, fragte ich erneut, aber eigentlich war es auch egal, alles, was mich ablenkte heute Abend, war gut, und dass Valentin mich ablenkte ... Wenn ich ehrlich war, freute ich mich riesig, dass Valentin gekommen war. Heute war ich viel zu schwach und emotional zu labil, um ihn abzublocken. Brav trottete ich neben Valentin durch den leuchtenden Schnee. Wir sprachen nicht viel, auf den Straßen war so gut wie nichts los. Schließlich bogen wir in die Kaiserstraße ein und liefen direkt auf die Sankt Ursula Kirche zu. Valentin sah meinen erstaunten Blick.

»Nein, ich bin nicht vom Saulus zum Paulus mutiert, und ich möchte auch nicht, dass du mich Pater Ralf nennst, aber an Heiligabend muss man unter Menschen sein!«

Sprach's, öffnete das schwere Kirchenportal und schob mich in das beleuchtete Kirchenschiff, das in warmes Kerzenlicht getaucht war. In der Kirche roch es nicht nur nach Weihrauch, sondern der Weihrauch waberte in dicken Nebelschwaden durch die Kirchenbänke. Ein Chor sang Weihnachtslieder, und der Pfarrer hielt eine Predigt über Liebe und Hoffnung. Die Kirche war brechend voll, in den Seitengängen zündeten Menschen Kerzen an und blieben betend stehen. Ob man wollte oder nicht, es wärmte einem das Herz, und auch wenn ich es nie gedacht hätte, strömte ein Gemeinschaftsgefühl durch die Kirche und gab einem das Gefühl, nicht allein zu sein. Wieso waren wir nie auf die Idee gekommen, Heiligabend in die Kirche zu gehen, statt zu Hause zu sitzen und auf traurige Gedanken zu kommen?

Beseelt und aufgeräumt ging ich mit Valentin nach dem Spätgottesdienst auf die Straße, überall grüßten sich fremde Menschen freundlich. Valentin sah auf die Uhr: »So, das Gute am Spätgottesdienst ist, dass es jetzt bereits nach Mitternacht ist, das heißt, du hast Heiligabend hinter dir!« Tatsächlich! So hatte ich das noch gar nicht gesehen, aber er hatte recht. Langsam und ohne Eile schlenderten wir wieder zum Waldhaus, jeder hing seinen eigenen Gedanken nach. Vor der Tür blieben wir stehen.

»Magst du noch mit reinkommen?«, fragte ich.

»Ja, du musst doch dein Geschenk öffnen und, wenn es dir nicht gefällt, gleich umtauschen!«, witzelte er.

»Ich hab jetzt leider nichts für dich, aber ich konnte ja auch wirklich nicht ahnen, dass du hier auftauchst.«

Valentin sah mich zärtlich an.

»Dass du mitgekommen bist und mir nicht gleich die Tür vor der Nase zugeschlagen hast, war Geschenk genug!«

Leise gingen wir in die Küche, falls die anderen noch im Wohnzimmer waren, wollte ich nicht einfach mit Valentin reinplatzen. Er setzte sich an den Tisch, ich drehte das Radio auf, zündete ein paar Kerzen an und goss uns beiden ein Glas selbst gemachten Egg-Nogg ein, eine Art Eierlikör, aber ohne Alkohol.

»Magst du etwas essen? Wir haben genug übrig von vorhin!«

Er wollte. Gab es etwas Gemütlicheres, als Reste spätnachts in der Küche zu essen und dabei leise Musik zu hören? Während Valentin zufrieden und unter »mmh, aaah, lecker« sein warm gemachtes Essen verspachtelte, packte ich vorsichtig mein in Seidenpapier geschlagenes Geschenk aus. Zum Vorschein kam ein Weinkarton. Wie originell, er schenkte mir eine Flasche Wein? Hatte er sich zu Hause schnell einen Karton geschnappt? Im nächsten Moment bereute ich meine ersten Gedanken, denn als ich mir die Flasche genauer anschaute, traute ich meinen Augen kaum. In stilvollem Design stand »Waldhaus Jahrgang 2010« darauf, und eine Zeichnung des Waldhauses schmückte das hübsche Etikett! Valentin verfolgte gespannt meine Reaktion und klärte mich auf.

»Also falls du denkst, ich hab mir einfach nur ein Etikett drucken lassen und auf einen beliebigen Wein geklebt, täuschst du dich. Das hier ist ein Riesling, aus unserem Weinberg in Franken, den ich 2010, einem Ausnahmejahrgang, gekeltert habe. Es gibt nicht viele Flaschen, gerade mal einhundert haben wir insgesamt abgefüllt. Bislang lag er immer unausgezeichnet im Lager, weil ich noch nicht wusste, was wir damit machen sollen, aber ich denke, ich habe eine gute Verwendung gefunden.«

Sprachlos, einfach nur sprachlos war ich.

»Heißt das, du schenkst uns diese Weinkreation?«

Valentin nickte und schien sich über meine Reaktion zu freuen. Zufrieden sprach er weiter, während er kurze Pausen einlegte, um weiterzuessen.

»Weißt du, damit habt ihr etwas ganz Besonderes auf der Weinkarte. Den Wein könnt ihr für gutes Geld verkaufen, und gute Presse könnt ihr auch dafür bekommen, denn unser Name ist nicht der schlechteste, und ich kenne einige Weinkenner, die euch allein für diesen Wein einen Besuch abstatten werden und gerne den horrenden Preis, den ihr dafür ansetzen solltet, auch bezahlen werden.«

Gerührt stand ich auf und umarmte Valentin. Die Berührung fühlte sich auch beinahe freundschaftlich an, wenn ich außer Acht ließ, wie verdammt attraktiv er wieder aussah und vor allem wie gut er roch. Aber ich wollte diesen neuen Anfang nicht sogleich gefährden und umarmte ihn keine Sekunde zu lange. Neugierig öffnete ich den Umschlag und staunte abermals nicht schlecht. Ich zog aufwendig gedruckte Einladungen und Flyer heraus, die zu einem Klavierabend mit mir und einem exquisiten Menü samt dem eben geschenkten legendären Waldhauswein einluden – für einen sehr stolzen Preis. Die Einladung sah aus wie ein Gemälde von Klimt. Meine roten Locken waren in Wellen gemalt und gingen in eine geschwungene Schrift über. Die gesamte Einladung war in Gold- und Bronzetönen gehalten und sah geschmackvoll und kostbar aus.

»Meine Mutter hat mir erzählt, was bei euch los ist. Ich dachte, du könntest ein wenig Unterstützung in der nächsten Zeit gebrauchen. Außerdem weiß ich, weshalb du mit Jasper Schluss gemacht hast, und fühle mich mitverantwortlich. Die Idee wird funktionieren! Die Einladungen kann ich, sobald deine Hand wieder in Ordnung ist, an meine besten Kunden schicken und bei uns auslegen, außerdem kennst du genug Journalisten, die bestimmt allzu gerne bereit sind, über diese Innovation zu berichten. Das wird wie geschmiert laufen und euch neues, auch solventes Publikum zuspielen!«

Genial, einfach nur genial. Weshalb war ich eigentlich noch nicht selbst auf die Idee gekommen, meine Popularität für das Waldhaus zu nutzen, anstatt es im Stillen nebenher zu managen? Valentin hatte recht, das konnte wirklich funktionieren und war eine auf der Hand liegende Verbindung. Das Ambiente passte, mein Flügel stand hier, dazu ein gutes Essen mit herausragendem Wein …

»Danke, Valentin, ich bin sprachlos. Du weißt gar nicht, wie sehr du uns damit hilfst!«

Sein glückliches Lächeln war Antwort genug.

»Weißt du, falls das mit dem Job am Konservatorium final nichts mehr wird, kannst du auch überlegen, ob du die Idee nicht ausweitest und Meisterkurse im Waldhaus anbietest, mit Kost und Logis als Gesamtpaket. Ich kenne einige Japaner und betuchte Europäer, die das sofort in Anspruch nehmen würden. Und *last but not least* wollte ich dir anbieten, mir mal eure Bücher und Bilanzen anzuschauen und euch 'nen neuen Businessplan aufzustellen, natürlich vorausgesetzt, ihr wollt das und seid einverstanden, aber wenn ich von etwas Ahnung habe, dann Finanzen und Unternehmen.«

Ich konnte kaum glauben, dass ich hier mit Valentin saß und er mir solch ein Angebot unterbreitete. Seit Langem hatte ich endlich wieder das Gefühl, dass alles gut werden konnte. Ich konnte nicht in Worte fassen, was für ein unglaubliches Gefühl das war, dass jemand da war, der Hilfe anbot und uns unterstützen wollte, und zwar nicht nur mit guten Worten, sondern mit Taten. Valentin gab mir das Gefühl, nicht mehr allein da durchzumüssen, sondern ihn an meiner Seite zu wissen, und damit jemanden, der genau wusste, was zu tun war.

»Ich wäre sehr froh, wenn du einen Businessplan für uns entwerfen könntest. Von mir aus fangen wir Montag gleich an!«

Valentin nickte, stand auf, verabschiedete sich in aller Freundschaft und versprach, Montagmorgen da zu sein.

Leise ging ich Richtung Salon, ich wollte mich noch kurz an den Kamin setzen, aber die anderen nicht wecken, die bestimmt schon schliefen. Als ich leise eintrat, traute ich meinen Augen kaum, einträchtig saßen Helene und Maxi beieinander, nur Omi war eingenickt und schlief selig lächelnd auf dem großen Sofa.

»Heute war Heiligabend zum ersten Mal seit Jahren okay, nicht toll, aber auch nicht schrecklich wie sonst!«, sagte ich leise, um Omi nicht zu wecken, und lächelte versonnen.

Maxi grinste. »Ja, ihr konntet ja auch nicht zusammenglucken und euch gemeinsam reinsteigern, weil dich ein vernünftig denkender Mann einfach abgeholt hat und wir endlich das Geheimnis um Mr. X, meinen Vater, lüften konnten!«

Freudig umarmte ich Max. »Und, was sagst du?«

Maxi, der neuerdings hormonbedingt auf cool machte, antwortete heiser: »Ich bin froh, dass ich es endlich weiß, und den Weber fand ich schon immer super. Jetzt muss Mama es nur noch ihm beichten, damit ich mit ihm sprechen kann. Ich versteh zwar nicht ganz, warum sie das Riesengeheimnis darum gemacht hat, und finde es immer noch unfair, aber ich kenn sie ja und weiß, weshalb sie sich so verhalten hat.«

Omi war doch durch unser Gespräch aufgeweckt worden. Zerzaust richtete sie sich auf: »Allerdings, Maxi, das Getue habe ich auch nie verstanden. Ich hab mir ja schon Gott weiß was gedacht. Dass sie sich mit einem Waffenhändler eingelassen hatte oder einem Kronzeugen, der unter falscher Identität leben muss!«

Bei der Vorstellung mussten wir alle lachen.

»Du schaust eindeutig zu viele Krimis, Omi, und ja, ich hab's verstanden, dass ihr mein Verhalten doof fandet, und ihr habt bestimmt auch recht damit, aber wichtig ist doch, dass es raus ist, und wie Clara bereits gesagt hat, Weihnachten war seit Langem nicht die alljährliche Depriveranstaltung wie sonst!«, beendete Helene erleichtert das Thema.

Froh machte ich mich Richtung Bett auf. Noch hatte ich nichts von Valentins Hilfe und Wein erzählt. Das bewahrte ich mir für morgen auf. Die aufkeimende Sorge, einer platonischen Freundschaft mit Valentin nicht gewachsen zu sein und mich wieder nach seinen Berührungen zu sehnen, verdrängte ich in den hintersten Winkel meines Bewusstseins, denn seine Hilfe war Gold wert, und die durfte und konnte ich im Moment einfach nicht gefährden. Darauf musste ich mich konzentrieren und nicht auf sein sexy Strahlen und den Duft nach Sandelholz …

Kapitel 18
»Und jedem Anfang wohnt ein Zauber inne, der uns beschützt …«
Hermann Hesse

»Brauchst du was, Clara? Vielleicht noch einen Milchkaffee?« Hubertus war in seinem Element. Er liebte es, Menschen zu umsorgen, und seit Omi im Allgäu war und ich quasi das Waldhaus mit einem Wunder retten sollte, war er bereit, alles von seiner Seite aus Mögliche zu tun, und wenn es bedeutete, mir ein Getränk nach dem anderen zu servieren, damit ich durcharbeiten konnte, denn so viel war mir bereits am ersten Tag klar geworden: Einfach würde es nicht werden. Ich war dabei, mir einen Überblick zu verschaffen, welche Rechnungen offen waren, was dringend gemacht werden musste, die Bettenbelegung zu kontrollieren, zu sehen, was in den Einkauf floss, Gehälter, Steuern prüfen, und irgendwann musste ich an die Buchhaltung ran, von der ich ungefähr so viel Ahnung hatte wie Renate Künast von Botoxpartys. Davor drückte ich mich und wartete lieber auf Valentin, der seine Hilfe zum Glück ernst gemeint hatte. Seit seinem Angebot kam er fast jeden Tag vorbei und brachte Stück für Stück Licht ins Dunkel, rein freundschaftlich natürlich. So seltsam es schien, aber Valentin war aufrichtig, was den Freundschaftsversuch anging, und wenn ich ehrlich war, brauchte ich im Moment vor allem auch eines: einen guten Freund an meiner Seite, der ein BWL- und Unternehmerass war und der hoffentlich in der Lage war, uns aus dem Schlamassel herauszuhelfen. Natürlich stand sein zweiter Versuch mit Jutta im Raum, und die Vorstellung, dass die beiden sich wieder näherkamen, auch sexuell, verursachte mir buchstäblich Übelkeit. Inständig hoffte ich, dass Valentin es langsam angehen ließ und sich, wenn überhaupt, Jutta ebenfalls nur freundschaftlich näherte. Vielleicht könnte ich verkraften, wenn sie sich küssten? Ich versuchte, mir das vorzustellen, und sofort merkte ich, wie die Eifersucht in mir hochstieg. Nein, küssen ging leider auch nicht, es sei denn auf die Stirn oder Wange … Bislang vermieden wir das Thema Jutta und Jasper, so gut es ging, was auch besser war, denn wenn ich etwas nicht für möglich gehalten hatte, dann dass Valentin es ernsthaft mit Jutta versuchte und nicht nur als Retourkutsche für Jasper und mich, wie ich anfangs vermutet hatte. Wie gesagt, ich war froh, Valentin an meiner Seite zu wissen, und an erster Stelle stand, uns aus der Misere zu helfen, aber sobald meine Gedanken wieder frei für andere Themen waren, wusste ich jetzt schon, wie sehr mich Valentins Beziehung zu Jutta verletzen würde. Sie hingegen war, wie sollte es anders sein, auch alles andere als begeistert, Valentin täglich in meiner Nähe zu wissen, wie ich zufällig mitbekam, als sie Valentin anrief und ich im Nebenzimmer war. »Du nervst mich mit deinen ständigen Kontrollanrufen. Hör endlich auf, über Clara herzuziehen! Egal was du sagst, ich werde ihr und ihrer Familie helfen. Sie sind in Not, und Clara ist eine Freundin der Familie.« Jutta schien die Antwort nicht gefallen zu haben, denn Valentin rief nur noch ein beherrschtes »Das kann ich auch nicht ändern. Lern damit fertig zu werden!« und legte auf.

Was die neuen Ideen anging: Einige Sachen hatte ich bereits selbst in Angriff genommen, die Druckerei angerufen für das Programm unserer neuen Klavierabende, die ich mit genügend Vorlauf plante, damit meine Hand bis dahin geheilt war. Jetzt musste ich mir nur noch mit der Küche ein neues Menü für den herausragenden Wein ausdenken, den Valentin uns geschenkt hatte.

Die Titelmelodie der »Golden Girls« riss mich aus meinen Gedanken. Omi meldete sich aus dem Allgäu und wollte wissen, wie alles lief.

»Bestens, Omi, hab alles im Griff, mach dir keine Sorgen!«, log ich, dass sich die Balken bogen. Das Einzige, was ich im Griff hatte, war der Kugelschreiber, mit dem ich mir Notizen machte, ansonsten sah ich noch nirgends auch nur den Anfang eines Lichtstrahls am Ende des Tunnels. Aber Omi gegenüber ließ ich mir nichts anmerken ...

»Brauchen Sie mich noch, Frau Herbst? Ich würde sonst Feierabend machen.«

Frau Seliger, das Mauerblümchen mit dem heißen Schnappatmungsfreund, klopfte schüchtern an. Obwohl ich sie zurzeit jeden Tag sah und wir gleich alt waren, konnte ich mir bei ihr noch immer nicht vorstellen, »Du, Susanne, ich bin die Clara, lass uns das Siezen vergessen« zu sagen und mit ihr aufs Du anzustoßen. Kurz schaute ich von meinem Wust Unterlagen hoch, überlegte und schüttelte dann den Kopf.

»Nein, gehen Sie ruhig nach Hause, ich hab erst mal mit der Bestandsaufnahme und dem anderen Kram zu tun, aber morgen würde ich gerne mit Ihnen durch die Buchhaltung, Bilanzen und Steuern gehen. Leider habe ich davon nicht viel Ahnung, aber Valentin Maienstein wird uns auch dabei tatkräftig unterstützen. Im Moment arbeitet er noch am neuen Businessplan für uns.«

Frau Seliger nickte freundlich und wollte gerade zur Tür hinaus, da fiel mir ein, dass ich jetzt ja so was wie Omis Vertretung war, und wenn ich auch keine Ahnung von Management und Personalführung hatte, schien mir ein persönliches Wort angebracht.

»Wir bekommen das wieder hin, Frau Seliger. Wenn wir alle zusammenhalten und schauen, wo wir sparen können, neue Gäste und zusätzliche Angebote kreieren können, schaffen wir das. Ich zähl auf Sie, schließlich sind Sie seit Jahren bei uns und kennen sich zum Glück richtig gut aus.«

Frau Seliger seufzte tief auf, wenn mich nicht alles täuschte, stiegen ihr sogar Tränen in die Augen. Schnell stand ich vom alten Mahagonischreibtisch in Omis Arbeitszimmer auf und nahm Frau Seliger in den Arm.

»Glauben Sie mir, auch ich bete, dass alles wieder gut wird!«, antwortete sie mit ihrer leisen Stimme.

Beruhigend tätschelte ich ihre korallenfarbene Polyesterbluse und fragte mich im selben Moment, wo um alles in der Welt man solche Teile kaufen konnte. »So, jetzt fahren Sie mal nach Hause und machen sich einen schönen Abend mit Ihrem Freund, und morgen legen wir mit vereinten Kräften los.«

Bei der Erwähnung ihres Freundes leuchteten die Augen auf, kein Wunder, würden sie bei mir auch, wenn ich so ein Leckerchen an Land gezogen hätte. Frau Seliger ging, und ich setzte mich wieder an den aus Holz gearbeiteten Bürostuhl, der durch das dicke Kissen, das Oma aufgelegt hatte, sehr bequem wurde. Vom Schreibtisch aus hatte ich einen tollen Blick in den verschneiten Park, die Tischleuchte warf einen heimeligen Schein auf die Unterlagen, die Einbauregale mit all den Ordnern wirkten fast wie eine Bibliothek. Die gerahmten Familienfotos, die auf Omis Tisch standen, erinnerten mich daran, weshalb ich hier saß, nämlich um unser Zuhause, Omis und das Lebenswerk meiner Eltern zu retten. Langsam trank ich den Milchkaffee, den mir Hubertus mit etwas Gebäck hingestellt hatte, und dachte nach, als Hubertus, ohne anzuklopfen, ins Büro gestürmt kam.

»Hast du das Geräusch eben gehört?«

Nein, hatte ich nicht.

»Eine Dachlawine ging runter, und dabei sind einige Ziegel mit runtergekommen und hätten fast Frau Seliger getroffen, die gerade in ihr Auto steigen wollte.«

Um Himmels willen! Sofort ließ ich alles stehen und liegen und rannte Hubertus auf die Straße nach. Frau Seliger war zum Glück mit dem Schrecken davongekommen, die zerbrochenen Ziegel und Teile der Lawine lagen auf dem Gehweg. Was für ein

Glück, dass niemand verletzt worden war. Als Erstes schickte ich Frau Seliger nach Hause, dann holte ich mit Hubertus Schippe und Mülltonne und beseitigte den Schlamassel. Gerade als ich mich runterbeugte, um einzelne Tonscherben einzusammeln, fuhr Valentin in seinem dunkelgrauen Range Rover vor.

»Mach kaputt, was dich kaputt macht, oder was ist das hier?«, grinste er aus dem heruntergelassenen Fenster.

Sehr witzig!

»Genau, ich dachte, warum nicht noch ein bisschen randalieren und Zusatzkosten verursachen, damit es auch richtig Spaß macht, den Laden rentabel zu bekommen. Nee, die Ziegel sind mit 'ner Lawine runter. Zum Glück ist niemand verletzt worden, dabei ist das Dach erst im Sommer neu gemacht worden.« Valentin kam näher und sah mich erstaunt an.

»Das ist neu gemacht worden und kommt bei so 'ner kleinen Lawine mit runter? Bist du sicher?«

Und ob ich sicher war, nur zu gut konnte ich mich an die Rechnung über zweihundertfünfzigtausend Euro erinnern. Da war ein Teil meines Ersparten reingegangen. Valentin schaute skeptisch zum Dach hinauf. »Zuerst stellt ihr mal ›Achtung Dachlawine‹-Schilder auf, und dann schauen wir uns die Rechnung an von der Firma, die das Dach gemacht hat. Wenn das erst im Sommer gemacht wurde, dürfte das so nicht passieren. Ihr habt bestimmt Gewährleistung darauf. Ich schau mir das mal an.«

Was war ich froh, Valentin da zu haben. Er wusste, was zu tun war, und gab schnelle und genaue Anweisungen, vor allem wurde er nicht nervös! Nachdem alles beseitigt war, gingen wir in Omis Büro und suchten nach der Dachdeckerrechnung. Omi war nach wie vor tipptopp organisiert, alles war alphabetisch nach Datum und Themen in Ordner eingeheftet. Schnell merkten wir, dass die Rechnung nicht dabei war, sondern in Frau Seligers Büro sein musste.

»Lass uns das morgen machen, wenn Frau Seliger wieder da ist. Heute Abend erreichen wir eh nichts mehr, aber ich kann dir mal zeigen, was ich bereits zusammengetragen habe«, schlug ich vor.

Bereitwillig setzte sich Valentin zu mir in Omis Arbeitszimmer und sah die Unterlagen, die ich vorbereitet hatte, konzentriert durch. Hin und wieder machte er sich Notizen, sortierte die Unterlagen in drei Stapel und zog sich abwechselnd einen von Omis Ordnern raus. Hubertus versorgte uns mit Getränken und Kleinigkeiten aus der Küche, und nach mehr als einer Stunde machten wir eine Pause, mir brummte auch bereits der Schädel.

»Komm, wir machen den Kopf frei und drehen 'ne Runde durch den Englischen Garten, ja?«

Bereitwillig zog ich meinen Mantel über und ging mit Valentin durch den stillen menschenleeren Park vorbei am plätschernden Eisbach Richtung Seehaus, das wir durch die leicht schimmernden Laternen am Wegesrand erkennen konnten. Es tat gut, die klare kalte Luft einzuatmen. Langsam wurden die Lebensgeister wieder wach. Nachdem ich ein paar Mal auf der vereisten Schneefläche fast hingefallen wäre, bot Valentin mir seinen Arm an. Eingehakt liefen wir einträchtig nebeneinander her und begannen über das Waldhaus zu sprechen, eigentlich sprach erst mal Valentin, und ich hörte einfach zu.

»Ich hab mir Gedanken zum Waldhaus gemacht. Wenn ich es in einem Satz zusammenfassen sollte, würde ich sagen, dass wir hier ein Juwel haben, das vor sich hin rottet.«

Valentin sah meinen Blick, und bevor ich protestieren konnte, sprach er weiter.

»Versteh mich nicht falsch. Der Charme und das Unverwechselbare des Waldhauses ist ja gerade, dass es eine alte Jugendstilvilla auf einem Parkgelände ist, das es so gar nicht mehr gibt, unverbaubar direkt am Englischen Garten. Dir ist klar, dass ihr mit einem Schlag all eure finanziellen Probleme los wärt, wenn ihr verkaufen würdet, denn alleine das Grundstück ist ein Vermögen wert, von der Villa ganz zu schweigen.«

»Das kommt ...«, begann ich sofort, »aber nicht in Frage!«, beendete Valentin meinen Satz.

»Ich weiß, und das sollt ihr auch nicht. An eurer Stelle würde ich das genauso sehen. Was ich sagen will, ist, dass das Waldhaus seinen Charme und das Einzigartige behalten soll. Wir wollen nur den Standard verbessern und neues Klientel anziehen.«

Valentins Idee lag auf der Hand und machte Sinn, es gab kein wirkliches Luxushotel in Schwabing, das mit solch einer Lage und Geschichte aufwarten konnte. Seiner Ansicht nach war das genau, was betuchte Gäste suchten, ein kleines, aber exklusives Hotel mit familiärer Atmosphäre in fantastischer Lage mitten in Schwabing.

»Aber was ist denn mit unseren Stammgästen?«

Die wollte ich auf keinen Fall vertreiben und durch neue Gäste ersetzen, die am Ende mit Amelies Mutter befreundet waren oder zumindest zum selben Friseur gingen.

»Bin ich vorhin durchgegangen. So viele sind das nicht, und denen kannst du ja ihre jahrelange Treue danken, indem du für sie die Preise gleich lässt. Das solltet ihr euch leisten können, solange sie nicht wochenlang einziehen.«

Im Moment konnten wir uns gar nichts leisten, mir war auch noch nicht klar, wie das alles funktionieren sollte. Valentin sprach von der Rundumerneuerung der Fassade, neuen Bädern im Haus, gestrichenen Wänden, Abschleifen und Ölen der Böden, neuen Möbeln, einem Spabereich im Keller, einem Weinkeller, in dem man Weinproben abhalten konnte – groß genug war der Bereich und bislang nicht benutzt worden –, und er schlug vor, den Gartenschuppen, der bislang nur zur Aufbewahrung der Gartenutensilien genutzt wurde, in ein richtiges kleines Gästehaus umzubauen, mit einer Suite, eigenem kleinen Wohnzimmer mit Kamin, Bad mit Wellness und Saunabereich. Das ideale Nest für verliebte Paare. Als ob das noch nicht genug wäre, schlug er vor, einen Pool zu bauen, der vom Spabereich in den Außenbereich führte und den man auch im Winter nutzen konnte. Das alles malte er mit Begeisterung in den leuchtendsten Farben, dass ich alles bildlich vor mir sehen konnte. Es gab nur ein Problem. Wir standen mit dem Rücken finanziell zur Wand, wie sollten wir das alles finanzieren?

»Keine Angst, das passiert nicht alles sofort, sondern über einen längeren Zeitraum. Wir machen einen Stufenplan, der sich über drei Jahre erstreckt. Im ersten Jahr, also jetzt, setzen wir nur Sachen um, die unbedingt gemacht werden müssen oder leicht umsetzbar sind, sprich die Klavierabende, neues Menü und eben Schönheitsreparaturen. Ein bis zwei Behandlungskabinen des künftigen Spas können wir in diesem Jahr noch einbauen, das große Spa mit Pool folgt im nächsten Jahr, Phase zwei. Und was wir in der dritten Phase machen, erklär ich dir drin weiter!« Valentin lachte und klang überhaupt nicht ängstlich. Wir gingen in den Salon, wo Hubertus bereits eingeheizt hatte und jedem von uns eine Tasse warmer Schokolade brachte, mit Sahne.

»Was wir auf alle Fälle sofort nutzen werden, bist du! Du stehst für die perfekte Verbindung von Klassik, Traditionen und modernem Leben, aber eben mit Herzlichkeit und Bodenständigkeit. Das wird die Menschen und vor allem die Journalisten ansprechen. Eine schöne, begabte Frau, die ein ebenso schönes wie besonderes Hotel in München führt.«

Die Schokolade schmeckte wirklich lecker, Hubertus hatte echte Schokoraspeln auf die Sahne gestreut, die langsam schmolzen und sich mit der Sahne vermischten. Mir leuchtete alles ein, was Valentin sagte, auch das mit mir und meiner Popularität, allerdings war mir immer noch nicht ganz klar, wie das funktionieren sollte.

Valentin sah mich ernst an. »Vertraust du mir?«

Zum ersten Mal sah ich keinen Spott, keine Ironie oder Distanz in seinem Blick, ich spürte, das Thema war ernst. Anstatt zu antworten, nickte ich nur.

»Gut, dann werden wir Folgendes machen. Ich schreibe euch den Businessplan mit all den Dingen, die wir besprochen haben, wie viel investiert werden muss, was die Preiserhöhungen und zusätzlichen Veranstaltungen reinspielen werden und wann ihr den Break Even erwarten könnt.«

Was war denn ein Break Even, und was meinte er mit zusätzlichen Veranstaltungen? Geduldig erklärte mir Valentin, dass ein Break Even der Moment war, ab dem man schwarze Zahlen schrieb, das musste innerhalb des festgelegten Zeitraums des Businessplans geschehen. Und mit Sonderveranstaltungen meinte er alles, was zusätzlich Geld brachte, also wo Menschen, ohne zu übernachten, die Kasse füllten, wie z. B. bei einer Weinprobe, der Nutzung des Tagesspa, des Friseurs, Massagen, Konzertabende, Empfänge etc. Alles, was wir bislang nicht machen konnten.

»So, und wenn der Businessplan steht, gehen wir damit zur Bank, die uns hoffentlich das Geld geben wird, damit wir all das umsetzen können!«

Ich hörte nur Bank und Geld und wurde sofort nervös.

»Wir haben noch nie Schulden gemacht, sondern immer nur das umgesetzt, was wir auch bezahlen konnten.«

Valentin fuhr mir lächelnd über den Kopf, wie das früher meine Grundschullehrerin gerne tat, wenn ich in Mathe was nicht gleich verstand.

»Dann wird's höchste Zeit, das zu verändern. Es gibt für alles eine Zeit: eine Zeit des Sparens und eine Zeit des Investierens, und ihr, meine Liebe, seid, was das Investieren angeht, so was von überfällig!«

Ich musste wohl ziemlich platt, vielleicht auch überfordert

wirken, denn Valentin, für den das alles ganz einfach und klar auf der Hand lag, sprach jetzt etwas langsamer und sehr fürsorglich mit mir. Es war ihm wohl auch klar, dass all diese Themen für mich Neuland waren. So viel konnte ich sagen, ich vertraute ihm und seinen Fähigkeiten. Bei Ulrike und Georg konnte ich zusehen, wie er den Karren aus dem Dreck zog. Inzwischen ging es dem angeschlagenen Unternehmen dank Valentins erfinderischen Ideen und Sparkurs wieder viel besser. Sacken lassen hieß hier die Devise, denn eins war mir klar, wenn wir alle Vorhaben tatsächlich umsetzen konnten, würde das eine Menge Organisation, Zeit und Arbeit bedeuten. »Pass auf, schlaf 'ne Nacht drüber, besprich dich mit Helene und Omi, denn ihr müsst das alle gemeinsam wollen und dahinterstehen, denn das ist schon ein großer Schritt, aber ich halte ihn für dringend notwendig, vor allem auch machbar und Erfolg versprechend. Ich lass dich jetzt mal allein, du hast eh schon viel zu lange gearbeitet. Übrigens soll ich dich von Nele herzlich grüßen. Sie fragt, wann du mit ihr mal wieder in den Zoo gehst.«

Nele, meine kleine Nele. Sie fehlte mir. Oft ertappte ich mich, wie ich auf meinem Handy die kleinen Filmchen ansah, die ich bei unseren gemeinsamen Ausflügen aufgenommen hatte, und spürte jedes Mal einen kleinen Stich, wenn ich Neles Lachen sah und hörte.

»Wenn es für alle in Ordnung ist, würde ich gerne mit ihr am Wochenende was unternehmen. Denkst du, für Jutta ist das okay?«

Valentin zuckte mit den Schultern.

»Weiß ich nicht, für Nele und mich ist es okay, und wenn es Nele glücklich macht, sollte Jutta nichts dagegen haben.«

Jasper erwähnte er mit keinem Wort, obwohl das Thema deutlich im Raum stand. Mir war auch nicht danach, der Tag war anstrengend genug gewesen, außerdem schmerzte abends meine frische Narbe immer noch ein wenig.

»Danke, Valentin, du glaubst gar nicht, wie froh ich über deine Hilfe bin!« Ich umarmte ihn zum Abschied.

Valentin war wieder ganz der Alte, zog seine linke Augenbraue hoch, grinste und antwortete: »An welche Adresse soll ich noch mal die Rechnung schicken, oder willst du lieber in Naturalien bezahlen?«

Drohend hob ich meine geballten Fäuste in die Luft, musste aber selbst lachen. Tat das gut, einfach mal wieder zu lachen und das Gefühl zu haben, alles kommt ins Lot, und das dank meines neuen »platonischen Freundes« Valentin – zumindest bläute ich mir das platonisch immer wieder ein ...

Am nächsten Morgen schien die Sonne und verwandelte all den Schnee in eine wunderschöne Wintermärchenlandschaft. Meine Laune stieg proportional zum blauen Himmel und dem Gefühl, gebraucht zu werden. Hubertus kümmerte sich um die Frühstücksgäste, die immer wieder erzählten, wie herrlich sie geschlafen hätten, weil es so ruhig im Waldhaus war und die frische Luft ihr Übriges tat. In der Küche bereitete ich mir einen English Breakfast Tea zu und nahm mir eins von den frisch gebackenen Schokocroissants. Luisa, unsere Köchin, war das Pendant zu Suki aus den »Gilmor Girls«, Köchin aus Leidenschaft. Es gab nichts, was sie nicht ausprobierte, selbst zubereitete. Immer dampfte, backte oder kochte etwas in der Küche. Luisa war angewiesen, eine einfache Küche zu kochen, eher rustikal, was sie hervorragend machte und uns schon immer Lob eingebracht hatte. Wenn wir das Waldhaus von Grund auf neu ausrichten wollten und auch die Speisekarten erneuern würden, war das mit Luisa kein Problem, dessen war ich mir sicher. Wenn es nach mir ging, würden wir einige bayerische Klassiker, wie Schnitzel, Gulasch mit Brezenknödel, Kasspatzen oder Gröstel auf der Karte lassen und ein paar ebenfalls rustikalere Gerichte raffiniert aufpeppen. Zuerst wollte ich Valentin fragen, was er davon hielt, als er die Küche betrat, doch der Anblick seines durchtrainierten Körpers, der sich unter seinem schwarzen Pullover und der lässig sitzenden Jeans abzeichnete, brachte mich sekundenlang aus dem Konzept. Schön für Jutta, mich ging das nichts an, ich brauchte nur sein Gehirn, redete ich mir schnell ein.

»Hier riecht's ja himmlisch! Na, bereit weiterzumachen?«

Und ob! Valentin schnappte sich ein Schokocroissant und frisch gepressten O-Saft und sah sich in der Küche um, die blitzblank und bestens organisiert war. Anerkennend nickte er Luisa zu.

»Das ist also dein Reich? Sieht gut aus! Hast du Lust, dir ein paar neue Menüs auszudenken? Clara und ich würden uns gerne später mit dir zusammensetzen, ja?«

Luisas rundes Gesicht leuchtete auf. Natürlich hatte sie Lust, sich neue Menüs auszudenken, und dass sie auch noch gefragt wurde, freute sie ungemein. Hubertus, der gerade ein Tablett mit gebrauchtem Geschirr in die Küche trug, rief uns zu: »Frau Seliger kommt heute nicht, sie ist krankgeschrieben, die ganze Woche!«

Oje, die Arme hatte wohl doch einen größeren Schock gehabt als angenommen. Ich würde ihr gleich Blumen schicken.

»Dann zeig mir mal, wo ihr Reich ist, damit wir die Dachdecker-Firma anrufen können!«, sagte Valentin energisch und stand auf. Ich ging voran in die Buchhaltung, die im ersten Stock lag, und schloss auf. Frau Seliger hatte sich ihr Büro so eingerichtet, wie es auch in ihrem Kleiderschrank aussehen musste, eine Ansammlung an Geschmacklosigkeiten. Wo bekam sie denn diese Spitzendeckchen und Glasfiguren nur her? Gab's das auf den Shoppingsendern, oder wurde so was im Setzkasten von Generation zu Generation weitergereicht? Den Fenstersims teilte sich eine Porzellanpuppe mit einem Stoffhund und einer vergoldeten großen Muschel. Auf ihrem Schreibtisch fanden sich mehrere gerahmte Fotos mit ihrem Freund, mich wunderte, dass sie ihn nicht in Starschnittgröße aufgestellt hatte, aber die Herzen an den Fotorahmen waren auch so ganz reizend. Abgesehen von dem unbeschreiblichen Kitsch und dem Katzenbabyposter an der Wand waren alle Unterlagen akribisch geordnet und abgelegt. Frau Seliger könnte theoretisch einen Monat krank sein, und wir würden alle Unterlagen finden, die wir brauchten. Valentin hatte seinen Laptop mitgebracht, mit Tabellen und Berechnungsprogrammen, die für mich wie Hieroglyphen aussahen. Um mich nützlich zu machen, begann ich dem Datum nach die Reparaturrechnung für das Dach zu suchen, und wurde schnell fündig. Die Firma Hauser hatte den Auftrag ausgeführt.

»Ich hab die Telefonnummer. Magst du anrufen?«, fragte ich Valentin, der sich besser mit diesem Gewährleistungszeug auskannte und hundert Mal souveräner klang. Langsam diktierte ich die Nummer, für Valentins Geschmack wohl zu langsam.

»Noch habe ich keine Gicht in den Fingern!«

Valentin wartete, runzelte die Stirn und sah mich erstaunt an. »Wiederhole die Nummer bitte!«

Natürlich konnte ich mir nicht verkneifen, sie extra laaaaangsaaaam zu betonen, worauf er die Augen verdrehte. Okay, an unserem Humorverständnis mussten wir noch arbeiten. Valentin wählte erneut und schüttelte dann verständnislos den Kopf.

»Die Nummer gibt's anscheinend nicht. Google mal bitte die Firma.« Nichts leichter als das. Ich gab Namen und Adresse der Firma ein und gelangte auf eine Homepage der Firma, die mitteilte, dass sie leider aufgelöst worden war. So ein Mist! Das passte zu meiner Pechsträhne.

Valentin überlegte. »Die sitzen ja nicht so weit weg. Ich fahre später vorbei und schau, ob die Firma da noch ist. Die haben bestimmt noch ein paar passende Ziegel, die ich billig bekommen kann, und einen Dachdecker, der das günstig macht, dazu!«

Was würde ich nur ohne Valentin machen! Auf dem Dach rumkraxeln und versuchen, Dachziegel anzubringen? Valentin begann, wie bereits gestern, konzentriert zu arbeiten. Er zog alle möglichen Unterlagen raus, machte Notizen, murmelte das ein oder andere vor sich hin und ließ sich von nichts und niemandem ablenken. In der Zwischenzeit telefonierte ich mit der Druckerei, verschiedenen Schneidereien, die uns extra Schürzen und Kleidung für das Personal im Waldhaus schneidern sollten, und überlegte ein Programm für kommende Klavierabende. Gegen Mittag trafen wir uns mit Luisa, die uns eine kräftige Rinderbrühe mit Fleisch und kleinen Klößen gezaubert hatte. Genau das richtige Essen für einen Wintertag, an dem wir viel arbeiten würden. Bevor Valentin und Luisa sprechen konnten, trug ich meine Idee vor, was das neue Essen im Waldhaus anging. Beide fanden die Vorschläge gut, zumal sie in dieselbe Richtung gedacht hatten. Luisa war in ihrem Element und aufgeregt. Sie legte verschiedene Menüideen vor. Eine klang besser als die andere. Allein vom Zuhören begann mein Speichel zu fließen, auch Valentin schien sehr angetan.

»Luisa, ich würde vorschlagen, dass du uns jeden Abend eines der neuen Menüs kochst. Wir testen gemeinsam, wie es schmeckt, und stellen die passenden Weine dazu zusammen. Wann, denkst du, kannst du damit anfangen?«

Luisa überlegte kurz, welche Zutaten sie benötigte.

»Ab morgen Abend ist es kein Problem!«

Valentin lobte sie, was Luisa stolz erröten ließ.

»Ich gebe mein Bestes, an mir soll es nicht liegen!«

Valentin gab ihr spontan einen Kuss auf die Wange, was ihren Kopf in ein Rot tauchte, das dem Chilibund, der über den Messern hing, sehr ähnelte. So motivierte man also die Crew ... Mein BlackBerry machte ein Ping-Geräusch. Ich schaute drauf und hatte es plötzlich sehr eilig! Mein Arzttermin stand an, den hatte ich fast vergessen in dieser Aufbruchstimmung. Valentin wünschte mir viel Glück, das ich gut gebrauchen konnte.

Den ersten Check-up nahm der Herr Professor Eichmüller persönlich vor, danach wurde man an einen normalen Arzt überwiesen. Mir graute vor diesem Termin, wahrscheinlich mit ein Grund, weshalb ich ihn fast verpasst hätte. Die Verdrängung funktionierte perfekt. Jetzt, wo ich wusste, dass Professor Eichmüller quasi ein Sandkastenfreund von Amelies Schleimverlobten war, der unfreiwillig Amelie auf meine Fährte gestoßen hatte, war mein Bedürfnis, ihn zu treffen, minus null. Hinzu kam, dass ich nervös war, was die Heilung meiner Hand anging. Davon hing ab, wie alles weiterging. Mich plagte zudem das schlechte Gewissen, denn anstatt die Hand komplett ruhig zu halten, war ich viel zu aktiv gewesen und hatte gehofft, dass es sich nicht rächen würde.

Jetzt saß ich im Wartezimmer des Halbgottes und wurde von einer seiner Modelkrankenschwestern aufgerufen.

»Wenn Sie mitkommen mögen, Frau Herbst? Professor Eichmüller wäre dann so weit!«

Ich holte tief Luft, sendete ein Stoßgebet gen Himmel und trat mit mulmigem Gefühl ein. Professor Eichmüller lächelte, als er mich sah, und wirkte überhaupt nicht mehr so arrogant und überheblich wie beim ersten Mal. Anscheinend besaß er so was wie ein Gewissen. Ihm musste klar sein, welche Auswirkungen seine Anspielungen Amelie gegenüber gehabt haben mussten, zumindest war er zuckersüß und so was von sanft, dass man fast glauben konnte, er mache den Job aus hehren Gründen und nicht, um sein Wochenendschloss am Tegernsee zu unterhalten. Er nahm den Verband ab und sah sich die Wunde an.

»Es ist gut verheilt, eine Eins-a-Wundheilung haben Sie da, die Fäden zieh ich Ihnen gleich ... So, wie sieht es denn mit der

Beweglichkeit aus? Biegen Sie mal bitte die Finger nach hinten ... Wunderbar, wie im Lehrbuch, und das ist nicht selbstverständlich in Ihrem Alter!«

Okay, falls ich Angst gehabt hatte, er würde nur aus einem schlechten Gewissen heraus nett zu mir sein und sagte deshalb, dass die Wunde gut geheilt war, waren spätestens jetzt all meine Befürchtungen zerstreut.

Er drehte die Hand hin und her, überlegte kurz und sagte dann: »Ich denke, Sie können ab übermorgen wieder mit dem Klavierspiel beginnen. Fangen Sie mit einer Stunde an pro Tag. Nach drei Tagen können Sie auf zwei Stunden erhöhen, nach einer Woche versuchen Sie das Doppelte und so weiter. Ihre Hand und Ihr Körper werden Ihnen schon sagen, wenn Sie zu viel üben, hören Sie einfach auf die Signale, und gehen Sie bitte einmal die Woche zu Dr. Michel, um die Hand überprüfen zu lassen. Die Adresse und ein Rezept für eine Salbe und Tabletten schreibe ich Ihnen auf, und ansonsten wären wir hier fertig, außer dass ich Ihnen noch sagen möchte, dass es mir außerordentlich leidtut, all die Schwierigkeiten, die Sie einer Bemerkung von mir zu verdanken haben. Ich hoffe, Sie glauben mir, dass ich meine ärztliche Schweigepflicht sehr ernst nehme und schlichtweg nicht ahnen konnte, was Amelie aus einer ungenauen Aussage macht. Falls ich irgendetwas tun kann, um es wiedergutzumachen, lassen Sie es mich bitte wissen!«

Der große Herr Professor war plötzlich nicht mehr der arrogante Strahlemann mit gebleichtem Gebiss, sondern sehr nett und menschlich.

»Wenn meine Hand vollkommen heilt und ich weiter spielen kann wie bisher, haben Sie mehr für mich getan als sonst jemand. Inzwischen bin ich davon überzeugt, dass alles aus gutem Grund geschieht, manchmal wird man zu neuen Dingen vom Schicksal gezwungen, die sich später als Segen entpuppen.«

Verwundert sah Professor Eichmüller mich an.

»Respekt, wie Sie das handhaben, und wie gesagt, wenn ich helfen kann, sagen Sie Bescheid. Ich sage auch gerne für Sie aus, falls Sie ein medizinisches Gutachten brauchen oder einen Zeugen, wie Amelie an die Information gekommen ist, denn ich werde mich nicht vor meiner Verantwortung drücken. Ansonsten lassen Sie doch bitte von sich hören, ich würde wissen wollen, wie es Ihnen ergangen ist.«

Das versprach ich gern und merkte, dass unter all dem Blendergetue doch ein Arzt steckte, der seinen hippokratischen Eid ernst nahm, trotz Palast und schnellem Auto. Auf dem Rückweg zum Waldhaus hielt ich bei Helene in der Klinik an und ging mit ihr um die Ecke zu ihrem Lieblingsitaliener, der als Mittagsgericht immer drei frische Pastagerichte zubereitete. Wie immer freute ich mich, mein Schwesterherz zu sehen, und drückte sie fest an mich zur Begrüßung.

»Na, was strahlst du so?«, fragte sie neugierig. Schnell berichtete ich von meinem Arztbesuch und den bislang guten Nachrichten, was meine Hand anging, was Helene sichtlich erleichtert zur Kenntnis nahm. Wir bestellten beide Penne arrabbiata mit kleinem Salat. Helene tunkte das frische Weißbrot, das der Kellner mit Olivenöl auf den Tisch gestellt hatte, und fragte weiter.

»Wie läuft's mit Valentin? Kommt ihr voran?«

Und ob wir vorankamen. Zumindest, was Ideen und Pläne anging. Begeistert erklärte ich Helene, was wir vorhatten, natürlich nur, wenn sie und Omi das auch wollten, aber Helene hatte genug Vorstellungsgabe und Abenteuerlust, um von den Änderungen angesteckt zu sein, und malte sich schon die tollsten Dinge aus.

»Dann haben wir vielleicht endlich wieder Glück! Die Pechsträhne hält ja auch schon 'ne gute Weile …« Helene lächelte mich hoffnungsvoll an. Im selben Moment musste ich an Frau Seliger und das Beinahe-Attentat mit den Dachziegeln denken.

Unfreiwillig kicherte ich los, als ich Helene davon erzählte. Sie musste ebenfalls grinsen, zumal Frau Seliger auch noch eine Woche krankgeschrieben war.

»Ach, die nutzt doch nur die Gelegenheit, sich eine Woche lang von ihrem niedlichen Freund umsorgen zu lassen!«

Helene konnte also auch gemein sein.

»Ich glaube ja eher, dass im Shoppingkanal die ›Wir haben noch hässlichere Sachen aus den Achtzigern in unserem Keller gefunden, und das muss jetzt wirklich alles raus‹-Wochen laufen und sie vierundzwanzig Stunden vor der Glotze sitzt und dauerbestellt, um ihre Vorräte aufzufrischen!«, setzte ich einen drauf.

Unter Lachen wehrte Helene ab.

»Wir Miststücke, die arme Frau Seliger, arbeitet seit Jahren bis zum Umfallen bei uns, und so danken wir es ihr!«

Das konnte ich so natürlich nicht auf mir sitzen lassen. »Falsch, ich habe ihr immerhin einen großen Blumenstrauß geschickt mit Genesungswünschen von uns allen, auch in deinem Namen!«, erwiderte ich Helenes Vorwurf. Dass ich einen wirklich hässlichen Strauß aus Nelken und Margeriten hatte zusammenstellen lassen, sagte ich Helene besser nicht, aber Hubertus hatte mir den Tipp gegeben, dass das Frau Seligers Lieblingsblumen waren. Man musste ihr eines lassen: Zumindest war sie geschmacklich konsequent und zog ihre Linie durch.

»Was ich ganz vergessen habe, was ist eigentlich mit Jasper, und weiß Jutta, dass Valentin uns hilft?«

Zwei gute Fragen, und auf beide wusste ich eine Antwort. Jasper war laut Valentin noch immer in Südafrika und leckte seine Wunden seit Kurzem bei einer »Freundin«. Jutta wusste, dass Valentin mir half, was sie wohl furchtbar fand, aber sie getraute sich nicht, dagegen aufzumucken, denn Ulrike und Georg unterstützten Valentins Hilfe sehr und fanden, dass es geradezu Pflicht war, uns aus der Misere zu helfen. Die beiden konnten besser als jeder andere nachempfinden, wie das war, wenn einem die Insolvenz drohte und der Familienbesitz in Gefahr war. Da ich mich von Jasper getrennt hatte, war Juttas Handhabe und Drohung auch nicht mehr so stark, außerdem hatte sie ja ihre Familie wieder, also gab es keinen Grund zu intervenieren. Am Rande hatte ich mitbekommen, dass Jutta auf jeder Party in der Stadt auftauchte, auf der sich Produzenten, Caster und Schauspieler tummelten, immer bereit, sich ins Gespräch zu bringen. Auf diese Partys ging sie wohl lieber allein und gab sich auch gern als Single aus, wie mir Evi steckte, die neulich auf einer dieser Partys gewesen war. Da Ulrike und Georg sich um Nele mitkümmerten, war für Jutta die Konstruktion sehr praktisch, denn das frühe Aufstehen, Neles Frühstück und den Weg zur Schule übernahmen Valentin oder eben seine Eltern, was Jutta die Möglichkeit gab, in Ruhe auszuschlafen und das Leben der Kameliendame zu führen.

»So, und jetzt mal zu spannenderen Themen. Hast du deinem Chef schon die frohe Botschaft überbracht, dass er einen Prachtkerl als Sohn hat?«

Helene hörte schlagartig auf zu lachen und sah sich unsicher um, ob uns jemand hören konnte. Automatisch senkte sie die Stimme und sprach leise weiter, immer wieder um sich blickend, sodass ich sie doch kurz darauf hinweisen musste, dass die Leute so eher denken würde, sie leide am Tourette-Syndrom, als dass sie mir nur was Verschwiegenes anvertrauen wollte.

»So, du Scherzkeks, ich habe Theo nur gesagt, dass ich gerne mit ihm ein Gespräch unter vier Augen führen möchte, und das findet morgen in der Mittagspause statt.«

Wahnsinn! Wie er wohl reagieren würde? Sauer, erfreut, geschockt? Alles auf einmal?

»Meinst du, er ahnt was?«, fragte ich Helene, die ihre Arrabbiata kaum anrührte und mir ihre Portion anbot, schließlich konnte man Tonis leckeres Essen nicht unangetastet wieder zurückgehen lassen.

Helene schüttelte energisch den Kopf. »Nein, ich glaube, er denkt, ich will kündigen, 'ne Gehaltserhöhung oder nicht mehr Schicht arbeiten, weil Omi in der Reha ist!«

Na, dann durfte sich Theo auf etwas gefasst machen. Auf einen Schlag Vater eines zwölfjährigen Sohns zu werden war bestimmt, gelinde gesagt, eine Überraschung. Die Windel- und Trotzphase hatte er auslassen können, wobei ihm die Möglichkeit blieb, Maxis Pubertät nun live und in Farbe mitzuerleben. Vom ersten Pickel über den Bartflaum bis hin zum Bass in einem noch viel zu kurzen Körper. Ja, es gab einiges, was die Vater-Sohn-Beziehung in petto hielt.

»Wie geht's Maxi eigentlich damit?«

Seit Tagen hatte ich ihn nicht mehr gesehen, also genauer seit Heiligabend.

»Du wirst es nicht glauben, aber er blüht richtig auf. Zwischendurch ist er immer mal wieder sauer auf mich, aber meistens schwebt er auf Wolke sieben, dass er jetzt seinen Vater kennt und ihn sogar mag. Was ihn, glaube ich, auch freut, ist, dass es kein unbedeutender One-Night-Stand war, sondern Theo meine große Liebe ist. Das macht es leichter, weil er versteht, dass er in gewisser Weise mein Wunschkind genau von diesem Mann war. Jetzt will er natürlich, so schnell wie möglich, mit Theo sprechen und ihn besser kennenlernen!«

Helene war deutlich anzusehen, dass sie sich einerseits fürchtete, es andererseits aber gern für Maxi machte und auch gespannt war, wie Theos Reaktion ausfallen würde. Zumindest hatte Theo nicht zu befürchten, dass Helene einen Skandal wollte, das hätte sie einfacher und vor Jahren haben können. Außerdem war sie das Gegenteil von Skandal, und wenn jemand im Duden unter rechtschaffen und integer geblättert hätte, wäre Helenes Gesicht daneben aufgetaucht.

»Alles wird gut, du wirst schon sehen!«

Helene sah nicht so aus, als ob sie daran glaubte. Gedankenversunken sah sie vor sich hin. Ich konnte förmlich dabei zusehen, wie es in ihrem Kopf ratterte. Plötzlich sah sie mich an und rief: »Kannst du nicht einfach zu dem Gespräch mitkommen? Ich hab solche Angst davor!«

Meine große Schwester und Angst?

»Wie stellst du dir das vor? Soll ich mich als menschliches Schutzschild zwischen euch stellen und ihm die Sätze sagen, während du hinter mir kauerst, Cyrana de Bergerac?«

Helene überlegte den Bruchteil einer Sekunde, ob das ein gangbarer Weg war, so verzweifelt schien sie, und ehrlich gesagt konnte ich es nachvollziehen. In ihrer Haut wollte ich nicht stecken! »Aber kannst du nicht einfach in der Nähe sein? Falls es eskaliert oder ich zusammenklappe, bist du wenigstens da ...« Ich merkte, wie sehr sie sich sorgte, und Helene war doch auch immer für mich da, also überlegte ich nicht lange. »Wenn dir das wichtig ist, bin ich dabei. Du musst das wissen. Allerdings kann ich morgen Nachmittag nicht.« Helene fiel ein Stein vom Herzen. »Das macht überhaupt nichts. Ich weiß, dass Theo heute auch Zeit hat, dann spreche ich eben jetzt mit ihm.«

Jetzt? Mussten wir uns nicht noch kugelsichere Westen besorgen oder zumindest ein Pfefferspray? Bevor ich protestieren konnte, rief Helene bereits Theodor an. »Du weißt, dass ich dringend mit dir sprechen muss. Könntest du auch jetzt gleich anstatt morgen?« Theo konnte, wahrscheinlich war er auch neugierig und wollte brennend wissen, was es mit Helenes Gespräch auf sich hatte, und so war ich mittendrin und live dabei – bei der Aktion Beichtstuhl. So lange Helene die Stunde der Wahrheit vor sich hergeschoben hatte, so eilig war es ihr plötzlich damit. Jetzt, wo sie sich ein Herz gefasst hatte, konnte sie keiner mehr bremsen. Im wahrsten Sinne des Wortes, denn ich konnte kaum Schritt halten, so schnell raste sie wieder zurück Richtung Klinik.

»Und wo soll ich jetzt während des Gesprächs sein? Unter der Behandlungsliege?«, versuchte ich einen Scherz.

Helenes Plan war einfach. »Wir haben ein Untersuchungszimmer mit Verbindungstür zu einer Umkleide. Da kannst du warten und alles hören.«

Klang wie ein toller Plan, vorausgesetzt, man war vierzehn Jahre alt und wollte dem Klassenschwarm einen Streich spielen ... Geduldig fügte ich mich in mein Schicksal, denn heute brauchte Helene mich zur Abwechslung, was sich eigentlich gut anfühlte. Wir hetzten so schnell ins Krankenhaus rein, dass ich gar keine Zeit hatte, eine meiner krankenhaustypischen Panikattacken zu bekommen. Helene zeigte mir die Umkleide, in der ich leise warten sollte, und ließ die Türe einen Spalt zum Untersuchungszimmer geöffnet. »Hast du dein Handy ausgeschaltet?«, rief sie zur Sicherheit und tat gut daran, denn natürlich war mein Handy an und auf vollen Lautstärkenausschlag eingestellt. Schnell schaltete ich es aus. Es dauerte nur ein paar Minuten, da kam Helene mit Theo herein. Theo war sichtlich besorgt, wie ich an seiner Stimme erkennen konnte. Ohne lange um den heißen Brei herumzusprechen, legte er los.

»Was ist denn so dringend? Ich mache mir Sorgen und rechne schon mit dem Schlimmsten. Dass du uns verlassen willst oder krank bist. Geht es dir gut?«

Helenes Stimme zitterte. Und da ich wusste, was sie gleich beichten musste, war mir mindestens genauso schlecht. »Nein, mit mir ist alles in Ordnung, es ist nur so, dass ich ein Geheimnis habe, und das trage ich seit Jahren mit mir herum.«

Theo schien den Braten nicht zu riechen und stand auf dem Schlauch. »Was ist das für ein Geheimnis, und wieso musst du es so dringend heute loswerden? Hast du einen Behandlungsfehler begangen, der dich belastet?«, tappte er im Dunkeln.

Helene verneinte das energisch. »Das Geheimnis hat mit dir

zu tun, besser gesagt mit der Weihnachtsfeier vor dreizehn Jahren …«, warf sie die Fährte aus.

Theo schien peinlich berührt, kein Wunder, wenn sie seit dreizehn Jahren nicht mehr über den Vorfall gesprochen hatten. Er stammelte nur ein paar Worte. Helene fuhr beherzt und ziemlich schnell fort. »Du erinnerst dich, dass ich kurz danach schwanger wurde, und du fragtest, ob das Kind von dir sei, was ich immer und vehement verneinte. Es tut mir furchtbar leid, aber ich habe dich angelogen. Das Kind, also Max, ist von dir. Max ist dein Sohn!«

Stille, aber nur kurz.

Dann Theo völlig außer sich. »Du verschweigst mir seit dreizehn Jahren, dass ich einen Sohn habe, den ich auch noch kenne? Dabei habe ich noch nachgebohrt, ob du von mir schwanger bist, weil ich dir diese komische Geschichte, dass du allein ein Kind bekommen möchtest, nie wirklich abgekauft habe. Ich habe dir eine Brücke gebaut, den roten Teppich ausgelegt, und du lügst mich an?« Der gute Theo reagierte nicht so, wie ich es nach Helenes Gutmensch-Beschreibungen erwartete. Seine Reaktion war leider sehr menschlich und nachvollziehbar.

Helene atmete schnell und heftig und stammelte. »Aber – aber ich habe es doch nicht gesagt, damit du deine Familie nicht riskieren musst und wir nicht zum Gespött aller werden. Meine Gefühle für dich waren aufrichtig, und ich wollte dich damit schützen.«

Sie begann zu weinen, was Theo für einen Moment innehalten ließ. Leider nicht lange, dazu war er zu sauer. »Und wieso kommst du jetzt nach all den Jahren zu mir und musst es unbedingt loswerden? Was hat sich geändert? Soll ich zahlen, eine Niere spenden, oder was ist los?«

Uuuiih, Theo war richtig geladen, Helene hatte sich zu Recht vor diesem Gespräch gefürchtet.

Leise fiepte sie: »Meine Schwester Clara hat es herausbekommen und darauf bestanden, dass ich es Max und dir sage.«

Theos Stimme wurde leiser, aber nicht weniger aufgeregt. Vorsichtig schlich ich ein kleines Stück näher zum Türspalt.

»Willst du damit sagen, der Junge wusste auch nichts von seinem Glück? Was hast du ihm denn auf die Frage gesagt, wer sein Vater ist?«

Helene stotterte immer mehr. »Das – das – ha – habe ich ihm einfach nicht verraten. Keinem in meiner Familie.«

Theo lachte hysterisch auf. »Der arme Kerl! Weiß nicht, wer sein Vater ist. Was hast du dir nur dabei gedacht! Deine Schwester scheint die einzig Vernünftige zu sein. Wie soll das jetzt weitergehen?«

Hoffentlich hielt Helene das Kreuzverhör durch, mir schoss der Schweiß allein beim Zuhören aus allen Poren.

»Außer dir und Max muss das von meiner Seite aus niemand erfahren. Ich würde mir einfach wünschen, dass du dich mit Max mal alleine triffst und ihr vielleicht ein Verhältnis aufbauen könnt«, antwortete sie zaghaft und leicht zögerlich.

Theo antwortete eine ganze Weile nicht, er schien nachzudenken. »Weißt du, wenn ich daran denke, dass du mich um die Kindheit und fast auch noch die Jugend mit meinem Sohn gebracht hast, werde ich so sauer, dass ich deine wenn auch gut gemeinten Gründe nicht verstehen kann. Max kann nichts dafür, das ist mir auch klar, aber ich muss erst mal alles für mich sortieren, dann sehen wir weiter.«

Damit verließ er den Raum und ließ meine erschöpfte Schwester zurück. Sofort ging ich in das Untersuchungszimmer und nahm sie in den Arm. Dankbar, dass ich da war, weinte sie, während ich sie tröstete.

»Theos Reaktion war völlig normal. Wirst sehen, er wird sich beruhigen, und dann geht alles einen guten Gang.«

Helene schluchzte. »Was, wenn er Maxi nicht treffen will,

weil er auf mich sauer ist, und der Junge muss es ausbaden? Theo hält mich jetzt für völlig bekloppt, was ich auch verstehen kann.«

Widerwillig musste ich lachen. »Also, wenn er wüsste, dass ich die ganze Zeit im Kämmerchen stand, um im Notfall einzugreifen, wäre ich bestimmt nicht mehr die einzig Vernünftige, sondern würde dich, was das Beklopptsein angeht, locker überholen. Maxi wird das nicht ausbaden, Theo braucht einfach 'nen Moment, und den musst du ihm zugestehen.«

Helene nickte und beruhigte sich langsam.

»Willst du nicht lieber nach Hause? In der Verfassung kannst du doch nicht arbeiten.«

»Nein, nein, hier bin ich wenigstens abgelenkt, zu Hause grüble ich nur noch mehr.«

Das konnte ich gut nachvollziehen. Arbeit war für mich auch immer eine willkommene Ablenkung. »Na gut, aber du kommst heute Abend nach der Arbeit ins Waldhaus, mit Maxi, versprochen?«

Helene versprach es und machte sich tapfer an die Arbeit. Wilhelm Buschs »Sieh, da geht Helene hin. Eine schlanke Büßerin« passte nie besser.

Kapitel 19
Bonnie und Clyde

»Da bist du ja! Komm rein, ich muss dir was erzählen. Das glaubst du im Leben nicht!«

Valentin ließ mich nicht mal aus dem Auto steigen, da sprach er schon auf mich ein. Plötzlich schien ihm einzufallen, wo ich gerade war, und er schob ein besorgtes »Ach, wie war's beim Arzt? Was macht die Hand?« ein. Die Antwort war schnell gegeben und Valentin zufrieden. Schnell drängte er mich ins Haus, wo bereits ein aufgeregter Hubertus in Omis Arbeitszimmer wartete. Was war denn bloß passiert? Konnte man die Männer nicht für ein paar Stunden allein lassen? Valentin war für seine Begriffe geradezu außer sich, er, der sich sonst immer im Griff hatte.

»Ist was mit Omi?«, fragte ich besorgt.

Beide verneinten sofort, aber die Aufregung schien sich nicht zu legen.

»Kann mir mal jemand sagen, was los ist, dass ihr wie ein aufgeschrecktes Mädchenpensionat im gemischten Freibad rumrennt?«

Valentin befahl mir, mich zu setzen, und redete in einem Wortschwall und Tempo los, dass ich Mühe hatte, ihm zu folgen. »Stell dir vor, ich wollte heute in der Mittagspause nicht faul sein, dachte, ich tu was Gutes, und bin zu der Dachdeckerfirma gefahren, die die Reparatur gemacht hat, um zu sehen, ob ich nicht die passenden Ziegel günstig bekommen kann!«

Das war ja wirklich extrem spannend! Was sollte da passiert sein? War ihm jetzt etwa ein Ziegel auf den Kopf gefallen, und wir verklagten die Firma, die ihren Stammsitz in den USA hatte, auf Millionen?

»Ich hab mich auf dem Hof umgesehen und tatsächlich den ehemaligen Besitzer angetroffen, der versucht, die Firma unter einem anderen Namen und mit neuen Geldgebern wieder zum Laufen zu bekommen. Ein kauziger Typ, dieser Herr Hauser, aber eigentlich ganz nett. Auf alle Fälle bring ich mein Anliegen vor, und da schaut er mich verwundert an und meint, sie haben am Waldhaus keine Reparatur vorgenommen, Irrtum ausgeschlossen, denn er kennt das Waldhaus und würde sich an den Auftrag ganz bestimmt erinnern. Er hat sogar noch einmal die Unterlagen durchgeschaut, aber zum fraglichen Zeitpunkt und auch davor und danach nichts gefunden. Zudem meinte er, dass die Reparatursumme viel zu hoch sei, so viel hätten sie nicht mal für eine Dacherneuerung in Rechnung gestellt. Er weiß ja ungefähr, wie groß das Waldhaus ist, und selbst wenn er großzügig schätzt, käme er nicht mal auf die Hälfte des Betrages.«

Bahnhof, ich verstand nur Bahnhof und konnte mir keinen Reim auf Valentins Worte machen. Anscheinend sah ich genauso intelligent aus, wie ich mich im Moment fühlte.

»Genauso doof wie du habe ich auch geguckt! Also bin ich zurück ins Waldhaus und habe mir noch mal die Rechnung angeschaut. Briefkopf, Adresse, alles stimmte, aber ich glaubte auch diesem Hauser, dass er keinen Auftrag von euch angenommen hat, irgendwie schien er aufrichtig zu sein. Aber wenn Hauser nicht log, wer hatte dann das Dach repariert und an wen habt ihr so viel Geld gezahlt, viel zu viel Geld anscheinend? Es hat 'nen Moment gedauert ... Nach Durchsicht der Kontoauszüge wurde an die Firma Hauser überwiesen, alles korrekt, nur dann hab ich genauer hingeschaut und gesehen, dass die Kontonummern nicht übereinstimmen. Die Bank ja, der Betrag und Firmennamen auch, aber eben die Kontonummern nicht. Da hab ich sofort andere Reparaturen, die ihr im letzten Jahr gemacht habt, recherchiert und habe in mehreren Fällen dasselbe Muster entdeckt: Ihr habt das Geld jeweils an Firmen überwiesen, die inzwischen pleite sind, vermutlich viel zu hohe Summen, und das viele Geld ging immer auf das gleiche Konto! Es war auf allen Rechnungen die gleiche Kontonummer angegeben.«

Valentin machte eine kurze Pause, um zu sehen, ob ich ihm folgen konnte. Konnte ich, aber wer steckte hinter diesem Betrug?

»Ich habe bis eben alle Vorgänge der Buchhaltung geprüft, Einkäufe, andere Ausgaben, Lohnkosten ... und dabei habe ich festgestellt, dass ihr offiziell drei zusätzliche Mitarbeiter angemeldet habt, die zusammen auf ein Jahresgehalt von einhundertfünftausend Euro kommen, hier aber noch nie gearbeitet haben! Laut eurer Lieferantenliste müsstet ihr einen Weinkeller haben, der den Bayerischen Hof vor Neid erblassen lassen würde, Flaschen im Wert bis zu siebenhundert Euro, ein Gesamtwert von über fünfzigtausend Euro, nur habe ich keine der Flaschen hier gefunden ... und so geht es heiter weiter!«

»Aber wer tut denn so was?« Ich war sprachlos, jemand hatte uns ganz übel mitgespielt, und das wohl schon länger! Aber wer? Wem war so ein perfides Vorgehen, solch ein abgebrühtes Verhalten, ein derartiger Betrug zuzutrauen. Frau Seliger ganz bestimmt nicht. FRAU SELIGER???

»Der Name, nach dem du suchst, heißt Seliger! Jawohl, die gute Frau Seliger, der Name scheint nicht Programm, es sei denn, sich zu bereichern wird neuerdings als selig machend angesehen!«

Das durfte doch wohl nicht wahr sein! Die Unschuld vom Lande, im Polyesterkleid, das auch als Umkleidekabine herhalten könnte, hatte unser schwer verdientes Geld veruntreut und seelenruhig dabei zugeschaut, wie Omi vor Sorge fast krank wurde. Was standen wir hier denn noch tatenlos rum?

»Wir müssen sofort zu ihr und sie zur Rede stellen, oder fahren wir gleich zur Polizei? Können wir das denn alles auch nachweisen?«

Valentin war sich nicht sicher. »Wir brauchen ihr Passwort, am besten Zugriff auf ihre privaten Mails und Konten, aber dazu benötigen wir die Hilfe der Polizei oder eines Hackers ...«

Willkommen im Zeitalter der modernen Technik. Früher wären wir einfach zu Frau Seligers Wohnung gefahren, hätten die gestürmt und das gehortete Geld aus der Matratze und dem Kühlfach eingesammelt.

Plötzlich fiel mir unser IT-Mann Andy ein. »Ich hab 'ne Idee. Andy, der unser Netzwerk betreut, kann ihr Passwort wissen oder zurücksetzen. Wir fahren sofort zur Seliger, und im Auto ruf ich Andy an. Wir brauchen das Geld dringend. So einfach lassen wir die Seliger nicht davonkommen!«

Alle nickten. Valentin schnappte sich die Autoschlüssel und gab mir Zeichen mitzukommen. Hubertus zögerte: »Wollen wir nicht lieber gleich die Polizei einschalten? Immer wenn ich Krimis schaue und die Betroffenen versuchen, den Fall ohne Polizei zu lösen, geht das in die Hose. Und wer weiß, ob es nicht noch jede Menge Hintermänner gibt ...«

Hubertus hatte recht. Auch ich sah genug Krimis, um zu wissen, dass Alleingänge selten belohnt wurden. Aber dies war kein Film, sondern das Leben. Es ging um unsere Existenz. Und die Zeit lief uns davon.

»Keine Angst, wir schalten die Polizei ein, aber wenn wir zuerst zur Wache fahren, unseren Verdacht äußern, die Polizisten sich einen Durchsuchungsbefehl von der Staatsanwaltschaft besorgen, dauert das Stunden.« Zumindest war das im »Tatort« immer so. »Wer weiß, ob die Seliger den Braten nicht längst gerochen hat, wahrscheinlich ist sie gar nicht krank, sondern will sich aus dem Staub machen.« Hoffentlich ist sie nicht bewaffnet?, schoss es mir noch durch den Kopf, oder gingen jetzt die Pferde mit mir durch? »Okay, wir rufen die Polizei an, versprochen.«

»Jetzt aber mal los, Derrick!«, trieb mich Valentin an. »Ich hol schon mal den Wagen.«

Im Auto rief ich Andy an und berichtete von dem Vorfall. Andy kam aus dem Staunen gar nicht mehr raus. »Nee, also der Seliger hätte ich zugetraut, dass sie in ihrer Freizeit im Altersheim ehrenamtlich Bücher vorliest, aber doch nicht, dass sie euch übers Ohr haut! In ihren Mailaccount komm ich locker rein. Ihre privaten Mails kann ich legal nicht knacken, und wenn ich das illegal mache, bin ich meinen Job los. Da müsst ihr die Bullen rufen!«

Mist, genau das hatte ich befürchtet.

»Okay, dann schau mal, was du in ihrer E-Post vom Hotel findest. Wir brauchen irgendwas, was wir der Polizei liefern können, außer den getürkten Bilanzen und Rechnungen.«

Andy versprach, sein Bestes zu geben.

»Glaubst du, ihr Freund hat was mit der Sache zu tun?«, überlegte Valentin laut.

»Daran habe ich auch schon gedacht. Dieser Alexander ist vielleicht ein Heiratsschwindler oder Betrüger und hat unsere Frau Seliger angestiftet? Von solchen Fällen liest man ja oft genug.«

Valentin fuhr langsamer, wir waren in Giesing angekommen, wo Frau Seliger in einem Mehrfamilienhaus wohnte.

»Fahr nicht bis vor die Haustür, halte da vorne an.«

Valentin bremste den Wagen und parkte drei Häuser entfernt am Straßenrand. »Und was machen wir jetzt, Sherlock?«, fragte er.

»Wir klingeln, wir tun so, als ob es sich um einen Krankenbesuch handelt, und wenn wir drin sind, sagen wir ihr, dass sie aufgeflogen ist, und rufen die Polizei.«

Valentin sah mich skeptisch an, hatte aber auch keine bessere Idee.

Zweimal klingelte ich, in kurzen Abständen. Nichts rührte sich. Noch einmal drückte ich die Klingel, jetzt etwas länger. Wieder passierte nichts.

»In welchem Stock wohnt sie denn? Nicht, dass sie uns am Ende gesehen hat und über den Balkon auf der Rückseite türmt?« Valentin sah an der Fassade hoch.

»Ich meine im zweiten Stock, aber wenn du mich fragst, ist sie nicht da ... obwohl sie doch offiziell krankgeschrieben ist. Das bedeutet nichts Gutes ...« Entnervt läutete ich Sturm, was zur Folge hatte, dass eine Nachbarin zum Fenster rausschaute.

»Zu wem wollen Sie denn so dringend?«, rief die ältere Dame herunter.

»Zu Frau Seliger. Die Arme ist krankgeschrieben, und wir machen uns Sorgen und wollten nach ihr sehen. Sie arbeitet bei uns im Waldhaus«, flunkerte ich, was das Zeug hielt, und versuchte, trotz Wut besorgt und mitfühlend zu klingen.

»Also krank kann sie nicht sein«, gab die Nachbarin zurück. »Es sei denn, die musste zur Kur, denn heute Morgen ist sie mit vollem Gepäck von ihrem Freund in einem Taxi abgeholt worden. Für mich sah das nach einem Urlaub aus, aber jetzt, wo Sie es sagen, könnte es natürlich auch ein Kuraufenthalt sein. Ich hab mich noch gewundert, weil sie mir diesmal gar nicht Bescheid gegeben hat, ich kümmere mich sonst immer um die Blumen und leere den Briefkasten. Aber das hat sie jetzt vor lauter Aufregung wohl vergessen. Was hat sie denn, die Arme?«

Die Nachbarin klang trotz ihrer Neugierde besorgt. Ich witterte eine Chance. »Das möchte ich auf der Straße nicht laut herumposaunen. Dürfen wir kurz hochkommen?«

Die Neugierde siegte über mögliches Misstrauen, außerdem sahen Valentin und ich seriös aus.

Bei Frau Kohler angekommen, zeigte ich ihr sofort meinen Ausweis. Sie kannte meinen Namen und wusste, dass die Familie Herbst Frau Seligers Arbeitgeber war.

Verschwörerisch nahm ich Frau Kohlers Hand und sah sie besorgt an. »Im Vertrauen sage ich Ihnen jetzt, worum es geht, ich kann auf Ihre Diskretion hoffen, oder?«

Frau Kohler bejahte nachdrücklich.

»Frau Seliger leidet unter psychischen Problemen, die Nerven …«, machte ich bedeutungsschwanger eine Pause und ließ den Satz wirken. Frau Kohler schien zu verstehen und nickte wissend. »Wir glauben, dass sie ihrem Freund hörig ist und sich zu Sachen hinreißen lässt, die nicht gut für sie sind.«

»Wenn Sie mich fragen, hab ich mir das schon immer gedacht!«, platzte die Nachbarin heraus. »Was will denn der gut aussehende Mann mit der Susanne. Das haben wir uns alle gefragt!«

Zu gut konnte ich mir vorstellen, wie Susanne Seliger und ihr Alexander das Klatschthema Nummer eins im Haus abgaben.

»Wenn Sie öfter Frau Seligers Blumen gießen und den Briefkasten leeren, haben Sie denn dann auch einen Schlüssel zur Wohnung?«, fragte Valentin mit seinem gewinnendsten Lächeln.

Frau Kohler nickte.

Ding, ding, ding, Jackpot!

»Würden Sie uns den Schlüssel kurz leihen? Frau Seliger hat sich nämlich Arbeit mit nach Hause genommen, und wir brauchen dringend die Unterlagen fürs Finanzamt«, legte Valentin eins drauf.

Finanzamt zog immer, das verstand einfach jeder, auch Frau Kohler. Trotzdem schien sie zu überlegen, ob sie uns den Schlüssel geben sollte. Ihr Blick wanderte von Valentin zu mir und wieder zurück. »Ich versuche, Frau Seliger auf dem Handy zu erreichen, nur zur Sicherheit!«

Mist, was, wenn sie ranging und wir aufflogen?

»Ja, machen Sie nur. Das ist eine gute Idee.« Vertrauensvoll lächelte ich sie an, während mein Herz nervös pumpte.

Umständlich suchte sie nach Frau Seligers Nummer in ihrem

Handy und drückte schließlich den Wahlknopf. Zum Glück sprang direkt die Mailbox an, auf die Frau Kohler unser Anliegen sprach. Super! Damit war Frau Seliger gewarnt.

Valentin nahm seinen seriösesten Gesichtsausdruck an und sprach auf Frau Kohler ein. »Wer weiß, wann Frau Seliger das abhört. Bestimmt hat ihr der Arzt geraten, das Handy mal auszulassen, um nicht gestresst zu werden. Leider nur wartet das Finanzamt nicht, und Sie haben Ihrer Pflicht Genüge getan und Frau Seliger informiert.« Das schien sie aus irgendeinem Grund zu überzeugen.

Bereitwillig gab Frau Kohler schließlich den Schlüssel heraus. Wir bedankten uns artig und versprachen, ihr den Schlüssel gleich wiederzubringen.

Valentin schloss die Tür zur Wohnung von Frau Seliger auf, die genauso aussah, wie ich sie mir im Geiste vorgestellt hatte: viel Nippes, Spitzendeckchen, eine Puppensammlung und überall Stechpalmen und Gummibäume. Ordentlich war die Wohnung, sehr ordentlich.

»Wonach suchen wir eigentlich?«, fragte ich Valentin, der zielstrebig auf ein Regal mit Unterlagen zuging. »Das Geld hat sie bestimmt nicht hiergelassen, wenn sie wirklich geflüchtet ist.«

»Konten, Korrespondenz, Geldanlagen, Kreditkartenauszüge, alles eben, was mit dem Geld zu tun hat, vor allem aber nach Reiseplänen. Sobald wir hier fertig sind, gehen wir zur Polizei, die müssen einen Haftbefehl aussprechen, einen internationalen.«

Vor meinem inneren Auge sah ich, wie sich die Seliger samt Freund gerade in der First Class nach Rio de Janeiro in ihren Sitz kuschelte, und bekam Panik. »Meinst du nicht, wir sollten sofort nach ihr suchen lassen?«

»Wenn sie heute Morgen zum Flughafen gefahren ist, dann ist sie längst in der Luft ... und ohne Anhaltspunkt findet die Polizei sie auch nicht. Die müssen dann sämtliche Fluglisten und

Bahnhöfe überprüfen, das dauert. Wenn wir aber wissen, wohin die Reise gehen soll, können sie viel schneller handeln.«

Das leuchtete mir ein. Valentin sicherte alles, was er an Bankunterlagen finden konnte, ich machte ihren Laptop an, wo mich als Screensaver ein Bild von ihr und ihrem Alexander erwartete. Beide lächelnd in die Kamera, so als ob sie sagen würden: »Ätsch, bätsch, uns findet ihr ja doch nicht.«

Ich öffnete das Internet und schaute mir den Verlauf an und unter den Favoriten die gespeicherten Seiten. Auffällig oft waren Hotels in Liechtenstein und der Schweiz angeklickt worden, auch Zugverbindungen nach Liechtenstein. »Meinst du, sie hat ein Konto in der Schweiz oder eine Stiftung in Liechtenstein?«, rief ich Valentin zu.

»Kann durchaus sein, ich habe hier zwei Konten gefunden, eins in der Schweiz und eins in Liechtenstein. Und wie kommst *du* darauf?«

Als Antwort zeigte ich Valentin die aufgerufenen Seiten und Pfade im Netz. »Das passt. Lass uns zur Polizei fahren, ich glaube, wir haben genug Material.«

Während Valentin Frau Kohler den Schlüssel zurückbrachte, rief ich bei der Auskunft an, die uns an das Kriminalfachdezernat 7 für Wirtschaftskriminalität verwies.

Valentin gab die Adresse ins Navi ein, und los ging's.

Beim Kriminalfachdezernat wurden wir zu Herrn Huber verwiesen, einem freundlichen, sportlichen Beamten, der sehr vertrauenerweckend aussah.

»Sie wollen eine Anzeige erstatten?«, fragte er mit leicht bayerischer Einfärbung. Sofort sprudelte ich los und berichtete haarklein, was vorgefallen war. Valentin streute die finanziellen Details ein, und am Ende legten wir Laptop und Unterlagen auf den Tisch.

»Wie sind Sie denn zu den Unterlagen gekommen?«

Ehrlich erzählten wir, wie wir uns von der Nachbarin den Schlüssel erschlichen und die Unterlagen aus der Wohnung geholt hatten. »Es war doch Gefahr in Verzug, oder?«, gab ich mein krimierprobtes Halbwissen preis. Dann schickte ich panisch hinterher: »Jetzt sagen Sie nicht, dass Sie die Unterlagen nicht verwenden dürfen!«

Herr Huber war zum Glück nicht aus der Ruhe zu bringen und schien hysterische Frauen gewohnt zu sein. Nüchtern und sehr sachlich nahm er alles auf, inklusive unserer Personalien, und versprach, sich um den Fall zu kümmern. Er erklärte, dass sie die Unterlagen auswerten und einen Haftbefehl erwirken würden und die Seliger damit automatisch auf allen Listen stehen würde, sobald sie einen Flieger nehmen wollte.

»Wie lange dauert das, und was können wir in der Zwischenzeit tun?«, fragte ich ungeduldig, schließlich ging es um eine Menge Geld und die Zukunft des Waldhauses.

Herr Huber sah mich streng an. »Sie haben mehr als genug getan, wenn Sie mich verstehen. Jetzt haben Sie mal ein wenig Vertrauen in unsere Arbeit. Geld hinterlässt seine Spuren, wir werden sie schon kriegen.«

»Ja und was, wenn sie sich einen gefälschten Pass kauft oder, noch schlimmer, zu einer Stilberatung geht? Eine halbe Stunde bei einer Stylistin, und die Frau Seliger ist nicht wiederzuerkennen. Glauben Sie mir.«

»So leicht, wie Sie meinen, ist das alles nicht. Man kommt nicht so schnell an gefälschte Pässe ran, und die meisten Fälschungen erkennen die Kollegen an den Flughäfen, zumal wenn sich jemand absetzen will, dann werden sie eher ein Langstreckenflugziel wählen, und die werden besonders gut kontrolliert. Betrüger müssen ja auch mal Geld abheben oder mit der Kreditkarte zahlen, ewig wird das Bargeld nicht reichen. Und falls die beiden ihre Handys noch haben, werden wir sie leicht ausfindig machen können.«

Tss, als ob die noch ihre Handys dabeihatten! Das gehörte doch zum Grundwissen, dass man Handys orten konnte. Der Kriminalbeamte verabschiedete uns, und Valentin schob mich sanft Richtung Ausgang.

»Überlass das Weitere den Profis, die wissen schon, was sie tun. Wir haben unseren Teil getan. Jetzt hilft nur noch abwarten und beten.«

Im Waldhaus warteten die anderen bereits aufgeregt. Schnell fassten wir die Neuigkeiten zusammen. Jetzt, wo sich langsam alles setzte, der erste Schreck nachließ und ich nachdenken konnte, was da eben geschehen war, konnte ich nur den Kopf schütteln. Fassungslos, ich war einfach nur fassungslos! Da hielt man sich für clever und mit gutem Menschenverstand gesegnet und merkte nicht, wie jemand, der jahrelang für einen arbeitete, einen bestahl, und zwar im großen Stil.

Mitleid hatten wir mit Frau Seliger gehabt, sie immer wieder ermuntert, weil sie so unsicher war. Wie konnten wir uns so täuschen? Aber da sah man mal wieder, dass sich eben doch nicht so leicht in einen Menschen reinschauen ließ.

»Nehmen wir mal an, Frau Seliger wird mit dem Geld geschnappt, dann haben wir auf einen Schlag ziemlich viel Kohle«, versuchte ich der ganzen Sache zaghaft etwas Positives abzugewinnen, »und wenn nicht, auch, denn immerhin hört der Betrug und das Geldabzwacken jetzt auf. Im Grunde ist das Waldhaus die letzten Jahre profitabel gelaufen; also alles in allem, mal von dem menschlichen Dilemma abgesehen, sind das doch gute Nachrichten … oder?«

»Ich seh das genauso«, stimmte mir Valentin zu. »Zum Glück ist die Unterschlagung endlich ans Licht gekommen. Wenn ihr mich fragt, wurde sie nervös, als ihr klar wurde, dass ich in den nächsten Tagen die Buchhaltung durchgehen wollte. Sie war überhaupt nicht krank, und die Ziegel, die vom Dach fielen, waren ein Vorwand, um sich unbemerkt vom Acker machen zu können. Sie wusste, wenn ich erst mal die Unterlagen durchsehen würde, dass der Schwindel auffliegt!«

Hubertus nickte. »Ohne Sie, Herr Maienstein, wäre das wer weiß wie lange weitergegangen! Sie sind unser Retter in der Not! Ich würde gerne auf Sie anstoßen, außerdem kann ich jetzt 'nen Schluck Alkohol gut vertragen!«

Valentin lachte zwar abwehrend, aber ein bisschen geschmeichelt war er auch, das konnte ich sehen.

»Valentin, ich heiße Valentin, und anstoßen würde ich, wenn wir wissen, was mit Frau Seliger und dem Geld ist, einverstanden?«

Ja, damit waren alle einverstanden.

»Außerdem haben wir heute noch viel zu tun, gleich kommt ein befreundeter Architekt, der ein paar Vorschläge für den Spabereich und das Gartenhäuschen machen wird.«

»Können wir uns das denn leisten?« Ich knickte für einen kurzen Moment wieder ein.

»Er macht das umsonst, ist mir noch einen Gefallen schuldig, und das sind nur Vorschläge. Aber ich möchte, dass wir so gut wie möglich vorbereitet sind, sobald deine Omi und Helene bereit sind, sich alles anzuhören und anzusehen.«

Hach, Valentin war einfach ein guter Typ und wurde von Tag zu Tag menschlicher, was ihm sehr gut stand. Mir war klar, dass er diese Doppelbelastung zwischen Brauerei und Waldhaus nicht lange leisten konnte, bereits jetzt schob er bis spät in die Nacht Überstunden, um alles unter ein Dach zu bekommen.

Luisa, der man ansah, dass sie immer noch unter Schock stand, verkündete tapfer: »So, ich koche wie geplant, das erste Menü serviere ich um sieben. Das Beste bei so viel Aufregung ist, was Gutes in den Magen zu bekommen!«

Wenn das Leben so einfach wäre. Jeder ging zurück an seine

Arbeit, ich rief endlich Helene an, die im ersten Moment dachte, ich würde mir einen schlechten Scherz mit ihr erlauben, um sie von der Misere mit ihrem Theo abzulenken.

»So viel kriminelle Energie hätte ich der Seliger niemals zugetraut. Wetten, da steckt ihr Freund dahinter? Der wird bestimmt schon als Heiratsschwindler und Witwentröster deutschlandweit gesucht! Hast du es Omi gesagt? Ich denke, wir sollten es erst sagen, wenn wir wissen, was mit der Seliger und dem Geld ist. Sie erholt sich gerade so gut im Allgäu!«

Das tat sie allerdings, wenn uns nicht alles täuschte, hatte sie sogar einen Kurschatten, zumindest gab es Andeutungen ihrerseits, die darauf schließen ließen, auch die strikte Ansage, ja nichts davon Hubertus zu sagen, als ob den das interessieren würde ...

Gegen sieben roch es bereits verführerisch aus der Küche. Luisa deckte für uns im privaten Bereich und war sichtlich aufgeregt. Auch Helene war mit Maxi zum Testessen eingetrudelt. Das beherrschende Thema war immer noch die Seliger, aber das neue Menü würde uns ein bisschen ablenken.

Bevor es losging, nahm Helene mich zur Seite. »Theo hat vorhin angerufen. Zwar ist er immer noch sauer auf mich, aber er will Maxi treffen. Und er will bei Gelegenheit ausführlich und in Ruhe mit mir sprechen, wenn sich die ersten Wogen bei ihm gelegt haben.« Sie sah so erleichtert aus, dass mir ebenfalls ein Stein vom Herzen fiel. Wenigstens ein Problem, dessen Lösung in Sichtweite war.

»So, als ersten Gang hätten wir eine selbst gemachte Erbsenconsommé mit Flusskrebsen und dazu frisch gebackenes Holzofenbrot mit leicht gesalzener Butter!«, verkündete Luisa stolz.

Andächtig probierten alle die Suppe und waren schlichtweg hingerissen. Ein einfaches Essen, verfeinert und neu interpretiert, so hatte ich es mir vorgestellt. Hubertus, ebenfalls ganz in seinem Element, schenkte drei mögliche Weine zur Vorspeise ein und ließ uns alle kosten. Einhellig fiel die Wahl auf einen leichten Riesling aus Valentins Kelterei. Weiter ging es mit Rahmgulasch an Brezenknödeln und Blaukraut mit Apfelstückchen. Das war zwar eher traditionelle Küche und auch nicht verfeinert, aber die Qualität war so gut, dass man nichts, aber auch gar nichts daran ändern mochte. Ein schwerer Bordeaux dazu war die einhellige Wahl. Machte richtig Spaß, dieses Testessen. Luisa hatte die Portionen zum Glück nicht zu groß gemacht und wunderschön angerichtet, lauter Kunstwerke auf Porzellan.

Nach einer kleinen Pause ging es weiter mit dem Nachtisch.

»Hier haben wir ein Kaiserschmarrn-Parfait an Bourbonvanillesoße und kandierten Äpfeln, zudem ein Topfenmousse mit weißer Schokolade!«

Mir lief das Wasser im Munde zusammen, zumal Hubertus mit Valentins Dessertweinauswahl kam. Dessertweine waren meine absolute Leidenschaft, wenn es nach mir ginge, gäbe es die in großen Kelchen und nicht nur in diesen Minigläsern. Für mich konnte es nicht süß genug sein, auch wenn alle Welt immer trocken, trocken und noch mal trocken trank. Man durfte es ja nicht laut sagen, aber als älterer Teenager schmeckten mir am besten Bailey's und Lambrusco.

Die Dessertweine waren allesamt ein Traum, es gab einen Portwein, einen roten Dessertwein und einen Muskateller aus Südtirol, der sofort mein neuer Lieblingswein wurde und von dem ich mir gleich nachschenken ließ.

Valentin amüsierte sich sichtlich darüber und zog mich auf. »Sicher, dass es süß genug ist? Hier steht sonst noch die Zuckerdose, damit der Wein besser klebt. Haste schon 'nen Zuckerrausch?«

Na ja, Rausch bestimmt, ob das ein Zuckerrausch war, ließ ich mal so stehen. Helene, die auch ein bisschen mehr getrunken als nur probiert hatte, kicherte albern, was Maxi sichtlich peinlich war.

»Mann, Mama, das ist ja Fremdschämen vom Feinsten, können wir jetzt los?«

Helene, die sonst immer reagierte, wenn ihr über alles geliebter Sohn einen Wunsch äußerte, war wohl schon zu beschwipst und außer Dienst, anders konnte ich mir ihren Kommentar – »Du bist doch nur sauer, weil du noch nicht mittrinken darfst!« – nicht erklären.

Valentin nahm sich Maxis an und fragte, ob er Lust auf eine Runde Billard zusammen mit Hubertus im Salon habe. So schnell konnten wir gar nicht schauen, wie Maxi aufstand und freudestrahlend mitging. Helene und ich halfen Luisa die Teller abzutragen und sparten nicht mit Komplimenten und Dank. Wenn sie so in Zukunft kochen würde, war das Waldhaus nicht nur gerettet, sondern saniert.

»Seit Valentin hier ist, habe ich das Gefühl, dass alles gut wird!«, hauchte Luisa begeistert und mit einem Glitzern in den Augen, das unschwer zu deuten war.

Helene stimmte in den Lobgesang ein und sah mich erwartungsvoll an.

»Mich müsst ihr nicht so anschauen, ich wusste, dass er richtig gut ist, sonst hätte ich seine Hilfe auch nicht angenommen!«

Beide sahen mich an und grinsten.

»Äh, dass Valentin eine Tochter und eine reuige Ehefrau hat, die zu ihm zurückgekehrt ist, habt ihr mitbekommen, ja? Auch, dass er der Bruder von Jasper ist, also dem Jasper, den ihr auch alle so mochtet und dem ich erst vor Kurzem das Herz gebrochen habe?«, stellte ich die Situation klar.

»Sonnenklar, aber wo die Liebe eben hinfällt, das sucht man sich nicht immer aus!«, seufzte Luisa bedeutungsschwer.

Tss, mir reichte es für heute mit Aufregungen, außerdem war

ich müde und wollte ins Bett. Ich verabschiedete mich von den Mädels, ging am Billardzimmer vorbei und wünschte eine gute Nacht. Valentin sah kurz auf und mich einen Moment länger an als nötig. In seinem Blick lagen aber nicht Sehnsucht und Verlangen, sondern eine warme Verbundenheit und Vertrautheit, die sich sehr schön anfühlte.

»Nacht, Clara, und morgen schlagen wir wieder zurück! Die Macht sei mit dir ...«, alberte er und machte den Vulkanergruß. Max und Hubertus taten es ihm nach.

Kopfschüttelnd und lachend ging ich in mein Zimmer. Was für ein verrückter Tag. Trotz aller Aufregung und offenen Fragen machte mir mein Job im Waldhaus Spaß. Das Team rückte näher zusammen und zog an einem Strang. Das Gefühl, Verantwortung zu tragen, bedrückte mich nicht; die Freiheit und Gestaltungsmöglichkeit auf der anderen Seite beflügelten mich. Wenn wir jetzt noch das gestohlene Geld wiederbekamen und die neuen Pläne umsetzten, war das Waldhaus eine Goldgrube und unser Familienbetrieb gerettet. Und das verdankten wir zu großem Anteil Valentin! Wenn alles gut ging, würden wir ein Menü nach ihm benennen, überlegte ich im Halbschlaf und schlief erschöpft, aber zufrieden ein.

Kapitel 20
Hier spielt die Musik!

»Komm mit rein und lächele einfach, egal, was ich dir jetzt sage.«

War Evi vollkommen übergeschnappt? Es war Samstagabend, und ich war seit langem mal wieder auf eine Party eingeladen. Genauer gesagt auf Nathans Party. Nathan war ein gemeinsamer Studienfreund von Evi und mir, den es von jeher mehr in die Jazzrichtung zog und der inzwischen den legendären Jazzclub »dark and blue« führte. Da der Club im Glockenbachviertel so bombig lief, eröffnete er einen zweiten in Bogenhausen, etwas distinguierter, nicht ganz so fetzig, sondern ruhiger und vor allem hochpreisiger. Bevor sein neuer Jazzclub der Öffentlichkeit vorgestellt wurde, gab er eine Vorabparty für Freunde, Bekannte, treue Gäste, die bunt gemischt aus der Münchner Kulturszene stammten. Das midnite lag im Keller eines herrschaftlichen Anwesens, in den oberen Etagen war eine große Anwaltskanzlei, was sich gut traf, denn spätabends und am Wochenende beschwerte sich niemand wegen Ruhestörung.

Evi und ich waren verabredet, nur leider hatte ich mich verspätet, weshalb sie schon vorgefahren war.

»Was ist denn los? Weshalb soll ich einfach lächeln?« Evi hatte mich am Eingang abgefangen und riss bei meiner Frage kurz die Augen auf, während sie stoisch weiterlächelte. Sie senkte ihre Stimme. »Weil es sein kann, dass wir gerade beobachtet werden. Da drin befinden sich deine beiden Lieblingsstimmungskanonen, Amelie und Jutta. Ich war gerade Zeuge, wie sie sich vorgestellt wurden, und was soll ich sagen, es war Liebe auf den ersten Blick!« Gut, dass Evi mich vorbereitet hatte, denn mir wäre sofort die

Kinnlade heruntergeklappt. Während wir langsam in den Club eintraten, sprach sie lächelnd weiter, so als ob sie mir gerade von ihren Urlaubsplänen für die Weihnachtsferien berichtete. »So, und wenn die beiden dich gleich sehen, wird es nicht lange dauern, bis sie merken, dass sie ein gemeinsames Hassobjekt haben, falls sie es nicht schon so herausgefunden haben.«

Juhu, da freute ich mich seit Wochen, endlich mal wieder zu feiern, zu trinken, zu tanzen und nicht an Jasper, Valentin, Amelie und das Waldhaus denken zu müssen ... In Berlin wäre mir das nicht passiert! Sosehr ich München liebte, die Redensart vom Millionendorf traf heute Abend wieder zu. Dass Amelie da sein könnte, hatte ich befürchtet, aber Jutta? Wo war Valentin? Und wieso drehte sich heute an meinem Ich-will-endlich-mal-wieder-schnöden-Spaß-Abend wieder alles um meine altbekannten Probleme?

»Wie schön, dass du gekommen bist!«, begrüßte Nathan mich erfreut. Wenigstens einer, der über mein Kommen entzückt war. Noch war von den Pestbeulen keine Spur zu sehen. Zeit genug, um meinen Mantel abzulegen und mir 'nen Drink zu besorgen. Evi war so lieb, zwei Aperol Spritz zu besorgen, die wir in einem Tempo herunterstürzten, als ob es dafür einen ersten Preis zu gewinnen gab. Vor lauter Panik kam ich überhaupt nicht dazu, Nathans neuen Club gebührend zu bewundern. Die Vorstellung, Amelie und Jutta könnten Busenfreundinnen werden, ließ mir einen Schauer nach dem anderen über den Rücken laufen. Nicht auszumalen, was die beiden gemeinsam für fiese Dinge aushecken könnten. Amelie wusste so ziemlich alles über mein Berufsleben, und Jutta lieferte die privaten Details und Geheimnisse dazu. Ein Traum wurde wahr, also für die beiden natürlich.

»Kommt, ich führ euch mal rum«, sagte Nathan. Stolz zeigte er auf die gemütlichen Ledersessel und Sofas, den neu eingebauten Kamin, der zusammen mit den großen Stehlampen das

Gefühl vermittelte, in einem englischen Club gelandet zu sein, was sehr gut zur Livemusik passte, gechillter Jazz vom Feinsten. Eine geschmackvolle Bar, die indirekt und nur wenig beleuchtet war, rundete das gemütliche Ambiente ab. Neugierig sah ich mich um, denn in jeder Ecke vermutete ich Jutta und Amelie.

Der Laden war voll, das war meine einzige Deckung und Rettung – dachte ich, bis mir mehrmals hintereinander auf die Schulter getätschelt wurde. Noch bevor ich mich umdrehte, wusste ich, dass es Amelie sein musste, die vor lauter Vorfreude bestimmt schon Spuckefäden zog. Und richtig! Kaum drehte ich mich um, standen die beiden Zuckerschnuten auch schon erwartungsvoll da, und zwar Arm in Arm! In diesem Moment dankte ich Evi, die mich vorgewarnt und vorbereitet hatte, sodass ich den beiden Miezen ihren großen Moment leider komplett versaute.

»Wie ich sehe, hat sich das doppelte Lottchen bereits gesucht und gefunden. Wie schön! Na, traut ihr euch so ganz allein und ohne Männer auf die Straße?« Ich lächelte so souverän wie möglich.

Die Enttäuschung der beiden war groß, stellte ich mit Genugtuung fest.

»Wie geht's deiner Hand? Kannst du wieder spielen, oder musst du es doch damit versuchen, anderen Frauen den Mann und Verdiener auszuspannen?«, schoss Amelie los.

Falls sie damals an meinem Krankenbett etwas wie Mitgefühl empfunden hatte, war das erfolgreich verflogen. Das Biest war zurück, und wie mir schien, wurde es bereits mit Informationen meiner neuen Intimfeindin Jutta versorgt, die Amelie das Reden überließ.

»Danke, meine Hand heilt bestens, deine Boshaftigkeit, wie ich sehe, hingegen nicht.«

Amelie lachte arrogant, woraufhin Jutta einstimmte: »Weißt du, warum mir so egal ist, was du sagst? Weil du 'ne arme Socke bist. Keinen Job, keinen Mann, 'ne Schwester mit unehelichem Kind und ein marodes Unternehmen an der Backe. Sag Bescheid, wenn du die ›Biss‹ verkaufen musst, an welcher Brücke du stehst, damit ich weiß, wo ich dir den Euro geben kann …« Das sagte sie, wie es für Amelie typisch war, lächelnd und beinahe sanft. Durch den jahrelangen Schlagabtausch waren wir trainiert.

»Hm, lass mich überlegen? Wollte ich mit dir tauschen? Ja, du hast vielleicht meinen Job, was noch nicht feststeht, aber wenn, dann nur, weil du vertrauliche Informationen gepetzt hast, dein Verlobter ist 'ne Strafe für jeden, der ein halbwegs musikalisches Gehör und sein Augenlicht nicht verloren hat. Was ich dich schon die ganze Zeit fragen wollte: Wäschst und fönst du eigentlich sein Toupet, oder macht er das selber?«

Jutta schnappte nach Luft, aber Amelie blieb locker.

»Warum fragst du ihn das nicht gleich selber, er müsste jede Minute hier sein. Aber Juttas Mann würdest du schon gerne die Haare waschen und legen, richtig?« Amelie taxierte mich und wartete darauf, dass ich einknickte.

Stattdessen nahm ich mir einen neuen Drink von einem der vollen Tabletts, die die Servicekräfte herumtrugen, prostete den beiden zu und sagte: »Also ich bin heute gekommen, um zu feiern, und genau das werde ich jetzt tun! Einen schönen Abend noch, und viel Spaß beim Blutgruppenaustauschen. Die Info werdet ihr brauchen, denn ich kenne niemanden, der euch im Notfall Blut spenden würde.«

Evi, die die gesamte Zeit über den Atem angehalten hatte, verdrückte sich, so schnell sie konnte, mit mir und ließ laut schnaubend Luft raus. »Auweia! Das war 'ne Kriegserklärung, das ist dir klar? Das bedeutet Kampf, und zwar bewaffneten Kampf. Clara, ich weiß nicht, ob das so schlau war …«

Sie hatte recht, warum hatte ich nicht den Mund gehalten, den beiden ihren Triumph gegönnt und gehofft, dass es schnell vorbeigeht? Vielleicht, weil ich im Moment eben nicht mehr viel zu verlieren hatte, außer meinen Stolz, und den wollte ich nicht runterdrücken, den nicht!

Der Abend war jedoch gelaufen, zumal wir im Vorbeigehen und aus den Augenwinkeln beobachten durften, wie Amelie Jutta in die Münchner Kunstszene einführte und jedem vorstellte, der mit Theater, Fernsehen oder Film zu tun hatte. Das war eine Allianz, die Bestand haben würde. Jutta lieferte alles an Informationen, was sie über Valentin, Nele, Ulrike und Georg mitbekam, und Amelie stellte ihr im Gegenzug die Wichtigen der Film- und Fernsehbranche vor. Wie war eigentlich Jutta auf diese Party gekommen? Nathan, den ich mir schnappte und befragte, war überrascht.

»Jutta ist doch, seit sie aus Berlin nach München gezogen ist, total viel unterwegs abends. Sie feiert regelmäßig mit und gehört zu einer Clique von Schauspielern.«

Seltsam, ich dachte, ihre oberste Mission war es, Valentin zurückzuerobern und die gute Mutter für Nele zu spielen. Wie ging das, wenn man regelmäßig feierte, und das bestimmt nicht nur ein halbes Stündchen?

»Hat sie Valentin denn nie dabei?«, wollte ich wissen.

Nathan sah mich verständnislos an. »Wer ist denn Valentin?«

Nun war es an mir, dumm aus der Wäsche zu schauen. »Ihr Mann!«

Nathan runzelte die Augenbrauen. »Jutta ist verheiratet?«

Ich nickte heftig. »Ja, sie waren zwar getrennt, aber wegen ihm ist sie in München, für die zweite Chance und wegen ihrer Tochter Nele.«

»Jutta hat eine Tochter?«

Würde das Ratespiel endlos weitergehen? Nathan berichtete, dass Jutta vor allem durch eines auf sich aufmerksam machte, nämlich durch heftiges Geflirte und Feiern, als ob es kein Morgen, aber zumindest keinen Mann und keine Tochter gäbe. Interessant, durchaus interessant!

Mir war die Lust am Feiern vergangen, Evi sowieso. »Bist du böse, wenn wir unseren Heute-holen-wir-unsere-Pubertät-nach-Abend auf ein anderes Mal verschieben?«, fragte ich Evi, die dankbar die Vorlage annahm.

»Nee, für heute reicht's dicke! Nichts wie nach Hause, raus aus dem Vipernnest!«

Da Evi und ich fast denselben Weg hatten, nahm ich sie mit dem Taxi mit und ließ den Fahrer zuerst bei ihr zu Hause anhalten.

Nachdenklich betrachtete ich durch die Fensterscheibe den friedlich fallenden Schnee. Mein Bauchgefühl sagte mir, dass der heutige Abend ein böses Nachspiel haben würde.

Kapitel 21

Auf das Karma ist immer Verlass

»Sie haben die Seliger und ihren Freund geschnappt! Ha, jetzt wird's spannend!« Aufgeregt von einem Bein aufs andere hüpfend, trommelte ich alle zusammen. Zum Glück waren im Moment keine Gäste im Waldhaus, bis zur Neueröffnung dauerte es noch ein paar Wochen. Von überall her kamen sie angerannt, um mitzuhören. Hauptkommissar Huber von der Kripo, Abteilung Wirtschaft, war in den letzten Tagen fast schon ein Freund geworden und hatte sich bestens gekümmert. Sich regelmäßig gemeldet, mir erklärt, wie die Abläufe waren, welche Möglichkeiten es gab: von Konto einfrieren über Durchsuchungsbefehl für Computer bis hin zu Sperrung aller Daten. Wir verstanden uns gut, und so hatte er auch nichts dagegen, dass ich die Mannschaft zusammentrommelte und ihn auf Laut stellte.

»So, Herr Huber, Sie können weitersprechen! Wo haben Sie die Seliger festgenommen, auf dem Flohmarkt?«, rief ich aufgeregt und ein bisschen zu quietschig in den Lautsprecher.

Kommissar Huber lachte mit seinem dröhnenden Bass.

»Nein, die beiden Personen wurden in Zürich am Flughafen aufgegriffen, als sie sich gerade in den Flieger nach Borneo absetzen wollten!«

Borneo also! Waren das inzwischen die Einzigen, die kein Auslieferungsabkommen mit Deutschland hatten? Da wurde die Liste aber auch immer kürzer und unattraktiver, oder wollte man sein Leben lang auf einer indonesischen Insel sein?

»Aber ich dachte, sie hätten alle Flughäfen gecheckt?«

Hauptkommissar Huber, der in der Tat Freund und Helfer war, erklärte geduldig.

»Die beiden sind mit der Bahn erst nach Liechtenstein und dann in die Schweiz gefahren und haben tatsächlich in alter Manier die Konten aufgelöst. Anscheinend wurde es ihnen zu heiß, und sie sahen keinen anderen Weg, also Frau Seliger sah wohl keinen anderen Weg, denn was bislang die Gespräche ergeben haben, war das allein ihr Ding!«

Genau – und die Pyramiden in Ägypten hatte auch der Praktikant allein an einem freien Wochenende gebaut! Dass ich nicht lachte! Valentin stellte die dringendste Frage, die ich vor lauter Bonnie-und-Clyde-Fantasien komplett vergessen hatte, nämlich ob das Geld noch da war.

»Ja, das ist wirklich die gute Nachricht. Frau Seliger hatte das Geld in Fünfhunderteuroscheinen im Handgepäck dabei, keine Ahnung, ob sie damit durch den Scanner gekommen wäre. Die Schweizer Kollegen haben etwas über fünfhunderttausend Euro sichergestellt, und Frau Seliger war auch bereits geständig. Sie muss komplett zusammengebrochen sein bei ihrer Verhaftung, ihr Freund hingegen hatte keine Ahnung!«

»Wie jetzt?«, rief ich perplex. »Dieser Typ war doch bestimmt nur hinter ihrem Geld her, besser gesagt unserem. Der hat sie sicher erst zu allem angestiftet.«

»Ich widerspreche Ihnen ungern, Frau Herbst, aber es scheint, als ob Herr Keller tatsächlich ahnungslos war. Frau Seliger sprach ihm gegenüber von einer Erbschaft, dem Traum auszusteigen, und er ist ihr zuliebe mitgekommen, denn sie war es wohl, die dachte, sie müsse ihrem Freund was bieten, weil er sie sonst verlassen würde. Wie es aussieht, wäre er aber sogar lieber in Deutschland geblieben!«

Uns blieb allen die Luft weg! Sollte am Ende Frau Seliger genau wie wir daran gezweifelt haben, dass so ein attraktiver Mann sich in sie verlieben konnte … und war deshalb auf die schiefe Bahn geraten?

Kommissar Huber erklärte, wie es weiterging mit der Auslieferung und den eingefrorenen Konten. Wenn alles optimal lief, würde das Geld in schon zwei Wochen wieder auf dem Konto sein. Wenn das mal keine guten Nachrichten waren, und auch gerade rechtzeitig, denn Omi kam heute aus ihrer Kur zurück, Helene und Maxi holten sie gerade aus dem Allgäu ab.

Nach dem Telefonat herrschte einen Augenblick lang fassungsloses Schweigen. Die ganzen Informationen mussten erst mal sacken. Unser Polyestermäuschen war eine Kriminelle und hatte uns alle nicht nur um Geld betrogen. Auch menschlich setzte einem solch ein betrügerisches Vorgehen zu. Luisa zwinkerte ein paar Tränen weg, die ihr die Enttäuschung in die Augen getrieben hatte. Wir alle hatten fest geglaubt, dass dieser Alexander Keller hinter dem Betrug steckte ...

»Mir tut sie ja fast ein bisschen leid, da hatte sie 'nen tollen Freund, 'nen guten Job und ein Zuhause, und das hat sie total unnötig aufs Spiel gesetzt«, sagte ich nachdenklich.

Hubertus widersprach sofort auf das Heftigste.

»Weißt du, Clara, seelenruhig zusehen und dabei sein, wie deine Omi sich immer mehr Sorgen macht, weint, weil sie nicht versteht, warum das Waldhaus nicht besser läuft, zuschaut, wie du mit deinen Gagen alles reinpulverst und Helene als alleinerziehende Mutter zusätzliche Nachtschichten im Krankenhaus schiebt, um auch einen Teil beizutragen, das ist Kalkül und unentschuldbar! Wenn es eine Kurzschlussreaktion gewesen wäre, von mir aus, aber so etwas über ein Jahr lang zu planen, es haargenau vorzubereiten und eiskalt durchzuziehen, das ist skrupellos. Da kannst du dir dein Mitleid wirklich sparen und auf deine arme Omi und alle anderen hier verteilen, die Überstunden gearbeitet und alles gegeben haben, damit es weitergeht.«

So sehr hatte ich Hubertus noch nie in Rage erlebt. Es rührte mich, weil es zeigte, wie sehr er sich mit dem Waldhaus identifizierte. Ich konnte nicht anders, ich musste ihn einfach drücken und ihm einen Kuss auf die Wange geben, was ihn ziemlich unvorbereitet traf und vollkommen erröten ließ. Am Ende hatte ich doch Omis Gene geerbt und einen Hang dazu, Angestellte zu belästigen.

Ein großes Willkommensschild mit Luftballons hing am Eingang, Luisa hatte zur Feier des Tages Omis Lieblingskuchen, eine Apfeltarte, gebacken und frische Bourbonvanillesahne dazu geschlagen. Eine gute Stunde später hörten wir Helenes alten Golf vorfahren und stellten uns als Begrüßungskomitee hinter der Tür auf. Was für ein Hallo das war, und gut sah Omi aus, wirklich erholt! Entweder hatte ihr die Kur oder der Kurschatten sehr gutgetan.

»Also die Kur war toll, aber ich bin schon sehr froh, wieder hier zu sein. Sie haben zwar gesagt, zwei Wochen seien viel zu kurz, aber akut ist ja nichts, da kann ich mich auch hier weiter erholen, wo ihr doch alles so toll im Griff habt. Und wenn ich Hubertus sehe, geht es mir doch gleich wieder besser!« Sie lächelte erfreut und kniff ihn in die Wange. Zweimal innerhalb einer Stunde vom Arbeitgeber sexuell belästigt zu werden. wäre bei einem amerikanischen Konzern, was eine Klage anging, der Jackpot gewesen, bei uns im Waldhaus hingegen wurde Hubertus einfach kurz rot.

Omi setzte sich an den gedeckten Kaffeetisch und kam aus dem Staunen überhaupt nicht raus, welche Pläne wir mit dem Waldhaus vorbereitet hatten. Begeistert, schlichtweg begeistert war sie, bis ihr einfiel, was das alles kosten musste.

»Mach dir keine Sorgen, wir können uns das leisten! Und nur dass du es weißt, du hast die letzten Jahre das Waldhaus sehr wohl profitabel geführt«, setzte ich vorsichtig an.

Omi sah mich verständnislos an und schaute immer ungläubiger, als ich die Seliger-Geschichte auspackte und erläuterte, wie sich unsere finanzielle Lage auf einen Schlag geändert hatte. Zwischen Entsetzen und Freude konnte sie es nicht fassen, war aber zum Glück nicht sehr aufgeregt, sondern eher erleichtert, wenngleich natürlich auch bitter enttäuscht von Frau Seliger.

»Man sollte einer Frau einfach nicht trauen, die zwei Beschriftungsmaschinen besitzt und diese für alles, was ihr gehört, benutzt und mit ihrem Namen versieht. Das hat sie sogar mit ihren Jogurts und Bleistiften praktiziert!«

Wir mussten alle laut lachen, Valentin schaute dabei zu mir rüber, und mit einem Mal kribbelte es wieder wie verrückt in meiner Magengegend. Von meinem unfreiwilligen Zusammentreffen mit Jutta und Amelie hatte ich nichts erzählt, und Jutta, wie mir schien, auch nicht, sonst hätte Valentin mich darauf angesprochen. Zu gern würde ich wissen, was Valentin davon hielt, dass Jutta abends anscheinend allein und wie wild feierte. Mir sollte es recht sein, desto weniger Zeit hatten sie, in trauter Zweisamkeit zu verbringen. Und wenn Jutta angeschwipst spät nach Hause kam, schlief Valentin bestimmt schon.

Die Willkommensfeier für Omi tat uns allen gut, aber wir waren wohl auch erschöpft von den Ereignissen, denn schon bald verabschiedeten sich die ersten. Als die letzten gegangen waren und Ruhe einkehrte, ging ich zu meinem Flügel und setzte mich auf den mit schwarzem Leder überzogenen breiten Schemel. Langsam klappte ich den dunkel glänzenden Deckel nach oben, der ein leichtes Ächzen von sich gab. Vor mir lagen sie, die schwarzen und weißen Tasten aus Elfenbein, ein Anblick, den ich nur zu gut kannte und der ein Gefühl von Vertrautheit und Vorfreude ausströmte. Aus Rücksicht auf die anderen öffnete ich den Deckel zum Klangkörper nur halb, so klangen die Töne leiser. Das war der Moment, auf den ich mit gemischten Gefühlen gewartet hatte.

Einerseits ungeduldig, weil mir das Spielen so fehlte, andererseits voller Angst, wie es sich anfühlen würde und wie meine Hand spielen konnte. Vorsichtig, beinahe zart stimmte ich das Regentropfen-Prélude von Chopin an. Die linke Hand war aus der Übung, und ich spürte ein leichtes Ziehen, aber ich hatte wieder Gefühl in der Hand. Jeder Finger ließ sich führen, beugen und strecken. Die Fingerkuppen nahmen jede Nuance der Tasten wahr, wie zu der Zeit, bevor ich am Karpaltunnelsyndrom erkrankt war. Ohne mich dagegen wehren zu können, liefen mir Tränen die Wangen hinunter, während ich den Tönen von Chopins einfacher, aber melancholischer Melodie lauschte. Es waren Tränen der Erleichterung und Freude, denn die Musik, mein Flügel bedeuteten mir einfach alles im Leben. Erst jetzt merkte ich, wie groß die Angst gewesen war, nicht mehr richtig spielen zu können, und wie sehr ich das Spielen brauchte. Egal, wie es weiterging mit der Stelle am Konservatorium, ich hatte meine Gabe und die Technik nicht verloren. Ich würde weiterhin auf Konzertniveau spielen, das war die Absicherung meiner Zukunft, zumindest meiner näheren. Mir fielen Zeilen eines Gedichts ein, das mir meine Mutter in der Grundschule in mein Poesiealbum geschrieben hatte. »Was der Wind in den Sand geschrieben« hieß es und war von Hermann Hesse. Damals hatte ich nur verstanden, dass es um Musik ging, heute bekamen die Zeilen eine völlig neue Bedeutung:

Nein, es scheint das innigst Schöne,
Liebenswerte dem Verderben
zugeneigt, stets nah am Sterben,
und das Köstlichste: die Töne
der Musik, die im Entstehen
schon enteilen, schon vergehen,
sind nur Wehen, Strömen, Jagen
und umweht von leiser Trauer,

denn auch nicht auf Herzschlags Dauer
lassen sie sich halten, bannen;
Ton um Ton, kaum angeschlagen,
schwindet schon und rinnt von dannen.

Völlig versunken spielte ich, bis ich spürte, dass es genug war für heute. Ich durfte meine linke Hand nicht gleich überfordern. Glücklich klappte ich den Flügel wieder zu. Ab Morgen würde ich jeden Abend üben und immer ein bisschen mehr.

Kapitel 22
Das Tier, dein bester Freund und Helfer

»Oh nee, Mine hat Pipi gemacht, ich glaub, sie hat Angst!«

Nele versuchte, die alte Katze zu beruhigen, und kraulte sie unterm Kinn. Heute war Neles großer Tag im Tierheim. Der Tag der offenen Tür, dessen Höhepunkt die Veranstaltung »Tiere suchen ein Zuhause!« war, bei der Nele die Tiere auf die Bühne bringen durfte. Nele war es furchtbar wichtig gewesen, dass ich bei diesem Ereignis dabei war, schließlich kannte ich einige Tiere und das Tierheim von unseren gemeinsamen Besuchen. Als Verstärkung war Helene mit von der Partie, denn Jutta samt Mutter und Schwester hatten sich ebenfalls angekündigt sowie Valentin mit Ulrike und Georg. Wenn es Nele nicht so wichtig gewesen wäre, dass ich dabei sein sollte, wäre ich bestimmt nicht hingegangen. Wer steigt schon gern freiwillig in die Schlangengrube? Auf das Zusammentreffen freute ich mich ungefähr so sehr wie auf das monatliche Bikini-Waxing. Vor allem Juttas Mutter musste nach Valentins Erzählungen ein Quell der guten Laune und Freundlichkeit sein, selbst Jasper hatte schon einige Anekdoten zum Besten gegeben, die nichts Gutes verheißen ließen.

»Kommt ihr mit zu Eddie?«, fragte Nele Helene und mich und ging stolz vor, um Helene ihren Pflegehund zu präsentieren, ich kannte Eddie ja zur Genüge von unseren Spaziergängen und Besuchen. Mine wurde zurück in ihren Käfig gesteckt, wo sie sich sofort in eine dunkle Ecke verzog. Ein paar Reihen weiter stand Eddies Zwinger. Sobald er Neles Stimme hörte, jaulte der kleine Rauhaardackel freudig und wedelte aufgeregt mit seinem Schwanz, der nur so gegen die Gitterstäbe klatschte. Nele öffnete das Türchen, Eddie flitzte wie ein Blitz heraus und sprang freudig abwechselnd an Nele und mir hoch und war ganz außer sich.

»Na, der hängt aber an dir!«, sagte Helene und fragte mich leise, warum Nele den Hund denn nicht mit nach Hause nehmen dürfe, Platz sei doch schließlich genug auf dem Brauereigelände.

»Valentin hat es erlaubt, aber dann kam Jutta zurück. Sie leidet unter einer schlimmen Hundeallergie …«, flüsterte ich.

Wie war das, wenn man vom Teufel sprach? Jutta inklusive ihrer Entourage kam um die Ecke und sah grauenvoll aus: geschwollene, rote Augen, eine laufende Nase, begleitet von Niesattacken. Sie konnte einem leidtun. Zumindest war ihre Tierallergie kein Vorwand, das war mehr als deutlich. Sie schien nicht mal mehr in der Lage, mich böse anzuschauen oder einen fiesen Kommentar abzulassen, was aber auch an ihrer Mutter liegen konnte, die mir auf Anhieb unsympathisch war. Sie war eine gepflegte und für ihr Alter gut aussehende Erscheinung, in jungen Jahren war sie bestimmt eine Schönheit gewesen, aber im Alter sieht man ja oft, wie jemand gelebt hat. Ihre Züge waren hart, um den Mund hatte sich ein verächtlicher Zug eingeprägt, und die Art, wie sie ihr Kinn hob und Augenkontakt mied, indem sie leicht nach oben sah, wirkte unzufrieden und arrogant. Keine Mutter Beimer, so viel stand fest, und eine liebe Omi schon gar nicht.

Nele mochte ihre Oma nicht, wie sie mir mal anvertraut hatte, erstens durfte Nele sie nicht Oma nennen, sondern musste Rose sagen, und zweitens fand Rose Neles Begeisterung für Tiere befremdlich. Sie hätte sich gefreut, wenn Neles Berufswunsch Model wäre.

Jutta war in Roses Gegenwart kleinlaut und wurde von ihr völlig dominiert. Man musste kein Psychologe sein, um sich vorstellen zu können, wie die Kindheit mit so einem Drachen verlaufen sein musste.

»Na, Nele, ist das der Köter, von dem du erzählt hast?« Rose ging nicht näher als nötig heran und begutachtete Eddie argwöhnisch. »Wenigstens ist er nicht groß!«, stellte sie trocken fest.

Nele protestierte: »Das ist Eddie, und er ist kein Köter!«, was Rose einfach überging. Zu Jutta gewandt, sprach sie über Nele hinweg, als ob Nele nicht da wäre.

»Hoffen wir mal, dass das nur eine Phase bei ihr ist, wie damals bei dir!«

Zum Glück konterte Jutta den Kommentar ihrer Mutter.

»Du weißt genau, dass es bei mir keine Phase war, sondern ich diese schlimme Allergie bekommen habe. Sonst wäre ich nämlich Tierärztin geworden!«

Rose lachte erheitert auf.

»Genau, und hättest dabei immer so ausgesehen wie jetzt. Nein, Kindchen, das ist schon alles richtig gekommen. Du hast dein Aussehen und musst sehen, dass du das in jungen Jahren nutzt, um Mann, Haus und Geld zu sichern, denn kaum kommen die Falten, wirst du verlassen und ausgetauscht, denk nur an deinen Vater und wie er uns hat sitzen lassen. Du bist eben die Hübsche, und deine Schwester ist die Intelligente, deshalb hab ich sie auch studieren lassen. Ich wusste immer, dass ich nicht damit rechnen kann, dass sie einen Mann abbekommt und sie sich selbst versorgen muss!«

Das alles sagte Rose mit einer Selbstverständlichkeit vor uns allen, als ob sie gerade das Mittagsmenü aufgezählt hätte. Jutta schien so an die Beleidigungen ihrer Mutter gewöhnt oder einfach in der Öffentlichkeit peinlich berührt, dass sie keine Widerworte gab, obwohl sie eine erwachsene Frau war. Es erinnerte ein bisschen an die Bären, die in den Wanderzirkussen in Russland an Ketten lebten. Die Ketten wurden ihnen angelegt, wenn sie noch ganz jung waren und die Bären noch nicht die Kraft hatten, sich davon zu befreien. Die Tiere gewöhnten sich an die eisernen Fesseln, sodass sie später, wenn sie ausgewachsen waren und sich mit einem Ruck hätten losreißen können, es nicht mal mehr versuchten.

Frau Riedelmeier, die Leiterin des Tierheims, kam gerade recht, um die schneidende Stille zu unterbrechen und Nele mitzunehmen, die leicht verstört dreinblickte. Jutta drückte sie fest und wünschte ihr viel Glück; ich zwinkerte ihr aufmunternd zu, und Rose murmelte etwas von »Hals- und Beinbruch«.

Als Helene und ich uns zum Gehen wandten, hörte ich noch, wie Jutta die Gelegenheit nutzte, ihrer Mutter ins Gewissen zu reden. »Mama, lass bitte Nele in Ruhe, es reicht, dass du so zu mir warst. Ich hab bis heute daran zu knabbern ...«

»Jutta ist bei einem Kühlschrank groß geworden. Darum beneide ich sie wirklich nicht, und es erklärt einiges!«, sagte ich zu Helene, als Valentin plötzlich neben mir auftauchte und fragte: »Was erklärt einiges?«

Mein Herz rutschte wieder ein Stockwerk tiefer, was ich mir aber nicht anmerken ließ. Helene sah Valentin vielsagend an: »Wir haben gerade Rose kennengelernt ...!«

Valentins Gesichtsausdruck veränderte sich schlagartig, der blanke Hass stand ihm ins Gesicht geschrieben.

»Wenn es nach mir ginge, würde diese Frau meine Tochter nie wieder zu Gesicht bekommen, ich finde, was sie mit Jutta verbockt hat, reicht locker für drei Generationen, zum Glück lebt sie weit genug weg, ich könnte für nichts garantieren!«

Ulrike und Georg, die gerade erst eingetroffen waren, fragten unisono: »Rose?« – Wir nickten.

Die beiden begrüßten mich und Helene herzlich und erkundigten sich, wie es mir ging. Sie waren über Valentin gut im Bilde und froh, dass es im Hotel langsam wieder bergauf ging. Eine Frage stand so offen im Raum, dass ich mir schließlich ein Herz fasste und sie stellte: »Wie geht es Jasper, habt ihr etwas von ihm gehört?«

Georg, der sich lieber aus Beziehungsthemen heraushielt, machte einen Abgang, weil er dringend mal müsse, sodass Ulrike antwortete.

»Am Anfang ging es ihm gar nicht gut, da habe ich mir wirklich Sorgen gemacht. Langsam kommt er wieder auf die Beine. Ich habe das Gefühl, dass Südafrika ihm guttut und er über vieles nachdenkt. Warum er sich vor eurer Beziehung nie binden wollte ... was sich verändert hat? Ich hoffe, dass er bald zu der Erkenntnis kommt, dass er einfach gereift ist und inzwischen offen ist für eine feste Bindung und Familie und du der Auslöser warst, aber nicht die einzige Lösung. Du weißt, wie sehr ich dich mag, Clara, aber wenn ich ehrlich bin, glaube ich nicht, dass du und Jasper auf Dauer zusammengepasst hättet!«

Ulrike war einfach eine kluge und warmherzige Frau, sie hätte ich wirklich gern zur Schwiegermutter gehabt. Im Gegensatz zu Rose, die mit der rot verquollenen, leidenden Jutta auftauchte. Helene und ich machten uns so schnell wie möglich vom Acker und setzten uns in eine der hinteren Stuhlreihen.

Der große Gemeinschaftsraum des Tierheims füllte sich nach und nach, vorn war eine kleine, provisorische Bühne mit zwei Stühlen und einem Mikrofon aufgebaut. Frau Riedelmeier, die ich normalerweise in robuster Arbeitskleidung und Gummistiefeln kannte, hatte sich zur Feier des Tages schick gemacht und strahlte über das ganze Gesicht. Einmal im Monat organisierte sie die »Ich suche ein neues Zuhause«-Veranstaltung, die immer gut besucht war, um Tieren ein neues Zuhause zu verschaffen. Obwohl Frau Riedelmeier das seit Jahren machte, war sie immer noch aufgeregt, was ihre Finger, die am Mikrofon auf und ab rutschten, und ihre atemlose Stimme verrieten.

»Schön, dass heute wieder so viele gekommen sind. Lassen Sie uns gleich anfangen. Meine heutige Assistentin ist Nele, die seit Langem in ihrer Freizeit hier im Tierheim aushilft und später einmal Tierärztin werden möchte!«

Nele lief aufgeregt auf die Bühne und war ganz selig, als sie Applaus erntete.

»So, das erste Tier, das ich Ihnen vorstellen möchte, ist Minke, eine neun Jahre alte Katze!«

Nele, deren Aufgabe es war, das Tier auf die Bühne zu bringen, kam hochkonzentriert mit Minke im Katzenkorb auf die Bühne, schwer bedacht, alles richtig zu machen. Mein Herz ging auf, wie sie mit ihren Affenschaukeln und dem roten Wollpulli mit weißer Schneeflocke auf Frau Riedelmeier zuging. Sie war in ihrem Element und sah mit ihren dunklen Haaren und dem dunklen Teint aus wie eine kleine Norwegerin oder ein Eskimomädchen. Beides hatte sie von Valentin geerbt, überhaupt sah sie ihm unglaublich ähnlich, musste ich mal wieder feststellen. Ein Tier nach dem anderen brachte Nele auf die Bühne und machte ihre Sache wirklich gut, fast alle Tiere fanden Abnehmer; die Veranstaltung war ein voller Erfolg. Nele war glücklich und stolz. Sie wurde von ihrer Familie – bis auf Rose – freudestrahlend empfangen und immer wieder gelobt. Schließlich kam sie zu Helene und mir nach hinten und fragte immer wieder nach, ob ich auch alles gesehen hatte.

»Hab ich, und du hast das ganz toll gemacht! Die Tiere haben überhaupt keine Angst bei dir, du wirst später bestimmt eine tolle Tierärztin!« Ich drückte sie voller Freude.

Rose, die sich durch die Reihen Richtung Ausgang zwängte, konnte sich natürlich einen Kommentar nicht verkneifen.

»Jetzt setzen Sie dem Kind doch nicht auch noch Flausen in den Kopf! Tierärztin ist doch kein Beruf für ein Mädchen, mit Blut, Operationen den ganzen Tag und stinkenden Tieren! Am Ende wird man noch von so 'ner Töle gebissen!«

Nele sah aus, als ob sie gleich anfangen würde zu weinen, was in null Komma nichts meinen Blutdruck in die Höhe trieb. Unauffällig versuchte ich Rose, die deutlich mehr Dornen als Blätter zeigte, zur Seite zu nehmen.

»Merken Sie denn nicht, wie wichtig das hier für Nele ist? Jede freie Minute ist sie hier und hilft, wo sie kann, und das bereits seit einem Jahr. Finden Sie das für so ein junges Mädchen nicht bemerkenswert? Und heute ist ihr großer Tag, den Sie ihr doch sicher nicht verderben möchten, oder?«

Rose sah mich mit verengten Augen an.

»Glauben Sie nur nicht, ich wüsste nicht, wer Sie sind! Ich weiß alles, und von einer wie Ihnen muss ich mir nicht sagen lassen, wie ich mit meiner Enkelin zu reden habe, das geht Sie so überhaupt nichts an! Wenn ich der Meinung bin, dass das Kind für diesen Beruf nicht taugt und sich lieber was Vernünftiges überlegen sollte, werde ich das so lange kundtun, wie ich will!«

Verächtlich zog sie ihre Mundwinkel nach oben, fehlte nur noch, dass sie vor mir ausspuckte. Leider war ich so geschockt, dass mir nichts, aber auch gar nichts einfiel, was ich kontern konnte. Helene hingegen, die es hasste, wenn Menschen sich so unfassbar respektlos verhielten, und sich nicht scheute, das zu sagen, sah Rose fest an und erklärte dann ganz ruhig: »Sie sind eine schreckliche Person! Wie Sie Ihre Tochter, Enkelin und sogar Ihnen fremde Menschen demütigen und in der Öffentlichkeit ansprechen! Sie denken vielleicht, Sie machen sie damit kleiner und sich größer, in Wirklichkeit zeigen Sie nur, welch schwachen Charakter Sie haben und was für ein unzufriedener und kalter Mensch Sie sein müssen. Niemand wird so geboren, deshalb gibt es bestimmt Gründe, weshalb Sie so geworden sind, aber ehrlich gesagt interessiert das niemanden, und in Ihrem Alter hatten Sie lange genug Zeit, um Dinge zu ändern, sich zu ändern. Wenn Sie nur hergekommen sind, um Ihrer Enkelin und allen anderen den Tag zu verderben, gehen Sie doch einfach wieder, ich glaube nicht, dass Sie jemand vermissen wird!«

Geschockt hielt ich den Atem an und war auf alles gefasst, vom tätlichen Angriff bis hin zu wüstesten Beschimpfungen, nicht allerdings darauf, dass Rose den Schwanz einzog, was sie tatsächlich tat.

Nele, die es sichtlich genoss, dass jemand diesem Drachen Paroli bot, nahm demonstrativ meine Hand.

Rose sah verächtlich von Helene zu mir, ließ etwas verlauten, das wie »paah!« klang, und stöckelte von dannen Richtung Toilette. Bevor Helene und ich über Rose lästern konnten, hörten wir, wie jemand nach Nele rief.

»Nele, da bist du ja, ich hab dich schon gesucht!« Frau Riedelmeier klang aufgeregt.

»Hier ist ein Ehepaar, das sich gerade den Eddie angeschaut hat und ihn haben möchte!«

Nele sah sie ungläubig an, und ihre Augen begannen prompt zu tränen. »Aber der Eddie wurde doch heute gar nicht vorgestellt!«

Frau Riedelmeier beugte sich zu ihr hinunter und sprach sanft auf sie ein.

»Ich weiß, aber sie sind eben an seinem Käfig vorbei und haben ihn dort gesehen und sich spontan in den kleinen Kerl verliebt!«

Man konnte förmlich zusehen, wie Neles Herz in Stücke brach. Natürlich kannte sie das Prozedere und hatte schon viele, viele Tiere gepflegt und sich gefreut, wenn sie ein neues Zuhause fanden, aber Eddie war eben ihr Eddie, die beiden hatten eine besondere Bindung, und eigentlich war er der Hund, den sie selber mit nach Hause genommen hätte. Valentin und Jutta, die Nele ebenfalls gesucht hatten, fragten besorgt, was passiert sei. Nele, die inzwischen schluchzte, konnte gar kein Wort mehr hervorbringen, und so erklärte Frau Riedelmeier die Situation. Jutta und Valentin versuchten, Nele zu trösten, was nicht gelang. Sie wollte sich überhaupt nicht beruhigen.

»Nele, es tut mir so leid, aber du weißt, wir können Eddie nicht mitnehmen, mit meiner Allergie geht das nicht«, schniefte Jutta mit roter Nase und gereizten Augen, die nur noch aus Schlitzen bestanden.

Nele weinte so bitterlich, und es war kein verwöhntes »Wieso bekomm ich kein Pferd zum Geburtstag?«-Weinen, sondern ein tief erschüttertes. Darüber, ihren geliebten Eddie, den sie seit einem halben Jahr Gassi führte, fütterte, mit dem sie Tricks einübte und kuschelte, abgeben zu müssen. Eddie war für Nele ein bester Freund.

»Ich kann ja Eddie nehmen!«, rief ich spontan, ohne genau darüber nachgedacht zu haben oder die Konsequenzen zu übersehen. Aber warum eigentlich nicht? Ich war jetzt sesshaft und erwachsen. Solange ich denken konnte, wollte ich einen Hund! Zugegeben nicht unbedingt einen kleinen Rauhaardackel, sondern eher einen Golden Retriever oder einen Labrador, aber mit Eddie war das wie mit Männern, da mochte man große, dunkelhaarige, sportliche Männer und, zack, kam ein kleiner, dicker mit schütterem blondem Haar um die Ecke, blinzelte einem neckisch zu, und schon war es um einen geschehen. Eddie war eben Eddie, ein putziges, fröhliches Kerlchen, anhänglich wie nur sonst was, und hatte mein Herz schon lange erobert.

»Geht das denn?«, fragte Nele Frau Riedelmeier, die kurz überlegte.

»Ja, das geht! Ich regle das gleich und sag dem Ehepaar Bescheid!«

Frau Riedelmeier kannte mich zum Glück und schien mich für kompetent genug zu halten, einen Hund durchzubringen.

»Ich wohne am Englischen Garten, da kommt er täglich mehrmals raus!«, legte ich noch einen drauf, um sie zu überzeugen, dass ihre Tat die Richtige war. Nele fiel mir um den Hals, die Tränen gingen in Freudentränen über. Valentin sah mich dankbar und zärtlich an, konnte es sich aber natürlich nicht nehmen lassen, einen Kommentar zu lassen.

»Aber du weißt schon, dass das Gesetz keine Ausnahme bei

Pianistenhänden macht, wenn es darangeht, Hundehaufen einzusammeln!«

Ha, ha.

Ulrike, die erleichtert war, dass das Eddie-Problem so gut gelöst war, lud Helene und mich ein, mit zu ihnen zu fahren, damit Nele Zeit mit Eddie auf dem Brauereigelände verbringen konnte und ihren Schreck verdauen. »Das müssen wir feiern, und wir würden uns alle so sehr freuen«, sagte Ulrike mit Nachdruck und keine Widerrede duldend. Alle bis auf Jutta und Rose natürlich, die ein Gesicht zogen, als ob sie Essigwasser getrunken hätten. Nele sah mich bittend an, während sie Eddie auf dem Arm hielt. Wer konnte da schon nein sagen?

»Also gut, wir kommen mit!«, rief ich.

Jutta schnaubte auf, Rose war da weniger dezent und machte ihrem Unmut deutlicher Luft. »Na toll, dann lege ich mich aber hin!«

War doch schön, wenn wir zur Einigkeit zwischen Mutter und Tochter beitrugen. Ein gemeinsamer Feind verbindet einfach. Alle anderen hingegen freuten sich, inklusive Helene, die schon immer Mal die Maienstein-Brauerei besichtigen wollte.

Dort angekommen, übernahm Valentin dann auch gleich die Führung für Helene, während ich Ulrike half, den Kaffeetisch zu decken. Rose legte einen dramatischen Abgang hin, um sich zurückzuziehen, und Jutta war ebenfalls verschwunden. Als die Tafel fertig gedeckt war und Valentin und Helene von ihrer Führung zurückgekommen waren, bat Ulrike mich, Nele und Jutta von drüben zu holen. Nele war mit Eddie im Nebenhaus in ihrem Zimmer und versuchte vergeblich Eddie beizubringen, »High Five« mit der Pfote zu machen. »Kommst du? Es gibt Kuchen«, sagte ich zu Nele. Bei der Erwähnung von Kuchen sprang sie sofort auf und rannte mit Eddie im Schlepptau nach unten.

Es war mir unangenehm, nach Jutta zu suchen. Auf mein Rufen hin bekam ich keine Antwort. Aber Jutta musste hier sein, also schritt ich zum nächsten Zimmer, dessen Tür aufstand. Es war das Schlafzimmer, und Jutta sortierte demonstrativ Unterwäsche auf dem Bett. Ein Bild, das ich nicht sehen wollte. Unauffällig versuchte ich, mich vorbeizuschleichen, aber Jutta hatte mich erwartet. »Na, fühlst du dich toll als Retterin und Heldin von Eddie? Ich finde es ziemlich unglaublich, was du alles machst, um dich bei Nele und Valentin einzuschleimen!«, zischte sie sauer. Ihre Augen und Nase waren nur noch leicht gerötet.

Wo sollte ich anfangen, Jutta zu erklären, dass man auch Entscheidungen ohne Berechnung und nach dem reinen Willen, helfen zu wollen, treffen konnte? Jetzt, nachdem ich Rose kennengelernt hatte, war mir klar, woher die emotionalen Defizite von Jutta rührten.

Ohne eine Antwort zu erwarten, drehte sich Jutta um und hielt mir ein rotes Unterwäsche-Paar hin, das eher auf die Reeperbahn passte als ins heimische Schlafzimmer.

»Na, wenn du so selbstlos bist, freust du dich bestimmt auch, dass es mit Valentin und mir so gut läuft. Schau mal, die Wäsche habe ich extra für heute Abend gekauft. Valentin steht auf so was. Und der Sex mit ihm ist einfach unglaublich. Wir können beide nie genug bekommen, das hat uns schon immer verbunden.« Sie zog ein schwarzes Höschen mit BH hervor, das der roten Garnitur in nichts nachstand. »Na, welches soll ich heute tragen?«

Trotz der Stiche, die ich verspürte, und der Hoffnung, einfach ohnmächtig zu werden und alles geträumt zu haben, blieb ich äußerlich gelassen. »Es kommt darauf an, wie viel Geld du von Valentin für die Nummer bekommen willst. Mit der roten Wäsche zahlt er bestimmt mehr!«, kommentierte ich ihre Frage erstaunlich trocken, obwohl es in mir brodelte.

Von wegen Valentin und Jutta näherten sich platonisch! Da sprach er von großen Gefühlen mir gegenüber und vergnügte sich leidenschaftlich mit der Frau, die er angeblich nicht liebte. Dass Jutta nicht log, konnte ich sehen und spüren. Dass meine Bemerkung sie beleidigte, auch. Mit hochroten Wangen hielt sie einen Moment inne, antwortete dann aber fast schon genüsslich: »Weißt du, vielleicht sollte ich dir den Grund sagen, warum wir beide es so verrückt treiben, mal abgesehen vom schwindelerregenden Sex. Nele wünscht sich so sehr ein Geschwisterchen, und was für eine Mutter wäre ich, wenn ich ihr diesen Wunsch abschlage?«

Wenn wir beide im Boxring gestanden hätten, wäre jetzt der Moment, in dem ich k. o. zu Boden gegangen wäre. Ohne zu überlegen oder cool zu spielen, fragte ich völlig schockiert: »Weiß Valentin das denn?«

Jutta kostete ihren Triumph aus. »Dass Nele sich ein Geschwisterchen wünscht, ja, dass ich ab und zu leider die Pille vergesse, noch nicht. Aber im Zweifel musste ich eben Antibiotika nehmen und wusste nicht, dass die Pille dann nicht wirksam ist. Die Methode hat noch immer gezogen.«

Mir war schlecht, ich verlor den Boden unter den Füßen und wollte mich nur noch verkriechen. Ohne ein weiteres Wort stürzte ich aus dem Zimmer nach draußen. Auf dem Innenhof atmete ich die kalte Luft ein und versuchte, mich zu beruhigen, was mir äußerlich gelang, aber innerlich tobten ein Kampf und tausend Fragen und Sätze, die ich Valentin am liebsten an den Kopf geworfen hätte!

So beherrscht wie möglich ging ich zur Kaffeetafel, setzte mich und vermied jeden Blickkontakt mit Valentin, um nicht zu platzen. Als Jutta kurz nach mir auftauchte und Valentin zur Begrüßung demonstrativ die Zunge in den Mund steckte, musste ich leider aufstehen und mich auf die Toilette retten. Nicht nur, dass es wehtat und mein Herz brannte, nein, dass es ausgerechnet Jutta war, die Valentin bekommen würde, ertrug ich einfach nicht. Die anderen dachten bestimmt, dass ich unter Blähungen oder Durchfall litt, weil ich so lange fortblieb, aber ich musste mir erst mal kaltes Wasser übers Gesicht laufen lassen, wieder durchatmen und meine Eifersucht in den Griff bekommen.

Als ich die Tür aufschloss, stand Valentin davor und sah mich besorgt an. »Alles in Ordnung? Du wirkst so komisch?«

Ach!

»Ich komm einfach nicht klar, dass du mit einer Frau wie Jutta zusammen bist, die mich gerade in die Geheimnisse eures aufregenden Sexlebens eingeführt hat. Übrigens versucht sie, schwanger zu werden, falls du es noch nicht weißt.«

Valentin sah mich erstaunt an. »Clara, ich weiß nicht, was du denkst, aber es muss dir doch klar sein, dass ich mit Jutta nicht nur Händchen halte. Gleichzeitig bin ich nicht so bescheuert, in einer Phase, in der wir uns annähern, das Risiko einzugehen, dass Jutta schwanger wird. Das alles geht dich auch gar nichts an, wir beide sind jetzt Freunde, bitte verhalte dich auch so; aber sei dir sicher, ich verhüte im Moment!«

Mit allem hatte ich gerechnet, aber nicht mit dieser abgeklärten, distanzierten Reaktion Valentins. Kopfschüttelnd presste ich die Lippen aufeinander und sagte dann leise: »Es tut einfach nur weh, euch zu sehen!«, was Valentin sichtlich wenig beeindruckte.

»Was meinst du, wie es mir ging, als du mit Jasper zusammen warst? Ich versteh dich nicht. Du warst doch diejenige, die sagte, wir können nicht zusammenkommen, und damit hast du auch recht, aber dann mach es mir doch nicht noch schwerer, wenn ich versuche, mir wieder ein normales Leben aufzubauen!«

Touché.

Leider lag er mit jedem Wort richtig. An unserer Situation hatte sich nichts geändert, zumindest hatten wir nicht mehr darüber gesprochen, und nur weil er mir im Waldhaus half und wir eng zusammenarbeiteten, hatte sich unsere Grundsituation nicht geändert. Wortlos ließ ich ihn stehen, ging ins Esszimmer und bat Helene, unter dem Vorwand, ich hätte starke Magenschmerzen, zu gehen. Sofort bemitleideten mich alle, außer Jutta, die wusste, woher meine plötzliche Erkrankung rührte.

Wir packten Eddie ins Auto, und kaum waren wir um die Ecke gebogen, weinte ich hemmungslos los. Helene strich mir mit einer Hand beruhigend über die Wange.

»Ich dachte mir schon, dass es mit Jutta und Valentin zu tun hat. Du sahst käsebleich aus, als du rüberkamst. Das war aber auch eine Schnapsidee, mit denen hierherzukommen. Das machen wir nicht mehr!«

Allerdings! Ab jetzt würde ich die beiden zusammen meiden, schwor ich mir, und saß wie ein Häufchen Elend auf dem Beifahrersitz.

Kapitel 23
Wachgeküsst

Die Morgensonne schien mir ins Gesicht. Gab es etwas Besseres, als von hellen Sonnenstrahlen wachgeküsst zu werden?, dachte ich noch im Halbschlaf und bekam im nächsten Augenblick die sabbernde Antwort in Form von Eddies Zunge ins Gesicht geklatscht. Sofort war ich hellwach!

»Wäh, du stinkst ja echt nicht schlecht aus dem Mund! Putzt man Hunden eigentlich die Zähne?«, fragte ich Eddie, der natürlich kein Wort verstand, aber aufgeregt freudig mit seinem kurzen Schwanz wedelte und mit seinen Pfoten Tapsgeräusche auf dem Parkett erzeugte.

»Du willst sicher raus, richtig?«, fragte ich Eddie und übertrieb mit meiner Stimme, was für Eddie wohl Zeichen genug war, dass jetzt etwas passierte, und er noch aufgeregter wurde. Als er sah, dass ich mir Schuhe anzog, fing er vor Begeisterung an zu fiepen, war ja auch das Mindeste, wenn ich mit ihm um halb acht durch den Englischen Garten lief, obwohl ich sonst nie vor acht aufstand. Da ich ein ausgemachter Morgenmuffel war, zählte jede Minute! Warm eingepackt und Eddie an der Leine, ging ich an ein paar Gästen vorbei, die gerade in den Frühstücksraum wollten. Eddie wurde von ihnen bewundert und getätschelt, was er freudig hinnahm. Daran musste ich mich erst noch gewöhnen, dass Eddie mir viele neue Freunde verschaffte und Kommunikator schlechthin war, was aber auch an seinem putzigen Wesen lag. Zwar wohnte er erst ein paar Tage bei mir, aber ich war jetzt schon so verliebt in ihn, dass ich ihn nie wieder hergeben wollte! Im Englischen Garten waren bereits tapfere Jogger unterwegs, denen ich respektvolle Blicke zuwarf. Meine Leidensgenossen, die ihren Hund Gassi führten, trugen fast alle eine Plastiktüte für den Hundehaufen in der Hand. Die meisten Hunde liefen frei herum, tollten ausgelassen mit den anderen Vierbeinern, beschnupperten sich gegenseitig und verteilten Liebkosungen oder Abneigungsbekundungen untereinander. Die ersten beiden Tage hatte ich Eddie an der Leine gelassen, am dritten tat er mir so leid, wie er mich mit seinem Dackelblick leidend ansah, sodass ich ein »Na gut« gebrummelt und ihn losgemacht hatte. So schnell konnte ich gar nicht schauen, wie er weg war, ein dunkelbrauner Blitz, und das war's mit meiner Karriere als Hundebesitzerin gewesen, dachte ich im ersten Moment. Eddie, der aber anscheinend dankbar war, dass ich ihn aus dem Tierheim geholt hatte, kam immer wieder brav zurück und hörte aufs Wort, wenn ich rief. So machte das wirklich Spaß! Gestern brachte Valentin Nele mit, die mit Eddie fast den ganzen Nachmittag im Englischen Garten unterwegs gewesen war und mit blaugefrorenen Lippen im Waldhaus wieder auftauchte und von Luisa erst mal mit einer heißen Schokolade aufgetaut wurde. Eddie war völlig glücklich, aber erschöpft vor dem Kamin gelegen und hatte sich nur noch gerührt, um sich auf den Rücken zu rollen und mit allen vier Pfoten in die Luft gestreckt von jedem, der an ihm vorbeiging, den Bauch kraulen zu lassen. Ja, es ging ihm wirklich gut bei uns. Valentin und ich waren wieder zum Alltag übergegangen, ohne noch einmal über den Zwischenfall zu reden.

»Sie sind die Neue mit dem lustigen Dackel! Wie heißt er denn?«, rief mir ein älterer Herr zu, der seinen betagten Boxer ausführte.

»Eddie, ich hab ihn vor ein paar Tagen aus dem Tierheim zu mir genommen! Und ihr Hund?«

Der Herr strahlte voller Stolz, und seine blauen Augen blitzten. »Das ist Bruno! Ich habe ihn vor vielen Jahren aus Tschechien mitgebracht. Jemand hatte ihn ausgesetzt, und er irrte am

Rastplatz ganz verstört herum. Das war vielleicht was! Aber solche Hunde sind die besten, die vergessen einem nie, was man für sie getan hat. Ich hoffe, er hat noch ein paar gute Jahre, der Jüngste ist er ja nicht mehr!«

Nach einem kurzen Small Talk gingen wir weiter. Eins war sicher, mit einem Hund war man nie wieder allein, wenn man nicht wollte. Durch die klare frische Luft und den Sonnenschein war ich wach und gut gelaunt, was Luisa sofort bemerkte.

»Der Eddie tut dir gut, Morgenstund hat Gold im Mund!«, sagte sie zur Begrüßung, als ich mit Eddie ins Hotel kam.

»Du meinst wohl, Morgenhund hat Gold im Mund!«, lachte ich, woraufhin sie gespielt kopfschüttelnd reagierte.

Luisa kramte, wie sie dachte, unbemerkt in ihrer Schürzentasche und steckte Eddie eine Wiener zu.

»Luisa, was haben wir vereinbart? Eddie bekommt sein normales Futter und zum Geburtstag, Weihnachten und an anderen hohen Feiertagen darfst du ihm geben, was aus der Küche an Fleisch übrig ist, seinen Knochen bekommt er auch so. Aber das haben die mir im Tierheim ausdrücklich gesagt, dass wir ihm nicht ständig Extrawürste geben sollen. Vor allem wird er jetzt belohnt und weiß gar nicht wofür, du pfuschst quasi voll in die Erziehung rein.«

»Aber«, protestierte Luisa. »Wenn er einen doch so anschaut, wie kann man denn da Nein sagen?«

So scharf wie möglich sah ich Luisa an. »Indem du dich daran erinnerst, dass ich dich sonst so anschaue!«

Leider machte das keinen Eindruck, denn Luisa prustete los und rief belustigt: »Dann bekommt er jeden Tag was von mir, den Blick will ich noch mal sehen!«

Tss, also an meinem Auftreten als Respektsperson musste ich wahrlich noch feilen! In der Küche machte ich mir einen Milchkaffee und ging damit nach oben Richtung Bad. Aufgehübscht war ich schließlich um neun im Büro, Omi schlief noch und genoss es sichtlich, dass ich mich im Moment zusammen mit Valentin um alles kümmerte. Im Keller wurden die beiden Behandlungskabinen eingebaut, die nächstes Jahr zu einem kompletten Spabereich erweitert werden sollten. Zum Glück waren das alles Arbeiten, die innen und nicht außen gemacht werden mussten. Valentin kannte wirklich jeden Handwerker in München und hatte einen guten Draht, denn so schnell, wie alles klappte, war das alles andere als selbstverständlich.

»Was springt eigentlich dabei für dich raus, außer 'nem Haufen voll Arbeit?«, hatte ich ihn kürzlich gefragt.

»Das Bundesverdienstkreuz, ein Angebot als Schuldnerberater bei RTL und der Eintritt zum Himmel, wieso?«, war wie üblich seine nicht wirklich ernst gemeinte Antwort gewesen, aber dann hatte er noch hinzugefügt: »Na ja, zuerst einmal will ich dir und deiner Familie helfen, dann finde ich, dass das Waldhaus zu München gehört und Tradition hat, die unbedingt fortgesetzt werden muss, und außerdem glaube ich an das neue Konzept und dass wir gemeinsam mit unseren Weinen ein gutes Geschäft machen können, also ist es für mein Unternehmen auch gut, eine Win-Win-Situation!«

Ein wenig erleichterte mich das, denn Valentin fuhr seit Wochen Doppelschichten, es war bereits Ende Januar, und bis Anfang März zur Neueröffnung war noch einiges zu tun! Wir verstanden uns besser denn je, allerdings knisterte es leider auch mehr denn je. Sobald er zur Tür hereinkam, war ich nervös, wenn wir gemeinsam über Pläne schauten, er neben mir stand und unsere Arme oder Hände sich aus Versehen berührten, zuckte ich zusammen, denn leider wusste ich ja, wie gut sie sich anfühlten und wozu sie in der Lage waren. Seine Blicke waren eindeutig, aber keiner von uns wagte auch nur eine Annäherung, zu groß war die Angst, dass der Funke wieder zum Großbrand wurde, und an die Konsequenzen mochte ich erst gar nicht denken. Immer wieder musste ich mich daran erinnern, dass er es mit Jutta ernst meinte und plante, mit ihr zusammen zu bleiben. Wenn ich darüber nachdachte, wurde ich sauer, denn ich war mir sicher, dass er Jutta nicht liebte. Diese Rationalität und Kälte konnte ich nicht begreifen. Okay, sie war die Mutter seines Kindes, und vielleicht war sie im Bett 'ne Granate, aber wie konnte man mit einer Frau zusammen sein, die man nicht liebte und deren Verhalten man nicht wirklich für gut befand?

Im Waldhaus waren wir zum Glück in unserer eigenen Welt, in der Jutta so gar keine Rolle spielte. Das Allerschlimmste war nicht einmal die Anziehung, die zwischen uns herrschte. Viel schlimmer war, dass ich, je mehr ich ihn kennenlernte, merkte, wie gut wir uns ergänzten und zusammenpassen würden. Das Einzige, worüber er hartnäckig schwieg, war seine Narbe am Arm, ich hatte es ein, zwei Mal noch angesprochen. Valentin wollte partout nicht darüber sprechen, und so blieb das eben sein Geheimnis. Um nicht weiter in Gedanken abzuschweifen, holte ich meine Unterlagen und begann zu arbeiten. Gegen zehn tauchte Valentin auf, steckte den Kopf durch die Tür, schenkte mir ein strahlendes »Guten Morgen!« und fuhr energiegeladen fort: »Wollen wir gegen elf, wenn das Frühstück unten abgewickelt ist, alle zusammentrommeln und das neue Konzept besprechen?«

Ich nickte und strahlte freudig zurück, wie immer, wenn er hier war, und machte beflügelt weiter.

Das Treffen fand in der großen Wohnküche statt, alle nahmen um den großen Tisch Platz, auch Omi war inzwischen munter und bester Laune. Wir begannen, die neuen Menükarten durchzugehen, den Veranstaltungskalender mit den verschiedenen Veranstaltungsvorschlägen bis zum Herbst. Klavierabende, Jazzkonzerte am Kamin, Lesungen, einen kleinen Ball für den Tanz in den Mai, Nachtwanderungen mit einem Biologen durch den Englischen Garten und anschließender Verkostung im Waldhaus, einen Tanz-Tee-Nachmittag mit Swing, Weinproben mit den Weinen aus Valentins Weinberg und einen bayerischen

Abend mit Tracht für alle, die nicht immer nur bis zur Wiesn warten wollten. Allein beim Durchlesen der Liste bekam ich Lust darauf, jede einzelne Veranstaltung auszurichten.

»Wir werden das nicht alles sofort umsetzen können. Ich würde vorschlagen, wir beginnen mit den Klavier- und Jazzabenden. Wenn die gut laufen, nehmen wir eine Lesung dazu. Die anderen Vorschläge sparen wir uns für nächstes Jahr auf. Sonst wird das zu viel«, überlegte Valentin laut, und es hörte sich vernünftig an.

Die neue Speisekarte stand, das neue Design ebenfalls, modern und leicht romantisch, aber ohne kitschig zu sein, es hatte alles Hand und Fuß. Alle waren restlos begeistert.

Für den neuen Spabereich wollte Valentin demnächst den Businessplan entwerfen. Die Pläne waren fertig. Gebaut und umgesetzt würde er, wie gesagt, allerdings erst im nächsten Jahr. Das Spa würde ein Traum werden, eine Oase aus hellen Natursandsteinen mit einem Pool, der sich wirklich Pool nennen durfte und der nicht so eine Pfütze war, wie man sie sonst gern in Hotels kannte. Zwei Behandlungskabinen, eine finnische und eine Biosauna rundeten das Angebot ab. Im Garten würden wir übernächstes Jahr ein kleines Becken einlassen, in dem man abends draußen in einem Kräuterbad liegen und dabei die Sterne anschauen konnte. Überhaupt hatten wir uns entschieden, unserer Linie treu zu bleiben und nur Produkte aus der Umgebung zu verwenden, Zirbelholzduft und Bergkräuter als Aromatherapie, Kräuterölmassagen – und alles aus den bayerischen Alpen. Auch die anderen Produkte, Cremes und Lotionen, wurden in einer kleinen Heimfabrik im Allgäu hergestellt. Alles beste Qualität, ohne Zusatzstoffe oder Tierversuche, nach herkömmlichen Rezepturen. Der Gartenpavillon würde das Glanzstück für Verliebte werden und ideal für Hochzeitspaare, überhaupt bot sich das Waldhaus mit seiner idyllischen Lage, dem wunderschönen alten Park und den wenigen Zimmern ideal für Hochzeitsfeiern an. Das war das nächste Standbein in Phase zwei, das wir aufbauen wollten. Die Frage, die dabei immer im Raum stand und bislang nicht offen ausgesprochen wurde, lag auf der Hand. Wer sollte all die Vorhaben managen? Omi war zum Glück wieder fit und tatkräftig, aber realistisch gesehen war uns allen klar, dass sie es alleine nicht schaffen konnte und das auch kein Modell für die Zukunft war, denn eigentlich hatte sie klar gesagt, dass sie kürzertreten wollte und auch musste. Hubertus war zwar eine treue Seele und gehörte zur Familie ebenso wie Luisa, aber die Leitung trauten wir beiden nicht zu. Wir mussten sobald wie möglich den Familienrat einberufen und gemeinsam nach einer Lösung suchen. Jemanden von außerhalb für die Leitung einzustellen war eine abwegige Vorstellung, Helene kam nicht in Frage dafür, sie war mit Leib und Seele Krankenschwester, eigentlich blieb nur ich übrig. Da ich bislang nie ernsthaft gezwungen war, mich mit dieser Vorstellung auseinanderzusetzen, hatte ich so gelebt, als ob Omi erstens unverwundbar war und zweitens unsterblich. Jetzt, da ich darüber nachdenken musste, merkte ich, dass ich tatsächlich Spaß am Waldhaus fand und sogar eine gewisse Begabung mitbrachte. Ich sprach gern mit den Gästen, liebte das Waldhaus über alles, und auch mit dem Team kam ich bestens zurecht. Na ja, noch musste ich nichts entscheiden, außerdem traf ich das Gremium des Konservatoriums übermorgen, ein Treffen, das mir jedes Mal Bauchschmerzen verursachte, wenn ich nur daran dachte. Zwar hatte ich bereits mit Professor Bruckner telefonieren und mich, so weit es ging, erklären können, aber das Gremium wollte mich geschlossen sprechen und dann über meine Zukunft entscheiden.

»Für die Klavierabende habe ich mir noch etwas ausgedacht. Wir könnten das Menü jeweils auf den Komponisten abstimmen und kochen, was er gerne gegessen hat, oder wir tischen Spezialitäten aus dessen Heimatland oder Region auf. Das schreiben wir in die Menükarten, und der Abend ist schön rund!«

Valentin hätte auch vorschlagen können, einen Perückenpuder-Wettbewerb auszuloben, um zu sehen, welche mehr staubt, die von Bach oder die von Haydn, ich fand seine Ideen schlichtweg brillant. Natürlich war mir klar, was psychologisch bei mir ablief, ich hatte in einer Krise gesteckt, um mich herum war alles eingebrochen, und da war plötzlich der Held, der wusste, wie es weiterging. Mein Retter. Als hätte er mich aus einer langjährigen Geiselhaft befreit. Sogar wissenschaftlich unterstützte Untersuchungen gab es dazu. Da verdrängte ich lieber die Tatsache, dass er mit Jutta sein Glück versuchte, obwohl es nicht danach aussah, als ob das so richtig klappte. Gern vergaß ich auch, dass er Jaspers Bruder war und sich so gar nicht brüderlich an dessen Freundin, äh, inzwischen Exfreundin rangemacht hatte.

Omi, die sich auch im Alter die Begeisterungsfähigkeit bewahrt hatte und voll und ganz alles mittrug, hatte nur eine Frage und unterbrach meinen Gedankenstrom.

»Können wir uns das denn auch alles leisten? Das sind schon eine Menge Investitionen, und ich will nicht, dass wir unsere Preise so sehr erhöhen, dass wir nur noch Schickimickigäste haben. Meine Stammgäste sollen das bezahlen, was sie immer bezahlt haben. Geht das?«

Valentin lachte und zwinkerte mir zu, was meinerseits dazu führte, dass mein Knie unkontrolliert gegen das Tischbein donnerte, was zum Glück niemandem auffiel.

»Ja, das können wir uns leisten. Das Geld, das Frau Seliger veruntreut hat, bekommen wir in ein paar Wochen wieder, und das Waldhaus war ja bereits mit euren alten Preisen profitabel. Wenn ihr wollt, bezahlen eure Stammgäste denselben Preis und neue Gäste etwas mehr. Wir werden aber vor allem durch unsere neuen Abende und Veranstaltungen wie Hochzeiten zusätzlich Geld einnehmen, sodass das Waldhaus eine wahre Goldgrube sein wird, denn das Wichtigste ist, dass euch das Waldhaus gehört, und das allein ist in dieser Lage mehrere Millionen wert, wenn ihr es verkaufen würdet, was ihr ja auf keinen Fall mehr müsst!«

Oma war glücklich und zufrieden; seit sie nicht mehr das Gefühl hatte, das Waldhaus in den Abgrund gewirtschaftet zu haben, schaute sie viel seltener besorgt, was aber auch an ihrem Kurschatten liegen konnte, der sie, seit sie wieder in München war, bereits zweimal besucht hatte. Ein sehr distinguierter Witwer aus Augsburg, alte Schule, sehr gut aussehend und würdevoll für sein Alter. Omi war mehr als zufrieden mit Valentins Antwort und befasste sich weiter mit den Plänen und deren Umsetzung.

Valentin und ich mussten los, uns mit dem Architekten treffen, um noch ein paar Dinge für das Spa und den Gästepavillon final zu entscheiden, Eddie blieb bei Omi, die auch schon ganz vernarrt in ihn war. Unglaublich, was es alles zu entscheiden gab. Wo Steckdosen hinkamen, welche Wände man rausnahm, wo man das Bad unterbrachte bis hin zu isolierten Fenstern und Fußbodenheizungen. Der Architekt wohnte am Ammersee, hatte sich ein Bein beim Skifahren gebrochen, was ihn vom Autofahren, aber nicht vom Planen abhielt, sodass wir zu ihm rausfuhren. Valentin hielt mir die Tür zu seinem Range Rover auf, ohne großes Tamtam oder Aufheben, Manieren kamen bei ihm komplett natürlich rüber. Die einstündige Autofahrt zum Ammersee glich einem Ausflug in eine Wintermärchenlandschaft. So verträumt, verschneit und von der Sonne bestrahlt, dass es nur so glitzerte und funkelte. Eine wahre Pracht! Da Dienstag und damit ein normaler Werktag war, hielt sich der Verkehr raus aus München um diese Zeit in Grenzen. Wir waren fast allein auf der Welt, zumindest fühlte es sich so an.

»Hast du nicht auch das Gefühl, in so 'nem nordischen Märchen gelandet zu sein und hinter jeder Ecke einen Troll oder eine Waldfee zu sehen?«, fragte ich Valentin vergnügt, der als Antwort eine Augenbraue hochzog und trocken antwortete:

»Du sollst den Schnee nur ansehen, nicht essen oder rauchen, okay?«

Dafür hatte ich nur ein verächtliches »Tss« übrig, stieß ihn ein wenig in die Seite und erwiderte: »Klar, dass dir als nüchterner und unromantischer Brocken die Vorstellungskraft dafür fehlt!«, woraufhin er konterte: »Ja, aber sie reicht dazu aus, mir vorzustellen, was passiert, wenn du mich weiter während der Fahrt in die Seite rammst!«

Wieso hatte er eigentlich immer das letzte Wort und meistens noch die besseren Sprüche?

Unser Architekt, Herr Schwarz, lebte am Ammersee auf einem Grundstück mit Seezugang! Ich wollte nicht wissen, wie man an so ein Filetstück rankam und was das wohl kostete ... Das Haus war, wie man es erwartete, schnörkellos mit klaren Formen und Linien gebaut. Frau Schwarz öffnete uns die Tür, ihr Mann saß bereits über den Plänen in seinem Arbeitsbereich, die Krücken an den Tisch gelehnt.

»Sie verzeihen, wenn ich sitzen bleibe«, spaßte er, was er zuvor noch nie getan hatte. Anscheinend bekam er gute Schmerztabletten. Frau Schwarz brachte uns Kaffee, das heißt mir einen Tee, Valentin einen Cappuccino, und schon ging es los mit der Arbeit ... bei einem unfassbar schönen Blick auf den Ammersee.

Nach gut drei bis vier Stunden waren wir durch, hatten so weit alles entschieden und waren erschöpft, aber auch zufrieden. Es begann bereits zu dämmern, als wir uns auf den Rückweg machten. Valentin schloss seinen iPod an, und Jeff Buckley ertönte. Eine entspannte, nachdenkliche Stimmung breitete sich aus, der Nachmittag war anstrengend gewesen, besonders für mich, da vieles einfach neu war und gut überlegt sein wollte. Aber selbst konzentriertes Arbeiten war schön mit Valentin.

Aus den Augenwinkeln beobachtete ich sein Profil mit der geraden ausdrucksvollen Nase, den nussigdunklen Augen, die von entschlossenen Augenbrauen umrahmt waren, und seinen vollen, aber scharf gezeichneten Mund, der ein Paar perfekter Zähne barg, auch noch, ohne jemals mit einer Zahnspange in Berührung gekommen zu sein, wie ich erfahren hatte. Valentin war zweifelsohne ein schöner Mann, ein herber, männlicher Typ, mit dieser Mischung aus Ernsthaftigkeit und Tiefe und einer gehörigen Portion Sexappeal. Den Typ Mann gab es nicht oft, so viel stand fest. Kein Wunder, dass Jutta ihn wiederhaben wollte …

»Na, worüber denkst du nach?«, fragte er und drehte mir den Kopf ein wenig zu. Dieses Lächeln mit den Grübchen und seine funkelnden Augen, die diese Wärme nur ausstrahlten, wenn sie mich anschauten, hauten mich innerlich immer wieder um. »Nichts Besonderes … Ach, wenn ich ehrlich bin, über dich und Jutta!«

Valentin blieb gelassen.

»Und was genau?«

Tief holte ich Luft und fasste mir ein Herz.

»Na, wie es mit euch läuft und weshalb Jutta dich damals verlassen hat, sie hätte doch auch so ihre Schauspielkarriere versuchen können!«

Valentin fuhr erst mal schweigend weiter in die Nacht, es begann zu schneien.

»Ich hab dir damals auf der Hütte nach dem Skifahren ja schon einiges erzählt. Wie Jutta sich während unserer Ehe plötzlich verwandelt hat … Es zählten irgendwann nur noch ihre Karriereträume. Sie sagte, es gehöre zum Schauspiel, sich mit der eigenen Persönlichkeit zu befassen, aber wenn du mich fragst, war das mehr ein Egotrip. Hätte mir jemand gesagt, sie ist bei Scientology gelandet und nicht auf einer teuren Privatschule, die ich bezahlt habe, ich hätte es geglaubt. Sie fing an, mit ihren deutlich jüngeren Kommilitonen abzuhängen, wahrscheinlich ausgelöst durch das Bedürfnis, etwas nachzuholen, was sie in der Jugend durch ihre Mutter verpasst hatte. Sie lebte immer mehr das Leben einer Studentin, die Single ist. Sie hat Nele in dem Sinn nie vernachlässigt, sie liebt Nele über alles, aber ein Kind passte nicht so richtig in das neue Leben. Ein Kind und Partner sind nun mal eine immense Verantwortung. Ich habe dem Treiben eine Zeit lang zugeschaut, aber als ich herausbekam, dass Jutta mit einem Typ ins Bett gestiegen war, der eine Rolle zu vergeben hatte, habe ich den Schlussstrich gezogen, nicht sie. Die Rolle war auch noch für einen Studentenfilm, und am Ende hat sie die nicht mal bekommen. Das war so ein Klischee, das sich da abspielte, und gleichzeitig war unser gemeinsames Leben völlig aus dem Ruder gelaufen, sodass ich einfach die Bremse ziehen musste. Kaum war ich aus dem Bild, tauchte Rose, der Drache, wieder auf und setzte Jutta noch mehr Flausen in den Kopf. Dass sie zu was Besserem geboren sei mit ihrem Aussehen und sie sehr wohl das Zeug habe zur Schauspielerin und sich nicht beirren lassen solle. Da ging Jutta nach Berlin. Na ja, den Rest kennst du. Ich habe es in der letzten Zeit mit Jutta ernsthaft versucht. Aber es funktioniert nicht, zumal wenn man andauernd an jemand anderen denken muss!«

Den letzten Satz hatte er melancholisch, fast traurig gesagt. Ohne zu denken, rein instinktiv nahm ich für einen kurzen Moment seine Hand und drückte sie. Valentin sah mich an, einen Augenblick zu lange, und plötzlich war es geschehen: Wir kamen ins Schleudern, auf der frisch eingeschneiten Straße hatte sich Glatteis unterm Schnee gebildet. Entsetzt schrie ich auf. Valentin schaffte es irgendwie, während rechts und links die Bäume an uns vorbeizogen, ruhig zu bleiben. Nach einer Bremsaktion, die eine gefühlte Ewigkeit dauerte, kamen wir von der Straße ab und schrammten einen Baum. Dann stand der Wagen. Ich wurde völlig hysterisch, obwohl uns nichts passiert war, aber sofort tauchten Bilder vom Unfall meiner Eltern in meinem Kopf auf. Ohne es beeinflussen zu können, zitterte ich am ganzen Körper und weinte leise vor mich hin. Valentin, der zum Glück eins und eins zusammenzählen konnte, lief um den Wagen herum auf meine Seite, schnallte mich ab und hievte mich aus dem Auto. Er nahm mich fest in den Arm, strich mir beruhigend über den Kopf und flüsterte immer wieder: »Alles ist gut, es ist nichts Schlimmes passiert, uns geht's beiden gut!« Immer näher drückte er mich an sich und formte einen wärmenden Schutzwall um mich. Langsam hörte ich auf zu zittern und nahm meine Umgebung wahr, den dunklen Wald von Schnee bedeckt, die Stille, die nur durch meinen und Valentins Atem durchbrochen wurde, und Valentin, der mir mitten im Wald Schutz gab und so viel Stärke und Ruhe ausstrahlte, dass ich das Gefühl hatte, mir könne nichts passieren. Nach einer Weile lockerte er seine Umarmung ein wenig und sah mich forschend an: »Geht's wieder, oder willst du noch warten?«

So gern ich noch in seinem Arm verharrt hätte, so sehr war mir klar, dass wir uns bei dieser Witterung besser auf den Weg machen sollten. Das Auto, das einige Dellen und Kratzer abbekommen hatte, sprang zum Glück gleich an, und mit ein wenig Hilfe von mir war es wenig später auf der Straße. Valentin fuhr so langsam, dass wirklich nichts passieren konnte.

»Du bestimmst das Tempo. Wenn es zu schnell ist oder ich anhalten soll, sagst du Bescheid, ja?«

Überrascht darüber, wie sensibel und zärtlich er sich verhielt, wo er doch sonst gern mal 'nen Spruch abließ oder unnahbar wirken konnte, nickte ich lächelnd. Ich war gerührt, wie liebevoll Valentin mit der Situation umgegangen war.

Als er mich vor dem Waldhaus absetzte, umarmte er mich, gab mir einen Kuss auf die Wange und sagte leise: »Das hätte ich mir nie verziehen, wenn dir was passiert wäre!«

Lächelnd antwortete ich: »Mit dir passiert mir nichts, das

habe ich schon gemerkt! Außerdem ist mir vorhin wieder eingefallen, dass meine Eltern immer sagten, ich hätte einen Schutzengel, der mich lieben und auf mich aufpassen würde, wenn sie nicht da seien. Natürlich wollte ich es als Kind genau wissen und fragte immer wieder, wie lange der Schutzengel da sei, mich beschützen und lieben würde.« Valentin lächelte aufmunternd. »Was haben sie geantwortet?«

Das wusste ich zu genau.

»Ihre Antwort war immer dieselbe: ›Heute, morgen und für immer!‹« Nachdenklich lächelnd ging ich zur Tür, schloss auf und drehte mich um, um Valentin zu winken, der wartete, bis ich sicher im Haus war. Eddie sprang mir bereits entgegen und freute sich so sehr, mich zu sehen, dass man meinen konnte, ich sei Monate verreist gewesen.

»Hach, muss Liebe schön sein!«, sagte Helene, die vorbeigekommen war, um nach Omi zu schauen, und die Verabschiedung vom Fenster aus beobachtet hatte.

»Sehr witzig, scheint wohl unser Schicksal zu sein, Männer zu lieben, die wir nicht haben können. Erzähl du mir doch lieber mal, was deine unerfüllte Liebe so macht. Habt ihr inzwischen noch mal in Ruhe geredet? Das wollte er doch, soweit ich mich erinnere?«

Helene nickte aufgeregt.

»Haben wir, und er hat sich so toll verhalten, ich bin ganz begeistert!«

Es schien, dass Theo wieder seinem Ruf als Gutmensch gerecht wurde. Wenn es nach Helene ging, wurde Chefarzt Theo noch lebend selig gesprochen, von seinem sexuellen Fehltritt an der Weihnachtsfeier vielleicht abgesehen.

»Erzähl mehr!«, platzte ich vor Neugierde und schob sie ins Wohnzimmer an den warmen Kamin.

»Zum Glück ist er nicht mehr sauer, dass ich es ihm nicht gesagt habe, sondern versteht sogar meine Gründe. Allerdings –

und jetzt halt dich fest – hat er es seiner Frau gesagt. Den Fehltritt bei der Weihnachtsfeier hatte er ihr damals schon gebeichtet, sogar gesagt, dass er für mich Gefühle habe!«

Unfassbar, wie konnten zwei Menschen jahrelang mit solch einem Geheimnis nebeneinanderher leben und arbeiten, ohne sich jemals auszusprechen! Das hing bestimmt mit der Hierarchie im Krankenhaus zusammen und mit Helene, die sich so geschämt hatte, bei einem Mann mit Familie schwach geworden zu sein.

»Das heißt, seine Frau wusste die ganze Zeit von euch?«

Helene nickte ebenfalls ungläubig mit dem Kopf.

»Ja, und sie war trotzdem immer nett zu mir. Theo sagte, sie hätten das gemeinsam durchgestanden, und sie gab mir eben nicht die Schuld, sondern sah, dass in ihrer Beziehung was schiefgelaufen war. Sie ist wohl sehr christlich. Keine Ahnung, ob ich die Größe an ihrer Stelle gehabt hätte …«

Unglaublich, wie aufrichtig Theo war.

»Am Wochenende trifft er sich zum ersten Mal mit Max alleine. Beide sind aufgeregt und freuen sich! Weißt du, wenn ich all das sehe, weiß ich, dass ich die letzten Jahre ganz schön Mist gebaut habe, dabei war ich so überzeugt davon, das Richtige zu tun!«

Ich nahm Helenes Hand.

»Wer weiß schon immer, was das Richtige ist? Jetzt wird ja alles gut!«

Helene atmete tief aus.

»Das hoffe ich ganz stark!«

Sie hielt kurz inne, sprach dann weiter

»Ich würde noch gern was mit dir besprechen, Omi habe ich es vorhin schon gesagt!«

Das klang ja ernst …

»Seit einigen Tagen denke ich darüber nach und bin jetzt ganz sicher. Sosehr ich meinen Job liebe, ich möchte nicht mehr im

Krankenhaus arbeiten. Es ist an der Zeit, denke ich, ein neues Leben zu beginnen, außerdem möchte ich Theo unter den neuen Umständen nicht mehr jeden Tag sehen müssen. Und es entschärft die Situation seiner Familie gegenüber, wenn sie wissen, dass wir nicht jeden Tag gemeinsam zusammen arbeiten. Natürlich könnte ich mich an einem anderen Krankenhaus bewerben, aber ich möchte mich lieber mehr ums Waldhaus kümmern und für Omi da sein. Mit all den Plänen, die ihr so vorhabt, wird es eine Menge zu tun geben, und anpacken kann ich. Mit Menschen aller Art komme ich nach der jahrelangen Erfahrung im Krankenhaus bestimmt gut zurecht. Was meinst du?«

Ja, was meinte ich dazu? Sprachlos war ich und gerührt! Nie im Leben hätte ich geglaubt, dass das Waldhaus eine Alternative für Helene sein könnte. Zumindest war jetzt die Frage geklärt, wie das Waldhaus weiterlaufen sollte, wenn ich doch zurück ans Konservatorium ginge oder wieder Konzerte spielte.

»Ich bin total glücklich! Das ist die beste Nachricht seit Langem!« Ich fiel Helene um den Hals, die sichtlich erleichtert war.

»Du denkst also, dass ich das kann?«

Als Antwort zeigte ich ihr ’nen Vogel. »Wenn nicht du, wer dann?«

Das Jahr fing gut an, plötzlich erledigten sich Sachen von allein, und ich hatte eine Sorge weniger! Omi, die uns lachen hörte, kam dazu und freute sich mit uns. »Das wollte ich euch noch zeigen. Kam heute mit der Post.« Sie hielt uns einen Briefumschlag mit einem Diddl-Aufkleber hin.

Fragend sah ich sie an.

»Lest selbst!«, forderte sie uns auf. Ich faltete den handgeschriebenen DIN-A4-Umschlag auf, der mit akkurater Schrift sauber und ohne über die Linien zu treten geschrieben war. Der Brief stammte von Frau Seliger aus der Untersuchungshaft. Sie wollte uns, insbesondere Omi, um Verzeihung bitten und bereute alles.

»Blind vor Liebe« sei sie gewesen, habe »sich in eine fixe Idee verrannt«, den Bezug zur Realität verloren, nur weil sie selber nicht glauben konnte, dass Alexander sie einfach so liebte, wie sie war. Sie wisse, was sie uns angetan habe und dass sie das nie wiedergutmachen könne, aber sie bitte uns inständig um Verzeihung. In diesem Stil ging der Brief weiter. Sie ließ uns noch wissen, dass Alexander zu ihr hielt, was das Einzige sei, das ihr im Moment Kraft gebe. Wortlos gab ich Helene den Brief weiter, die ihn las und dann ebenso unschlüssig wie ich dreinblickte.

»Und nun? Was erwartet sie denn, dass wir sie jeden Monat im Knast besuchen kommen?«, fragte Helene, die immer noch an die Decke ging, wenn sie den Namen Seliger nur hörte. Omi war jetzt, wo das Geld aufgetaucht war, gnädiger.

»Wir sollten ihr schreiben, dass wir ihr verzeihen, es ist ja nicht so, dass wir nicht alle mal Fehler aus Liebe gemacht hätten, nicht?« Wir sahen Omi erstaunt an. »Guckt nicht so. Ich habe nicht vor, mit dieser Person je wieder Kontakt zu haben oder sie zu treffen, und ich werde ihr ein Leben lang übel nehmen, was sie uns angetan hat. Aber was macht es uns, wenn wir sie erlösen und sagen, dass wir ihr verzeihen? Für uns ändert sich nichts dadurch und für sie alles.«

Helene und ich gaben uns, wenn auch zähneknirschend, geschlagen. Für unser Karma war es bestimmt gut, und in einem hatte Omi recht: Wir alle brauchten irgendwann jemanden, der uns eine Verfehlung verzieh, ich insbesondere …

Kapitel 24
Eine zweite Chance?

»Toi, toi, toi. Hals- und Beinbruch!« Omi drückte mich und spuckte mir über die linke Schulter.

»Wird schon schiefgehen ...« Ich rang mir ein Lächeln ab.

Heute musste ich beim Gremium vorsprechen, das dann final entschied, was mit mir und der Stelle geschah. Die letzte Nacht war ein einziger Albtraum gewesen. Immer wieder war ich wach geworden, nass geschwitzt und verstört, weil ich lauter wirres Zeug träumte, mir immer neue Horrorszenarien vorstellte, wie der Termin ablaufen würde, und war schließlich gegen sechs Uhr aufgestanden, weil es keinen Zweck hatte, sich im Bett hin und her zu wälzen.

»Wann, denkst du, bist du zurück?«, fragte Omi und ließ sich nicht anmerken, wie sehr sie sich sorgte. Bis zum letzten Moment, genauer gesagt bis gestern Abend hatte ich ihr die Wahrheit verschwiegen, um sie zu schonen. Zum Glück nahm sie die Nachricht mit meinem unsicheren Job besser auf als gedacht, was vor allem damit zusammenhing, dass sie nicht mehr so sehr abhängig war von meinen Gagen, denn das Waldhaus konnte sich nach der Seliger-Affäre auch so tragen. Nervös sah ich auf die Uhr.

»Na, der Termin ist um vier Uhr, das heißt, ich denke, ich werde spätestens um sechs Uhr wieder hier sein.«

Ursprünglich war der Termin auf drei Uhr anberaumt gewesen. Frau Knaupp, Professor Bruckners Assistentin, hatte aber gestern im Waldhaus angerufen, um mitzuteilen, dass der Termin sich um eine Stunde nach hinten verschob. Keine Ahnung, was das bedeutete, es half auf alle Fälle nicht, mich entspannter werden zu lassen. Omi sah ebenfalls auf die Uhr.

»Aber es ist doch gerade erst zwei, willst du jetzt schon los?«

Nein, aber ich konnte nicht mehr ruhig sitzen und abwarten. Um mich abzulenken, wollte ich mit Eddie im Englischen Garten spazieren gehen.

»Das ist eine gute Idee. Stress gehört in die Beine«, befand Omi.

Eingepackt und mit meinem iPod ausgerüstet, schnappte ich mir die Leine und Eddie. Zur Entspannung hörte ich Leonard Cohen, ging langsam Schritt für Schritt und im Kopf durch, was ich sagen würde. Stellte mir vor, was sie mich fragen würden, und versuchte, mich auf jeden möglichen Ausgang des Termins seelisch einzustellen. Auf dieses Gespräch bereitete ich mich wie für ein Konzert vor, machte im Gehen meine Atemübungen und brachte mich in eine immer konzentriertere Stimmung. Eine gute halbe Stunde war ich bereits gegangen, als ich meinte, meinen Namen gehört zu haben. Ich blieb stehen und nahm meine Kopfhörer von den Ohren.

»Clara!«

Tatsächlich, aus einiger Entfernung sah ich Valentin auf mich zu rennen. War das eine Fata Morgana? Wenn ja, kam sie immer schneller näher. Außer Puste und mit rotem Kopf stand Valentin schließlich vor mir und rief. »Schnell, du musst los. Dein Termin ist bereits um drei Uhr!«

Valentin sah, dass ich nicht verstand. »Der Anruf von Professor Bruckners Assistentin gestern war ein Fake. Dein Termin wurde nicht auf vier Uhr geändert. Amelie ließ bei euch anrufen, damit du zu dem Termin heute nicht erscheinst und die Stelle auf alle Fälle an sie geht.« Sofort war ich hellwach.

»Woher wusste denn Amelie von meinem Termin, und woher weißt du, dass sie hinter dem Anruf steckt?«

Valentin sah schuldbewusst zu Boden. »Jutta hat alles mitbekommen, als ich Ulrike davon erzählt habe. Vorhin wähnte sie sich alleine im Haus und rief Amelie an. Sie kicherte und freute sich ungemein, dass du auf die Falle reingefallen bist, und sie haben sich verabredet, um heute Abend darauf anzustoßen und zu feiern. Es tut mir so leid!«

Dafür konnte Valentin doch nichts, also mal von seinem schlechten Frauengeschmack, was Jutta anging, abgesehen.

»Wie viel Uhr ist denn?«, fragte ich Valentin, denn mein Handy hatte ich vorsorglich im Waldhaus gelassen, um nicht gestört zu werden.

»Zwanzig vor drei. Das schaffen wir locker. Ich fahr dich hin!«

So schnell wir konnten rannten wir los zum Auto.

Gerade rechtzeitig kam ich am Konservatorium an.

»Danke!«, rief ich Valentin zu, der mit den Händen eine abwehrende Geste machte.

»Das Gremium hat jetzt Zeit für Sie!«

Frau Knaupp, die mich noch aus Studentenzeiten kannte und mochte, lächelte mir aufmunternd zu. Wenn sie wüsste, dass Amelie in ihrem Namen jemanden bei mir anrufen ließ, damit ich diesen Termin versäumte, wäre sie bestimmt auf die Barrikaden gegangen. Geschickt eingefädelt von Amelie, denn das hätte mir niemand geglaubt, dass sich jemand als Frau Knaupp ausgeben würde, um mir eine andere Uhrzeit zu sagen, und beweisen hätte ich es nicht können. Stattdessen wäre das Gremium zu Recht wütend gewesen, wenn ich nicht aufgetaucht wäre oder mit einer Stunde Verspätung. Frau Knaupp ging in den Sitzungssaal vor. Bestimmt wusste sie von meinem Skandal, umso mehr freute ich mich, dass sie mich immer noch zu mögen schien. Heute war der erste Tag, an dem das Konservatorium nach den Winterferien oder der vorlesungsfreien Zeit, wie es korrekt hieß, geöffnet war. Mein Puls schlug so laut, dass es mich nicht gewundert hätte, wenn die Assistentin mich gebeten hätte, bitte meinen iPod auszuschalten.

Im Sitzungssaal saßen Professor Bruckner, Professor Wiese, ein weiteres Mitglied, dessen Namen ich nicht kannte, und zwei Männer aus dem Vorstand.

Eigentlich ging alles sehr schnell. Abwechselnd wurden mir Fragen gestellt, die ich ehrlich beantwortete. Das Gremium machte sich Notizen, bat mich schließlich draußen zu warten, weil sie sich beraten mussten. Ich konnte so gar nicht abschätzen, wie es gelaufen war. Wie in Trance hatte ich gesprochen und konnte mich kaum an die letzte halbe Stunde erinnern.

Nach einer weiteren Dreiviertelstunde, die mir wie eine Ewigkeit vorkam, holte mich Frau Knaupp wieder ab und bat mich, vor Professor Bruckners Lehrzimmer zu warten, was ich brav befolgte.

Den Weg zu Professor Bruckners Lehrzimmer war ich so oft gegangen, dass ich ihn blind gefunden hätte, aber noch nie war ich so nervös gewesen, ihn zu gehen, nicht einmal, als ich die Examensergebnisse abgeholt hatte.

Nach ein paar Minuten ging Professor Bruckner an mir vorbei in sein Zimmer, ohne etwas zu sagen. Nach ein paar weiteren Minuten forderte Frau Knaupp mich auf, einzutreten.

Langsamer als sonst trat ich ein und schaute nervös Professor Bruckner an, der an seinem Schreibtisch Noten skizzierte. Als er aufblickte, lächelte er freundlich wie immer.

»Setz dich, Clara, magst du etwas trinken?«

Ich schüttelte den Kopf, im Moment bekam ich überhaupt nichts runter, nicht einmal die Luft, die ich aufgeregt und viel zu schnell einatmete. Er bat mich auf dem Sofa Platz zu nehmen und setzte sich in den Sessel gegenüber.

»Wie geht's dir denn?«, fragte er väterlich und sah mich besorgt an.

Anstatt zu antworten, schluchzte ich los. Ich hielt den Druck nicht mehr aus. Professor Bruckner blieb ruhig und sagte einfach nur: »Das war eindeutig zu viel auf einmal für dich, das ist ja fast schon zu viel für ein ganzes Leben. Kein Wunder, dass du so gehandelt hast, ich wusste, es würde eine Erklärung geben. Dein Brief klärte bereits einige Fragen, und eben haben wir alle zusätzlichen Informationen von dir erhalten. Ich bin froh, dass sich langsam alles wieder einrenkt und deine Hand geheilt wird. Was machen wir denn jetzt mit dir?«, brummelte er vor sich hin, was meine Anspannung deutlich vergrößerte. Er ließ mich zappeln, und das ziemlich lange. Dann blickte er mich ernst an. »Auch wenn deine Gründe nachvollziehbar sind und du es nicht leicht hast, rechtfertigt das nicht dein Verhalten. So ein Verhalten können und wollen wir nicht am Konservatorium dulden, das ist einfach keine Vorbildfunktion für unsere Studenten.« Professor Bruckner hielt inne und sah mich eindringlich an. Mir war speiübel, mein Herz klopfte wie verrückt. »Wir haben wegen dir mehrmals zusammengesessen und überlegt, was wir mit dir machen. Nach langer Überlegung haben wir entschieden, dir eine zweite Chance zu geben, allerdings auf Probe. Wir geben dir nicht gleich eine Festanstellung, sondern einen Halbjahresvertrag, den wir auslaufen lassen können, solltest du dich erneut danebenbenehmen. Professor Wiese möchte außerdem, dass du als Strafe nicht nur die Meisterschüler, sondern auch zwei Erstsemester-Studenten unterrichtest, um guten Willen zu demonstrieren. Nimmst du die Chance zu den Bedingungen an?«

Hatte ich mich auch wirklich nicht verhört?

»Nichts lieber als das! Also wollen sie mich noch immer? Was hat denn den Ausschlag gegeben?«, rief ich überrascht.

Anscheinend hatten die Gründe geholfen, die ich bereits in meinem Brief und bei meinem Besuch bei Professor Wiese vorgebracht hatte, um Gnade vor Recht walten zu lassen, ausschlaggebend war aber die Tatsache, dass keiner Amelies Vorgehen mochte, das ziemlich durchschaubar gewesen war; selbst Frau Professor Wiese war enttäuscht und hatte Amelies Verhalten nicht für gut befunden. Ihre Argumentation war laut Professor

Bruckner die, dass ich zwar nicht einwandfrei gehandelt hätte, aber mit dem besseren Motiv, denn Amelies Motiv sei eindeutig gewesen, mir zu schaden, um an die Stelle zu kommen, und das wollte sie nicht gutheißen.

»Und wieso haben Sie sich nicht einfach für jemand anderen entschieden? Es gab doch auch andere gute Kandidaten!«, fragte ich interessiert nach. »Gut, aber nicht außergewöhnlich. Wir stehen im Ruf, die besten Dozenten anzuziehen, und da reicht gut leider nicht«, schmunzelte Professor Bruckner.

Mir fiel eine Last von den Schultern, der Druck der letzten Zeit, nicht zu wissen, wie das Gremium entscheiden würde, war unerträglich geworden. Jetzt konnte ich unterrichten und gleichzeitig helfen, das Waldhaus zu managen. All die Ideen, die wir im Begriff waren umzusetzen, wollte ich begleiten. Außerdem war es höchste Zeit, Omi endlich zu entlasten. Und das war mit der Stelle alles machbar. Die wöchentliche Stundenzahl von zwanzig Stunden war gut zu schaffen. In den Semesterferien musste ich ja nicht unterrichten, und das waren genau die Zeiten, in denen das Waldhaus mich mehr brauchte, im Sommer und in den Winterferien. Jetzt, wo Helene bereit war mitzuarbeiten, würden wir das problemlos hinbekommen. Und wer hatte sich für mich eingesetzt? Mein geliebter Professor Bruckner!

»Ich bin Ihnen so dankbar, für alles, was Sie schon immer für mich getan haben, und jetzt geben Sie mir auch noch eine zweite Chance! Wie soll ich mich je dafür revanchieren?«

Professor Bruckner bemerkte meine Rührung und die Tränen, die in meine Augen stiegen.

»Weißt du, ich finde es bemerkenswert, dass du trotz deines Schicksals nie vom Weg abgekommen bist. Du hättest mehr als einmal Gelegenheit gehabt, zu straucheln und alles hinzuschmeißen, stattdessen bist du alleine unbeirrt weitergegangen und bist dabei immer freundlich und fröhlich geblieben, ohne Bitterkeit, obwohl ich mir vorstellen kann, wie schwer das für dich sein musste. Die Annahme am Konservatorium ohne deine Eltern zu schaffen, nicht mit ihnen feiern zu können, als du die Meisterprüfung mit Bravour bestanden hast. Ich weiß, wie du vor deinem ersten Konzert, das du gegeben hast, mir vorher sagtest, dass du in Gedanken nur für die beiden spielst. Ich finde, du hast mir genug gedankt! Und jetzt nutze deine zweite Chance und beweise den anderen, dass du genauso so bist, wie ich dich schon lang kenne«, sagte er, lächelte und drückte herzlich meine Hand.

»Wissen Sie, die Musik, die Hochschule und Sie haben mir aber auch den nötigen Halt gegeben«, flüsterte ich mit Kloß im Hals.

»Und genau deshalb wünschen wir uns, dass du das an die nächste Generation weitergibst, die von deiner Erfahrung und Begleitung profitieren wird.«

Wortlos drückte auch ich seine Hand und war einfach froh, jemanden wie ihn an meiner Seite zu wissen. Langsam stand ich auf, um zu gehen.

»Vergiss deinen Vertrag nicht, Clara, und lass eine unterschriebene Version bitte bei Frau Knaupp.«

Liebend gern! Schwungvoll setzte ich im Vorzimmer Clara Herbst unter die leere Zeile und war damit offiziell Dozentin des Richter Konservatoriums für Musik und Künste in München. Welche Ehre! Stolz überreichte ich Frau Knaupp den Vertrag. Wie erleichtert wohl Helene und Omi sein würden! Aber vor allem Amelie und Jutta würden Augen machen, wenn sie erfuhren, dass all ihre List und Tücke vergebens gewesen waren.

Am Ausgang stand Valentin, der auf mich gewartet haben musste, und sah mich erwartungsvoll an. »Und?«

Als Antwort nickte ich und fiel einem erleichterten Valentin überglücklich in die Arme. Gemeinsam fuhren wir zum Waldhaus.

Als ich die Tür zu unserem Privatteil des Waldhauses aufschloss, war es verdächtig still. Ich ging in die Küche, wo meine Lieben nervös warteten und mich erwartungsvoll ansahen.

»Vor euch steht Frau Dozentin Herbst des Leonard Richter Konservatoriums zu München! Das Gremium hat sich entschieden, mir eine zweite Chance zu geben!«, rief ich voller Freude, was alle in Jubel ausbrechen ließ. Omi, die wir erst gestern aufgeklärt hatten, um ihre Nerven zu schonen, hielt sich beide Hände vors Gesicht und schickte ein erleichtertes »Gott sei Dank!« gen Himmel, Helene umarmte mich und tanzte auf und ab, Hubertus schüttelte mir mit beiden Händen gleichzeitig viel zu schnell die Hand. Das kam bei seinem Naturell beinahe einem Vulkanausbruch gleich. Luisa strahlte um die Wette und herzte alle, besonders ausgiebig Valentin, der das amüsiert über sich ergehen ließ. Stolz zog er mich an sich: »Wenn es jemand verdient, dann du!«

Da waren sie wieder, seine starken Arme, der Sandelholzduft und die tiefe Stimme, die so sexy in meinen Ohren klang. Von mir aus hätten wir auch einfach genau so stehen bleiben können. Anscheinend war es ziemlich lange, zumindest räusperte Helene sich deutlich, um mir ein Zeichen zu geben, dass es für alle anderen langsam peinlich wurde. Zeit, um meine nächsten Neuigkeiten loszuwerden.

»Das eben war noch nicht alles. Ich habe eine weitere Entscheidung getroffen, die so nicht vorherzusehen war. Als mir vorhin die zweite Chance gewährt wurde und die Erleichterung sich breitmachte, fiel mir plötzlich auf, wie sehr ihr und die Arbeit im Waldhaus mir fehlen würdet. Ich bin im Kopf alles durchgegangen und habe gemerkt, dass ich zukünftig beides machen kann, den Job an der Hochschule und meine begonnene Arbeit im Waldhaus. Ich hoffe, ihr freut euch so sehr wie ich, wenn nicht, tut bitte wenigstens so!«, witzelte ich. Omi und Helene waren völlig aus dem Häuschen.

»Wenn das eure Eltern erleben könnten! Sie haben sich das immer gewünscht, aber wollten euch nie unter Druck setzen!«

Omi war überglücklich, denn das bedeutete auch, dass sie wirklich kürzertreten und sich mehr ihrem Kurschatten widmen konnte. Hubertus und Luisa freuten sich über jede Hand, die half, und Valentin lief bereits zum Auto, wo er einen Champagner für besondere Anlässe aufbewahrte. Bei den Temperaturen musste man ihn nicht mehr kalt stellen. Als der Korken knallte, stießen wir auf die Zukunft und das Familienunternehmen Waldhaus an, und auf Valentin, unseren Retter in der Not.

Alles fühlte sich rundum gut an!

»Wo bleibt denn bloß Valentin?« Nervös schaute ich auf die Uhr, während ich eine Blumenlieferung entgegennahm und abzeichnete. Wir standen kurz vor der Eröffnung, in ein paar Stunden würden hier die schriftlich eingeladenen Gäste samt Presse einlaufen und von Valentin, der das alles mit auf die Beine gestellt hatte, keine Spur. Eigentlich sollte er schon längst hier sein, aber an sein Handy ging er nicht ran. Hektisch zupfte ich mein Kleid zurecht und sah in den Spiegel, ob alles saß. Für den feierlichen Anlass der Neueröffnung trug ich ein graues, glänzendes Seidenkleid, hochgeschlossen. Meine Haare hatte ich zu einer schlichten, aber eleganten Hochsteckfrisur gebunden, dazu trug ich längere Perlenohrringe und um den Hals eine verspielte Perlenkette mehrmals umgewickelt. Mit den hohen Schuhen und meiner passenden Pudertasche in Grau sah ich wirklich festlich aus. Helene, die mich im Vorbeigehen sah, nickte anerkennend. Sie selbst war auch nicht wiederzuerkennen. Bislang kannte man sie im eher sportlichen Look oder eben ihrer Schwesterntracht. Seit sie im Waldhaus arbeitete, veränderte sich ihr Stil. Er wurde weiblicher, eleganter, auch ihre Haare hatte sie anders geschnitten. Grinsend pfiff ich ihr hinterher, was sie mit einem »Schön siehst du aus! Wirklich schön! Hat Valentin sich schon gemeldet?« quittierte. Ich verneinte und stellte Tischkarten auf die eingedeckten Tische gemäß der Sitzordnung. Wo blieb er denn nur? Wir waren so weit im Plan und hatten alles im Griff, aber mir wäre wohler, wenn er da war, zumal wir vorwiegend seine Weine anboten, deren Herkunft und Herstellung Valentin erklären wollte. Für alle, die es zünftiger mochten, boten wir das extra für uns gebraute Waldhaus-Bier an. Luisa trug wie alle aus der Küche ihre neue Arbeitskleidung, lange, hellgraue glänzende Schürzen, die übers Knie gingen, dazu eine weiße Bluse und eine aus demselben grauen Stoff gefertigte Krawatte. Das sah einfach, aber edel aus und stand wirklich allen. Die Männer trugen dasselbe Outfit nur mit Hosen, bodenlangen grauen Schürzen, weißen Hemden und grauen, glänzenden Krawatten. Mein Blick schweifte umher, und ich konnte es immer noch nicht fassen, was wir in knapp drei Monaten alles verändert hatten. Das Waldhaus war nicht wiederzuerkennen, ein wahres Schmuckstück, es war zu neuem Glanz erstrahlt! Das Parkett abgeschliffen und neu geölt, die Wände frisch gestrichen, einige neue Lampen und Möbel, die Akzente setzten, frische, üppige, frühlingshafte Bouquets, schlichte Gemälde, die aber durch die richtige Beleuchtung bestens zur Geltung kamen, neue hochwertige Fenster mit weißen Holzrahmen, moderne Bäder mit freistehenden Badewannen und englischen Armaturen, die dicken Vorhänge in hellen Tönen. Vom neuen Spabereich mal ganz abgesehen, wirkte das Waldhaus hell, freundlich, natürlich, dabei sehr charmant und ein wenig luxuriös und dennoch familiär und so, dass man sich willkommen fühlte. Nervös schaute ich auf die Uhr, von Valentin immer noch keine Spur ... Das sah ihm so überhaupt nicht ähnlich, und die Zeit raste nur so dahin. Schließlich vibrierte mein IPhone, Valentin hatte eine SMS geschickt.

»Bitte fangt ohne mich an, ich erklär alles später! Versuche, so schnell wie möglich da zu sein! Keine Sorge, du machst das!«

Mein Herz rutschte in die Hose, und ein altbekanntes Gefühl stieg in mir hoch: Lampenfieber vom Feinsten! Helene kannte mich gut genug, um zu erkennen, was los war.

»Valentin schafft es nicht, rechtzeitig hier zu sein. Wir müssen da erst mal allein durch!«, klärte ich sie auf und meinte für einen kurzen Moment auch in ihren Augen die Panik flackern zu sehen.

»Wir schaffen das, wir haben das in den Genen. So, jetzt atmen wir drei Mal tief ein und aus, und dann geben wir Vollgas! Mensch, Clara, wir sind jetzt ein Team, ist das nicht schön?«

Allerdings! Und konnte ich auch etwas von dem Valium bekommen, dass Helene heimlich aus dem Krankenhaus gehamstert haben musste, oder wieso war sie so optimistisch und entspannt?!

Maxi, der für den heutigen Anlass eigens einen Anzug bekommen hatte, kam herein, um Bescheid zu geben, dass die ersten Gäste eintrudelten.

»Sagst du Omi Bescheid, dass es losgeht?«, bat Helene Maxi. Omi war noch in ihrem Zimmer und hübschte sich auf, schließlich war das auch ihr großer Auftritt. Sie wollte bezaubernd aussehen, denn ihr Kurschatten hatte sich angemeldet. Helene und ich nahmen uns an der Hand und gingen gemeinsam Richtung Eingang, um die ersten Gäste, die den langen Weg durch den Park kamen, in Empfang zu nehmen. Im Treppenhaus fiel mein Blick auf das Hochzeitsfoto meiner Eltern. Helene bemerkte meinen Blick und lächelte aufmunternd. Die Bäume trugen erste Blätter in hellem frischem Grün. Wir hatten die Bäume mit bunten Bändern geschmückt, alles passend zum Motto des Tages: »Frühlingserwachen«. Wenn es später dunkel würde, hingen Lampions in den alten Bäumen und würden romantisch den Weg beleuchten. Helene und ich posierten an der Treppe zum großen Eingang, wo auch Luisa, Hubertus und ihre Schützlinge mit Tabletts voller Getränke Stellung bezogen hatten. Zum Glück waren die ersten Gäste Stammgäste. Die Hochs, die wir seit Jahren kannten und die jedes Jahr zwei Wochen bei uns wohnten, um Ausflüge in die Museen, die Oper und die Alpen zu unternehmen. Wir boten dem entzückten Paar Getränke an. Frau Hoch, stets bescheiden, nahm sich ein Bergwasser und war begeistert von den Johannisbeeren, Blaubeeren und Himbeeren, die zur Zierde im Wasser schwammen – eine sehr dekorative Idee von Luisa! Nach und nach trudelten immer mehr Leute ein, Freunde vom Konservatorium, alte Gäste, potenzielle neue Gäste, Lieferanten und schließlich die Presse samt Fotografen. Von der »Abendzeitung« über den »Merkur« bis hin zur »Süddeutschen« waren alle gekommen, was laut Valentin meiner Bekanntheit zu verdanken war und der Tatsache, dass ich nach dem Hauptgang ein kleines Konzert geben würde. Na ja, Hauptsache, es half unserem eigenen Anliegen, nämlich das Waldhaus in München und über die Grenzen Münchens hinaus als alten neuen Geheimtipp zu etablieren. Besonders freute ich mich, dass Professor Bruckner mit seiner Frau unserer Einladung gefolgt war. Er war es, der es mir ermöglicht hatte, sowohl am Konservatorium zu unterrichten als auch das Waldhaus mitzuführen.

»Wollen wir sie alle in den großen Salon zur Ansprache bitten?«, fragte Helene und fing auf mein Zeichen hin an, die Gäste freundlich in den Salon zu komplimentieren. Helene, Omi und ich stellten uns nach vorn, ich nahm als Erste das Mikrofon, das Hubertus nachmittags noch fluchend aufgebaut hatte, und begann zu sprechen.

»Liebe Gäste, ich freue mich sehr, dass Sie alle unserer Einladung zur Neueröffnung des Waldhauses gefolgt sind. Wenn Sie sich fragen, was sich ändern wird, so will ich sagen, vieles, aber eigentlich auch nichts. Wir haben uns einige schöne neue Ideen ausgedacht, angebaut, umgebaut, eine Wellnessoase dazubekommen, aber an unserem Motto ›Zuhause ist, wo das Herz ist‹ hat sich nichts geändert. Wir heben nicht ab, wir werden nicht versuchen etwas zu sein, was wir nicht sind, aber wir haben einen hohen Anspruch an uns selber und die Qualität, die wir Ihnen bieten wollen mit regionalen und saisonalen Produkten, traditionellen Gerichten und modernen Behandlungsmethoden. Kurzum, für uns bedeutet Tradition im Waldhaus, die Flamme weiterzutragen und nicht die Asche aufzubewahren.«

Die ersten Gäste lachten und applaudierten, was mich gleich viel entspannter werden ließ. Es war vergleichbar mit der Entspannung, wenn ich den ersten Satz bei einem Konzert gut gespielt hatte.

»Meine Schwester Helene und ich sind übrigens beide hier im Waldhaus geboren, meine Mutter bestand gegen das Anraten meines Vaters und meiner Großmutter auf einer Hausgeburt, was zuvor heftig diskutiert wurde, denn mein Vater befürchtete durch das Schreien meiner Mutter alle Gäste zu vertreiben. Sie setzte sich am Ende durch mit dem Argument, wir seien ein Familienbetrieb und die paar Stunden könnten die Gäste ja auch im Englischen Garten spazieren gehen. Mein Vater und meine Großmutter willigten schließlich ein, es schien besser zu sein, einer hochschwangeren Frau nicht zu widersprechen. Meine Mutter, eine ansonsten sehr friedliche und fröhliche Frau, muss in ihrer Schwangerschaft hormonbedingt einen gefährlichen Blick an sich gehabt haben. Wie dem auch sei, wir sind beide hier geboren, das Geschäft hat darunter nicht gelitten, und unsere Verbundenheit mit dem Waldhaus ist dafür umso stärker. Das ist auch der Grund, weshalb Helene und ich uns entschlossen haben, es gemeinsam mit unserer Omi in Zukunft weiterzuführen!« Ich lächelte stolz und deutete auf Helene und Omi. Wieder gab es Applaus, und in der Menge sah ich Valentin, der ganz hinten an der Tür stand und mich mit seinen warmen Augen ansah, was mich sofort entspannte.

»Wir möchten das neue Waldhaus unseren Eltern widmen,

die so stolz und glücklich wären, dass alles in ihrem Sinne und in der Familie weitergeht!«, rief ich gerührt und hob mein Glas, worauf alle anstießen.

Helene übernahm, erklärte unsere Neuerungen und versprach denjenigen, die noch nicht alles gesehen hatten, gerne eine Führung zu geben.

»Sie sind bei Helene in besten Händen, sie ist ausgebildete Krankenschwester, da kann man auch mal bedenkenlos die Kellertreppe runterfallen!«, fiel Omi ihr ins Wort, was für heiteres Gelächter sorgte. Omi war es auch, die erklärte, dass es mit einem fünfgängigen Menü im Eisbachsaal weiterging und die Namenskarten auf den Tischen standen. Sie übergab mir das Mikrofon, ich suchte in der Menge nach Valentin, der immer noch an der Tür stand und zufrieden strahlte.

»So, einen Moment noch würde ich Sie bitten, sich zu gedulden, denn ich möchte danke sagen. Zuerst unserem Team, allen voran Hubertus und Luisa, unsere treuen Seelen, die zur Familie und zum Waldhaus gehören wie wir. Unermüdlich haben sie die letzten Monate geschuftet, neue Ideen eingebracht, damit wir heute eröffnen können. Unser spezieller Dank gilt einem besonderen Mann, ohne den wir das Ufer nicht mehr gesehen hätten, der hier so viel Zeit reingesteckt, uns mit seinem Know-how und seinen Kontakten weitergeholfen hat und mit dessen renommierter Brauerei und Weinherstellung wir eine so wunderbare Zusammenarbeit gestartet haben: Danke, Valentin Maienstein!«

Valentin war kein unbeschriebenes Blatt, und der Name seiner Brauerei Maienstein war weit über die Grenzen Münchens bekannt und stand für beste regionale Produkte. Valentin boxte sich unter Applaus nach vorn durch, küsste Helene, Omi und mich der Reihe nach auf die Wange, nahm das Mikro und sagte dann in seiner unverfrorenen Art: »Mal im Ernst, hätten Sie die drei Damen vom Grill etwa im Stich gelassen?«, was zu heftigem Gelächter führte.

Omi drohte ihm spaßeshalber mit erhobenem Zeigefinger.

Lachend nahm ich Valentin das Mikro ab und konterte: »So, und jetzt zeigen Ihnen die Damen vom Grill, dass es hier mehr gibt als Currywurst, wenn wir Sie ins Bergquellzimmer bitten dürfen!«

Die Stimmung war bestens!

»Wo warst du denn?«, fragte ich Valentin, der in seinem schwarzen Anzug mit weißem Hemd und schwarzer, schmaler Krawatte einfach umwerfend aussah.

»In der Hölle!«

Ich brauchte nicht weiterfragen, leise raunte er mir zu: »Ich habe mich von Jutta getrennt, es ging nicht mehr ... und zur Überraschung des Tages ist Jasper wieder in München. Lass uns später darüber sprechen!«

Jetzt erst bemerkte ich, wie mitgenommen Valentin aussah, sein Strahlen war Fassade. Die Gedanken schossen mir nur so durch den Kopf. Wieso er mit Jutta Schluss gemacht hatte, konnte ich mir denken, aber wieso gerade jetzt? Was war der Auslöser gewesen, heute, wo so viel auf dem Spiel stand, ein Tag, den wir so lange vorbereitet hatten. Und viel wichtiger, waren seine Gefühle für mich ein Grund gewesen? Wenn er mich denn überhaupt noch liebte. Selbst wenn es so sein sollte, mit unserer Vorgeschichte konnten wir trotzdem nicht zusammenkommen, das würde Jasper nie verschmerzen. Und überhaupt, was bedeutete es, dass Jasper wieder hier war? Ich platzte vor Neugierde, aber jetzt war wirklich keine Zeit, darüber zu sprechen. Zuerst mussten wir die Veranstaltung gut über die Bühne bekommen.

»Ach, bevor ich es vergesse, das ist von Ulrike und Georg mit lieben Grüßen. Sie drücken die Daumen, dass alles klappt!«

Ich öffnete das längliche, leichte Päckchen vorsichtig. Zum Vorschein kam ein gerolltes Papier. Ich entrollte es und brach in Entzücken aus. Es enthielt ein selbst gemaltes Bild von Ulrike für mich. Das abstrakte Gemälde interpretierte das Thema

Musik mit angedeuteten Noten, einem Flügel und wallenden roten Locken. Eine Hommage an Klimt, aber abstrakter und in unglaublich tiefen warmen Farben. Valentin gab mir ein zweites Geschenk.

»Und das ist von Nele!«

Nele! Wie ging es ihr wohl? Ob sie schon Bescheid wusste, dass ihre Eltern sich wieder getrennt hatten? Würde Jutta in München bleiben? Ich öffnete das kleine Päckchen, in dem sich eine kleine Schmuckschatulle aus Samt befand. Neugierig öffnete ich sie und musste lächeln. Darin lag einer von Neles Milchzähnen, einer ihrer Glücksbringer. Einen Talisman konnte ich immer gut brauchen, und wenn sie Nele bislang Glück gebracht hatten, konnte das nicht schaden.

Dann mussten wir zu den Gästen, die sich unter viel Lachen und Geplänkel auf ihren Plätzen eingefunden hatten und gespannt auf das Frühlingsmenü und den ersten Gang warteten, der auf weißem Porzellan hereingetragen wurde. Die Bärlauchsuppe mit selbst gepflücktem Bärlauch aus dem Englischen Garten, angebratenen Flusskrebsen und frischem Kerbel roch so verführerisch, dass ich trotz Aufregung Appetit bekam. Dazu drei verschiedene Sorten selbst gebackenes Brot, das noch warm war, mit leicht gesalzener Butter dazu, ließ die Gäste »hm« und »lecker« an allen Tischen sagen. Als Zwischengang gab es Radi mit Petersilienpesto, was ich noch nie zuvor gegessen hatte, was aber nicht nur fantastisch schmeckte, sondern auch hübsch anzusehen war. Der Rettich war rund und am Stück wie eine Girlande geschnitten, die aufdrapiert in der Mitte des Tellers thronte, das Petersilienpesto als grüner Kranz um den Radi geträufelt. Zum Trinken gab es frischen Apfelsaft aus Südtirol oder aber einen Riesling, zu dessen Herkunft und Herstellung Valentin Auskunft gab. Er machte das wirklich fantastisch, spannend und interessant, ohne dabei lehrmeisterhaft zu sein, ohne Dünkel und für jede Frage offen.

»Wissen Sie, ich kann Ihnen noch so detailliert erzählen, in welchen Fässern, mit wie viel Gold der Wein gesiebt wurde oder wie viele Jahrhunderte fleißige Bauernjungen die Fässer wenden mussten, wenn wir ehrlich sind, interessieren uns am Ende des Tages doch nur drei Fragen: Schmeckt mir der Wein? Hab ich Kopfweh am nächsten Morgen? Und was kostet der Spaß?«

Gelächter und zustimmendes Nicken an den Tischen. Weiter ging es mit dem Hauptgang, der aus einem Schweinsbraten mit Biersoße, Brezenknödeln und Apfelrotkraut bestand. Wer wollte, bekam zum Schweinsbraten das eigens für das Waldhaus gebraute Weißbier oder einen schönen Rotwein. Nach dem, was ich aufschnappen konnte, waren die Gäste bislang mehr als zufrieden. Draußen war es inzwischen dunkel, wir zündeten alle Kerzen im Raum an und bereiteten das Kaminzimmer vor, in dem auch mein Flügel aufgestellt stand. Hugo heizte den Kamin kräftig ein und verbrannte ein paar Zweige Rosmarin mit, für den angenehmen Duft. Die Kerzen in den Windgläsern auf den Fensterbänken tauchten den Raum in ein warmes Licht. Wir rückten die Stühle zurecht, die wir in kleinen Reihen jeweils durch einen Gang getrennt aufgestuhlt hatten. Es gab noch einige bequeme Sessel und eine lange Couch, auf die man sich setzen konnte. Zuerst aber beendeten wir das Menü mit dem Dessert: drei kleine Variationen von karamellisiertem, geeistem Kaiserschmarrn, einer bayerischen Creme und einem weißen Topfenmousse mit frischen Beeren. Dazu gab es zwei verschiedene Dessertweine, einen weißen und einen roten. Ich hätte am liebsten von beiden getrunken. Als das Geklapper der Teller und Bestecke langsam leiser wurde, stand Omi auf.

»Wir hoffen, es hat Ihnen so gut geschmeckt wie uns. Wir dürfen Sie jetzt in unser Kaminzimmer bitten, wo Sie Kaffee, Tee und vor allem aber unsere selbst gemachte traditionsreiche Waldmeisterbowle probieren dürfen. Das Besondere ist aber, dass Clara ein kleines Konzert geben wird, mit einigen Stücken, die herrlich zum lang ersehnten Frühling passen!«

Anscheinend eine gelungene Überraschung – zumindest sah ich erfreute Gesichter, wohin ich blickte. Seltsamerweise war ich fast nervöser als bei einem großen Publikum, da es bei großen Konzerten im dunklen Raum abtauchte und anonym wurde. Hier konnte ich einzelne Gesichter erkennen, vor allem aber war Valentin hier, vor ihm zu spielen war noch schlimmer als sonst. Wie üblich machte ich meine Atemübungen, wartete, bis alle im Kaminzimmer sich einen Platz gesucht hatten und mit Getränken versorgt waren, und ging dann mit raschem Schritt zum geöffneten Flügel. Sofort wurde es ruhig, und alle Augen waren auf mich gerichtet. Ich legte beide Hände auf die kühlen Tasten, schloss die Augen, um mich zu konzentrieren, und begann zu spielen. Fröhlich, leicht war die Musik, die ich gewählt hatte, einige klassische Stücke, aber auch die Musik von Yann Tiersen, der durch die Filmmusik von »Die fabelhafte Welt der Amélie« mit seinem Stück »L'après midi« bekannt wurde. Es waren Melodien zum Träumen, und sie passten perfekt zum verwunschenen Waldhaus und zu seinem romantischen Park, der durch die Lampions im Park erhellt wurde. Ein magischer Abend, alles lief wie geplant. Während ich spielte, schweifte mein Blick zu Valentin, der an der Wand neben dem Kamin lehnte, der Musik lauschte, die Augen dabei halb geschlossen. So innig und intensiv, wie er den Klängen zuhörte, konnte ich kaum glauben, dass er fast nie Musik hörte. Nur das eine Mal, als ich ihn nachts überrascht hatte und es zu dem Kuss gekommen war, da hatte ich ihn ähnlich erlebt, versunken und in sich gekehrt. Zwar hörte er manchmal im Auto Musik, das aber selten, meistens lief der Infokanal. Auch war er jedem meiner Konzerte ferngeblieben und schien nicht erpicht darauf gewesen, mich spielen zu hören. Sinnlich war das einzige Wort, das mir zu ihm einfiel. Nicht nur auf mich wirkte er mit seiner herben Ausstrahlung anziehend. Verschiedene Frauen schielten immer wieder zu dem großen, gut gebauten dunkelhaarigen Valentin, der im Smoking mit den Glutaugen verloren vor sich hin träumte und gleichzeitig distanziert wirkte. Wäre er ein Gemälde, der Auktionspreis wäre ins Unermessliche gestiegen, bei all den Mitbieterinnen. Kraftvoll setzte ich den letzten Akkord und ließ den letzten Ton lange verhallen. Langsam nahm ich die Finger von den Tasten, die ein leichtes mechanisches Holzgeräusch von sich gaben, typisch für das heruntergedrückte Gebälk, das sich wieder in die Reihe einordnete. Nach einigen Sekunden Stille begannen die Gäste zu klatschen, erst vereinzelt und fast zögerlich, so als ob sie immer noch der Musik und ihren Gedanken nachhingen und erst durch den lauter werdenden Applaus zurück in die Wirklichkeit, in dieses Zimmer geholt wurden. Glücklich über die heitere Stimmung mischte ich mich unter die Menschen und holte mir endlich unseren berühmten Feentrank, die Waldmeisterbowle, die Luisa bereits gestern Morgen angesetzt hatte. Das Geheimnis war die Rezeptur, die sich von gewöhnlichen Waldmeisterbowlen unterschied. Wir gaben seit Generationen Waldmeister, Bourbonvanille, frische Zitronenmelisse, frische Minze, Champagner, braunen Zucker und Weißwein dazu und ließen die Bowle einen Tag lang ziehen. Serviert wurde die gekühlte Mischung in alten wertvollen Glasschalen mit gefrorenen Zitronenscheiben und Waldmeisterblüten garniert.

»Darf ich Ihnen zur Neueröffnung gratulieren? Das Waldhaus war schon immer etwas Besonderes, aber jetzt ist es ein richtiges Schmuckstück geworden, und das neue Konzept macht es noch unverwechselbarer. Dürfen wir noch ein Foto mit Ihnen und Ihrem Team machen?«

Der nette Journalist von der »Süddeutschen Zeitung«, den ich bereits durch einige Interviews von meinen Konzerten kannte, schien begeistert. Schnell trommelte ich Omi, Helene, Hubertus, Luisa und Valentin zusammen, die das restliche Personal mitbrachten. Kaum stellten wir uns auf, kamen die anderen

Fotografen dazu und lichteten uns ab. Um Mitternacht reichten wir noch eine Bratwurst mit frischen Semmeln, um dann die Gäste mit kleinen Goodie Bags nach Hause zu schicken. In den Tüten befanden sich selbstgebackene Kekse in Form des Waldhauses, einige unserer Spaprodukte, eine kleine Flasche des Dessertweines, eine Flasche Bier aus Valentins Brauerei sowie eine Broschüre mit Fotos des renovierten Waldhauses mit unseren kommenden Aktionen und Angeboten.

Danach wollte ich aber endlich von Valentin wissen, was heute los war! Gespannt machte ich mich auf die Suche nach ihm, als Omi mit hochroten Wangen und glänzenden Augen auf mich zukam und mich glücklich drückte, weil der Abend so gelungen war. Die letzten Gäste gingen, als ich plötzlich von Weitem ein Auto mit quietschenden Reifen vorfahren hörte. Die Straße war so ruhig gelegen, dass man um diese Uhrzeit jedes laute Geräusch hörte. Stimmenwirrwarr drang durch den Park. Was war denn los? Gäste, die etwas vergessen hatten? Helene kam außer Atem auf mich zu.

»Valentin und Jasper streiten sich im Park, aber so laut! Das glaubst du nicht! Komm schnell!«

Mist! Das verhieß nichts Gutes! Zum Glück war das Event vorbei, und es waren keine Übernachtungsgäste im Haus! Hubertus geleitete den letzten übrig gebliebenen und bereits ziemlich betrunkenen Stammgast zügig zum Taxi. Valentins durchdringender Bass klang zornig, Japsers Stimme außer sich. Je näher ich kam, desto mehr verstand ich von den Wortfetzen, und es wurde mir speiübel.

»Du hast dich im Ernst an Clara rangemacht? Du bist mein Bruder! Wie konntest du nur! Und ich hab mich die ganze Zeit gefragt, wieso sie sich aus heiterem Himmel trennt! Ist das deine Revanche für damals, musste ich etwa dafür bluten?«

Jetzt sah ich Jaspers Umrisse und wie er wild mit den Armen gestikulierte.

Valentin schrie genauso außer sich zurück: »Spinnst du jetzt völlig? Ich liebe Clara! Ich habe sie vom ersten Moment an geliebt und mich dafür gehasst! Alles habe ich versucht, um dagegen anzukommen, weil ich dir nicht wehtun wollte. Deshalb meine Abneigung ihr gegenüber! Wie kannst du nur denken, ich wollte Rache nehmen für damals?«

Was verdammt war damals passiert?!? Inzwischen war ich mir nicht mehr sicher, ob mein Auftauchen eine so gute Idee war, aber feige wollte ich auch nicht sein. Jasper sah mich als Erster und wich zurück.

»Clara!«, war alles, was er hervorbrachte, deshalb machte ich den Anfang.

»Es tut mir leid, ich wollte dich nicht verletzen, ich war zu Beginn aufrichtig in dich verliebt, aber mit der Zeit merkte ich nicht nur, dass wir nicht zusammenpassen, sondern dass meine Gefühle zu Valentin stärker waren. Aus Rücksicht hatte ich mich von euch beiden zurückgezogen!«

Valentin schien über mein Auftauchen nicht sehr glücklich zu sein und wiederholte mehrmals. »Halte dich besser raus, Clara, und geh wieder rein!« Jasper sah das wohl anders.

»Zurückziehen nennst du das? Dass ihr zwei Turteltäubchen hier wochenlang jeden Tag gemeinsam eine neue Existenz für beide Firmen aufbaut, die aus einer Zusammenarbeit besteht. Welcher Teil davon genau ist denn das Zurückziehen, bitte?«, stieß er verächtlich aus.

Gute Frage! Wo er recht hatte, hatte er recht ...

»Uns ging es leider nicht besonders, wir hatten einige Schicksalsschläge zu verkraften, es sah alles andere als gut aus, bis Valentin kam und uns half!«, versuchte ich einen Erklärungsversuch, schließlich wusste ich nicht, wie gut Jasper bereits informiert war.

»Pah, das passt ja, da kommt Valentin mal wieder als der große Held und Retter auf seinem weißen Schimmel dahergeritten und rettet die Prinzessin und ihre Familie. Welch Zufall! Ihr kotzt mich beide so dermaßen an!«

Jasper schäumte geradezu, er war nicht wiederzuerkennen. Wenn ich daran dachte, wie zivilisiert und tapfer er die Trennung vor einigen Monaten aufgenommen hatte, war das heute eine komplett andere Nummer. Kein Wunder, wie würde ich wohl reagieren, wenn meine große Liebe mit mir Schluss machen würde, weil er und Helene sich verliebt hätten.

Valentin versuchte versöhnlich auf Jasper zuzugehen, der als Antwort mit beiden Händen Valentin von sich stieß.

»Jasper, Valentin und ich sind nicht zusammen. Wir haben kein Verhältnis, falls du das meinst. Was wir getan haben, war schlimm und unverzeihlich, aber seither hat sich nichts daran geändert. Wir wissen, dass wir nicht zusammenkommen können!«, wagte ich einen neuen Versuch.

»Ach so, dann bin ich nicht nur der Gehörnte, sondern auch noch Schuld, dass ich euer großes Glück verhindere? Übrigens denkt Jutta nicht, dass zwischen euch beiden nichts mehr ist. Sie ist fest überzeugt, dass ihr eine Affäre habt und Valentin sie nur deshalb verlassen hat!«

Das war der falsche Kommentar gewesen, denn Valentin wurde mit einem Mal ruhig, verdächtig ruhig und antwortete mit bebender Stimme: »Gerade du müsstest wissen, warum Jutta und ich nicht zusammenpassen und was alles vorgefallen ist, bevor es Clara überhaupt gab. Juttas zweiter Versuch war eine Schnapsidee, ich hätte es nie versuchen dürfen, selbst Nele zuliebe nicht. Jutta war schlichtweg eifersüchtig, es gefiel ihr nicht, dass Nele plötzlich so viel von Clara erzählte. Außerdem wurde die Kohle knapp, und kein Engagement war in Sicht, da kann man es ja schon noch mal versuchen. Wenn du Jutta, die du übrigens noch nie leiden konntest und immer schon als Lügnerin bezeichnet hast, mehr glaubst als mir, kann ich dir auch nicht helfen. Ob du es glaubst oder nicht, es ist schon schwer genug aus Rücksicht zu deinen Gefühlen, auf die Frau zu verzichten, die ich liebe, also musst du es nicht noch schlimmer machen!«

Den letzten Satz sagte er mit so viel Verzweiflung und Hass, dass Jasper mit einem Mal innehielt und sich kurz beruhigte. So kamen wir nicht weiter, wir waren alle drei viel zu aufgewühlt. Wie hatte Mama immer gesagt: »Gemüter beruhigen, und erst mal eine Nacht drüber schlafen.« Aussprechen musste ich es erst gar nicht, denn Jasper fauchte: »Lasst mich einfach in Ruhe, ihr Heuchler!«, und machte einen Abgang, zum Glück ohne quietschende Reifen.

Valentin sah mich außer sich an: »Jutta hat ihm alles gesagt. Das ist so typisch, wenn sie schon verliert, sollen alle verlieren! Tut mir leid, dass der Abend so endet!«

Ruhig ging ich auf ihn zu.

»Wieso tut dir das leid? Hast du etwa Schlägertrupps bestellt oder Gift ins Essen gemischt? Dass da eben war abzusehen, und ich trage genauso die Verantwortung oder Schuld wie du, wir sind beide reingeraten. Du hättest es nicht bei mir versuchen dürfen, ich hätte stark bleiben müssen. Also sind wir quitt. Im Moment tun mir Nele, Jasper und deine Eltern leid. Vor allem Nele, weiß sie schon, dass ihr euch getrennt habt?«

Valentin nickte. »Ja, sie hat es sogar verstanden, ich glaube, dafür war der zweite Versuch gut, denn Nele hat gesehen, dass das eine der Wunsch ist und das andere die Realität. Aber Nele fühlt sich hier so wohl, ist eingebettet in die Familie, Schule und ihren Freundeskreis und wird zurechtkommen. Jutta hat versprochen, sich regelmäßig um Nele zu kümmern, zumindest sagte sie das, bevor sie anscheinend ausgetickt ist und Japser das mit uns auf die Nase gebunden hat. Heute Nachmittag schien sie es sehr vernünftig aufzunehmen!«

Endlich hatten wir Zeit, um zu sprechen.

»Was war denn überhaupt der Auslöser?«, fragte ich neugierig.

Anscheinend war Jutta, was ich verstehen konnte, die Zusammenarbeit mit mir und dem Waldhaus ein Dorn im Auge. Sie verstand nicht, weshalb sie nicht als seine Begleitung zur Neueröffnung eingeladen war, und beharrte darauf, mitgenommen zu werden. Valentin, der eh schon gestresst und durch Jaspers plötzliche Ankunft überrascht gewesen war, hatte sie kurz abserviert mit dem Argument, Ulrike und Georg wären auch nicht dabei, es reiche, wenn er die Brauerei vertrete, und außerdem sei das heute Arbeit und kein Vergnügen. Natürlich hatte Jutta das nicht so stehen lassen. »Ach, so nennt man das heute, wenn man mit der Geschäftspartnerin ins Bett steigt, die gleichzeitig die Ex des eigenen Bruders ist! Arbeit, aha, dann sieh mal zu, dass du deine ›Arbeit‹ auch angemessen bezahlt bekommst ...!« Das war wohl der berühmte Wassertropfen gewesen – Valentin, gereizt und entnervt, hatte kurzerhand Schluss gemacht.

»Das wollte ich seit ein paar Tagen, aber ich habe nie den richtigen Augenblick gefunden. Das war zwar nicht sehr schön und passend, aber wann ist für so was denn jemals der richtige Zeitpunkt?«

Wenn es nach mir ging, nie, aber wenn wir gerade vom richtigen Zeitpunkt sprachen, war es höchste Zeit, fand ich, endlich zu erfahren, was »damals« zwischen Jasper und Valentin passiert war. Valentin zeigte auf den noch leicht maroden Gartenpavillon, den wir nächstes Jahr wunderschön umbauen würden, und ging vor, ich aufgeregt hinterher. Mit meinem Generalschlüssel schloss ich auf. Auf der großzügigen weichen Sitzlandschaft aus karamellfarbenem Stoff machten wir es uns gemütlich und dimmten das Wandlicht. Valentin zog seine Smokingjacke aus und knöpfte sein Hemd auf. Schockgefroren sah ich ihm zu, unfähig, etwas zu sagen. War das seine Art, auf Jaspers Auftritt zu reagieren, indem er versuchte, mich zu verführen, nachdem ich gerade groß getönt hatte, zwischen uns laufe nichts mehr?

Valentin musste an meinen flatternden Augen und dem heißlaufenden Hirn erkennen, was ich dachte, es schien ihn aber nicht aufzuhalten. Seltsam, dass er mich nicht weiter ansah, sondern einfach in aller Seelenruhe sein Hemd auszog. Plötzlich sah er mir in die Augen und zeigte dann auf seine Narbe, die vom Ende des Unterarms bis zur Schulter verlief und ihn verdammt verwegen aussehen ließ.

»Um das hier geht es!«, sagte er leise.

»War das Jasper?«, fragte ich zaghaft, konnte mir aber nicht wirklich vorstellen, wie das passiert sein konnte.

»Nicht direkt, aber es hat mit ihm zu tun. Als ich dreizehn und er zehn Jahre alt war, spielten wir an einem Wochenende in der leeren Brauerei. Natürlich sahen das unsere Eltern nicht gern, aber in dem Alter denkst du dir nicht viel dabei. Wir haben rumgetollt und wurden immer wilder, plötzlich kam Jasper an mehrere Fässer, löste sie aus Versehen, und bevor ich denken konnte, rollten sie auf ihn zu! Vor lauter Angst fiel er hin und konnte nicht rechtzeitig aufspringen. Mehr aus Reflex hab ich ihn weggezogen und zur Seite geschafft, aber leider schrammte mich eines der Fässer genau hier am Arm mit den metallenen Außenstäben. Durch die Schnelligkeit entwickelten die Fässer eine enorme Kraft, wurden plötzlich richtig scharf, fetzten meine Haut am Arm weg und trafen leider auch die Sehne. Richtig fies geblutet habe ich und wurde sofort ins Krankenhaus eingeliefert und operiert. Jasper war natürlich geschockt und untröstlich, ich musste ihn die ganze Zeit beruhigen, dass ich ihm verzeihe!«

Das war wirklich eine schreckliche Geschichte, und es tat mir auch alles furchtbar leid, aber für mich klang es nach einem Versehen, einem Unfall, den keiner wollte, und deshalb verstand ich auch nicht ganz, wieso das heute noch so als Geheimnis behandelt wurde und anscheinend so eine Tragweite hatte. Valentin konnte mit seinem Arm mehr als gut umgehen, das hatte ich am eigenen Leib erlebt, im Job gab es auch keine Probleme, und

Sport machte er alle Mal damit. Wieso also war das Thema immer noch so akut? Meine Reaktion schien leicht zu deuten zu sein, denn Valentin sah mich forschend an. »Das war nicht alles, ein Unfall kann passieren, denkst du jetzt, und wo ist das Problem, ist doch alles gut gegangen, nicht?«

Mist, sprach ich, ohne es zu merken, lautlos mit, was ich dachte – konnte Valentin Lippenlesen?

»Wenn ich ehrlich bin, habe ich in die Richtung eben gedacht ...!«

Valentin hielt kurz inne, als ob er sich einen Ruck geben müsste. »Was du nicht wissen kannst, ist, dass ich damals einen Berufswunsch hatte und auf dem besten Weg war, diesen Wunsch zu leben. Ich wollte Cellist werden und spielte ähnlich wie du einige Jahre vor dir in allen Seminaren, gewann sämtliche Nachwuchspreise, bekam Unterricht bei Jedim und wurde sogar bereits in der Presse als DAS Nachwuchstalent gefeiert. Musik war meine Leidenschaft, mein Leben, ich war besessen, aber das muss ich dir ja nicht erklären. Du weißt genau, wie das ist, sonst kann man auch nicht acht Stunden am Tag üben. Mit einem Schlag war meine Zukunft zerstört, denn die Grobmotorik war zwar in Ordnung, aber die Feinmotorik durch die verletzte Sehne dahin. Die braucht man aber, um auf dem Saitensteg schnell und präzise zu greifen, wie du weißt. Anfangs wollte ich mich nicht damit abfinden, habe wie verrückt Krankengymnastik gemacht und mir eingeredet, dass ich das mit viel Übungen und positivem Denken wieder in den Griff bekomme. Dem war aber nicht so. In dem Moment, in dem ich das begriff, legte ich mein Cello zur Seite und hab es seither nie wieder angerührt. Überhaupt habe ich Musik weitgehendst aus meinem Leben verbannt, was vielleicht extrem war, aber immer wenn ich ein Stück höre, juckt es mich in den Fingern, es zu spielen, und im selben Moment wird mir schmerzlich vor Augen geführt, dass das nicht mehr geht wie früher!«

Das alles erzählte er monoton, fast teilnahmslos, was überhaupt nicht zu den schmerzhaften Worten passte, die er von sich gab. Wortlos fuhr ich zärtlich seine Narbe entlang, was er kaum wahrnahm.

»Dann habe ich zufällig eine deiner Interpretationen der Impromptus von Schubert gehört und musste weinen, so sehr sprach es mir aus der Seele. Das war, lange bevor du und Jasper euch kennenlerntet. Natürlich wusste ich, wer du warst, und kannte deine Musik, aber du warst mir ein zweifacher Dorn im Auge. Erstens warst du wunderschön und einfühlsam, wie du da mit deinen roten Locken plötzlich in der Tür standest, und dann spürte ich dein Talent, deine Gabe, Gefühle und Schmerz mit der Musik wiedergeben zu können. Ohne deine Biografie zu kennen, wusste ich instinktiv, dass du Trauer und Schmerz selber kennen musstest, sonst hättest du nicht so gespielt. Wenn ich Amelies Variationen verglich, waren sie geradezu stumpf und naiv im Vergleich zu deinen. So, jetzt weißt du, was es mit dem Geheimnis von damals auf sich hat. Natürlich kannst du dir vorstellen, dass es für Jasper unerträglich ist, seiner Begabung, seinem Talent erfolgreich nachzugehen, während ich durch seine Unachtsamkeit dazu verurteilt bin, neue Wege zu gehen und nicht mehr meine Leidenschaft leben zu können. Das plagt natürlich ...«

Wow, das waren in der Tat schicksalhafte Verwicklungen vom Feinsten. Schuld, Sühne, Zufall, Vergebung, Liebe, klang alles wie ein schwerer russischer Roman, nur war es mitten in München passiert.

»Vielleicht klingt das jetzt bescheuert, aber ich hab das Gefühl, dass dir dein Job ganz gut gefällt, oder täusche ich mich völlig?«

Valentin sah auf, überlegte kurz und gab mir dann recht.

»Ja, ich muss sagen, je mehr ich eigene Ideen reinbringe und nicht mehr einfach nur das Unternehmen saniere, macht es wirklich Spaß, und natürlich finde ich die Zusammenarbeit mit dem Waldhaus und dem musischen Konzept wunderschön und bin auch ein bisschen stolz auf alles, was ich da eingebracht habe!«

Zu Recht, konnte ich nur sagen. Langsam zog Valentin sein Hemd wieder an, schade eigentlich, und so schaute ich sehnsüchtig zu, wie Stück für Stück des gut gebauten Oberkörpers unter dem weißen Hemd verschwand, und Valentins Worte hatten Zeit, sich bei mir zu setzen.

Instinktiv fand ich sein Verhalten, die Musik völlig aus seinem Leben zu verdrängen, falsch und ungesund. Natürlich konnte ich mit meiner Erkenntnis nicht hinterm Berg halten. »Ich finde, du solltest wieder spielen, und zwar nicht für die Bühne, dein Ego oder die Anerkennung, sondern für die Liebe zur Musik, die du zweifelsohne hast. Es geht nicht um die Leistung und wie schnell du welches Stück spielen kannst, sondern um das, was die Musik dir alleine bringen kann. Du solltest inzwischen doch wissen, was mit Dingen und Gefühlen passiert, die man versucht krampfhaft zu unterdrücken!«

Valentin sah mich nachdenklich an und ging nicht auf meinen Kommentar ein. Stattdessen fragte er: »Kann ich heute hier im Gästehaus schlafen? Mir ist nicht danach, zurück in die Hölle zu fahren, zumindest würde ich das gerne ausgeschlafen machen!«, und unterdrückte ein Gähnen. Natürlich konnte er, das war ja wohl das mindeste nach all seiner Hilfe und seinem Einsatz. Unsicher umarmte ich ihn, nicht, dass er sich jetzt angemacht fühlte, und bedankte mich von ganzem Herzen.

»Das kann ich nie wieder gutmachen!«

Valentin lachte. »Das musst du auch nicht. Deshalb habe ich nicht geholfen!«

Zögernd ging ich zur Tür, konnte es dann aber doch nicht lassen. Mit zittriger Stimme fragte ich: »Hast du das vorhin eigentlich ernst gemeint, dass du mich seit dem ersten Augenblick liebst? Ich meine, stimmt das immer noch?«

O Gott, hatte ich das wirklich eben gesagt, wollte ich die Antwort im Ernst hören?

»Nee, jetzt, wo ich dich näher kenne, ist alles verflogen!« Frech grinste er mich an, zwinkerte und bat mich, das Licht auszuschalten. Da sollte mal einer noch schlau draus werden …

Kapitel 25
Bergluft

»Eddie!« Nele warf ihr Fahrrad auf den Boden und rannte auf Eddie zu, der seinerseits wie wild auf Nele zuraste, vor Freude fiepte und an ihr hoch- und runtersprang. Beide bekamen sich gar nicht mehr ein vor Freude, ein süßer Anblick!

»Kommst du mich besuchen?«, fragte Nele schließlich hoffnungsvoll, nachdem sie Eddie ausgiebig gestreichelt hatte. »Heute habe ich leider nicht lange Zeit, ich wollte Valentin etwas vorbeibringen, aber wenn du magst, können wir am Wochenende in den Tierpark nach Hellabrunn gehen. Hast du Lust?«

Und ob Nele Lust hatte! Aufgeregt schmiedete sie gleich Pläne, wann und wie lange wir hinkönnten, bei welchem Tier wir zuerst vorbeischauen würden, welche wir auslassen konnten.

»Ich spreche mich mit deinem Papa ab, und dann hole ich dich am Samstag, wenn er nichts dagegen hat, gegen zehn Uhr, einverstanden?«

Nele war mehr als einverstanden.

»Magst du kurz auf Eddie aufpassen, während ich zu Valentin gehe?«

»Au ja! Mach ich gern, aber Papa ist nicht da. Willst du warten?«

Auf gar keinen Fall! Allein hierherzukommen hatte mich schlaflose Nächte und eine Menge Mut gekostet, da würde ich bestimmt nicht noch länger warten, denn auch wenn ich mich hergetraut hatte, wollte ich weder Jasper, Ulrike noch Georg begegnen. Eigentlich war ich auch nur hier, weil ich mir Sorgen machte und Valentin vermisste, denn seit der Neueröffnung im Waldhaus hatte ich ihn nicht mehr gesehen. Am nächsten Morgen war er einfach verschwunden und ließ sich nicht mehr blicken und meldete sich auch nicht.

Zuerst dachte ich mir nichts dabei, schließlich musste er einiges Private regeln. Nach einigen Tagen ohne Lebenszeichen fand ich es langsam merkwürdig, zumal unsere Zusammenarbeit plötzlich über seinen stellvertretenden Geschäftsführer abgewickelt wurde, der sich mit »Valentin hat mich gebeten, mit euch die nächste Lieferung abzusprechen …!« meldete, ohne weitere Erklärung.

Nach einer Woche schickte ich Valentin eine SMS, bekam aber keine Antwort. Dann rief ich an, wurde aber sofort an die Mailbox geleitet und hinterließ eine Nachricht, dass ich mir Sorgen mache und mich freuen würde, wenn er sich wenigstens kurz melden würde. Darauf kam eine knappe SMS, die besagte, dass er für eine Woche auf der Familienhütte in den Bergen abgetaucht sei, er den Kopf klar bekommen wollte, schließlich sei ja einiges vorgefallen in der letzten Zeit. Das war nun drei Wochen her, Valentin war also schon wieder in München, aber immer noch kein Lebenszeichen von ihm, dabei hatte ich seit der Neueröffnung nur noch an ihn denken können. Mit einem Schlag war mir klar geworden, weshalb ich mich ihm so nah fühlte. Wir beide liebten die Musik, mussten mit einem Schicksalsschlag leben und waren unserem familiären Erbe verpflichtet. Mir tat es in der Seele weh, dass Valentin überhaupt nicht mehr Cello spielte, und ich hielt es auch für falsch, dass er so rigoros die Musik aus seinem Leben verbannte. Es war nicht gut, die Liebe zur Musik zu unterdrücken. Auch wenn er nicht mehr konzertreif spielen konnte, so würde die Musik ihm viel bedeuten, dessen war ich mir sicher. Aus diesem Grund hatte ich mich entschlossen, ihm ein Cello zu kaufen. Es war ein wunderschönes altes Stück, über hundert Jahre alt, eine Einzelanfertigung in meisterhafter Handarbeit. Altes, abgelagertes, bestes Resonanzholz aus Ahorn wurde für den Klangkörper des Cellos verwendet, kombiniert mit einer alpinen Hochgebirgsfichte für den Deckel, der aus elastischem Holz sein musste. Das Cello klang harmonisch im Ton und leicht in der Ansprache. Sein Lack war der früher oft verwandte italienische Cremona-Lack, der dem Instrument zu einem warmen, weichen und trotzdem sehr starken Klang verhalf. Ein Freund, der Cellist bei den Münchner Philharmonikern war, war so nett, mir das Instrument über Kontakte zu besorgen. Das Besondere an diesem Cello war, dass es durch einen kleinen Riss beschädigt war, der aber auf den Klangkörper überhaupt keinen Einfluss hatte. Wenn diese Symbolik nicht perfekt zu Valentin und seiner Narbe passte, wusste ich es auch nicht.

»Was ist denn jetzt?«, holte Nele mich in die Wirklichkeit zurück.

»Äh, ich gehe wieder, aber kann ich Valentin ein Geschenk hierlassen?«, wollte ich wissen, während ich mich immer wieder unruhig umsah.

»Na klar! Was ist es denn?«, fragte Nele neugierig. Dass es ein Musikinstrument war, würde sie sicher gleich erraten, wenn ich es aus dem Auto holte. Mit dem Cello und einem Brief bepackt, ging ich zu Valentins Eingangstür zurück und lief geradewegs Ulrike in die Arme. Mein Herz stoppte im selben Moment. Oh weh, hatte sie schon den Teer warm gemacht und die Federn bereitgelegt, oder würde ich nur in den Kerker geschmissen oder auf dem Scheiterhaufen verbrannt? Nicht, dass sie am Ende auf dumme Gedanken kam. Zu meiner Überraschung sah Ulrike nicht böse aus, im Gegenteil, sie lächelte freundlich, umarmte mich herzlich und sah erstaunt auf das Cello, das ich gerade vor Valentins Tür abstellen wollte.

»Eine sehr gute Idee. Ich habe immer gesagt, er sollte wieder mit dem Spielen beginnen. Vielleicht hört er ja auf dich!«

Voller Erleichterung stimmte ich mit ein. Ulrike sah mich forschend an.

»Magst du einen Kaffee?«

Meinte sie mich, wirklich mich? Vielleicht war der Scheiterhaufen abbestellt, und stattdessen mischte sie mir Gift in den Kaffee? Verstehen würde ich es.

Ulrike bemerkte meine Unsicherheit.

»Die Männer sind alle ausgeflogen, also keine Angst!«

Aha, das hieß keine Zeugen, niemand würde wissen, dass ich hier war, und einem Kind schenkte man keinen Glauben. Scherz beiseite, natürlich wollte ich einen Kaffee mit ihr trinken. Offensichtlich hasste sie mich nicht, und das allein machte mich glücklich. Nele blieb draußen mit Eddie, und so trottete ich die Stufen rauf in die gemütliche Wohnküche, in der ich schon so oft gesessen hatte, und bekam einen Milchkaffee mit ordentlich Schaum und Kakaoflocken. Ulrike setzte sich zu mir und lächelte mich erwartungsvoll an.

»Wie es dir geht, kann ich mir einigermaßen denken, was mich viel mehr interessiert: Was willst du tun?«

Da saß also die Frau, die die beiden Männer, die mir Kopf und Verstand raubten, großgezogen hatte, und fragte mich, was ich zu tun gedachte. Die Wahrheit sagen oder lieber diplomatisch ausweichen? Ich entschied mich für die Wahrheit, denn erstens vertraute ich Ulrike, und zweitens hielt ich sie für eine kluge Frau, die bestimmt einen guten Rat auf Lager hatte, etwa auszuwandern, Montevideo sollte anscheinend sehr schön sein, oder es zur Abwechslung mit einem Mann zu versuchen, der nicht verwandt oder verschwägert mit ihrer Familie war ...

»Ehrlich gesagt bekomme ich Valentin vielleicht aus meinem Kopf, bestimmt aber nicht aus meinem Herz. Inzwischen denke ich mir, dass ich bereit wäre, die komplizierte Situation auf mich zu nehmen und zu hoffen, dass Jasper damit klarkommen wird. Ich könnte mich einfach nicht sehen lassen, wenn gemeinsame Familienfeste anstehen, oder darauf achten, ihm aus dem Weg zu gehen. Sicher keine ideale Lösung, aber was ist schon ideal?«

Ulrike kniff nachdenklich die Augen zusammen, dabei fiel ihr eine schwarzgraue Strähne ins Gesicht.

»Ich wusste, dass es darauf rauslaufen würde, dass du bereit bist für Valentin und Valentin für dich. Eigentlich habe ich es von Anfang an kommen sehen. Natürlich habe ich mich gefreut, als Jasper dich mitbrachte, denn wie du weißt, mag ich dich sehr, und vor allem habe ich mich gefreut, dass er endlich bereit war, sein sprunghaftes Lotterleben gegen eine erwachsene Beziehung einzutauschen, aber irgendwie wurde ich das Gefühl nicht los, dass Jasper sich mehr in eine Idee verliebt hatte. Er liebt Nele über alles, und ich glaube, seit Valentin und sie hier leben, hat er öfter darüber nachgedacht, dass er auch gern eine Familie bzw. Kinder hätte. Natürlich liebe ich meine beiden Jungs bedingungslos über alles, aber ich sehe trotzdem ihr Verhalten, und ich habe dich gut genug kennengelernt, um zumindest eine Einschätzung zu haben, was du willst.«

Sie machte eine kurze Pause, stand auf und schenkte sich ein Glas Wasser ein. Da ich nur zu gern wissen wollte, was sie noch dachte, unterbrach ich nicht und ließ sie weiterreden.

»Mir ist nach kurzer Zeit aufgefallen, dass Japser nicht sehr zuverlässig war, was dich gestört hat. Er macht das nicht aus böser Absicht, er vergisst einfach manchmal die Welt um sich herum, sei es aus Begeisterung oder auch aus Gleichgültigkeit. Dann ist er sehr sensibel und empfindlich, in diesem Punkt seid ihr euch nicht unähnlich. Ich glaube einfach, dass Valentin, was Beziehungen angeht, erwachsener und reifer ist und weiß, was es bedeutet, Verantwortung zu tragen, und genau das brauchst du, einen Mann, der weiß, wer er ist, der weiß, was er will, der souverän im Leben steht und der dich stärkt. Japser ist schon immer sehr verspielt gewesen und wird auch so schnell nicht erwachsen werden. Ich glaube, dass Japser für den konventionellen Weg einer Familie nicht geschaffen ist. Ein Leben ohne Verpflichtung und Routine, in dem er spontan und ungebunden sein kann, liegt ihm viel mehr. Wenn er ehrlich zu sich ist, wird er das auch bald merken. Momentan habe ich nämlich das Gefühl, dass er ganz froh ist, sein altes Leben zurückzubekommen, ohne Verantwortung, Kompromisse und Verpflichtungen.«

Das konnte durchaus möglich sein. So hatte ich das Ganze noch nicht betrachtet, bestimmt, weil ich zu nah dran war und vor lauter Schuldgefühlen und schlechtem Gewissen nicht in der Lage, die Beziehung von Jasper und mir ohne Valentin, also für sich allein genommen zu analysieren. Zugegeben, das war ein neues und gutes Gefühl. Dankbar drückte ich Ulrikes Hände.

»Was würdest du denn an meiner Stelle machen?«

Sie zögerte keine Sekunde mit ihrer Antwort: »Deinem Herz folgen. Keiner hat was davon, wenn du und Valentin euch ein Leben lang nacheinander verzehrt und nicht glücklich werdet. Denn dann leiden alle drei. Du und Valentin, weil ihr das Gefühl habt, aus Rücksicht zu Jasper auf eure Liebe verzichtet zu haben, was mit der Zeit nur den Zorn auf Jasper ansteigen lassen wird. Und Jasper wird nach einiger Zeit das schlechte Gewissen plagen, denn natürlich findet er auch wieder eine Frau, wird dich vergessen, aber ein schales Gefühl bekommen, wenn er selber wieder glücklich ist und ihr beide nicht. Falls du wissen willst, was ich genau jetzt an deiner Stelle machen würde, kann ich dir das gerne sagen. Bring das Cello Valentin persönlich vorbei. Er ist noch mal auf die Hütte gefahren und wollte morgen wiederkommen. Ich gebe dir die Adresse, wenn du willst!«

Und ob ich wollte! Erleichtert und überglücklich umarmte ich Ulrike.

»Weißt du, meine Mama hätte mir bestimmt denselben Rat gegeben, ihr hättet euch genial verstanden!«

Ulrike strahlte.

»Das glaube ich sofort, denn wer so eine tolle Tochter hat, muss so vieles richtig gemacht haben!«

Sofort machte ich mich auf den Weg Richtung Hütte. Eddie hatte ich wieder eingepackt, er liebte Auto fahren! Leider gab es noch keine Absperrung im Kofferraum, sodass Eddie stolz wie Harry auf dem Beifahrersitz thronte und sich regelmäßig auf die Hinterbeine stellte, die Vorderpfoten auf das Armaturenbrett setzte und die Lage fest im Griff hatte. Es war zu niedlich anzusehen. Wenn ich das Fenster öffnete, flatterten seine Ohren im Fahrtwind, und alles, was am Fenster vorbeizog, schien spannend für ihn zu sein, zumindest wedelte Eddie alle paar Minuten aufgeregt mit dem Schwanz.

»Wir fahren in die Berge, Eddie!«, rief ich aufgeregt, und Eddie, der zwar nicht verstand, was ich sagte, aber an meiner Stimme merkte, dass etwas ganz Spannendes vor uns lag, leckte ungestüm meinen Arm am Lenkrad. Die Autobahn nach Garmisch-Partenkirchen war mitten in der Woche fast leer, sodass ich nach einer Dreiviertelstunde bereits angekommen war. Ich parkte den Wagen auf dem Parkplatz nah am Skilift, der im Frühjahr fast leer stand, denn für die Wandertouristen war es noch zu früh, und Skifahrer gab es nicht mehr. Zwar lag in den oberen Regionen der Alpen noch Schnee, und auf dem Gletscher ließ sich bestimmt gut fahren, aber im Moment wirkte der kleine, malerische, von den Alpen eingesäumte Kurort ein wenig verschlafen und sehr gemütlich.

»Wir sind da, Eddie!«, rief ich vergnügt und schaute auf den Zettel mit der Wegbeschreibung, die Ulrike mir mitgegeben hatte, denn ab jetzt ging es zu Fuß weiter, und ein Navi nutzte nichts mehr. Zum Glück trug ich flache Schuhe, denn soweit ich es überblicken konnte, dauerte der Aufstieg bestimmt eine Stunde, was an sich nicht viel war, aber mit einem Cello auf dem Rücken und einem frechen Dackel zwischen den Beinen vermutlich nicht so leicht zu meistern. Da es in den letzten Wochen trocken und frühlingshaft gewesen war, lagen die Wege weitgehend frei. Nur an schattigeren Stellen oder in Waldteilen, wo die Sonne nicht hinkam, waren noch vereiste Schneereste. Eine interessante Mischung, auf der einen Seite sprossen die Krokusse und Schneeglöckchen, wohin man sah, und dann gab es kleine gefrorene Pfützen an der einen oder anderen Stelle. Ein milder Wind strich mir ins Gesicht, und als ich bereits eine Viertelstunde aufgestiegen war, hielt ich inne und ließ meinen Blick über das kleiner werdende Tal schweifen. Diese Ruhe, diese Luft! Ich konnte mich gar nicht sattatmen und sog immer wieder die klare, frische Bergluft ein, im Gefühl, gleich einen Sauerstoffflash zu bekommen. Eddie seinerseits war schwer begeistert. Keine Ahnung, ob sein früheres Herrchen ihn mal mit in die Berge genommen hatte, auf alle Fälle rannte er, was das Zeug hielt. Im Gegensatz zu mir war er bereits ein paar Mal den Weg ein gutes Stück hochgewackelt, nur um dann wieder mir entgegenzurennen, an verschiedenen Stellen anzuhalten, zu schnuppern und sein Bein zu heben. So beschwingt ich anfangs war, so beschwert fühlte ich mich nach einiger Zeit und erntete, sagen wir mal, erstaunte Blicke von den vereinzelten Wanderern, denen ich begegnete. Okay, eine Frau in normaler Stadtkleidung mit einem Cello auf dem Rücken und einem aufgeregten Dackel sah man auch nicht alle Tage in den Bergen. Die Reaktionen variierten sehr. Ein Paar hielt mich anscheinend für voll zurechnungsfähig, lachte und fragte nach, was es mit dem Cello auf sich habe. Ein anderer Wanderer hingegen wollte besorgt wissen, ob es mir gut ginge, und fragte das besonders langsam und deutlich, so als ob er dachte, ich hätte einen Drogencocktail intus und er müsse besonders eindringlich sprechen, um zu mir durchzudringen. Mit hochrotem Gesicht und unter Keuchen brachte ich ein Ja hervor und streckte zur Unterstützung den Daumen in die Höhe. Nach einer gefühlten Ewigkeit sah ich endlich die Hütte hinter einer Kurve. Sie sah aus wie eine alpenländische

Blockhütte, aber relativ schlicht gehalten, also ohne großartige Verzierungen oder Malerarbeiten. Vor der Hütte war ein kleiner windschattiger Platz angelegt, auf dem ein Holztisch und zwei Bänke standen, auf dem Tisch lag eine rot-weiß-karierte Decke mit passenden Sitzkissen für die Bänke, daneben plätscherte ein kleiner Brunnen munter vor sich hin. Jetzt wo ich hier war, überkam mich plötzlich die nackte Panik! Wie würde Valentin reagieren, was genau wollte ich noch mal sagen? Was, wenn er die Idee mit dem Cello als Zumutung empfand? Eddie machte sich weniger Gedanken und rannte fröhlich bellend auf die Hütte zu, wahrscheinlich roch er Valentin. Na super, damit war meine Idee, vielleicht doch lieber einen Rückzieher zu machen oder still und heimlich das Cello mit dem Brief stehen zu lassen, zunichtegemacht. Es dauerte keine Sekunde, da trat Valentin auch schon vor die Tür, um nachzusehen, was es mit dem Gebell auf sich hatte. Leider sah er immer noch verdammt sexy aus, wie er da im weißen aufgekrempelten Hemd, Jeans und Converse stand, die dunklen Haare leicht zerzaust und diese gesunde Gesichtsfarbe, die seine Haut geradezu samtig leuchten ließ. Ich hingegen konnte keine sehr hübsche Figur abgeben. Mein Rücken klebte vor Schweiß, und auch meine Haare lagen feucht an meinem Kopf, weil mir so heiß war. Wie ich aussah, wenn ich Sport machte, wusste ich zur Genüge. Hummerrot hatte Helene den Gesichtston getauft, der sich leider komplett mit dem Rotton meiner Haare stach. Im Prinzip sah ich aus wie ein Streichholz, und das war kein Kompliment. Zudem war ich ausgerechnet kurz vor der Hütte auf einer kleinen vereisten Stelle ausgerutscht und im nassen Erdreich gelandet, was meine helle Jeans und der frühlingshafte helle Trenchcoat bestätigten. Wie das Riesencello auf meinem Rücken wohl aussah, konnte ich mir nur vorstellen, zumindest weckte ich in diesem Zustand bestimmt keine Begierde, sondern höchstens Assoziationen von alten Frauen, die Brennholz im Wald sammelten, den Korb auf den Rücken geschnallt. Eddie war total aus dem Häuschen und flitzte zwischen Valentin, der mich mit offenem Mund anstarrte, und mir, die immer noch nach Luft schnappte, hin und her. Sprang immer wieder an mir hoch, was zur Folge hatte, dass meinen Mantel nicht nur Dreck und Grasflecken zierten, sondern auch noch ein Pfotenprintmuster dazubekam, das wie gestempelt aussah.

»Sag jetzt nicht, du warst in der Gegend oder hast dich verlaufen!«, rief Valentin und kam kopfschüttelnd auf mich zu. Sein amüsiertes Grübchengrinsen war unübersehbar.

»Eigentlich wollte ich nur mal sehen, wie du so aussiehst und vor allem riechst nach ein paar Tagen in 'ner Hütte ohne Dusche und Strom; wo du sonst so sehr Wert legst auf dein Äußeres! Bekommst du deine Stützwelle ohne Fön hin? Mit Wicklern?«, parierte ich.

»Na ja, jetzt hast du ja gesehen, dass ich top gestylt, wohlriechend wie immer auch in den Bergen eine gute Figur mache, was ich von dir gerade nicht behaupten würde, oder bezog sich das Riechen und die schlecht sitzende Frisur eben auf dich? Wenn ja, hast du auf alle Fälle gewonnen, oder ist rot die neue Trendfarbe im Frühjahr, dass man sie jetzt auch im Gesicht trägt?«, teilte Valentin aus.

Schön, es war also alles wie immer.

»Bist du auf Cello umgestiegen, oder wolltest du zum Holznachlegen vorbeikommen?«

Valentin scherzte zwar weiter, aber seine Augen verrieten Neugierde und Unsicherheit, was das Ding auf meinem Rücken anging. Erschöpft streckte ich ihm das Cello entgegen.

»Lass uns reingehen, ich muss erst was trinken, dann sprechen wir!«

Die Hütte, die Georg von seinem Vater geerbt hatte, war wunderschön. Einfach, aber alles geschmackvoll eingerichtet, gut durchdacht und handwerklich bestens ausgeführt. Es gab eine Stube mit einem alten Kachelofen, der von einer Holzbank samt dicken Kissen umrandet wurde. In der Mitte des Raumes stand ein Holztisch mit einer Bank und ein paar Stühlen. In einer der Ecken war ein Holzschrein angebracht, mit einer abstrakten Holzjesusfigur, ein paar Blüten und weißen dicken Kerzen. An der Wand ein Geweih, das schon älter sein musste. Die Küche schloss nahtlos an und bestand aus einem kleinen Herd, der mit Holz und Kohle geheizt werden musste. Ein Regal bot bunten Tassen, Tellern und Gläsern Platz, eine an der Wand angebrachte Kupferleiste hielt die an Haken herunterhängenden Töpfe, Pfannen, Kochlöffel, Siebe und andere Utensilien. Auf einer kleinen Anrichte an der Wand standen verschiedene Kräuter in Töpfen und ein großes Holzbrett, auf dem Brot geschnitten wurde. Ein kleiner Tisch mit einer Bank direkt unterm Fenster gaben der Küche die restliche gemütliche Note. Eine Treppe führte nach oben, die ich neugierig hochstieg, um zwei Schlafzimmer mit jeweils zwei großen Bauernbetten und Heumatratzen vorzufinden. Das Schönste aber war der unfassbare Blick ins Tal und auf die Berge, den man von den Betten aus hatte. Diese Hütte würde ich auch sofort ohne Sinnkrise nutzen, ein wahres Paradies war das!

»Bitte schön, dein Wasser!«

Valentin stellte mir einen Krug hin, in dem Zitronen- und Orangenscheiben schwammen, dazu ein Glas. Hatte er die extra hochgetragen, oder kam jeden Tag der Einkaufshelikopter vorbei und seilte ab, was man haben wollte?

»So, und was führt dich her?«, fragte Valentin und stützte dabei sein Gesicht in seine Hände.

»Das weißt du doch genau! Du willst nur, dass ich es sage, stimmt's?«

»Stimmt!«, kam die Antwort ohne Zögern.

Na gut, dann sollte er sie haben, meine Beichte. Erst sprach ich eher belanglos, dass ich mir Sorgen gemacht und viel nachgedacht hätte, aber je mehr ich sprach, desto mehr Mut bekam ich. Schließlich sagte ich den alles entscheidenden Schlüsselsatz.

»Ich will mit dir zusammen sein, nicht heimlich oder mit schlechtem Gewissen, sondern offiziell so, dass jeder es sehen kann. Ich liebe dich nämlich auch! Es gibt zwar niemanden, der mich so auf die Palme bringen kann wie du, aber von da oben ist man dem Himmel ja ziemlich nah, und so fühle ich mich, wenn du da bist.«

Valentin sah mich durchdringend an, was mich nicht gerade lockerer werden ließ. Wie lange musste ich das Schweigen aushalten, bis ich nachfragen konnte, was er dazu sagte? Fünf Sekunden, zehn Sekunden, eine Minute? Valentins Gesicht verzog sich plötzlich zu einem Lächeln, einem sehr zärtlichen Lächeln.

»Auf diesen Moment warte ich schon lange, aber ich wollte, dass er von dir ausgeht, denn ich habe dich in der Vergangenheit zu sehr bedrängt, weil ich dich unbedingt wollte. Aus diesem Grund war es mir wichtig, dass du alleine zu dem Entschluss kommst, ohne dass ich auf dich einrede oder einwirke!«

Perplex überlegte ich, ob es das bedeutete, was ich verstand. »Heißt das, du willst es auch?«

Anstatt zu antworten, nickte er, stand langsam auf, zog mich aus meinem Stuhl und führte mich ohne lange Umschweife direkt die kleine Holztreppe nach oben in eines der Schlafzimmer. So wie er mich anschaute, mit diesem Verlangen im Blick und Begehren in den Händen, vergaß ich völlig, wie ich aussah. Im besten Fall wirkte es ja sexy mit nassen Haaren. Vielleicht sogar animalisch? Valentin zog mich, ohne zu sprechen, an sich, und da war er wieder, dieser Duft nach Sandelholz, der mich jedes Mal kirre werden ließ. Ohne Eile zog er mich Stück für Stück aus, liebkoste meine Arminnenseiten, streichelte sanft meinen Nacken und küsste meinen Hals bis hin zum Ohr. Dass in einem überlegten Mann so ein unberechenbares Feuer brennen konnte, hatte ich erst bei Valentin kennengelernt. Wie hieß es so schön: Beurteile nie ein Buch nach dem Umschlag ... Fallen lassen, einfach fallen lassen konnte ich mich bei Valentin. Mich in seinen dunkel schimmernden Augen verlieren, seine markante Nase küssen, seine weichen Lippen mit dem Finger nachfahren, den er sich sofort schnappte und daran herumspielte, seine Fältchen um die Augen zählen und mich blenden lassen von diesen unfassbar geraden, gesunden Zähnen, die ihm sein magisches Lachen verliehen. Natürlich wusste ich, wie Valentin sich anfühlte, wie oft hatte ich mir diese eine Nacht in Erinnerung gerufen, aber dieses Mal fühlte es sich anders an. Eine tiefe Verbundenheit und Sicherheit waren dazugekommen, die mich seinen warmen Körper und die Art, wie er mich anfasste, viel intensiver und vertrauter spüren ließ. Die Anziehung, die zwischen uns bestand, war also nicht der Reiz des Verbotenen gewesen, sondern die Art Chemie zwischen zwei Menschen, die in Songs besungen und Gedichten beschrieben wurde. Wir konnten weder die Hände noch die Augen voneinander lassen, immer wieder jagten mir kleine Schauer durch den Magen, wenn ich Valentin zwischen den Laken liegen sah, es brauchte nur einen kleinen Funken, einen Blick, und schon stürzten wir übereinander her, völlig berauscht, wie von Sinnen, immer gleich gierig, das Verlangen nie gestillt, zumindest nicht auf Dauer. Ich kann nicht sagen, wie viele Stunden wir in dem großen schönen Bauernbett verbrachten, aber irgendwann, es dämmerte bereits und wurde kühl im Zimmer, knurrte mein Magen laut und vernehmlich. Wir mussten beide lachen und waren mit einem Schlag im Hier und Jetzt zurück.

»Lass uns was essen und dann da weitermachen, okay?«, grinste Valentin und stand auf. Mich musste man nicht zweimal bitten. Valentin gab mir eine Decke, die ich mir umwarf, um ihm in die Küche zu folgen, wo Eddie, den ich zu meiner Schande komplett vergessen hatte, brav unter der Kachelofenbank lag.

Natürlich änderte sich das, als er uns sah, und sofort bellte er drauflos und verlangte nach höchster Aufmerksamkeit. Sollte er bekommen, wenn er schon so eine Rabenhundemutter hatte. Während Valentin das Essen zubereitete, stellte ich Eddie eine Schale Wasser hin und kramte aus meiner Handtasche eine Futterdose. Zum Glück war ich paranoid genug und trug immer eine Notfalldose mit mir herum, seit Eddie bei mir war und ich gleich geträumt hatte, er wäre mir verhungert. Was Valentin da vor sich hinwerkelte und kochte, roch verführerisch. Ein Gröstel sollte es werden, eine Art einfaches Bauernresteessen, was ähnlich wie Kasspatzen Tausende gefühlte und tatsächliche Kalorien hatte, aber unglaublich lecker schmeckte! Kartoffeln, Zwiebeln, Speck, Schmalz und ein Stück Schweinebraten wurden zusammen angebraten, mit Petersilie, Salz und Pfeffer abgeschmeckt und fertig. So einfach und genau das Richtige nach körperlich anstrengender Arbeit ... Zum Gröstel gab es ein gekühltes Bier und hinterher einen selbst gebrannten Marillenschnaps. Valentin zündete ein Feuer im Kachelofen an, das unter leichtem Prasseln eine wohlige Wärme verströmte. Der Schnaps tat sein Übriges, um mich von innen warm zu halten, so viel war klar, ich würde dieses Stück Natur mit der unfassbar guten Luft, der imposanten Landschaft, der Ruhe und diesem Traummann nicht eher als nötig verlassen. Solange mich keiner rausschmiss, würde ich bleiben. Diesen Wortlaut ungefähr simste ich Helene.

»Wie geht es Jasper?«, getraute ich mich endlich zu fragen, als wir am Kachelofen saßen und abwechselnd Eddie kraulten, der vor Vergnügen alle viere in die Luft streckte und ganz still hielt. Valentin zuckte mit den Schultern.

»Gut wäre gelogen, aber besser trifft es ganz gut. Er hat sich viel mit unseren Eltern unterhalten und wird so langsam damit fertig oder lernt damit umzugehen. Was sicher hilft, ist, dass sein Freund Anton wieder in München ist, der ihn durchs Münchner Nachtleben schleift und allen Damen vorstellt, die der Markt so bietet, und ich glaube, er findet gerade wieder Gefallen daran …!«

Wenn es half, war das sicher die richtige Maßnahme, Ablenkung als Medizin.

»Und wie ist es zwischen euch beiden?«, fragte ich und hoffte, damit nicht zu weit zu gehen. Valentin biss sich auf die Lippe und seufzte.

»Inzwischen redet er immerhin wieder mit mir, auch wenn sich das meiste auf Beschimpfungen reduziert, aber damit kann ich besser umgehen als mit seiner Distanz und Nichtachtung. Natürlich habe ich immer noch Schuldgefühle ihm gegenüber, schließlich ist er mein kleiner Bruder, der mir die Welt bedeutet und den ich immer beschützt habe. Andererseits meine ich ihn so gut zu kennen, dass ich nicht glaube, dass er zu dir auf Dauer passen würde oder ich eine Beziehung zerstört habe, die für die Ewigkeit gemacht war!«

Ja, Jasper würde uns als Thema länger erhalten bleiben und bestimmt nicht von heute auf morgen einfacher werden. In diesem Fall mussten wir wirklich auf Geduld und Zeit setzen und Jasper zeigen, dass wir trotz allem für ihn da waren, wenn er das wollte. Ohne es zu merken, war ich mit einem Mal völlig müde. Die kleine Wanderung, die frische Luft, das deftige Essen, die Stunden mit Valentin, die Anspannung, die nachließ … all das ließ meine Augen zufallen, ohne dass ich mich wehren konnte. Leise hörte ich am Rande Valentins dunkle Stimme, die zärtlich flüsterte: »Na, dann bring ich dich mal ins Bett, du Elfe!« Sanft trug er mich die Treppe halb hoch, halb stolperte ich selbst, um mich in dieses herrliche Heubett zu legen und zuzudecken. Mit dem Geräusch des plätschernden Brunnens war ich in Sekunden eingeschlafen.

Am nächsten Morgen wurde ich von Musik geweckt. Es dauerte einen Moment, bis ich wusste, wo ich war. Kaum war meine Erinnerung wieder da, verformten sich meine Lippen zu einem seligen Dauergrinsen. Die einzige Frage, wo war Valentin, und wo kam die Musik her? Dann erst begriff ich, dass die Musik, die ich hörte, von einem Cello stammte und es Valentin sein musste, der das Prèlude von Bachs erster Sonate für Cello in G-Dur spielte, und zwar wunderschön. Das Stück gehörte zu den obersten Prüfsteinen für Cellisten, schwer zu spielen durch seine Schnelligkeit und Genauigkeit, derer es bedurfte. Vor allem aber kam es auf den Ausdruck an, und den beherrschte Valentin! Er spielte das Stück so schön, dass mir, ohne dass ich es merkte, eine Träne über die Wange lief. Ich konnte seinem Spiel förmlich anhören, wie sehr er die Musik vermisst hatte, wie es ihm guttat, diese Melodie zu spielen, es klang wie eine einzige Liebeserklärung, die durch die Hütte drang, der Knoten war geplatzt! Leise zog ich einen Pullover von Valentin über und ging ohne Lärm zu machen nach unten. In der Stube saß Valentin mit geschlossenen Augen, das Cello zwischen den Beinen und einem entrückten Lächeln, das ich noch nie zuvor bei ihm gesehen hatte, aber nur zu gut kannte. Es war der Moment, in dem man mit seinem Instrument im Fluss war, nicht mehr auf die Noten achten musste, jeder Takt logisch aufeinander folgte und man, obwohl man selber spielte, gleichzeitig Zuhörer sein konnte und einer Melodie eines anderen Menschen seine eigene Stimme und Stimmung verlieh. Das war der magische Moment, der die Umgebung ausblendete und einen mit der Musik eins werden ließ. Glücklich setzte ich mich auf die Treppe und sah ihm zu, wie er die letzten Takte spielte, den letzten Ton verhallen ließ, mit immer noch geschlossenen Augen nachhorchte und langsam, ganz langsam wieder seine Augen öffnete. Benommen nahm Valentin mich wahr, brauchte aber einen Augenblick, bis er wieder bei sich war.

»Das Cello ist wie für mich gemacht! Wo hast du es gefunden?«

Als ich ihm die Herkunft und Geschichte des Instruments erzählte, nickte er verstehend.

»Du hast mich in jeglicher Hinsicht gerettet! Von Anfang an hattest du recht, als du sagtest, dass es nicht um die Leistung, sondern die Liebe zur Musik geht und ich für mich und nicht mein Ego oder meine Anerkennung spielen sollte, dann würde ich auch ertragen, keine Profikarriere gemacht haben zu können!«

Ja, all das hatte ich ihm an dem besagten Abend im Waldhaus gesagt, aber da konnte er es noch nicht annehmen. Hier in der Abgeschiedenheit und Stille der Bergwelt probierte er das Cello in Ruhe und ohne Druck aus. War doch schön, wenn man auch mal helfen konnte.

Valentin legte das Cello vorsichtig zur Seite, gab mir einen langen Kuss und bat mich in die Küche, wo ein, wie er es nannte, Almöhi-Frühstück zubereitet stand. Eine Augenweide war das! Frischer Käse, Jogurt und Butter von einer Nachbarhütte, die zugleich eine Molkerei war, standen auf dem Tisch, dazu selbst gemachtes Apfelgelee von Ulrike, das sie hier oben vorrätig hielten, ein Bauernbrot, ebenfalls von der Nachbarhütte, Frühstücksspeck, der über dem Kachelofen vor sich hin trocknete, und frische Eier. Den Tisch hatte er mit Krokussen und anderen Bergblumen, die ich nicht kannte, geschmückt, zu trinken gab es Kaffee. Die frische, noch nicht entrahmte Milch dazu in einer Glaskaraffe. Wenn ich hier oben bleiben wollte, würde ich anfangen müssen täglich stundenlang zu wandern, denn sonst würde mich Valentin bald ins Tal rollen können, und vorbei wäre es mit der Bergromantik! Eddie tobte glücklich vor der Hütte herum und rannte immer nach draußen, dann wieder zu uns, um vom Speck abzubekommen, um danach wieder rauszuflitzen. Nach dem Frühstück half ich beim Abwasch und bekam von Valentin eine Zahnbürste und Zahnpasta in die Hand gedrückt.

»Du weißt ja, wo das Klo ist, daneben steht noch ein kleines Holzhaus, darin ist das Bad. Ich hab dir Wasser bereitgestellt, das ist eiskalt, aber du kannst ja einfach 'ne Katzenwäsche machen, und heute Abend baden wir gemeinsam bei dir im Waldhaus ...!«

Valentin grinste mich anzüglich an, was mir nicht nur gefiel, sondern auch gleichzeitig Fantasien weckte, die meinen Magen hüpfen ließen. Meine Haare band ich zu einem Zopf im Nacken zusammen, ansonsten sah ich blendend aus, wie ich in dem kleinen Spiegel erkennen konnte. Luft und Liebe eben und sämtliche Hormone, die Valentin bei mir so ausschütten ließ.

Als ich zurückkam, pfiff Valentin anerkennend durch die Zähne.

»Na also, geht doch! Zeig mal deine Schuhe!« Mit prüfendem Blick sah er an mir runter, murmelte: »Das müsste gehen«, warf sich einen Rucksack über und eröffnete mir, dass wir eine kleine Wanderung unternehmen würden, bevor es zurück ins Tal ging. Die Wanderung war einfach, keine hohen Steigungen, gute Wege, alles machbar ohne Wanderschuhe, dafür wurde ich mit einem atemberaubenden Blick belohnt. Einmal waren es die schneeweißen Berggipfel, dann die Nadelwälder, die so herrlich rochen und mich in Entzücken versetzten, dann wieder weite Wiesen mit lauter kleinen Frühlingsblumen und ein Himmel strahlend blau und weit. Wir sprachen nicht viel, gingen einvernehmlich nebeneinander her und genossen es sichtlich, ohne Drama oder Verbot gemeinsam Zeit zu verbringen.

Mit roten Wangen und blitzenden Augen stieg ich einige Stunden später in mein Auto; Eddie sprang brav hinterher, nicht nur, dass er eben passionierter Autofahrer war, nein, er hatte sich müde gelaufen und war gar nicht unglücklich darüber, jetzt gefahren zu werden. Valentin beugte sich zu mir runter und berührte meinen Nacken, was meine Härchen am Oberarm gleich aufstehen ließ.

»Bis später, Bergprinzessin, ich bin sehr glücklich mit dir!«, flüsterte er mir ins Ohr und knabberte es gleich darauf gekonnt an, was sofort eine Gänsehaut auf der gesamten linken Seite entstehen ließ. Überglücklich stieg ich ein und fuhr nicht, sondern flog nach München, anders ließ sich das Glück nicht beschreiben.

Kapitel 26

Halleluja mit vier Fäusten

»Bringt ihr mir einen Gin Basil mit?«

Im Zephyr war unter der Woche zum Glück nicht so viel los. Am Wochenende standen die Gäste schon mal bis auf die Straße in der Baaderstraße, überhaupt ging es im Glockenbachviertel an einem Montag sehr entspannt zu. Außerdem waren wir eine geschlossene Gesellschaft, Ben Mavado lud zu einem kleinen Abschlussdrink. Sein Vertrag als Dirigent der Symphoniker lief aus, und er hatte ein Angebot in New York, wo seine Freundin lebte, angenommen. Ben und ich mochten uns sehr, deshalb durfte ich auch Valentin und Helene mitbringen, die mich eben um einen Gin Basil gebeten hatte. Das Zephyr, benannt nach dem alten griechischen Windgott, war bekannt für seine leckeren Cocktails, besonders seinen Gin Basil, aber auch so schmeckten alle Cocktails richtig lecker. Es war voll mit Musikern, deren Partnern und Mitarbeitern der Hochschule, ein richtiges Familientreffen. Stolz stellte ich Valentin allen vor, Helene, die mich in meiner Kindheit so oft wie möglich zu Konzerten begleitet hatte, kannte viele der Anwesenden und unterhielt sich blendend. Aus dem Augenwinkel sah ich, wie Professor Bruckner mit seiner Frau zur Tür hereinkam. Die beiden wirkten in dem eher für junges und hipperes Publikum angelegten Laden erst mal fehl am Platz, was sich aber schnell änderte, da das beliebte Paar sofort umringt und mit Getränken umsorgt wurde. Die Jungs an der Bar behandelten jeden freundlich und waren nur zu gern bereit, Sonderwünsche oder neue Kreationen zu mixen. Nachdem Professor Bruckner weniger belagert war, ging ich mit Valentin rüber und begrüßte ihn und seine Frau.

»Sie sind also der berühmte Valentin. Haben wir uns nicht bei der Neueröffnung des Waldhauses getroffen? Clara kann ja von nichts anderem mehr als von Ihnen erzählen! Sie machen sie sehr glücklich, also bitte weiter so!«

Väterlich klopfte er Valentin auf die Schulter, der etwas verlegen schien, aber auch stolz.

»Kommst du morgen nach deinem Unterricht kurz bei mir vorbei? Ich wollte mit dir noch ein paar Prüfungstermine absprechen.«

Ich nickte, es lief wirklich gut an der Hochschule. Nicht nur, dass es mir großen Spaß machte und sie sehr zufrieden mit mir waren, selbst Frau Professor Wiese behandelte mich wohlwollend. Wenn es so weiterging, würde ich die Probezeit gut hinter mich bringen und endlich die Festanstellung bekommen. Ich legte mich aber auch ins Zeug, um das Gremium zu überzeugen, die richtige Entscheidung getroffen zu haben. Obwohl das einiges an Arbeit bedeutete, blieb genug Zeit, um das Waldhaus mit zu führen. Unser neues Konzept schlug ein wie eine Bombe. Überall gab es wohlwollende Berichte. In Tageszeitungen, Magazinen und im Internet wurden wir gefeiert, unsere musikalischen Events waren ein Erfolg, bald würden wir Lesungen und Literaturabende anbieten, und was Hochzeiten anbelangte, waren wir bereits ausgebucht. Eine wahre Goldgrube bauten wir mit dem Waldhaus auf, auch Valentin profitierte, denn seine Weine und Biere wurden ebenfalls überall erwähnt. Bei den Weinproben, die wir veranstalteten, waren einige Kenner und Gourmetjournalisten eingeladen, die die Weine wärmstens in ihren Veröffentlichungen erwähnten. Kurzum, es lief, es lief so gut, dass ich fast schon Angst bekam. Helene machte sich hervorragend im Waldhaus, ich fand auch, dass es ihr sehr guttat, aus dem täglichen Bann von Chefarzt Theo rauszukommen, denn auch wenn sie es nicht wahrhaben wollte, war sie so nie wirklich in der Lage gewesen, Abstand zu bekommen. Maxi hingegen brauchte keinen Abstand zum gewonnenen Vater. Die beiden trafen sich regelmäßig und waren dabei, ein gutes Verhältnis aufzubauen. Theo deutete sogar an, dass er darüber nachdachte, Max bald seinen Halbschwestern vorzustellen. Alles zu seiner Zeit, aber die Entwicklung war auf alle Fälle schön anzusehen und tat Maxi sichtlich gut. Helene und Maxi verstanden sich besser denn je. Wenn mich nicht alles täuschte, begann Helene, sich allmählich für unseren Sommelier zu interessieren, den wir für unsere neuen, exklusiven Weine eingestellt hatten.

»Nee! Schau mal, wer eben gekommen ist!«

Helene stupste mich hektisch an. Sofort schaute ich Richtung Tür und niemand anderes als Amelie mit ihrem Dauerverlobten und Ekelpaket Benedikt–ich-schlonz-meine-restlichen-drei-Haare-gerne-Schleimiger im Schlepptau. Die fehlten mir gerade noch, wobei, eigentlich musste ich ja nichts befürchten, denn für mich war schlussendlich alles gut gelaufen. Was Amelie jetzt machte, außer Brautmagazine zu wälzen, wusste ich nicht. Auf alle Fälle gab es nichts, womit sie mich im Moment ärgern könnte. Wie man sich doch täuschen kann … Zuerst merkte ich nichts von dem Gift, dass sie verspritzte, schließlich verzog ich mich diskret in die eine Ecke der Bar, während sie die Runde mit ihrem Stammtischtraum von Mann machte und bestens gelaunt sich mit allen unterhielt. Das hatte Amelie schon immer gut draufgehabt, sich nichts anmerken zu lassen und alles zu überspielen, selbst wenn es ihr hundeelend ging. Blendend sah sie aus, aufgestylt und frisch vom Friseur, so als ob das heute kein zwangloses Abschiedstrinken war, sondern ein Galaempfang. Irgendwann merkte ich, dass wann immer Amelie eine kleine Gruppe verließ, um sich weiter durch den Raum zu arbeiten, sie verstohlen, aber trotzdem auffällig zu Valentin und mir rüberstarrte und tuschelte. Erst dachte ich, ich bildete mir das ein, aber als ich Valentin schließlich fragte, ob er es auch bemerkte, kam nur ein trockenes: »Yep, ich frage mich, ob sie denen gerade steckt, dass wir am Ebulavirus erkrankt sind und eigentlich in Quarantäne sein müssten. Zumindest schauen uns alle so an.«

Helene war es schließlich, die des Rätsels Lösung lieferte. Mit hochrotem Kopf quetschte sie sich durch die dichte Menge und war außer sich.

»Amelie, die Giftschleuder, ist mal wieder in ihrem Element. Keine Ahnung, ob die überhaupt eingeladen ist, auf alle Fälle betreibt sie gerade übelsten Rufmord!«

Helene neigte leider in Situationen, in denen es darauf ankam, schnell Informationen weiterzugeben, dazu, das Pferd von hinten aufzuzäumen.

»Was erzählt sie denn?«, drängte ich Helene ungeduldig.

»Sie hat aller Welt erzählt, dass Valentin Jaspers älterer Bruder ist, dem ihr beide das Herz gebrochen habt, und ihr sogar schon eine Affäre hattet, bevor mit Jasper Schluss war! Dazu lässt sie süffisante Kommentare, wie ›Na, dann bleibt es wenigstens in der Familie, und die Eltern kennen sie schon‹ oder ›Anscheinend gefällt ihr der Nachname so gut, dass sie den Bruder genommen hat‹, und eben sagte sie: ›Der Genpool hat wohl gefallen, nur nicht die richtige Ausführung‹!«

Mir wurde speiübel! Natürlich musste ich damit rechnen, einige hochgezogene Augenbrauen und Kommentare zu ernten, wenn ich erklärte, wer Valentin war. Das wollte ich aber selbst erzählen, wenn alle Valentin kannten, uns als Paar erlebt hatten und sehen konnten, dass wir füreinander bestimmt waren. Von Amelie vor allen Kollegen bei unserem ersten Auftritt geoutet zu werden, war der reinste Horror! Valentin schäumte vor Wut.

»Woher nimmt sie das Recht, und woher wusste die überhaupt, dass wir hier sind?«

Keine Ahnung, einigen hatte ich erzählt, dass ich meinen neuen Freund mitbringen würde. So was sprach sich schnell rum. Wie ein Lauffeuer breitete sich die Nachricht aus, ich fühlte mich immer unwohler und war kurz davor, ziemlich feige zu türmen. Valentin sah das überhaupt nicht ein.

»Wir bleiben, und zwar erhobenen Hauptes, vielleicht halte ich gleich mal eine kleine Laudatio!«

Das war ihm zuzutrauen und nicht das, was ich hören wollte. Ruhe bewahren und souverän wirken, hieß die Devise. Wir durften den Leuten nicht das Gefühl geben, dass wir ein Problem damit hatten. Helene wollte sofort eine Gegenkampagne starten und verbreiten, dass Valentin zwar Jaspers Bruder war, aber ich mich sofort von Jasper getrennt hatte, als ich meine Gefühle zu Valentin erkannte.

»Wir sagen, Jasper kann damit umgehen und findet es in Ordnung, und er ist schließlich der Einzige, auf den es ankommt. Außerdem warst du mit Jasper gerade Mal ein paar Monate zusammen!«

Gut, Jasper sprach inzwischen wieder mit Valentin und mir, was vor allem daran lag, dass er seinem gewohnten Lebenswandel nachging, der ihm viel besser gefiel. Freundschaftlich würde ich unser Verhältnis noch nicht bezeichnen, auf dem Weg zur Normalität vielleicht, auf alle Fälle würde ich mich nicht darauf verlassen wollen, dass Jasper – falls angesprochen – uns den Persilschein ausstellen würde.

»Nein, wir sagen gar nichts dazu, die Zeit wird das alles in Ordnung bringen, wir stehen drüber, auch wenn's schwerfällt, okay?«, presste ich mir eine Antwort auf Helenes Vorschlag ab. Valentin sah das genauso. Um ein wenig aus der Schusslinie zu kommen, stellten wir uns seitlich an die Bar, sodass wir nicht gleich in der Mitte des Raumes zu sehen waren. Wir bestellten eine weitere Runde dringend benötigter Cocktails und versuchten, trotz all dem Getuschel und Amelies Stimme, die ich ab und zu hören konnte, ruhig zu bleiben.

Gerade diskutierten wir, wie lange wir wohl noch bleiben mussten, um nicht den Anschein eines überstürzten Abgangs zu erwecken, als Benedikt Schleimiger persönlich an der Bar auftauchte und in seiner arroganten, dummdreisten Art nur einen Satz sagte: »Schau an, da stehen die beiden Herbst-Mädels wieder hinter der Bar, wo sie hingehören. Der Apfel fällt ja nicht weit vom Stamm, einmal Theke, immer Theke ... Wo wohl der Begriff Thekenschlampe herkommt, Clara?«

Bevor ich überhaupt Luft schnappen konnte, sah ich nur eines: Valentins Faust, die Schleimiger direkt ins Gesicht traf und ihn zu Boden gehen ließ, was mich bei der Dichte der Leute erstaunte. Sofort bildete sich ein Kreis, und alle gafften völlig begeistert, einige zückten sogar ihre Handys, um zu filmen! Schleimiger rappelte sich wieder auf, leicht benommen, aber stinksauer und ging seinerseits zum Angriff über. Valentin, der eben noch darauf pochte, die Ruhe zu bewahren, war plötzlich so was von mittendrin! Er ließ sich nicht beruhigen oder abhalten, Schleimiger gleich gar nicht, wie auch, er wurde im Ernst von Amelie angefeuert! Valentin hob die Arme, um Schleimiger abzuwehren, und sagte gefährlich langsam: »Nimm zurück, was du eben gesagt hast, und entschuldige dich auf der Stelle!«

Schleimiger dachte überhaupt nicht daran und wiederholte laut und deutlich für alle hörbar, was er eben gesagt hatte, gespickt mit ein paar Kraftausdrücken gezielt aufs weibliche Geschlechtsorgan, die bei seinem Parteitag bestimmt einen Aufschrei der Empörung verursacht hätten. Und nicht nur da, alle Anwesenden schienen entsetzt und plötzlich auf Valentins Seite, bis auf Amelie natürlich, die Schleimiger nach Leibeskräften unterstützte. Endlich kam mein Reaktionsvermögen wieder, ich ging dazwischen, was Schleimiger nur noch mehr provozierte. Auf meinen Versuch, beruhigend einzuwirken, wurde er gereizter und schrie mich cholerisch an, aus der Bahn zu gehen, sonst würde er mich dumme Fo...e auch zu Boden schlagen. Das war der Moment, in dem die ansonsten so friedliebenden schöngeistigen Musiker die Geduld verloren und Schleimiger in Gewahrsam nahmen und samt einer protestierenden Amelie vor die Tür setzten. Schleimiger schrie dabei noch: »Du hast uns alles kaputt gemacht! Du hast die Stelle nicht verdient, du Gossengöre, und hast null Klasse im Vergleich zu Amelie!«

Dann waren sie verschwunden. Professor Bruckner ging auf den sichtlich zerzausten Valentin zu, klopfte ihm anerkennend auf die Schulter und sagte laut und deutlich: »Sie sind der Richtige für Clara, Sie passen wenigstens gut auf Sie auf!«

Ich war sprachlos und freute mich im selben Moment über seinen Zuspruch. Nicht, dass ich Gewalt oder Schlägereien in egal welcher Form guthieß oder tolerierte, auch nicht bei Valentin, aber in diesem Moment konnte ich zumindest bestens nachvollziehen, weshalb seine Sicherungen durchgebrannt waren, was es aber nicht entschuldigen sollte.

»Ich glaube, jetzt haben dich wirklich alle kennengelernt, lass uns gehen!« Ich zog Valentin, der sich wieder beruhigte und dem die Aktion langsam peinlich war, nach draußen. Plötzlich verabschiedeten sich alle sehr freundlich von uns, von Getuschel oder verstohlenen Blicken war nichts mehr zu spüren. Helene, völlig berauscht von der Schlägerei, war ganz aus dem Häuschen.

»Dem Schleimiger hast du's aber gegeben, ich hätte ihm am liebsten auch noch eine mitgegeben!«

Valentin sah sie belustigt an und fuhr dann ernster fort. »Bist du nicht eigentlich Krankenschwester? Habt ihr nicht auch 'nen hippokratischen Eid zu leisten, wie die Ärzte? Hör mal, ich hasse den Schleimiger, und als er euch beleidigt hat, sind bei mir die Sicherungen durchgebrannt, aber stolz bin ich wahrlich nicht, dass ich ihn nicht anders in Schach halten konnte. Außerdem tut das sauweh! Sich zu prügeln ist nicht mein Ding! Und wenn du jetzt deinen Blutrausch einstellen könntest, wäre ich dir sehr dankbar!«

Kleinlaut entschuldigte sich Helene, aber ich kannte sie gut genug, um zu wissen, dass Valentin ab heute ihr Held war.

Kapitel 27
Schlussakt im Duett

»Oh Mann, ich bin leider echt nervös, dabei bin ich doch kein Mädchen!«

Hach, es tat so gut, dass es nicht ich war, die dieses Mal vor Lampenfieber fast umkam! Dazu kam ich nicht, denn ich war viel zu beschäftigt, Valentin zu beruhigen. Ich konnte ihm ansehen, dass er im Moment nicht mehr wusste, warum er die Idee, einen Abend mit Liebesstücken zu spielen, zuvor als gut empfunden hatte.

»Nee, wenn du ein Mädchen wärst, würdest du nicht zicken und das locker durchstehen!«, foppte ich Valentin, um ihn auf andere Gedanken zu bringen. So lange hatten wir geübt und uns auf diesen Abend gefreut. Nur eine kleine Veranstaltung sollte es werden. Halb privat, halb geschäftlich war der eingeladene Kreis. Valentin mit seiner wiederentdeckten Liebe zum Cello spielte inzwischen häufig und mit Leidenschaft. Es war so schön mitanzusehen, denn seit er die Musik wieder in sein Leben ließ, war er zufriedener und ausgeglichener. Er wirkte plötzlich so, als ob er wieder ganz sei, zuvor hatte ich gespürt, dass irgendwas fehlte. Und langsamere Stücke, aber auch schnelle, wenn sie nicht zu lange gingen, konnte er wunderschön und mit intensivem Ausdruck spielen. Gemeinsam hatten wir Stücke für Klavier und Cello gesucht, das ganze »Einen Abend an die Liebe« getauft und dazu eingeladen.

»Denk daran, keiner erwartet von dir Konzertreife. Alle wollen dir nur Gutes, außerdem bin ich an deiner Seite!«

Valentin schien sich zu entspannen, seine angestrengte Stirnfalte zumindest glättete sich. Zärtlich drückte er meine Hand.

»Na, dann wollen wir zwei Invaliden mal, was?«, sagte er und brachte ein Lächeln zustande.

Zum Glück traf das für meine Hand nicht mehr zu! Sie war völlig geheilt und so gut wie früher, sodass ich mich bereits für zwei Konzerte gemeldet hatte. Der kleine Salon war voll, die Gäste saßen gespannt da und schauten uns erwartungsvoll an. Als wir hereingingen, gab es Applaus. Valentin und ich stimmten noch ein Mal das Cello auf das Klavier ab, sahen uns kurz an und begannen mit einem Stück von Mozart. Falls Valentin eben noch aufgeregt gewesen war, merkte man ihm nichts mehr an. Völlig aufeinander abgestimmt, musizierten wir im Einklang, und jeder, der nicht taub war, konnte spüren, dass hier wirklich Liebe floss, eine Liebe, die viele Hürden und Grenzen überwinden musste, die erkämpft war, für die gelitten worden war und die eine solche Macht ausübte, dass sie sich über alles hinwegsetzte und alle noch so schwierigen Komplikationen hatte meistern können. Sie war verdient, nicht leicht und unbeschwert, wie eine junge, frische Liebe, aber dafür bewusst, als wertvoll betrachtet und etwas, das sich um jeden Preis zu schützen lohnte. In den kleinen Pausen konnte ich sehen, wie Helene und Omi sich die Augen wischten, sie waren immer gerührt, wenn ich spielte, zusammen mit Valentin gab es ihnen wohl den Rest. Omi, die mit ihrem Kurschatten, einem ehemaligen Förster, inzwischen richtig liiert war, hielt abwechselnd ihm und Helene das Händchen, was rührend anzusehen war. Maxi und Nele sahen eher gelangweilt aus, was ich ihnen nicht verübeln konnte, dafür wirkten Ulrike und Georg sehr gelöst und glücklich über die Entwicklung. Ja, es hatte sich gelohnt, das Risiko einzugehen und diese Liebe gegen alle Konventionen zu leben. Das Konzert war ein voller Erfolg, Valentin und ich waren überglücklich. Es war wunderschön, so viele Dinge zu haben, die uns beide verbanden, die wir teilen konnten. Die Musik, das Waldhaus, Nele und überhaupt unsere Familien. Nele nahm die Neuigkeit, dass wir ein Paar waren, überraschend gut auf. Natürlich hatte es vieles erleichtert, dass wir uns zuvor kannten und mochten und ich ihren Eddie rettete. Vor allem aber sah sie, dass Valentin glücklich war, und begriff irgendwie, dass das auch für sie gut war. Mit Jutta arrangierten Valentin und ich uns ganz gut. Sie versuchte weiter erfolglos ihr Glück in der Schauspielerei, hielt aber einen deutlich engeren Kontakt zu Nele und war zuverlässiger geworden, was die Kleine anging. Die Abende wurden länger und milder, was Helene und Omi veranlasste, den Garten zu öffnen und ein paar Möbel und Sitzgelegenheiten aufstellen zu lassen. Geschafft setzten Valentin und ich uns auf eine der Bänke und hielten dabei immer wieder Händchen und wurden nur von Gratulanten unterbrochen, die sich verabschieden oder bedanken wollten. Plötzlich kam Hubertus aufgeregt mit der Abendzeitung in der Hand angelaufen. Schon von Weitem fuchtelte er hektisch damit herum. Was war denn jetzt passiert? Hatte er ein Sonderangebot entdeckt, ein Kilo Rindfleisch zum halben Preis? Kaum stand Hubertus vor mir, war mir klar, was sein Gemüt in Aufruhr versetzte, die Schlagzeile, die da prangte, war ein Hammer! Auf der ersten Seite war ein großes Foto abgedruckt, auf dem Benedikt Schleimiger zu sehen war, der auf Valentin einschlug, mit der Überschrift: »Stadtratskandidat Reimiger ein Schläger?« Sofort entriss ich Hubertus die Zeitung, Valentin und ich überflogen den Artikel gemeinsam. Detailliert stand dort, was sich vor einem Monat im Zephyr abgespielt hatte, wortwörtlich abgedruckt, was Schleimiger damals von sich gab, auch dass Valentin ihn zuerst angegriffen, aber Schleimiger ihn provoziert habe. Seine Provokation war ebenfalls zu lesen. Außerdem prangte ein Foto von Helene und mir sowie Amelie auf dem Blatt, denn schließlich waren wir beleidigt worden und Grund des Anstoßes; Amelie, die Verlobte, die ihn angefeuert hatte. Brisant an dem Artikel war vor allem das Timing, denn Schleimiger kandidierte seit letzter Woche für den Stadtrat als Spitzenkandidat. In dieser

Funktion wollte er sich einen Namen durch seine Forderung nach viel härteren Strafen für U-Bahn-Schläger machen, außerdem hatte er sich zum selbst gewählten Sprachrohr der Gastronomie ernannt, der Biergartenromantik und die bayerische Gastronomie schützen wolle. Darüber hinaus schrieb er sich Werte wie Respekt, Familie und ein faires Miteinander auf die Fahne. Alles keine guten Voraussetzungen, wenn man die Geschichte las, die ihn zum einen in eine Schlägerei verwickelt aufdeckte, zum anderen ihn als respektlosen Pöbler mit unfassbar erniedrigendem Vokabular zwei Frauen gegenüber zitierte – und dazu mit abwertenden Zitaten in Richtung Gastronomie. So viel stand fest: Jemand war nicht sehr gut auf ihn zu sprechen, den neuen Shootingstar.

»Ich glaub's nicht, die müssen ein Video haben. Schau mal, da steht, wenn Sie das dazugehörende Video sehen wollen, gehen Sie auf unsere Internetseite!«, stieß Valentin überrascht aus. Sofort stürmten wir alle ins Waldhaus an den Laptop und gingen auf die genannte Seite. Tatsächlich, schön deutlich zu sehen und zu verstehen stand der Schlägereifilm im Internet. Ein schäumender, schlimmste Beleidigungen schreiender Schleimiger, eine aufgerüschte Amelie, die ihn anfeuerte, Valentin, der wie entrückt vor Wut schien, und dazwischen ich, die versuchte zu schlichten. Unwillkürlich musste ich lachen. Das Video war so absurd, vor allem aber die schlimmste Werbung für Schleimiger, die man sich vorstellen konnte. Das war der Skandal schlechthin, und von der Häufigkeit zu urteilen, mit der der Clip jetzt schon angeklickt worden war, stieß die Geschichte auf ein Rieseninteresse! Kein Wunder, das hatte alles, was man für eine Soap gut brauchen könnte. Ob Schleimiger und Amelie bereits das Land verlassen hatten oder sich neue Gesichtshälften bei ihrem Freund Professor Eichmüller verpassen ließen?

»Ich finde, wir kommen eigentlich gut weg. Wir wirken sympathisch, oder?«, fragte Helene in die Runde und kicherte in einem fort. In der Tat war das Video ein nicht reparabler Imageschaden für Schleimiger und Amelie, was man auch an den Kommentaren und Posts unter dem Clip sehen konnte. Valentin, Helene und ich erfuhren breite Unterstützung, während Schleimiger und Amelie überhaupt nicht gut wegkamen.

»Das ist das Ende seiner politischen Karriere, so viel ist sicher!«, schätzte meine Omi die Lage ein und schien nicht traurig darüber. Die alles entscheidende Frage war, wer der Presse wohl das Video zugespielt hatte. Einige kamen in Frage, eigentlich alle, die gefilmt hatten, aber ob wir das je rausfinden würden? Valentins Handy vibrierte, und auch ich schaute auf mein Handy, das sage und schreibe dreiundzwanzig verpasste Anrufe zählte! Die Geschichte schien sich schnell herumzusprechen. Valentin blickte auf sein Display, schaute zu mir herüber und sagte kurz: »Jasper!«, nahm ab und ging weg, um in Ruhe sprechen zu können. Kopfschüttelnd kam er nach gut zehn Minuten wieder.

»Das glaubt ihr nicht. Jasper hat einen Anruf von Schleimigers Berater bekommen, der ihm zwanzigtausend Euro geboten hat, wenn er ein Interview gibt, in dem er über Clara und mich herzieht, um zu demonstrieren, was für moralisch verwahrloste Gestalten wir seien, um Schleimigers Prügelei zu rechtfertigen!«

Ja, da hatten sie nicht mit Jasper und Valentin gerechnet. Blut war eben dicker als Wasser, und die beiden verstanden sich wieder gut und waren enger denn je. Mit mir und Jasper war es im Umgang manchmal noch hölzern, aber so langsam entspannte sich die Lage, was auch daran lag, dass Jasper es in vollen Zügen genoss, neue Frauen kennenzulernen und einige Liebschaften zu haben. Diese Phase der Eroberung, der Rausch der ersten Verliebtheit, in der man lauter verrückte Dinge tat, interessierten Jasper einfach mehr als eine langfristige Beziehung, die auch mal anstrengende oder langweilige Phasen mit sich brachte. Nicht jeder war für den konventionellen Weg einer Beziehung gemacht, und Jasper wurde es immer klarer, dass er sich in mich, aber vor allem in eine Idee verliebt hatte. Trotz allem bereute ich unsere gemeinsame Zeit nicht, und ich wusste, dass Jasper inzwischen die Erfahrung und was er daraus mitgenommen hatte, zu schätzen begann.

So früh war ich seit Langem nicht mehr freiwillig aufgestanden. Schlag halb sieben standen wir alle in der Küche des Waldhauses, um uns aufzuteilen. Helene wollte ausschwärmen und nach Zeitungen schauen, Valentin bewachte den Fernseher mit BR-Nachrichten und sonstigen Nachrichtensendern, ich schaute gemeinsam mit Nele, die bei uns im Waldhaus übernachtet hatte, im Internet, und Omi hörte Radio. Unfassbar, aber die Geschichte war einfach überall, auf youtube gab es bereits Clips, in denen die Rocky-Musik unterlegt war, irgendein Boxer forderte Schleimiger zum Kampf, und auch Amelie bekam ihr Fett ab. Es dauerte nicht lange, um die Mittagszeit gab der Parteisprecher bekannt, dass Benedikt Reimiger aus persönlichen Gründen seine Kandidatur zurückziehen wollte. Nur eine Woche später war zu lesen, dass Amelie die Verlobung mit Schleimiger gelöst und ein Gastengagement in Sydney angenommen habe, da konnte sie ja endlich wieder das machen, was sie am besten konnte: Kosmopolitin sein ... Valentin, der durch das Video zu unfreiwilligem Ruhm gelangt war, hatte nicht durch München gehen können, ohne erkannt zu werden, was ihm mehr als unangenehm war. Zwar klopften ihm die meisten anerkennend auf die Schulter, aber eigentlich war das so gar nicht sein Stil, und Verbrüderungen dieser Art waren ihm zuwider, sodass er sehr froh war, als sich die Aufregung langsam legte und die Geschichte in Vergessenheit geriet. Grund für uns, endlich mal wieder zu entspannen und abzutauchen. Fürs Wochenende war Nele mit ihren Freundinnen auf einer Reiterhoffreizeit untergebracht, sodass wir auf die Hütte fahren konnten. Eddie blieb bei Omi. Tat das gut, den Aufstieg nur mit einem Rucksack und keinem Cello auf dem Rücken zu begehen. Die Natur hatte sich im Vergleich zum letzten Besuch immens verändert, überall war sattes Grün zu sehen, Gräser und Bergblumen blühten idyllisch vor sich hin. Die Laubbäume trugen grüne Blätter, die Nadelbäume ein saftiges Grün, überall hörten wir Vögel und Spechte, die eifrig ins Holz hackten, das Summen von fleißigen Bienen und eben die gesunde, klare, nach Nadeln und Wiesen riechende Bergluft, die Hunger machte und rosige Wangen. Das hier würde unsere Insel werden, eine Oase der Stille. Was zwar wie eine Werbung klang, was aber nichts machte, denn dieser Fleck Erde war real und trieb einem allein schon beim Anblick die Glückshormone ins Gehirn. »Herrlich!«, war dann auch mein Ausruf, als wir an der Hütte anlangten und unsere Sachen verstauten. Valentin schaute mich belustigt an:

»Ja, ja, ihr Stadtkinder habt zu viel Heidi geschaut und findet das dann alles ganz aufregend!«

Tss, das ließ ich natürlich so nicht auf mir sitzen und jagte ihn quer durch die Hütte, bis er sich in dem großen alten Bauernbett ergab, an das ich sehr deutliche Erinnerungen vom letzten Besuch hatte, die mir allein beim Drandenken kleine Blitzschläge verursachten. Glücklich und bei mir angekommen, schaute ich in Valentins haselnussbraune Augen, die alles zeigten, was ich brauchte.

»Liebst du mich?«, fragte ich, während ich behutsam begann ihn zu küssen. Valentin schlang mich ganz fest an sich, hielt einen Moment inne, um dann leise und fest zu antworten: »Heute, morgen und für immer!«

ENDE

Ich danke

Agentur Schlück – insbesondere meiner Agentin und Freundin Tanja »Tanina« Heitmann und Bastian Schlück,

Angelika Hoch, Beate, Franz und Helga, Hagen, Hannes, Henning, Jan, Karin Schmidt – meiner Lektorin, Kochi, Lena, Manou, Mini und Pummel – meinen beiden Katzen, Nicola, Norbert Sindram, Steffi, Sue und last but not least Sylvia Gredig.